新潮文庫

2　4　6

沢木耕太郎著

新潮社版

10077

目次

装画・カット　赤井稚佳
装幀　緒方修一

246

雪の手ざわり、死者の声

一月十日　金曜日

朝、九時。いつものように、歩いて三軒茶屋の仕事場まで行く。

晴れてはいるが、やはり寒い。

仕事場までは、早足で歩いても二十五分くらいかかる。もちろん、バスで行かれないことはない。しかし、さまざまな考えごとができるこの二、三十分を失うのがもったいなくて、毎朝歩いている。不思議なことだが、どんな静かな部屋よりも、往来をひとりで歩いている時が、最もよくものを考えられるようなのだ。

それは、私の少年時代からの習慣もあるのだろう。個室を与えられなかったせいか、何か考え事をしたい時には外に出て、あちこちほっつき歩くことが多かった。その習慣は、物書きになってからも変わらず、難しい箇所にぶつかり書きあぐむと、机の前を離れて外に出る。そして、家の周辺を歩きつづけるのだ。以前は完全な夜型の生活をしていたので、常に深夜の町を徘徊《はいかい》していたことになる。パトロール中の警察官に何度呼び止められたかわからない。それも無理はないのだ。こちらの風体といえば、締切を間近に控え、よれよれの洋服を着た上に髭《ひげ》も剃《そ》らず、しかも心ここにあらずといった呆《ほう》けた顔をして歩いている。不審に思わないはずはない。だが、最近は完全に昼型の生活に切り替わってしまったため、そのようなこともなくなってしまった。

歩きはじめて十分もしないうちに体はかなり暖まってくる。それとともに、筋肉がほぐれてくるのが感じられる。

仕事場で、五月に出版予定の『深夜特急』の手直しをする。

午後三時。三軒茶屋駅前の喫茶店「キャニップ」で「中央公論」編集部の河野《こうの》通和《みちかず》氏と会う。間もなく書く予定の、「炎上」というタイトルの百枚ほどの作品についての打ち合わせをする。彼とは数年来の付き合いなのに、なかなか仕事が現実化しない。もしかしたら、これでようやく実が結ぶかもしれない、と少し気持が楽になる。しかし、ノンフィクションの場合には、すべてが予定通りにいくとは限らない。何が起こるかわからないのだ。こちらの意志とは無関係に、不可抗力に近いなにかによって書けなくなることがある。それは、状況の変化によるメディア側の事情であったり、取材対象の側の事情であったりさまざまだが、最終的には私自身が、この作品はまだ書かれることを望んでいない、と思うようになってしまうことがあるのだ。もちろん、だからこそノンフィクションを書くという仕事は面白いのだが。

仕事場に戻って、『深夜特急』の手直しを続行する。

六時に打切り、手紙の返事を書く。一通は高校時代の友人に、もう一通は巣鴨《すがも》の東京拘置所に入っている永田洋子さんに。永田さんの手紙には、鉛筆による美しい自筆画が描き込まれていた。雪の中に立つ一軒の農家。この家を、永田さんはどこで見たのだろう。子供の頃か、学生時代か、逃亡中か、それとも夢の中か。描かれた家の屋根には、寂しげに雪が降り積もっていた。

一月十二日　日曜日

快晴。

午後二時。品川にあるという第三北品川病院に見舞いに行く。囲碁の趙治勲《ちょうちくん》が交通事故に遭い、入院していると聞いたからだ。

去年の末、趙治勲は五年間保持した名人位を奪われてしまった。名人戦の挑戦者として、彼の最大のライバルである小林光一を迎えた七番勝負は、予想通り白熱した闘いになったが、三勝三敗からの最終戦に趙治勲が珍しく競《せ》り負けてしまったのだ。そして、この一月十五日から始まる予定の棋聖戦にも、その小林光一が挑戦してきていた。もし、趙治勲が敗れるようなことがあると、昭和五十五年以来、常に持っていた大タイトルのすべてを失い、ついに無冠の時代を迎えることになる。その大事な棋聖戦の第一戦を前にして、大きな交通事故に巻き込まれてしまった。新聞の報道によれば、二カ月の重傷だという。

数日前、久しく会っていないので、酒でも呑《の》まないかと誘うつもりで趙君の家に電話をした。しかし、何度掛け直しても通じなかった。もし電話が通じていれば、ちょうど事故の当日くらいが会う日になっていたことだろう。会っていれば、事故に遭わないで済んだか、それとも、酒に酔ってもっと大きな事故に遭っていたか。いずれにしても、背筋が寒くなってくるようなことではあった。

第三北品川病院は京浜急行の北品川駅前にあった。

病室の扉をノックをして入っていくと、趙君は両足をギプスで固められ、左手も骨折のため包帯を巻かれているという無残な格好でベッドに横たわっていた。

私がその冴《さ》えない格好をからかうと、

「でも、頭と右手だけはなんともなかったんだ」

と彼は少し威張ったように言った。確かに、それだけあればどうにか囲碁は打つことができる。

車を運転していて、道路に出ようとして一時停車すると、それを避けようとしたオートバイが眼の前で横転してしまった。まず、倒れているライダーを助け起こし、次に道の真ん中に滑っていってしまったオートバイを路肩に寄せようとしたところ、カーブからスピードを緩めず走ってきたバンに轢《ひ》かれ、そのまま十メートルくらい引きずられてしまったのだという。死んでも不思議はない事故だった、と警察官には驚かれたそうだ。

「まだ悪運は尽きていなさそうだな」

私が言うと、彼も笑って頷《うなず》いた。この調子なら棋聖戦もどうにか乗り切れるかもしれない、といくらか安心した。

見舞いの品を渡すと、趙君はさっそく包装紙を破りはじめた。だが、右手一本なのでなかなかうまくいかない。

中身は写真集だった。まさか手までが不自由だとは思ってもいなかったので、本を買ってきてしまったのだ。

見舞いに何を持って行こうか、だいぶ迷った。果物や菓子や生花といった類《たぐ》いのものは、きっと部屋の中に溢《あふ》れているだろう。本にしようか。しかし、何の本がいいだろう。そこで迷ったのだ。本当は、漫画のような、内容も重量も軽いものがいいのだが、あいにく趙君は漫画を読まない。写真集にしようか。その時、先日、篠山紀信《しのやまきしん》氏から送られてきた『輪舞する、ソウル。』のことを思い出した。ソウルで生まれ、しかしソウルをよくは知らない彼には、もってこいの本かもしれない。頁《ページ》を繰りながら、ベッドの上で韓国旅行を楽しんでもらえるかもしれない。

書店で贈り物用にしてもらった包装紙の中から本の裏のカバーが見えてくると、趙君はそこに刷り込まれているハングルを声を出して読み上げた。

「湧《わ》き立つ、ソウル、か」

「そう、輪舞するソウル、と表のカバーには書いてある」

「面白そうだね、楽しみだね」

それは社交辞令でもないらしく、慈《いつく》しむような手つきで頁を繰りはじめた。

一時間ほどすると、久し振りに家に戻って用を済ませてきたという夫人と、夫人の妹さんが部屋に入ってきた。初対面の妹さんと冗談を言って笑っていると、夫人がしみじみと言った。

「この部屋に、そんな笑い声が湧いたのは、初めてなんですよ」

恐らく入院して以来、手術の心配、報道陣との対応、棋聖戦への対応などといったことで笑うどころではなかったのだろう。手術も成功し、どうにか棋聖戦に出場できそうだということになって、一家にも余裕が出てきたのにちがいない。

長居をしたので帰ろうとすると、一緒に夕食を食べていかないかと言う。その趙君の台詞《せりふ》がふるっていた。

「この近くに、すごくおいしいステーキ屋があるんだ」

「どうするの?」

「出前してもらうのさ」

「ステーキの出前?」

「そう、食べていってよ」

冗談じゃない。病院でステーキ食べてきたなんていったら、何しに行ったか疑われるよ。お前さんも、そんなことしてると、退院する頃にはブクブクになっちゃうぞ。私がそう言うと、いや、すでにその気配は濃厚なんだ、と趙君も笑った。

「お陰で精力が余って仕方がないんだ。どうしよう」

を振った。


「勝手にしろ」

私が笑いながら部屋を出ようとすると、趙君がベッドから体をひねるようにして手

一月十四日　火曜日

晴れ。


仕事場で、『深夜特急』に眼を通す。今日の午後、新潮社出版部の初見國興《くにおき》氏に、六百枚分の原稿を渡さなくてはならない。

この『深夜特急』は、四百字詰めの原稿用紙にして千八百枚、全三冊になる予定のものである。長さだけなら、かなりの大作と言える。三冊のうち、最初の二冊は五月に、残りの一冊は秋に刊行されることになっている。そして、第一巻目の『深夜特急第一便』の出稿期限が、そろそろ迫ってきたというわけだ。

十年前、ユーラシア大陸の外縁を一年ほどかけてうろついたことがある。この『深夜特急』は、その時の旅の一部始終を書こうとしたものだ。何度も書き出そうとした

のだがうまくいかなかった。諦《あきら》めかかっていたところを、産経新聞の篠原寛氏が新聞連載を強く勧めてくれ、勇を鼓して書きはじめたのだ。一年の旅を一年で描く。最初の目論見《もくろみ》ではそういうことになっていたのだが、連載を続けているうちに次第に長くなっていき、一年二カ月が過ぎても目的地のイギリスはおろかトルコまでも達しない、というひどいことになってしまった。連載の欄は夕刊の小説欄であり、予定では私のあとに池波正太郎という大家が控えている。しかも池波さんは一年先、二年先の仕事まで決まっている人であるため、連載の開始を半年も一年も待ってもらうことができない。そこで、やむなく、私の連載はイランのイスファハンで一応のエンディングを迎えさせてもらうことになったのだ。

つまり、そこまでが二冊分であり、あとの一冊は新たに書き下ろさなければならない。発行の時期が違うのはそういった事情からである。

どうしてその旅の紀行文のタイトルが『深夜特急』なのかといえば、それはいうまでもなく映画の『ミッドナイト・エクスプレス』によっている。アラン・パーカーの作った『ミッドナイト・エクスプレス』が、闇《やみ》の底に沈んでいたその旅を、あらためて照らし出すサーチライトのような役割を果たしてくれたのだ。

どうにか、六百枚に眼を通し終わり、あとは冒頭に掲げるエピグラフ風の文章を書くだけになった。だが、初見氏との約束の時間を前にして、三行ほどの文章がなかなか書き上がらない。この紀行と『深夜特急』というタイトルとの結びつきを暗示したいのだが、単純なものでなくてはならないその文章の難しさに手を焼いた。書いては消し、書いては消ししているうちに、約束の三時になってしまった。

かつてトルコの刑務所には、外国人受刑者の間に「ミッドナイト・エクスプレス」という隠語があった。「ミッドナイト・エクスプレスに乗る」といえば、それは脱獄することを意味していた。

やむなく、ひとまず、これを持っていくことにした。ミッドナイト・エクスプレスを直訳すれば、深夜急行になるのだなあ、などと考えつつ、である。

三軒茶屋の「キャニップ」で初見氏に原稿を渡す。

いつもなら、こんな時には酒を呑んで祝うのだが、まだ第二巻を渡してないということがあり、最終巻が書けていないという圧迫感もあって、ただ渡しただけで別れてしまった。もっとも、その気があれば、昼間、喫茶店でなど待ち合わせるはずはない

『ミッドナイト・エクスプレス』のパンフレット
アラン・パーカー監督
ブラッド・デイビス、ランディ・クエイド出演
1978 年度作品

のだが。

だからというわけでもないが、仕事場に戻って仕事をする気にもなれず、「三軒茶屋東映」で『ランボー』の第一作と第二作を続けて見ることにした。正確に言えば、時間の関係で二作目から一作目を見たのだが、あとから考えればこれがよかった。ヴェトナム帰還兵のシリアスな嘆きの物語である一作目から見ていたら、二作目の劇画調の大活劇には眼を覆《おお》いたくなったかもしれないからだ。幸いにも、二作目から見たために、ヤクザ映画のマッチョ版ともいうべきストーリーを大いに楽しむことができた。きっと、好戦的すぎるとか、ヴェトナム人を野蛮人のように描いているという小うるさい批評をされただろうこの映画は、笑い出す寸前まで活劇を大袈裟《おおげさ》なものにして、しかし一時間四十分を決して飽きさせない、という綱渡りのような作り方をしている。

「ジョージ、あんたの命を貰《もら》いに行くぜ」

ジョージだかジャックだか忘れたが、冷酷な司令官に向かって無線でランボー役のシルベスター・スタローンがタンカを切った時には、思わず「スタちゃん!」と声を掛けたくなってしまった。

一月十六日　木曜日

いい天気が続く。

仕事場も、陽が照っているうちはいいが、かげってくるとさすがにストーブが必要になる。しかし、しばらくつけていると、空気が乾いて息苦しくなってくるので、窓を大きく開け放つ。

夕暮れどき、西の窓を開けると、国道二四六号線とその上の首都高速道路の向こうに、赤く大きな太陽が沈んでいくのが見える。ビルとビルの狭い隙間《すきま》に、どこかの連山が顔を覗《のぞ》かせている。高速道路上を、車たちが夕陽を浴びながら疾走していく。やがて、空気は薄紫に染まってくる。

夜、九時。

風《ふ》呂《ろ》に入り、ミルクを飲んだ娘を、布《ふ》団《とん》に寝かしつける。

娘は二歳半になる。私は夜あまり家にいないが、早く帰ってきた場合は、娘が眠りにつくまで一緒に横になり、オハナシをしてやることになっている。オハナシといっても、古今の名作ではなく、即席のデッチアゲである。「くつのオハナシ」とか、「しんかんせんのオハナシ」とか、「ドラエモンのオハナシ」とかいう娘の勝手な要望に、考える間もなく反応しなくてはならない。少しでもモタモタしようものなら、「はやくして、はやくして」と急《せ》かされてしまう。

「きょうは、なんのオハナシしようか」

と娘が言う。なんのオハナシをしてくれるのか、と訊《たず》ねているつもりなのだ。

「なんでもいいよ」

私が言うと、娘が大きな声で答える。

「さんびきのこぶたのオハナシ！」

オハナシはその場限りのものだが、中には強く印象に残るものもあるらしく、何回かリクエストが続く場合がある。そのようにして何度も喋《しゃべ》っているうちに、次第にストーリーに複雑な変化ができてきたり、同一の主人公が出てくる複数のストーリーができてきたりしてくる。三匹の子豚の話というのは、三匹の子豚と狼《おおかみ》が主人公の、無数のヴァリエーションの総称なのだ。ストーリーはといえば、三匹の子豚が狼に捕まり、食べられそうになるが、機知によって脱出するという、どこかで読んだような物語の焼き直しである。話のポイントは、どんな状況でいつ狼が出てくるか、捕まってからどんな方法で逃げるか、にかかっている。三匹の子豚は、留守番をしていたり、野球をしていたり、ピクニックに出かけたりするのだが、狼が出てきそうになると、必ず娘が訊《き》いてくる。

「おおかみ、でてきたの？」

すると、どういうわけか、私も必ず言ってしまう。

「いや、まだだよ」

つい、もっと、クライマックスを先に引き延ばしたくなってしまうらしいのだ。ふと、すれ違いを多用するメロドラマ作家になったような気がして、我ながらおかしくなることがある。

とにかく、三匹の子豚のオハナシの「魚釣り篇」を語り終え、一息つこうとすると、

「れいぞうこのオハナシ！」と即座に次のリクエストの声が飛ぶ。それがやっと済むと、こんどは「バクさんのオハナシ！」だ。バクさんとは、ＮＨＫの教育テレビでやっている幼児番組の主人公の名前である。それを知らないと話も作れない。

「スプーンのオハナシ！」

「ハンカチのオハナシ！」

と続けて聞いているうちに、ようやく眠くなってきたらしい。ついに、

「ももたろちゃんのオハナシ」

と言い出した。眠くなると、決まって桃太郎の話を聞きたがる。桃太郎の、というより、ストーリーがどのようになるかを知悉《ちしつ》したオハナシを、安心して聞きたいのだろう。そこで、どんぶらこ、どんぶらこ、という擬音の入った、いつもの桃太郎のオハナシをする。桃太郎が猿にキビ団子をひとつあげたところで、寝息が聞こえてきた。どうやら、娘の一日が終わったらしい。

一月十七日　金曜日

夕方、小雨が降る。みぞれになりかかったが、やがてやみ、あとは冷たい風が吹きはじめた。

表参道のフランス料理屋「ブラッスリー・チャヤ」で、文化放送のアナウンサーだった乾瑞恵《いぬいみずえ》さんと七、八年ぶりに会い、食事をしながら楽しく話す時間を持てた。乾さんとは、雑誌で対談し、互いに気が合いそうな印象があり、いつかゆっくり会おうと電話で言い暮らしているうちに、これまでの月日が過ぎてきてしまっていたのだ。思い出せば、その直後に一度だけ招かれて、彼女の番組に出させてもらったことがある。しかし、いまでは乾さんは制作スタッフになり、マイクの前で話す仕事はしていないという。

乾さんの話で印象的だったのは、親元を離れてひとりで都会に暮らす女性の心構え、とでもいうべきものについてだった。

彼女は新しい年を迎えると、まず手帳に書き込むのだという。もし、自分が何かの事故で死んでしまうようなことがあった場合には、この人のところに連絡してほしい、と。それは、急の措置を必要とするであろうから、東京に住んでいる人でなくてはならないし、すべての手筈《てはず》を機敏に整えてもらうためにも、できれば男の人が望ましい。手帳に連絡先を書き入れる時に、ふと思うのだそうだ。この人はもう、ここに書かれるのが、迷惑なのではあるまいか……。

ひとりで長く住んでいると、人嫌いになってくるようだ。自分の部屋に帰ってくるのがいちばんほっとするというようになってしまう、と言って苦笑していた。

外に出ると、夕方よりさらに風は冷たくなっていた。

一月二十四日　金曜日

空が青く澄んでいる。

東京高裁での連合赤軍裁判の傍聴をするため、朝早く家を出て霞《かすみ》ヶ関《せき》に向かう。空気は冷たいが、むしろその冷たさが快い。

前々回までの公判で、植垣、坂口、永田の三被告の、被告人質問を終え、前回と今回とで情状証人の、証人調べが行われる。そして、今回の坂口弘《ひろし》のための母と長兄、永田洋子のための瀬戸内寂聴に対する証人質問で、実質的には第二審は終わりになる。あとは検察、弁護双方の最終弁論を残すだけだ。

裁判はいつものように十時から始まった。最後のせいか、あるいは瀬戸内寂聴が出廷するせいか、記者席の記者も一般傍聴席の傍聴人もいつもよりかなり多い。

例によって右端の席に座ると、永田さんと眼が合った。軽く黙礼すると、永田さんがにっこり笑い返してきた。

それにしても、前々回までの永田洋子に対する被告人質問とその答えは、黙って聞いていると、「なるほどそういうことだったのか」と気づかされることの多い、極めて充実したものだった。とりわけ印象的だったのは、永田洋子という女性の明晰《めいせき》さだった。自分の罪を回避しようというのでもなく、罪に居直ろうとするわけでもなく、自分の犯した罪の真因はどこにあったのか、それを明らかにしないでは死んだ十四人

『十六の墓標(上巻)』永田洋子
彩流社●1982年/装幀:山本京子

に対して申し開きが立たないという思いが、かつての自分の行動と心理をできるだけ客観的に述べよう、という態度を生み出しているようだった。あるいはそれが公的には最後の発言になるかもしれない、弁護士の最後の質問に対する最後の答えの中で、彼女はこう言っていた。

「私は死刑を宣告されていますし、また再発する可能性のある脳腫瘍《のうしゅよう》という病気を抱えています。間近に死はありますが、この連赤問題をきちんと総括するために、生き抜いていきたい。それが殺してしまった十二人の人、死んだ十四人の人への取るべき道だと思います」

私は、この最後の言葉に、ほとんど感動したといってよい。すべてを永田洋子の人間的な資質に帰して理解してしまおうとする世の中の風潮や裁判官の意図に抗して、一年後か二年後かわからないが、やがて書かれることになるはずの連合赤軍に関する私のレポートでは、可能な限り彼女の望みをかなえるものにしたい、と強く思ったものだった。

今回の情状証人の調べでは、まず坂口弘の母親が出てきた。

質問の大半を占めたのは、母親が坂口弘の意を体して行った、被害者への謝罪の旅の報告だった。浅間山荘にたてこもり、激しい銃撃戦をおこなった際、警察官やジャーナリストを殺したり、重傷を負わせてしまった。その人々や遺族の家に行き、線香をあげ、心ばかりの金を置いてきたというのだ。

困ったな、と話を聞きながら思った。母親が行くと、けんもほろろに追い返されたり、逆に家に上げてもてなされたりしたという。辛《つら》い行脚《あんぎゃ》だったろう。坂口弘が生きることに異常なくらい執着を持っている、とは弁護士から聞かされていたが、裁判官の心証をよくするために、母親を辛い目に遭わせまでして「お詫《わ》びの旅」を演出しようとは、思ってもいなかった。

しかし、とまた思った。坂口弘の母親は、裁判の傍聴をほとんど欠かさずしてきた人だ。そのような辛い旅をすることで、あらためて息子とつながりえているという確認をしているのかもしれない。これもまたひとつの情状証人の在り方なのだろう。

最後に彼女が言った。

「許されない過《あやま》ちを犯した息子たちではありますが、いまひとたび再生の道を……」

これを聞いて、胸が熱くなった。統一公判とはいえ、永田、植垣と、坂口とが反目しあい、事実上は分裂公判と同じ状態になっていた。しかし、坂口の母親は息子ばかりでなく、「息子たち」とすべての者のために許しを乞《こ》うていた。それに胸を打たれたのだ。

午後からは、永田洋子の情状証人として、作家ではなく、出家者としての瀬戸内寂聴が出廷した。

瀬戸内さんは、永田との関わりの最初から、現在の彼女に対する友愛の気持を述べ、

「仏教では、殺すということに関しては、殺した人ばかりでなく、殺させた私たちにも罪はある、と考える。生あるかぎり、彼女にこの事件について考えさせてほしい」

と結んだ。

瀬戸内さんの話は、突き放したクールさと率直な優しさが滲《にじ》んでいて、好感を抱かされた。しかし、私の頭の中には、坂口弘の母親の言葉が、残響のように鳴り響いていて、せっかくの瀬戸内さんの話も、ただなんとなく聞き過ごしてしまったようだった。

一月二十六日　日曜日

快晴。

家にいて、久し振りにのんびりと本を広げた。そんなことができるのも、小型のハ

リケーンのような娘がいないからだ。

長椅子《ながいす》に寝転がり、カミュの散文詩のようなエッセイを読む。これもまた久し振りだった。私にそれほど強く執着する作家がいるわけではないが、アルベール・カミュはその少ない例外のひとりだ。一年に一回は読み返しているかもしれない。しかし、ここ二、三年、カミュ全集は書棚で埃《ほこり》をかぶったままだった。

明るい陽差しの中、私が最も好きな『結婚』を読んでいると、電話が掛かってきた。出て驚いた。「連合赤軍」の雪野建作さんからだった。すでに出獄していることは知っていたが、どのように連絡を取ろうかと迷っているところだったのだ。

一昨日《おととい》の裁判の休憩の際に、永田さんの『十六の墓標』を出した彩流社という出版社の人から声を掛けられ、話しているうちに雪野さんと知り合いだということを聞いた。死んだ大槻《おおつき》節子さんの遺稿集を出すための手伝いをしてもらっているのだという。会いたいと望んでいることを知ると、こんど会った時に伝えておきますとは言ってくれたが、まさかこんなに早いとは思っていなかった。

雪野さんとは面識はない。しかし、同じ大学に同じ時期通っていたのだから、何度も顔を合わせている。現在の彼が、「赤軍派」に対する旧「革命左派」の中心的な存在になっているということも含めて、会いたかったのだ。

『カミュ I』新潮世界文学 48
(※収録作品「裏と表」「結婚」「夏」「異邦人」「ペスト」
「転落」「追放と王国」)
高畠正明・中村光夫他 訳／新潮社●1968 年／装幀：未記載

いまはコンピューターのソフトを作っているという雪野さんの、意外に明るい声の調子に、こちらまで明るい気分になってきた。

一月二十七日　月曜日

キーンと硬く冷たく晴れ上がっているが、どういうわけかさほど寒さを感じない。

一日、仕事場で『深夜特急　第二便』の手直しをする。大した加筆訂正はないが、第二便の最終章にあたる「ペルシャの風」と題された章の、最終の節だけがどうしても満足いかない。旅の深い疲労感を伝えながら、次の第三便への橋渡しをしなくてはならないのだが、それが思ったほどうまくいっていない。

午後六時半。早目に仕事を切り上げて、家に帰る。早目に夕飯を済ませ、早目に風呂に入り、早目に娘を寝かしつけ、テレビの前に座るためである。

今日はスーパー・サンデーなのだ。もちろん、今日は月曜、日本の話ではない。一日遅れのアメリカでは、今日の日曜日にアメリカン・フットボールの最高の一戦「スーパーボウル」が行われることになっている。その日曜をアメリカではスーパー・サンデーと呼んでいるのだ。シカゴ・ベアーズ対ニューイングランド・ペイトリオッツ、熊《くま》と愛国者との闘いだ。順当ならばベアーズの勝ちだろうが、アメリカン・フットボールには、というより、スポーツには何が起こるかわからないところがある。アメリカではすでに結果が出ているはずだが、私はテレビを面白く見るために夕刊も広げない。小さく載っているだろう結果が眼に入ってしまうのを恐れてである。

期待を抱きつつ、ビールなど呑《の》みながら、食事をしていると、そこに電話が掛かってきた。文藝春秋出版部の新井信《まこと》氏からの電話だった。『深夜特急』と同じく五月に出ることになっている『馬車は走る』の目次の件だと思い、あれについては、と言いかけると、そのこともあるのだが、と新井氏に遮られた。

「近藤《こんどう》さんが亡《な》くなったんです」

「近藤さんって、近藤紘一《こういち》さんのこと？」

驚いて、訊き返した。

「ええ、今朝……」

胃が悪くて虎《とら》の門《もん》病院に入院しているというのは知っていた。ただの胃潰瘍《いかいよう》にしては入院が長引きすぎるのが心配だ、ということも聞かされていた。しかし、これほど急なことになるほど悪いとは思ってもいなかった。

新井氏は、通夜《つや》の場所と時間を告げて、電話を切った。心なしか元気がない。親しい人が亡くなったのだから当然なのだが、それ以上に、自分が精根こめて付き合ってきた書き手が、向田邦子《むこうだくにこ》さんといい、近藤紘一さんといい、若くして死んでしまう。気落ちしないわけにはいかないだろう。

　近藤さんとは一度も会ったことがない。それにもかかわらず、新井氏がきっと通夜に出るものとその詳細を知らせてきてくれたのには、理由がある。私と近藤さんとは浅からぬ因縁があったのだ。

　いまから七年前の一九七九年、近藤さんは『サイゴンからきた妻と娘』という作品で、私は『テロルの決算』という作品で、同時に大宅《おおや》壮一ノンフィクション賞という賞を受けた。しかも、その二作とも新井氏の手になるものであり、その意味で大宅賞の授賞式の当日は、ノンフィクション関係の本を作りつづけてきた編集者の新井氏にとって最良の日であったかもしれない。三十になったばかりの私は、常に「賞なんか」と広言し、とりわけ「大宅賞なんか」と軽蔑《けいべつ》したふりをし、実際その賞になんの権威も認めていなかったが、受賞の知らせを聞いて、最初は「受けたくない」とダダをこねながら、結局貰《もら》うことにしたのは、ボクシングのマッチ・メイクのための金が欲しかったことと、その新井氏を悲しませるのはやめようと思い直したからだった。

授賞式には、近藤さんは産経新聞のバンコク特派員としての仕事の都合上出席できないということで、ヴェトナム人の夫人と娘さんが私の席の隣に座ることになった。その後、私は近藤氏にお会いしないまま、夫人と娘さんと食事を一緒にしたりして親しくなっていった。

それが一年前、突然、近藤さんから電話が掛かってきた。

「同級生の近藤です」

その第一声に、果してどの学校の時の友達だろうと考えてしまった。小学生の時の近藤とは思えないし、大学の時には近藤などというのはいなかった。はて……。さりげなく応対するふりをしながら、必死で思い出そうとした。が、どうしても、わからない。しかし、一、二分した頃に発せられた「新井さんがね」というひとことでようやくわかった。

「そういえば、中央公論の新人賞、おめでとうございます」

慌《あわ》てて、そう言い、どうにか辻褄《つじつま》を合わせることができた。つい数日前に受賞作の短編小説を読んだばかりだったのだ。小説の賞を貰ったことがことのほか嬉《うれ》しかったらしく、近藤さんは素直にありがとうと言ってくださった。

用件は、産経新聞の文化欄にノンフィクションとフィクションに関する論を書くにあたり、あなたの文章を引用したいのだが許可をえられるだろうか、という極めて丁重なものだった。もちろん、こちらに否《いな》のあるはずはない。しかし、それは単なる付け足しの用件だったらしく、すぐに別の話をしはじめた。同時に同じ賞を受けたからというばかりでなく、私の書くものからなんとはなしの親近感を持っていてくれているようでもあった。ノンフィクションの文章論から夫人や娘さんのユンちゃんの動静についてまで、気がつくと、一時間余りも話していた。最後に近藤さんが、さも面白そうに言った。

「ユンも、しばらくはあなたの話をよくしていたんですよ。ところが、いつの間にかしなくなったと思ったら、フランス人の恋人ができていましてね。お陰でこちらは、娘のや妻のや彼の分まで東京—パリ間の航空券の代金を稼がなくてはならなくて、フーフー言ってますよ」

そして、近いうちに会いましょうと互いに言って、切ったのだ。だが、ついに、一度も会えなかった。

娘は早く寝ついてくれたが、もう「スーパーボウル」どころではなかった。

四角いテレビの中の、たくましい男たちの激しい動きが、どこか空虚で、機械仕掛けの人形を見ているように遠かった。

一月二十八日　火曜日

午後七時。神楽坂《かぐらざか》簞笥町《たんすまち》の南蔵院に近藤紘一氏の通夜に訪れる。通りは暗く、風は冷たい。院の階段を昇り、中にしつらえられた祭壇に向かって焼香をする。右手の席に夫人と娘さんの姿が見えたが、うつむいていたため挨拶《あいさつ》はできなかった。あらためて会いにいこうと思い決めて、外に出た。

八時に麴町《こうじまち》のイタリア料理屋「ラ・コロンバ」で、小学館の「ビッグコミック・スピリッツ」の編集長である白井勝也《しらいかつや》氏と会う。用事はこれといってないのだが、こうして一カ月か二カ月に一度くらいのわりで会っては、食事をしながら話をすることになっている。彼は彼で私の話を聞き、私は私で彼の話を面白く聞かせてもらう。時折り、気がついたように漫画を持ってきてくれ、私はそれで初めてあだち充《みつる》の『タッチ』や『みゆき』を知ったりした。

確かにいつもは用事がないのだが、今日は特別にこちらに相談したい一、二のことがあり、珍しいことに白井氏の側にもあるようだった。私の方は簡単に済んだが、彼の方はなかなか大ごとだった。

これまで、隔週刊だった「ビッグコミック・スピリッツ」が、近く週刊化されるのだという。たいして人員は増えないまま、倍の仕事をこなさなくてはならなくなる。だからといって、読者に薄まってしまったと感じさせてはそれこそ一巻の終わりである。苦しい闘いになるだろうが、社の方針とあればやらなくてはならない。そして、私に対して、あるいは力添えを頼むことになるかもしれないがいいだろうか、と言うのだ。付き合いはじめてから、実に五年目にして初めて出てきた仕事の話だった。もちろん、と答えたが、逆にその我慢強さに今更ながら感動してしまった。

白井氏は最近では例を見ないくらいの仕事人間で、恐らくは編集部内でも、恐怖のワーカーホリックとみなされているのではないかと思えるほど、どっぷりと編集という仕事に浸り切っている。家庭などあってなきがごとしだ。中学二年になる長女が白井氏に言うそうだ。

「お父さんとお母さんが別れたら、ひとりぼっちになっちゃった方についていってあげるからね」

つまり、だから、そうやって孤立しつつある父親を慰めているのだろう。

食事が終わり、これからまた編集部に戻って仕事をするという白井氏と別れ、タクシーに乗る。

渋谷を通りかかった時、ふと、ここで降りて酒を呑んでいこうかな、と思ったが、やはり面倒で、そのまま行き過ぎてしまった。あるいは、こうやって、人は歳《とし》をとっていくのかな、とも思った。

一月二十九日　水曜日

晴れ。

仕事場に行き、『馬車は走る』の手入れをする。発行期日は『深夜特急』と同じ五月の予定なのだが、なかなか手がつかなかった。それは、目次のひとつがどうしても決まらないからだ。

この『馬車は走る』には、全部で六篇の人物論が収録されることになっている。去年の末、いわゆる「ロス疑惑」の渦中《かちゅう》の人である三浦和義《かずよし》との一週間をスケッチした「奇妙な航海」という文章を書き終えた時、不意に『馬車は走る』というタイトルが浮かんできた。それとともに、これまで書いたままで、どの本にも入れてなかった作品の何篇かが吸い寄せられるように近づいてきて、自《おの》ずと目次が形成されてしまったのだ。

2　4　6

帰郷
シジフォスの四十日
死者への追走
オケラのカーニバル
奇妙な航海
帝《みかど》

これがその目次なのだが、この中の三番目のものが、書いた相手の事情があって、採否の決定に手間取っている。

しかし、いつまでも、放置しているわけにはいかない。とりあえず、残りの五篇の中でも、最も気になっている「奇妙な航海」の加筆訂正をすることにした。

雑誌に発表した際、時間切れということもあって、後半部、とりわけ、最終節が尻《しり》切《き》れトンボになってしまったような印象が私にもある。何をどうすればいいのだろう。

考えているうちに、近藤さんの電話が思い出されてきた。そういえば、あの三浦和義逮捕劇の直後、近藤さんの時と同じように、誰からかまったくわからない電話が掛ってきたことがあった。それも深夜で、女性からの電話だった。相手が誰なのかを確かめるための闇《やみ》の中での手探りのやりとり。あの電話の顚末《てんまつ》を最終節としたらどうだろう。

私は丸一日をかけて、「深夜の電話」とでもいう短文を書くようなつもりで、その最終節を書きはじめた。

——どこからか音が聞こえてくる。夢とも現実とも区別がつかないまま眠りの底に潜り込んでいると、しだいにそれは大きくなり、醒《さ》めてくるにしたがって、この部屋の中の音だということがわかってくる。どうやら電話のベルのようだ。私は布《ふ》団《とん》から体を起こし、真っ暗闇の中を電話器の置いてある方に手を伸ばした。

「もしもし……」

私が受話機に耳をあてて言うと、電話の向こうで女の声がした。

「もしもし」

私は緊張した。この深夜にいったい何の用だろう。もしもし、ともういちど繰り返すと、相手は私の名を口にし、そうなのかと念を押した。

「ええ、そうです」

「よかった。まだ起きてました？」

すでにぐっすり寝込んでいたが、ええ、まあ、と曖昧《あいまい》な返事をした。それより、この女は誰なのだろう。私はぼんやりした頭で考えていた。寝たのが一時半だったからもう午前三時近くにはなっているだろう。声に聞き覚えがないわけではない。しかし、こんな時間に電話を掛けてくるような知人の中には、このような種類の声の女性はいない。ところが、相手はかなり親しげな喋《しゃべ》り方をしている。もしかしたら、私がうっかりしているだけで、かなり付き合いのある人なのかもしれない。だが、どうしても思い出せない。

「ええと、どなたですか」

私は思い切って訊《たず》ねた。すると、女はまったく聞き慣れない名前を口にした。私には記憶がないが、女は当然知っているものと思っている。私はどこで会ったのかを懸命に思い出そうとした。しかし、まったく甦《よみがえ》ってこない。困惑したあげく、私はいい加減なことを口走った。

「元気ですか」

「泣いてたわ」

私は少し焦《あせ》ってきた。いったい、この女は何者なのだ。私を誰かと勘違いしているのではないだろうか。思い切ってそう言おうとした時、彼女が言った。

「とうとう行っちゃったのね、あの人」

「…………」

「もう帰ってこれないのね」

その時、一挙に思い出した。そうか、彼女だったのか。三浦とスタジオでSMの写真を撮った、あのサド役の女だ。三浦が席をはずすと、私の耳元で、あの人には死臭がするわ、と囁《ささや》いた女だ。

「どうして、君がそんなことを気にするんだい」

しかし、彼女は私の問いには答えず、逆に訊ねてきた。

「死刑になるのかしら」

そんなことはないだろう、と私は答えた。そして、もし容疑が殺人未遂で済むのならと付け加えた。だが、どうしてこの女が三浦和義の刑のことを心配しなくてはならないのだろう。不思議におもって、重ねて訊ねた。女はしばらく言い淀《よど》んでいたが、やがて喋り出した。

「あの人が来たの」

私はその瞬間ゾクッとしたものを感じた。薄い寝間着で起きているせいばかりではなかった。電気をつけることができず、依然として部屋は真っ暗のままだった。その闇の中で聞こえてきた、あの人が来たの、という彼女の言葉は、まるで三浦が彼岸からやってきたように響いてきてしまったのだ。だが、もちろん、彼は死んだわけではない。

「いつ、来たの？」

私は気を取り直して訊ねた。

「二日後だったわ」

「二日後？」

「撮影の二日後」

「どこに？」

「私の部屋に」

「彼、知ってたの？」

「電話が掛かってきたの」

彼女の電話番号など、いつ調べたのだろう。

「電話番号なんて、どうして知っていたんだろう」

「教えたの」

「君が？　いつ？」

「あの時」

　気がつかなかった。かなり注意深く彼を観察しているつもりだったが、まるで気がつかなかった。少なくとも、あの場所では電話番号を訊《き》いているような素振りはまったくなかった。確かに、また会いたいですねえ、といったようなことは言っていた。しかし、それは単なる儀礼的な挨拶だと思っていた。

「そう……」

　私が呆然《ぼうぜん》としていると、女は一気に喋り出した。

「近くから電話が掛かってきたの。これからそっちに行きたいからマンションの下まで降りてきてくれって。いま、いろんなレポーターだとか報道陣とかに追跡されているけど、うまく撒《ま》いたから君と会いたいって、迎えにいって、部屋に来ると、すぐにこの間の続きをしようっていうの。なんだか可哀《かわい》そうで、だから、したわ。あの人、いじめると興奮するの。肉体的にじゃなくて、心理的によ。どうして一美《かずみ》さんみたいないい人を殺して、良枝《よしえ》みたいないやな女と一緒になったの、とかいろいろ言ってやったわ。すると、うんと興奮するの。私がぜんぜんよくならないと、どうして燃えてくれないんだいって。終わってから、私、言ったの。私なら、あなたが一美さんと結婚していても、別口でうまくやっていてあげたのに。良枝なんかと、さっさと別れちゃいなさいよ。私が一緒になってあげる。そう言ったんだけど、それはできない、良枝とは別れられないんだって。それからしばらく、うちの電話でどこかいろいろなところに電話していたわ。新聞社だとか、梨元《なしもと》さんだとかにね。僕はいま絶対わからない秘密のアジトにいますとか言って……」

　女の話を聞きながら、ホテルの一室で三浦が、テレビ・レポーターと電話で話している時に感じたものと、まったく同じ感情が湧《わ》き起こってきた。いたましいな……。女がではない。三浦がだ。このような女のところに行って、最後の日々を送らなければならなかった彼がだ。そしてその瞬間、数日前に読んだ一冊の本が不意に思い出された。

　その日、三軒茶屋の喫茶店で人と待ち合わせをしていて、少し早く着きすぎてしまった。コーヒーでも飲みながら待つことにしようと思ったが、あいにく時間を潰《つぶ》せるような本を持っていない。近くの古本屋に行って手頃な本を探した。だが、どの棚にも読みたい本がなく、仕方なしに『破滅』という本を買った。これが三菱《みつびし》銀行猟銃人質事件の犯人を描いたものだということは知っていたが、事件そのものに大した関心がなかったため、いままで手に取ることがなかった。しかし、ただの時間潰しのつもりで頁《ページ》を繰りはじめた私は、その本を読み進めていくにしたがって、内から込み上げてくる興奮で眼が離せなくなってしまったのだ。そして、いま、あの日読んだあの本の茶色に変色しかかった紙の上に、これまでぼんやりしていた三浦の像が、幼い頃の日光写真のようにゆっくりと浮き上がってくるのを感じた。

　私は三浦より四カ月あとに生まれたが、三菱銀行事件の犯人である梅川昭美《あきよし》は私のさらに二カ月あとに広島で生まれている。高校を一年で中退、ぶらぶらしている時に、盗みに入った家の「若妻」を殺して逮捕され、岡山の中等少年院に入れられる。出所後は、大阪に出て、バーテンや集金係などをしながら水商売の海を漂いはじめる。これは三浦と極めて似かよった軌跡だが、私が衝撃を受けたのはその部分ではない。彼が射殺される前日に口走ったという、ひとつの言葉が、彼の、三浦の、そして私たちのすべてを言い表しているように思えたのだ。

「俺は精神異常やない。道徳と善悪をわきまえんだけや」

　道徳と善悪をわきまえないだけ。そうなのだ。多分、そうに違いないのだ。

　三浦が愛読した『青年の樹《き》』の著者は、かつて「価値紊乱者《びんらんしゃ》の栄光」と言ったことがある。だが、三浦には、梅川には、だから私たちには、はじめから紊乱すべき価値の体系などないも同然だった。倫理も道徳もどこかに消えていた。存在したのは、すべてに二者択一を強いられる世界だった。二者択一の世界に倫理や道徳は入り込む余地はなかったのだ。

しかし、生きていくためには、道徳まがいのものを身につけなくてはならない。だから、あらゆる場所で、あらゆる機会に、学び、学ばせられる。しかし、三浦は何かの理由で学ぶことを拒否し、彼の両親は何かの理由で学ばせそこなったのだ。

恐らく、彼には人生の目的というものがなかった。なかったはずだ。もし、女とか、金とかが目的だったなら、もっと違った人生を送ることができた。彼にはあらゆることが面白く、しかしあらゆることがつまらないものだった。だから、彼は関心を持つことはできるが、その関心を持続させることができなかった。ほんの短い期間は集中できるが持続しない。彼が、性に関して自由なのは、ホモだからでもなく、マゾだからでもない。彼の行動を繋《つな》ぎとめ制御するものが何もないからだ。彼にはあらゆることが可能なのだ。可能だが、意味がない。だから、結局は淫《いん》することがない、淫することができないのだ。私と同じだ。違うのは、私は生きやすく生きるための方法を、いつか、どこかで学んでしまったというだけなのだ。

千葉の三浦のマンションで、あれは彼の娘が激しく泣き出す直前だったが、ふと思いついて訊ねたことがあった。

「信仰みたいのは持っています？」

「いや」

「三浦さんに、神様はいる？」

「そんなのは、いない！」

かなり強い口調だった。多分そういう答えが返ってくると予期はしていた。彼には神がいないのだ。神、に代わるものがなかったのだ。たとえ、それが金であれ、女であれ構わない。信仰になりうる、わずかにでもなりうるものを持てなかった。

彼は時代の「旬《しゅん》」などを生きているのではない。彼は戦後間もない時代に生を受けた者たちの劇を、最も忠実に、最も不器用に生きているだけだ……。

「……それから毎日のように電話が掛かってきたわ。会いたいけど、追いかけられているんで行かれないって。だから、私は言ったのよ。一緒に逃げようって。どこへって訊くから、アメリカでもどこでもいいじゃないって。でも、アメリカは駄目だって。あんな良枝みたいな女と別れて、私と一緒に逃げようよ。でも、それはできないんだ、君を愛しているけどそれはできないよって。なんだか可哀そうだった

『破滅──梅川昭美の三十年』毎日新聞社会部編
ルポルタージュ叢書 17／晩聲社●1979 年
装幀：杉浦康平＋鈴木一誌

わ。それじゃあ、日本にいて捕まる気なら、その前に電話してって。あなたが出てくるまで何年でも待っていてあげるから。でも、あの時、私は部屋にいなかったの。きっと、電話をしてくれたと思うのに。テレビで逮捕を知って、私、泣いたわ……」

あの状態の中で果たしてこの女に電話をする余裕があったかどうかは疑問だったが、口には出さなかった。そんな気配は見えなかったが、電話番号の例もある。三浦なら私たちに勘づかれないで電話をするくらいはできるかもしれない。

しばらく黙り込んだあとで、女が呻《うめ》くように言った。

「……吐いちゃうかな、あの人」

「吐かないだろ」

私は強い口調で言った。確かに彼は吐かないだろうか。多分、吐かないだろう……。

その時、ふと、吐かないでほしいな、という思いがよぎった。

実際に妻殺しに関与しているにしても、いないにしても。いや、本当に関与していればいるほど、吐くべきではない。彼は娘のためにも沈黙を守らなければならないのではないか。もし、彼が口を割ったら、ひとり残されることになる娘は、「父に殺された母」と「母を殺した父」を、一度に持つことになってしまう。彼が口を割りさえしなければ、ただ単に「殺された母」を持つ少女に過ぎないのだ。彼は娘のためにも沈黙を守り通す義務がある……。

「……やっぱり、死刑になるんだわ。もうあの人はおしまいだって。あの人にはほんとは凄《すご》いバックがついていたんだけど、その人の力でいままで泳がせてもらっていたんだけど、その人があの人にうんざりしちゃって切り捨てちゃったんだって。警察もそれでやる気になって逮捕したんだって……」

　酔っているとは思えなかったが、女の、事実とも、妄想ともつかないおしゃべりは果てしなかった。闇《やみ》の中で切れ目のなく続く女の声を聞きながら、あるいは倒錯した論理かもしれないが、と思いつつ、「吐くな！」と私は胸の内で呟《つぶや》いていた。

書き終えた時には、外はすっかり暗くなっていた。

レコードを止め、ストーブを消し、ガスの元栓を締めて、私は仕事場を出た。

一月三十日　木曜日

薄曇り。

相変わらず寒いが、冷たい空気の中を速歩のように歩いていくのは気持よい。そろそろ体を動かすことを再開しようと思う。この仕事が終わったら、あの仕事が終わったら、と言っているうちに一年が過ぎてしまった。とりあえず、どこかで泳ぐことにしようか。

夕方まで『馬車は走る』の手入れをし、それから築地《つきじ》の朝日新聞社に行く。レストラン「アラスカ」で、「朝日ジャーナル」編集部の千本《せんぼん》健一郎氏と会う。ビールを呑《の》みながら、二人のあいだで懸案となっている来年からの連載の件について話す。まだ一月も終わっていないのに、もう来年の話を始めるとは少々気が早すぎるようだが、ノンフィクションの場合には、それでも準備期間としては充分とはいえないくらいなのだ。

これから取り組むつもりの二つのテーマを提出し、どちらがいいかを選んでもらう。千本氏が選んだのは、まだほとんど取材のできていない、しかも書き方の難しいと思われる方だった。がっかりするやら、もっともと納得するやら、複雑な心境だった。これから対象の人物にアプローチしてみて、取材が可能かどうかの見極めを五月頃までにするということで、了解してもらった。

もし、取材が可能ということになれば、それは「ギャングと女優」という題になるはずのものである。

二月一日　土曜日

雪が降るが、淡く、ほとんど積もらないうちに、消えた。

いちど書き上げた原稿にふたたび手を入れるという、ひどく疲れる作業を一日中続けていると、不意にどこかを旅したくなる。活字を追う視線が机の上を離れ、いつの間にか宙を泳いでいる。それに気がつき、慌《あわ》てて視線を引き戻すが、すぐに同じことを繰り返している。


夜、布団《ふとん》に入った娘に、話をする。

「なんのオハナシしようか」

と娘が言う。

「なんでもいいよ」

と私が答える。ほんの一瞬考えてから、娘が叫ぶ。

「ながぐつのオハナシ！」

きっと、昼間、長靴をはいたのだろう。

私はすぐに話しはじめる。


お空に黄色いお星さまが出ていました。

(とっさに「お星さま」が出てきたのは、寝る前に二人で窓から星を探したからだ)

そこに半分のお月さまが出てきました。

(月もついでに探したのだ)

お月さまがお星さまを見ていいました。

——ねえ、きみの肩に引っかかっているのは、いったい何だい?

——ぼくの肩に何かが引っかかっているだって?

お星さまがききかえしました。

——そう、きみの肩に赤いものが引っかかっているじゃないか。

——ぼくの肩に赤いものが引っかかっているだって?

(同じ言葉を何度も繰り返すのは、その合間に、どうにかして次に展開するストーリーを考えようとしているからだ)

お星さまは自分の肩を見てみました。すると、どうでしょう、ほんとうに赤いものが引っかかっています。

――ほんとだ！

――そら、ぼくのいったとおりだろ。

お月さまがすこしいばったようにいいました。

――でも、これはいったい何だろう。

お星さまにもわかりません。

それはふたりとも見たことのないへんてこな形のものでした。

――きっとだれかの落とし物だね。

お月さまがいいました。

――きっとだれかの落とし物だね。

お星さまもいいました。

(と、ここでもまた同じ手を使って考えている)

そのとき、お星さまは思いだしました。

ついさっき、昼寝をしているすぐそばを、イカ・ロケットがすごいスピードで通っていったのです。

それは白いお星さまから、青いお星さまに行く、午後の定期便のロケットでした。

（イカ・ロケットというのは、娘の好きな佐々木マキさんの絵本に出てくる乗り物なのだ）

――そうだ、そのロケットには、女の子がまたがっていたっけ。

お星さまがいいました。

――そうか、きっと、その女の子が落とし物をしたんだ。

お月さまがいいました。

――そうだ、きっと、その女の子が落とし物をしたんだ。

お星さまがいいました。

――ロケットのスピードの出しすぎかな。

お月さまがいいました。

――ロケットのスピードの出しすぎかな。でも、あの女の子、こまってるだろうな。

お星さまが心配そうにいいました。

――きっと、こまっているだろうね。

お月さまがいいました。

――返してあげる方法はないかなあ。

――ないかなあ。

二人はいっしょうけんめい考えましたが、思いつきません。

そのうち半分のお月さまも黄色いお星さまも眠くなってきました。

（と、娘の眠りを誘ってみたが、いっこうに眠る気配はない。仕方なく、その続きを考える）

お空はほんとうの夜になってきました。

白いお星さまも、青いお星さまも、夜になりました。大人も、子供も、おばあちゃんも、おじいちゃんも、お父さんも、お母さんも、お兄さんも、お姉さんも、赤ちゃんも、お人形も、いぬも、ねこも、うさぎも、りすも、たぬきも、きつねも、みんな、みんな眠っていました。

（「くまちゃんも？　ぞうさんも？　ペンギンちゃんも？」と娘が訊《き》くので、「そうだよ、みんな、みんな、だよ」と私は答える）

青いお星さまでは動物園もまっくらです。みんな、みんな、オリの中で静かに眠っています。ところが、ライオンのオリのすぐよこの、イカ・ロケットの小さな駅のまえで、ひとりだけシクシク泣いている女の子がいます。シクシク、シクシクと泣いています。

その泣き声で眼がさめたライオンがききました。

――その女の子、どうして泣いているんだい？

女の子はまだ泣きやみません。

――まいごになってしまったのかい？

女の子は首をふりました。

――おなかがすいたのかい？

女の子は首をふりました。

――いったい、どうしたというんだい？

（その時、突然、娘が女の子っぽい声で「ながぐつ、なくなっちゃったの」と言い出し、びっくりさせられる。ながぐつのオハナシというリクエストと、星に引っ掛かっている落とし物、という情報から、女の子が長ぐつを落としたことがわかったらしい。もう少しこのやりとりを引き延ばそうと思っていたのだが、ネタが割れているとあればいたし方ない、と観念する）

女の子はすこし泣きやんでいいました。

――長ぐつが、片っぽしかないの。

ライオンが女の子の足を見ると、赤い長ぐつが片っぽしかありません。それで女の子は、せっかく動物園にきたのに、どこにも行かれなかったのです。きりんも、しろくまも、パンダも、さるも、なにも見られませんでした。

――それはかわいそうに。

ライオンがいいました。すると、女の子はまた悲しくなってシクシク泣きだしました。

――どこで、なくしたんだい？

ライオンがききました。

――黄色いお星さまのそばを通ったとき、落としてしまったの。

――そうかい。

ライオンはすこし考えました。そして、しばらくすると、女の子にこういいました。

――耳をふさいでごらん。

――耳をふさぐの？

女の子はききかえしました。

――そう、きつくだよ。

女の子が両手で耳をふさぐと、ライオンは大きく息をすいこみました。そして、天までとどけと大声でほえました。

――ガオー！

（すると、娘が口をはさんだ。「うるさいですよ、よるですよ、きんじょのあかちゃんがおきますよ」）

それはカミナリの音より大きな声だったので女の子はびっくりしてしまいました。

女の子はさっきよりもっともっときつく耳をふさぎました。

——ガオガオガオガオー！

その大きなほえ声に、青いお星さまにある、家も、木も、ビルも、でんしんばしらも、みんな、みんな、みんな、ふるえあがりました。

いえ、それればかりではありません。お空のあちこちで眠っているお星さまも、みんな、みんな、みんな、ふるえあがりました。半分のお月さまも、黄色いお星さまも、ぶるぶるぶるっとふるえました。

そのひょうしに、黄色いお星さまの肩にひっかかっていた赤いものがはずれました。

肩からはずれた赤いものは、青いお星さまのほうにむかって落ちていきました。どんどん、どんどん、落ちていきました。

ヒュー、ポトン。

赤いものは、女の子の目のまえに落ちてきました。

——あっ、わたしの長ぐつだわ！

女の子は大よろこびでひろいあげました。

――それかい、よかったね。

ライオンがいいました。

(「らいおんさん、こわいの、やさしいの?」と娘が訊く。まだしぶとく眠らないのか、と思いつつ、「そうだね、ライオンさんはきっとやさしいんだろうね」と答える)

ところが、どうでしょう。赤いかわいい長ぐつをはいたのに、女の子はまたシクシクと泣きだすではありませんか。

――どうしたんだい。長ぐつはもどってきただろう。どうして泣くんだい。

ライオンがいうと、女の子が泣きながら答えました。

――長ぐつはかえってきたけど、こんなに暗くては動物がなにも見えないわ。

なるほど、動物園はまっくらです。

――そうか、それは困ったね。それではもういちど、耳をふさいでごらん。

女の子が耳をふさぐと、ライオンはまた大きく息をすい、さっきよりも大きな声でほえました。

――ガオガオガオー、ガオガオガオー!

(「うるさいですよ、よるですよ」とここでも娘の合いの手が入る)

するとと、どうでしょう。ライオンの大きなほえ声にびっくりして、眠っていたはずのお日さまが目をさまし、あわてて顔をあらっておうちからでてくるではありませんか。

朝です。朝になったのです。

(夜のまま眠らせるつもりが、どういうわけか、オハナシの世界では朝になってしまった)

しばらくすると、あちこちのオリから動物たちのなき声が聞こえてくるようになりました。

——ライオンさん、ありがとう!

女の子はライオンによくお礼をいうと、明るくなった動物園のなかをスキップをしながらかけていきました。

——わーい、わーい。

そのうしろすがたを見送ったライオンは、大きなあくびをしてつぶやきました。

——さあて、ひとねむりするとしようか。

おしまい。

ようやく娘も眠くなってきたらしい。

「ももたろちゃんのオハナシ！」

　と言い出した。

「昔々」

　と私が話し出そうとすると、娘が先に喋《しゃべ》り出した。

「むかし、むかし、おじいちゃんと、おばあちゃんと、たかこちゃんがいました」

「たか子さんもいたの？」

「リーちゃんと、おとーしゃんと、ママがいました。ないとーちゃんと、ひーこちゃんがいました。くまちゃんと、うさちゃんと、ペンギンちゃんがいました」

「それで？」

「みんなで、やまにしばかりにいきました」

「………」

　娘に話をしてもらっているうちに、本当に私の方が眠り込んでしまった。きっと、そのあとで、娘も仕方なく眠ったのだろう。しばらくして私が眼を覚ますと、娘は右手を大きく布団の上に出して、ぐっすり寝入っていた。その手を布団の中にしまい、そっと部屋を出てきた。

二月二日　日曜日

朝のうちは曇っていたが、やがて晴れ間が出る。

午後から蒲田《かまた》へ行き、歩く。

私が蒲田駅の周辺を最寄りの繁華街としていた二十年前とは、かなり変化している。駅前のロータリーはすっかり綺麗《きれい》になったし、駅ビルも拡張された。しかし、駅から少し離れ、くねくねとした細い道を歩いて行くと、すぐに小さな家やアパートが軒を連ねたゴミゴミしたあたりに出る。どれほど古い家が壊され、白っぽい新しい家に建て替わっても、このゴミゴミとした家並みの印象だけはかわらない。庭が狭く、緑が少なく、空地がほとんどないせいかもしれない。

歩きながら、私は少年時代のこの町の風景と空気の匂《にお》いを思い出そうと努めていた。メモを取る気はなかったが、甦《よみがえ》ってきたものは、ひとつ残らず頭の中に刻みつけるつもりだった。

私は私の過去を取材していたのだ。

先日、趙治勲を北品川の病院に見舞ったあとで、池上の両親の家に寄ることになっていた。北品川の京浜急行の駅で、どのようなルートで行こうか、一瞬、迷ってしまった。品川に出て、国電で大森まで行こうか。このまま京浜蒲田へ出て、歩いて国鉄の蒲田駅に行こうか。どちらも、あとは池上までバスで行くことができるし、タクシーを使っても大した料金ではない。

どうしようか考えていると、ちょうど下りの電車がやってきた。思わず私はそれに飛び乗り、結局京浜蒲田まで出ることになった。

京浜蒲田から国鉄の蒲田駅までの道は、十年ぶりくらいだった。踏み切りの様子や、商店街のたたずまいなど、記憶通りのなつかしいものだった。古本屋に入ると、欲しい本に信じられないような安い値段がつけられている。荷物になるのは嫌だったが、つい二冊、三冊と買い込んでしまった。

浮いた気分で歩いているうちに、すぐに国鉄の蒲田駅の東口に着いた。

東口からバス停のある西口へ通じる階段を上るため、構内に入ろうとして、その出入口のすぐ脇《わき》に立っているサンドイッチマンの姿に眼を奪われた。男が女装をして、プラカードを持っている。驚いたのは、女装をしていることではなかった。そのサンドイッチマンが、二十年前にもまったく同じ格好で立っていた記憶があったからだ。

間違いなく、彼はここで女物の洋服を着てプラカードを持って立っていたはずだ。サンドイッチマンが二十年間も同じ場所に立ちつづけている。それも、現代という時代に……。

たったひとつ以前と違っていたとすれば、それは彼の顔に老眼らしい眼鏡があったことだ。

私は彼の横を通り過ぎる時、胸が少し高鳴った。そして、もしかしたら、これを使えば書けるかもしれないな、と思った。

一年ほど前から、私は十五歳の少年を主人公にした小説を書こうとしている。彼は、私であって私でない。書こうとすると、「私」と「彼」とがせめぎあう。そのため、どうしても文章のスタイルが決まらない。細部はいちいち明瞭《めいりよう》なのに、原稿用紙に向かっても文字がペン先から流れ出してこない。それは、結局、細部を照らす眼の位置が決まらないからなのだ。そして、それは、つまるところ、私に何も見えていないということなのだろう。

だが、そのサンドイッチマンの姿を見て、ひとつの切っ掛けが摑《つか》めたような気がしてきたのだ。そして、日をあらためて、蒲田の町を歩いてみようと思った。歩けば、何かが見えてくるかもしれない……。

蒲田の町を歩き廻り、少し疲れたので、コーヒーでも飲むことにした。

駅ビルの中の本屋で、ジェイムズ・クラムリーの『酔いどれの誇り』という、プライベート・ディテクティブ、私立探偵物のハードボイルドを買い、駅前ロータリーの向かいにある「和蘭豆《ランズ》」という喫茶店に入る。

ミロというアル中の主人公のキャラクターに惹《ひ》かれ、半分ほど一気に読み通してしまった。これは久し振りのロングヒットだ、と嬉《うれ》しくなる。これに比べれば、ロバート・B・パーカーのスペンサー・シリーズなど、問題にならないくらい小粒な作品に見えてくる。もっとも、世のハードボイルド好きとは異なり、私は『初秋』以外のスペンサー・シリーズをほとんど評価していないのだが。何がつまらないのかといえば、そのストーリーの単純さをひとまずおくとしても、なによりスペンサーの感性が平凡すぎる。ミロは普通の感性を持っているが平凡ではないのだ。普通ではあるが平凡ではない。ハードボイルド・ヒーローの感性に必要な条件は、恐らくそれである。

外が暗くなってきたので、慌《あわ》てて立ち上がり、料金を払う段になってびっくりした。この蒲田に、コーヒー一杯に四百三十円も取るような高級な喫茶店があるとは、今の今まで知らなかったからだ。

二月五日　水曜日

快晴。

仕事の途中で、テレビをつける。NHKの教育チャンネルで、「ノンフィクションと現代」というシリーズの再放送があり、その二回目を見るためだ。

一回目は柳田邦男《やなぎだくにお》氏と本田靖春《やすはる》氏、それに山際淳司《やまぎわじゅんじ》氏を加えての鼎談《ていだん》だった。しばらく見ていたのだが、柳田氏も本田氏も、自身が抱えているはずの、のっぴきならない問題についてはまったく語らず、あたりさわりのないことでお茶を濁していた。啓《けい》蒙《もう》的な番組なのだから、あれはあれでいいのだろうと思ったが、特に鋭く迫ってくるものがないため、途中で切ってしまった。

二回目は、さまざまなノンフィクション・ライターの「生活と意見」とでもいうべきものを集めて、なかなか面白かったが、やりかけの仕事が気になり、やはり途中で切ってしまった。しかし、とりわけ意外だったのは、始めの方に登場した上野英信《えいしん》氏の風貌《ふうぼう》であった。その書くものから、もっと節くれだったゴツゴツした人という印象を持っていたのだが、テレビで見る上野氏は、温和な昔風のインテリの雰囲気を持っ人だった。いや、それ以上に意外だったのは、次の一言が私の日ごろの思いとまったく同じだったことだ。

「ノンフィクションを書くためには、金を惜しんではならない、時間を惜しんではならない、命を惜しんではならない」

多分、その通りなのだ。


夜、七時。渋谷の「東武ホテル」で光文社出版部の京谷六二《きょうやむに》君と会う。

京谷君、などと私が偉そうに呼べるのも、彼が去年会社に入ったばかりの新人だからである。しかも、中学生の時、私の『敗れざる者たち』という本を読み、いつか編集者になったら、まずあいつに会いに行こうと思い決めていた、という事情が加わっている。そのため、つい親しげな気持になってしまう。会いたかった。そう言われて、嬉しくならない書き手はいないだろう。もしそれが仕事のための戦略だとしたら、なかなかしたたかな編集者ということになるが、京谷君はまだそれほどのスレッカラシにはなっていないようだ。

地下の「つな八」で食事をし、銀座に呑《の》みに行く。

資生堂前の「K」で呑んでいると、装幀家《そうていか》の菊地《きくち》信義《のぶよし》氏が入ってきた。ちょうどいい機会なので、『馬車は走る』の装幀を依頼する。編集の新井氏とも、こんどは菊地氏にお願いしてみようと話していたところだったのだ。近くヨーロッパに行くらしいが、どうにか引き受けてもらえそうな感じだった。

それから「三井アーバンホテル」横の「M」へ行き、そこで高平哲郎《てつお》氏と高橋洋子さんに会い、一緒に麻布《あざぶ》に流れていき、結局、朝の五時まで呑んでしまった。

だが、まだ冬という季節のおかげで、空は白んでいなかった。

二月六日　木曜日

外は晴れ。窓を開けると、風は冷たい。

娘に起こされ、一度はいつものように七時に起きたのだが、久し振りの二日酔いらしく頭痛がするので、朝食後にふたたび布団《ふとん》に潜り込んでしまった。

時々、娘が部屋に入ってきては、どうしたの、と訊《き》く。頭が痛いの、と答えると、そうなの、と妙に大人ぶった声を出す。しかし「そ」の音がうまく発音できず、「そうなの」が「ちょうなの」と聞こえてしまう。何回目かの時に、ちょうなんだよ、と応じると、からかわれたのがわかるらしく、なかば本気で怒り出した。

「ちょうじゃない。ちょうなの！」

「ちょうなんだろ？」

「ちがうの。ちょうなの」

「ちょうなの、じゃなくて、そうなの？」

「ちょう」

　そんなことをしているうちに、どうやら頭痛が収まってきた。のそのそと居間に出ていくと、娘が心配そうに訊いてくる。

「あたま、いたくないの？」

「もう、痛くないよ」

「ちょうなの」

　しかし、しばらくするとまた訊いてくる。

「あたま、いたくないの？」

「もう、痛くないよ」

「ちょうなの」

　私が朝遅くまで寝ているなどというのは滅多にないことなので、娘にはかなり強烈な印象だったのかもしれない。

午後から仕事場に行き、『馬車は走る』の手直しをする。
といっても、しばらくは机に向かっていたのだが、急に仕事を続ける気力が失《う》せ、「本日は私設の休日になることが決定しました」と声に出して宣言してしまった。つまり、ここにめでたく、「元日」と「成人の日」に続く、今年三番目のホリデーが誕生したというわけなのだ。何と名づけよう。「酒の日」、あるいは「宿酔の日」だろうか。だが、いずれにしても、芸がない。いっそ「ちょうの日」、「蝶《ちょう》の日」とでもしようか。

まず、三軒茶屋のスパゲティー屋「オリーブの木」に行き、エスプレッソのようなアメリカン・コーヒーを飲みながら、ロレンス・ダレルの『ジュスティーヌ』を読んだ。

次に、新宿の「シネマスクエアとうきゅう」に行き、ジェシカ・ラングの『女優フランシス』を見た。ジェシカ・ラングが見たかったわけではなく、相手役のサム・シェパードが見たかったのだ。

映画は、フランシスという女優の、抑えても抑えきれない激しさの淵源《えんげん》が充分に描き切れていないため、その悲劇性がこちらに納得できるようには伝わってこない。後半での母親との確執も、唐突との印象を免れることはできない。だが、ジェシカ・ラングもサム・シェパードも悪くなかった。ジェシカ・ラングは決してうまくはないし、決して好きなタイプの女優ではないのに、なぜか惹かれるものを感じたし、サム・シェパードも「待つ男」をさりげなく演じて、彼への興味がそがれることがなかった。「待つ女」も哀切だが、「待つ男」というのも哀愁があってよいものだと知った。

二月七日　金曜日

晴れるが寒い。

午後から、西麻布の福沢進太郎氏宅へお邪魔する。

もっと早く伺いたかったのだが、福沢氏が風邪でふせっていたため、今日まで会えなかった。

福沢進太郎氏は、テスト・ドライヴィング中に炎上死してしまった、天才的なカー・レーサー福沢幸雄《さちお》の父君である。福沢幸雄について書くべく、六、七年前から、断続的に接触を持っていたが、いよいよ書きたいという気持が高まり、その許可を得るためと、不明な点のいくつかを質《ただ》すための訪問だった。

しかし、訪問の期日を決める電話でも、福沢氏にためらいに似た複雑な思いがあることは感じられた。その責任のほとんどは私にあった。

一年半前の一時期、私は連日のように福沢氏宅へ伺い、膨大な量のテープを録《と》らせていただいた。にもかかわらず、こちらの勝手な理由からどうしても書き上がらなかったため、ひとまず書くことを延期せざるをえなくなっていた。その時に決着がついていれば、問題はなかったのだ。

なぜ書けなかったかのこちらの事情は、三週間ほど前に手紙で書き送っていた。しかし、それでは充分に納得できなかったのだろう。

福沢進太郎様
新しい年を迎えて、さらに一段と寒さの厳しい日が続いておりますが、皆様にはお変わりありませんでしょうか。
当方は去年一年ほど取り組んでいた仕事に一応の決着がつき、ほっと一息ついているところです。それにつけても気がかりでならないのは、中絶してしまっている「炎上」(仮にそのような題をつけているのですが) のことです。

進太郎氏から充分にお話も伺い、資料も整理し、あとは書くばかりという段階にきているのに、なかなか手がつけられない。そんな自分をどうしてだろうと長く奇妙に思っておりました。それは恐らく、青木慧《さとし》氏の『福沢幸雄事件』という本の存在が大きな影を落としていたように思えます。重要なことはあの本の中でほぼ書き切られているにもかかわらず、そこをあえて私が書こうとするからにはそれ相当の理由がなくてはならない。と、まあ、勝手に思い込んでしまい、自縄自縛に陥っていたのです。しかし、よく考えてみれば、そのようなことは当初からわかっていたことでもありました。そもそもこの仕事の発端は、私が一度は裁判の途中でお目にかかっていながら、何のお役にも立てなかったという無念さから、せめて進太郎氏の「和解」に至った胸の内を代弁させていただこうと、思ったことから始まったはずなのです。『福沢幸雄事件』よりいいものを、という物書きとしての野心はひとまず置いておき、忠実に進太郎氏の「思い」を写せばいいのではないか。去年の暮れ、ようやくそのように思い切れたのです。

それから今日まで、その方向に沿って、進太郎氏のお話と資料の整理を続けてきました。そして、どうにか、粗いものですが「構成」が立ちました。長さは四百字詰め原稿用紙で百枚前後。序章と終章は地の文章で、しかし一章から五章までは、進太郎氏のモノローグというかたちの文章にしたいと思っています。

ところが、「構成」に従ってノートを作っているうちに、その折々の進太郎氏の「感慨」についてもう少し伺いたいところが出てきました。ついては、まことに申し訳ないのですが、あと一、二回のインタヴューをお願いしたいのです。

来週の月曜日にお電話をさせていただきます。そこでご都合のいい日を指定してくだされば幸いです。アクリヴィさんには怒られてしまうかもしれませんが、またケーキを持って参上いたします。

できれば、幸雄さんの十七年目の命日にあたる二月十二日までには書き上げたいと思っております。

1986年1月10日

沢木　耕太郎

私が買っていったケーキに、紅茶をいれてくださりながら、福沢氏が言った。

「やはり、やめていただこうと思うんですよ」

なぜ和解に応じたかをあなたが書けば、当然、弁護士に対する私の思いも露出してくるだろう。かりに私がどんなに批判的な眼で彼らを見ているにしても、互いに老い先みじかい者同士がいがみ合う図を、人様に見せるのは耐えられない。また、書かれるということは悲しみを新たにするということでもある。これ以上、家庭を晒《さら》し者にするべきではないかもしれない。申し訳ないんですけど、やめていただけますか。一年前とはだいぶ考えが違ってしまったのですよ……。

私に反対できるはずがなかった。あるいは、永遠に来ないかもしれないが、いつか許可が降りる時まで待とう、と思い決めた。

途中から、福沢氏の夫人であり、幸雄の母親である、声楽家のアクリヴィさんが自室から出てきて、話の仲間に加わった。

「お体の調子はいかがですか？」

私が訊くと、顔をしかめて、首を振った。

去年も一時ギリシャに帰っていたのだという。その間はよかった神経痛が、日本に戻ってきたとたんに悪化してしまったそうだ。

「日本は、とてもよい国。でも、気候、よくない」

いっそ、一緒にギリシャに住んでやろうかと思うんだけど、そうすると、逆にこっちの方が心配でね。そう言って、福沢氏は苦笑していた。

夕方になり、またケーキを持って遊びにまいります、といって辞去してきた。

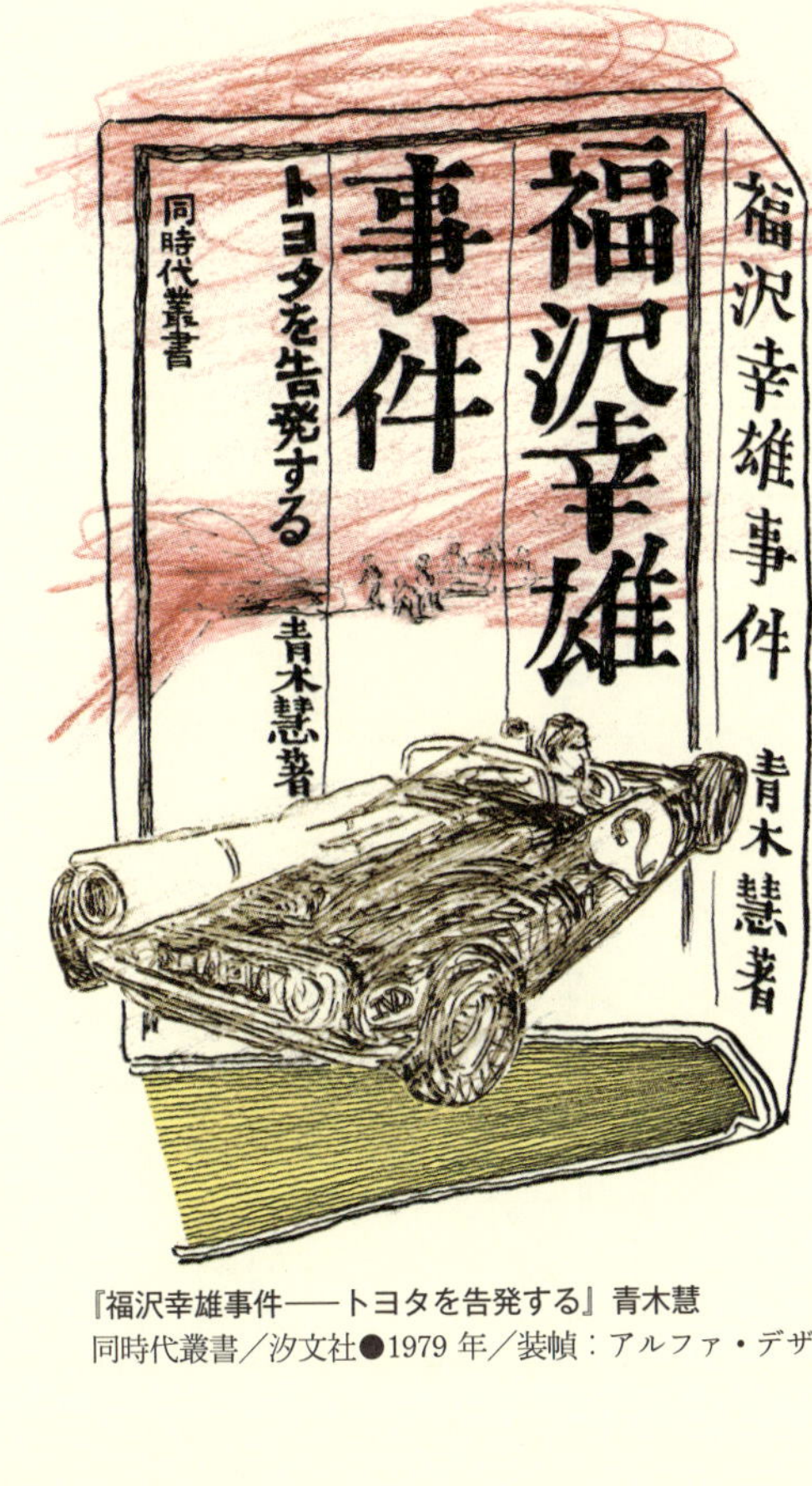

『福沢幸雄事件──トヨタを告発する』青木慧
同時代叢書／汐文社●1979 年／装幀：アルファ・デザイン

二月八日　土曜日

朝、いつものように、娘が起こしにくる。二人で居間にいき、思い切りカーテンを引き開けると、外には雪が降っていた。大きなボタン雪が、空から激しく落下するように降ってきて、ベランダに盛大に積もっている。空は雲で灰色だが、切れ目なく降ってくる雪で、眼の前は白く霞《かす》んでいる。

「雪だ！」

私は大声で叫んだ。

「ゆき？」

娘が不思議そうに呟《つぶや》いた。そういえば、先日の雪を見ていないらしい彼女には、これが初めての雪なのだ。去年も何度か雪は降ったが、そしてその度に抱き上げて窓ごしに見させたが、一歳半では記憶に残っているはずもない。

「そう、これが雪だよ」

私が言うと、本当にわかっているのかどうか、娘が叫んだ。

「そうか、ゆきだ！」

窓を開け放ち、私が外に手を差し延べると、娘も同じように手を差し出した。小さな掌《てのひら》に、雪が降りかかる。

「つめたい！」

そう言って、手を引っ込めると、掌にのった雪はすぐに溶けてしまった。それが不思議らしく、何度も外に手を出しては、掌に雪を受けていた。

雪が降ると、なぜだか私は興奮してしまう。雪の降ることが稀《まれ》な東京という土地で生まれ育ったせいかもしれない。私の興奮が娘にも伝わるらしく、窓を閉めても、「ゆきだよ、ゆきだよ」と叫びながら、部屋中を走り回っている。

朝食のあとで、娘とマンションの前にある小さな遊び場に行った。しかし、この雪だというのに、子供たちは誰ひとりとして外に出ていない。

「ゆきだるま！」

という娘の要望に応《こた》えて、背丈五十センチほどの雪ダルマを作った。雪を見るのは初めてでも、絵本やテレビで雪に雪ダルマがつきものだということくらいは知っているのだ。娘は私が雪を丸めている傍でまさに子犬のように走り回っていたが、雪になれないせいもあってか、盛んに滑ったり転んだりしている。そのうちに、手足が冷たくなってきてしまったらしい。いったん外に出たら、滅多なことでは帰ろうとしない娘が、「おうちにかえろ」と言い出した。だが、私は雪ダルマ作りに熱中するあまり、すっかり無視してしまい、くしゅん、と大きなくしゃみをされて、はじめて寒いのかもしれないと気がつく始末だった。

コタツで暖まり、昼御飯を食べ、娘は昼寝をした。

水気の多かったせいか、雪は降りやむと、驚くほどのスピードで消えていった。昼寝から覚めた娘が、窓の外を見て、不思議そうに訊いてきた。

「ゆきはどこ？」

盆の上に載っていたはずの雪ダルマも、いつの間にか水になっている。

「ゆきだるまは？」

「とけちゃったの」

「ふーん」

それで納得したかと思っていると、十分おきくらいに訊《たず》ねてくる。

「ゆきだるまは？」

「とけちゃったんだよ」

「ふーん」

夜、七時。

池袋の「ホテルメトロポリタン」で、竹中労《ろう》氏と会う。竹中氏の指定の場所なので、小さな連れ込みホテルに毛がはえたような所だろうとタカを括《くく》っていると、これが落日の国鉄が力をふり絞り、どこかの会社と協力して作り上げたという大ホテルだったのには驚いた。

用件は、ベーカー高原に拠点を持つ日本赤軍との接触について、竹中氏からアドバイスを受けたかったのだ。

その夜、果てしなくビールを呑《の》みながら、竹中氏と初めてじっくり話すことができた。光文社の京谷君風の言葉を使えば、ノンフィクションのライターとなって以来、この人とはぜひ会って話を聞きたいと、思いつづけていた相手だった。いや、それは正確な言い方ではないかもしれない。

いまから十二、三年前、唐十郎を媒介として、まだ「婦人公論」の編集者であった頃の村松友視《ともみ》氏と知り合った。吉祥寺《きちじょうじ》へ引っ越すので、いま住んでいる大井のアパートに入らないか、と言ってくれた。行ってみると、多少暗いながらも岩風呂《いわぶろ》のような内風呂があり、なかなか快適そうだった。しかし、その当時の私の収入では、その家賃を払い切るのはいささか苦しく、涙を呑んで断念したということもあった。

その村松氏が、会うと盛んに言っていたのは「竹中労っていうのは面白いなあ」ということだった。面白いというのは、編集者としての立場からのものではなく、純粋に読者としての立場からの意見らしかった。しかし、私には少しも面白くなかった。

ところが、それから二、三年して、気がついてみると、私も竹中労のファンになっていたのだ。多分、知らないうちに、村松氏に影響されていたのだろう。

私は竹中労が書いたものをすべて読んだ。読んで、この人は天才だと思った。日本のノンフィクションのライターの中で、というより、竹中労の造語だといわれる言葉を使えば、日本のルポライターの中で、天才という文字を冠することができるのはこの人だけだと思った。とりわけ、その香具師《やし》を思わせる独特の語りのリズムには、努力だけのライターにはついに及ばない生命力が感じられた。

やがて、彼は「アジア幻視行」と自ら名づけた旅に出るが、その報告書はどのような旅のガイドブックより、はるかに高度な旅の仕方を教えてくれていた。東南アジアでは筆談をしろというのも、彼に教えてもらった知恵だった。あるいは私は、そこで竹中労が言っていた、アジアで女は買うな、という言葉に深く影響されて、それから間もなく出かけたユーラシアの旅でも、決して娼婦《しょうふ》を買うことはなかった。

現実に眼の前にいる竹中労は、しかし思いがけず温和な表情を浮かべていた。声の出し方も驚くほど柔らかい。年齢がそのような表情を、声の質を作ってしまったのだろうか。現在「サンデー毎日」に連載している重信房子《しげのぶふさこ》についてのものには、かつての生命力の輝きがないような気もするが……。

しかし、竹中労は健在だった。私がそう思ったのは、竹中氏がやはり自分は芸能の人間でしかないというのを受けて、こう訊ねた時の返事を聞いてであった。

「いま、どんな芸能人を書きたいと思っていらっしゃいます？」

私の念頭には、竹中労の傑作のひとつである『鞍馬天狗《くらまてんぐ》のおじさんは』における嵐《あらし》寛寿郎《かんじゅうろう》のイメージがあった。ところが、竹中氏の答えは、まったく意外なものだった。

「さんま、かな」

「さんまって、あの明石家《あかしや》さんまですか？」

「そう、彼を書いてみたいな」

明石家さんまには、古典落語を後生大事に演《や》っている落語家にはない、いわば芸能の力とでもいうべきものがみなぎっている、というのだ。

「彼のやった『好色一代男』もよかったよ。近松の心中物なんかも、彼のような人がやればいいと思うんだよ」

これを聞いて、竹中労のアンテナはまだ錆《さ》びついていない、と嬉《うれ》しくなった。

二月十日　月曜日

曇。空はどんよりと重い。

午後三時。赤坂の「東急ホテル」で、「中央公論」の河野氏と会う。予定していた「炎上」が書けなくなった経緯を話す。やはり、こんども仕事が作品として結実しなかったことを謝る。しかし、河野氏が、とにかく次のことを考えましょうと言ってくれ、救われた気分になった。

別れ際《ぎわ》に、ボブ・グリーンの『グッド・モーニング、メリー・サンシャイン』を手渡される。前から読みたいと思っていた本だ。中央公論社から翻訳が出るらしいのだが、その前に原書をまわしてくれたというわけなのだ。

河野氏と別れ、その足で麹町の文藝春秋へ寄る。

新井氏と『馬車は走る』の目次と装幀《そうてい》に関する打合わせをする。だが、その合間には、どうしても近藤紘一さんについての話になってしまう。不運なことに、今年に限って、生命保険を掛けていなかったのだという。

「掛けてないんでしょ？」

と新井氏が私に訊《き》いてきた。

「ええ」

と答えると、追い打ちをかけられてしまった。

「掛けておいてくださいよ、いくらでもいいから。残された人のことを考えて」

そういえば、それと同じ台詞《せりふ》を何カ月か前にも聞いたことがある。誰に言われたのだろう。考えつづけていると、文藝春秋の社屋を出たとたんに思い出した。言ったのは、三浦和義氏だった。


仕事場に戻り、まだ眼を通していなかった『パリへ行った妻と娘』を読む。近藤さんの「妻と娘」シリーズの第三作目のものだ。読むにしたがって、近藤さんとはこのように見事な書き手であったのかと、あらためて驚かされた。そして、最後に近く、前の夫人を精神的な変調から失うところの、そして失った直後の、さりげなくも、苦渋に満ちた記述に胸を衝《つ》かれた。

妻の死後二年たらずで今の妻と暮らしはじめた。前の妻との生活を、そしてその死に対して私が負うべき責任を知る者は、私の酷薄さと軽佻《けいちょう》さをなじった。激怒した者もいた。だが結局のところ、これは自分自身の問題だ。人が何といおうと、私にはまだ再生への未練があった。二十八歳で人生を捨てるのは早すぎる、とたぶんに生理的恐怖感をもって判断したとき、私はおりよく目の前に現われた今の妻を利用した。前の妻とは生まれも、性格も、生きた世界も対極的に異る。おまけに言葉も十分に通じない。うってつけの相手だ。この女性なら、無用にこちらの心のヒダに踏み込んでくることはあるまい。結婚にさいし彼女は、初めて前妻のことを尋ねた。

「どうして亡《な》くなったの」

「どうやらオレが殺したらしい」

ちょっといぶかしげな顔をした。

「そういえば、ときどき、うなされてるわよ」

「そりゃそうだろう。人を殺せば相手は必ず幽霊になって化けて出る」

しばらく顔を見ていたが、冗談として受け流すことにしたらしい。

「刺したの？　撃ったの？　それとも毒でも盛ったの？」

「忘れたよ」

「まあ、そんなこと、どっちでもいいわ」

以来、彼女は前の妻についてほとんど口にしない。

私がいまだに指にしている前の妻とのエンゲージ・リングにも、まったく関心を示さない。

だが、ときおり私は、再び私自身の問題としてわからなくなることがある。間違いなく私は今の妻を愛している。少なくとも彼女の存在は私の蘇生《そせい》に不可欠であった。同時に、時の力により、封じ込めた石はしだいに冷却し、小さくなったことも感じる。だが、その縮小によって生じた空隙《くうげき》は、真に新たな血肉によって埋められたのであろうか、と。

場合によっては、私は、新たに得た妻子への人間的しがらみに、さらに言ってしまえば、一種の義務感によってのみ生きているのではないか。利用した、という負い目があるから、よけい動きがとれぬ。妻の発想はこんなことにこだわる私の心情を理解するまい。彼女だってまた自らの計算にもとづいて私と一緒になったのだから。「お互いさまよ」と言うかもしれない。こだわる私のめめしさを笑うかもしれない。しかしそれは彼女自身の問題だ。

私は、私の心と相対して生きていく以外ない。


突然電話を掛けてきてくれた、あの日の近藤さんとは違う、もうひとりの近藤さんの、深いところからの声を聞いたと思った。

二月十一日　火曜日

今日は建国記念日だとかで、世の中はどこも休みのようだが、私は相も変わらず仕事場の机に向かっている。

午前中にいくらか根をつめて仕事をしたせいか、『深夜特急　第二便』の加筆訂正がようやく完了する。これで、わが鈍行並の「特急」も、どうにか香港《ホンコン》からテヘランまで来たことになる。

朝からはっきりしない天気だったが、昼過ぎについに雪が降りはじめる。降り方に勢いはなく、やがて上がりそうではあったが、その雪に誘われて、ふと、大学時代のことを思い出してしまった。

　あれは建国記念日が制定されて初めての施行日だったから、大学に入った翌年の二月十一日だったと思う。私たちの学部では、根拠の曖昧《あいまい》な建国記念日に反対の意思を表明するために、という大義名分のもとに自主的に登校することになっていた。そして、その日もやはり雪が降っていたのだ。

　しかし、雪をついて登校してきた学生は数えるほどしかなかった。閑散とした大教室の中で寂しい学生集会を開いているあいだ、私たちは靴を冷たい泥水に濡《ぬ》らしながら、学内を警戒のため見回っていた。いま思えばいったい何を警戒していたのか滑稽《こっけい》な気もするが、その時は右翼が宣伝カーで突っ込んでくるなどという情報に、大真面目《おおまじめ》で脅《おび》えていたのだ。

　外は寒かった。

　雪はやがて雨に変わったが、温度はさらに下がっていくようだった。一緒に見回っていた相棒と二人で、グラウンドに落ちている材木を集めて火を起こした。大教室を除いた学内は閑散としていたが、その火につられて何人かが暖を取りにやってきた。

　どういう切っ掛けだったろう。火に手をかざしながらの会話の話題が、ロープシンに移っていった。いうまでもなく、ロープシンは『蒼《あお》ざめた馬』や『黒馬を見たり』

の著者であり、同時に、ロシア革命の黎明期《れいめいき》に自身もテロリストであったボリス・サヴィンコフのことである。帝政ロシアの時代にはエス・エル戦闘団の指導者として熱烈に革命を志向しながら、革命後は亡命して反革命のリーダーとしてソヴィエト・ロシアと敵対するに至る、その意味では悲劇的な革命家のひとりといえる。

その時、私たちが火にあたりながら話していたのは、やはりカリャーエフのことだった。カリャーエフはサヴィンコフの直接の部下だが、セルゲイ大公暗殺の瞬間、夫人と子供たちを同じ馬車の中に見つけて、爆弾投擲《とうてき》を断念する。

「ぼくの行動は正しかったと思う。子供を殺すことができるだろうか？……」

サヴィンコフの『テロリスト群像』の中に出てくる有名な挿話だ。

私たちがどのような会話の運び方をしていたか定かではない。しかし、それを黙って聞いていた一年先輩のひとりが、いつもの不機嫌な顔に、さらに眉間《みけん》深く皺《しわ》を寄せ、

「そんな、ガキみたいな議論はよせよ！」

と鋭く言った。確かに、カミュやエンツェンスベルガーや高橋和巳《かずみ》が好んでテーマにするような人物のことだ。どのように喋《しゃべ》っていても青臭くならざるをえない。だが、その時の私には、彼の暗い怒りの理由がわからなかった。いったい彼は何に対して腹を立てているのだろう、と不思議におもった。

彼は、それから三年後に、仲間とともに短銃を強奪しようと派出所を襲ったが、逆に警官に射殺されてしまった。彼は赤軍派と合体し連合赤軍を作る前の革命左派の指導者になっていたのだ。あの時の彼に、その後の自分の運命が、ちらりとでも見えていたのだろうか。カリャーエフも結局は爆弾を投げ、処刑されることになるのだが……。

机に腕を突き、掌《てのひら》に顎《あご》を載せ、ぼんやり窓の向こうを眺めているうちに、いつの間にか雪はやみ、雨に変わってきた。あの時の建国記念日と同じように。

『テロリスト群像』サヴィンコフ
川崎浹訳／現代思潮社●1967 年／装幀：粟津潔

月の光、虚構の枷《かせ》

二月十二日　水曜日

晴れ。

午後から神楽坂《かぐらざか》の新潮クラブに行く。いわゆるカンヅメになりにいくためだ。

いよいよ、というのは大袈裟《おおげさ》だが、とにかく、長く暖めていた十五歳の少年を主人公にした小説、その少年と奇妙な「オカマ」の男とのねじれた友情の物語を描いた小説、仮のタイトルを「血の味」とする小説、に取りかかる決心がついたのだ。別に締切りがある仕事ではないが、頭の中で考えているばかりでなく、原稿用紙の上に具体的に文字を書きつける切っ掛けを摑《つか》むため、自主的にカンヅメになってこの二、三週間を小説に集中することにした。この小説の構造については、「新潮」編集部の鈴木力氏がいつも話相手になってくれていたが、彼からも、この際一気にやってしまいましょう、とハッパをかけられたこともあっての自主的カンヅメだ。

新潮クラブというのは、新潮社のカンヅメ専用施設とでもいうべきものであって、そこではこれまで幾多の傑作が書き上げられてきたという。もっとも、そこに入りながらついに書き上げられなかった幻の作品も少なくなく、たとえば最近では『輝ける闇《やみ》』『夏の闇』に続く「闇」シリーズの三作目を書こうとして、ついに書けないまま出ていかざるをえなかった開高健《たけし》氏の例もある。

そこには、一階に掘りゴタツのある和風の部屋と、二階に机と椅子《いす》のある書斎つきの部屋の二種類があり、書き手がその好みに応じて選ぶことになっている。私は机に椅子がないと仕事ができないタイプだが、着いてすぐクラブの管理をしている女性に挨拶《あいさつ》をしにいくと、どういうわけか一階の和室に案内されてしまった。午前中まで糸井重里《しげさと》氏が入っていたのだという。なるほど、糸井さんはコタツでも仕事ができるのか、などとつまらないことに感心していたが、こちらは机がないことには仕事にならない。しかし、二階にはすでに別の書き手の方が入ってしまっているという。連絡に行き違いがあったのだろう。途方に暮れたが仕方がない。掘りゴタツに入って「血の味」について考えはじめた。

まず最初に片付けておかなければならない問題は、人称をどうするかということだ。

「ぼく」とするか「かれ」とするか。一人称にも三人称にも一長一短があり、どちらにするか決めかねている。

だが、そんなごく初歩的なところで行きづまってしまうのは、私にこの小説の全体が見えていないからなのだろう。私には、ノンフィクションを書く場合にも、書こうとしている作品の全体、極端に言えば最後の一行まで見えていないと書き出せないというところがある。どうやらその癖が小説を書く場合にも抜けないらしいのだ。しかし、たとえ人称をどのようにしたとしても、小説としての力を獲得するためには、虚構のバネによって思いもかけないほどの遠くに飛ばされる必要があり、そうである以上、この「血の味」の行く末にも、見透そうとして見透せない、深い霧の中に包まれているような未知の部分が残ってしまうことに変わりはないはずなのだ。しかし、それがわかっていながら、私にはどうしても全体を摑み切ってから書き出したいという強い思いがある。曖昧《あいまい》なまま見切り発車することができない。あるいは、それは言葉を換えれば、未知のものに向かっていく勇気がない、というだけのことなのかもしれないのだが。

あれこれ考えているうちに、コタツの暖かさに誘われて眠気を催してきた。だから和室はいやだといったのに、とひとりでぶつぶつ文句を言っていたが、いちど横になってしまうと眠気に勝てず、いつしか寝入ってしまっていた。まったく、これでは何をしにきたかわかったものではない。

夜、夕刊を読むと、伊豆熱川《あたがわ》の旅館火災の記事が眼に飛び込んできた。二十四人という死者の数にも驚かされたが、亡《な》くなった人々がその旅館に泊まった理由というのが詳しく載っており、その偶然や必然の不幸な絡《から》み合いが痛ましかった。

しかし、一方で、たとえ被害者だからとはいえ、これほどまで個人のプライバシーを報じる必要があるのだろうか、という疑問も覚えないわけにはいかなかった。戦友会に行くといって家を出ていながら、近所に住む女性と同じ部屋で死んでいた老人。表向きは出張だったが、同じ会社の女性デザイナーと泊まっていた会社員。どちらも週刊誌の格好の餌食《えじき》にされてしまいそうな状況の二人連れだ。死者はいいにしても、残された家族がひどい目に遭わされることだろう。大衆の好奇心の前に個人で占有すべき「事情」があからさまに引きずり出されてしまうにちがいない。

だが、そうした批判的な感想を抱きながら、彼らの「事情」の前に舌なめずりしかねない貪欲《どんよく》な好奇心を、この私も共有していないわけではないというところに、報道というものの一筋縄ではいかないところがあるのだろう。

二月十三日　木曜日

晴れ。

ガラスを通しての日差しが暖かく感じられる。

しかし、「血の味」は一日まったく進展しない。

夕方、新潮社の初見氏が、クラブまで足を運んでくれる。用件は、もちろん五月に出る予定の『深夜特急』についてのものだ。

ひとつは、整理の完了した『深夜特急　第二便』の原稿の受け渡しをすること。もうひとつは、『深夜特急　第一便』の最終章をどうするかの検討をすること。

第一便の最終章には、私がなぜこのような旅に出てきたのかを説明する一節を加筆しておいた。しかし、その中に妙にヒロイックになっている部分があり、どうしても気になって仕方がない。何度も読み直しているうちにそこはカットした方がいいのではないかという気がしてきた。だが、それを除いてしまうと、なぜ私が一日で会社を辞めてしまったのかの、本当の理由がわからなくなる恐れがあった。それがわからないということは、なぜ私がフリーのライターになったかがわからないということであり、結局なぜこの旅に出てきたのかが正確に伝えられないことになってしまう。しかし、だからといって、そのまま載せていいものかどうか……。

気になる部分を取り除いて短くすべきか、あるいは元のままにしておくべきか、私はその判断を初見氏に委《ゆだ》ねていたのだ。

「やはり、この部分は落としましょうか」

それが初見氏の結論だった。

「とても面白いんですけど、これが入ってくると、全体のトーンが違ってきてしまうような気がするんですよね」

多分、初見氏の言う通りなのだろう。私はその意見に従うことにした。カットした部分というのは、次のようなところのものだ。

私はフリー・ランスのライターだった。ルポルタージュを書くという仕事を始めたのはまったくの偶然からだった。私はもともとこのような世界に足を踏み入れるつもりはなかった。大学を卒業したら当たり前の勤め人としてどこかの会社に就職するつもりだった。そして実際、卒業の一年前には丸の内に本社を構える企業のひとつに入社が内定していた。ところが、私たちの大学では長引いた学生ストライキのために卒業が遅れ、ようやく会社に入ることができたのは普通の人より三カ月も遅れた七月一日のことだった。しかし、その入社の日が私にとっての退社の日でもあった。

なぜたった一日で会社を辞めてしまったのか、理由を訊《たず》ねられると、雨のせいだ、といつも答えていた。

私は雨が好きだった。雨に濡《ぬ》れて歩くのが好きだったのだ。雨の冷たさはいつでも気持よかったし、濡れて困るような洋服は着たことがなかった。ところが、その入社の日はちょうど梅雨どきであり、数日前からの長雨が降りつづいていた。そして私の格好といえば、着たこともないグレーのスーツに黒い靴を履き、しかも傘を手にしているのだ。よほどの大雨でもないかぎり傘など持ったこともないというのに、今日は洋服が濡れないようにと傘をさしている。東京駅から中央郵便局に続く横断歩道を、丸の内のオフィス街に向かって黙々と歩むサラリーマンの流れに身を任せて渡っているうちに、やはり会社に入るのはやめようと思ったのだ、と。この話に嘘《うそ》はない。しかし、もちろん、それだけが理由ではなかった。

大学での友人はさほど多くなかったが、同じ経済学部にひとりだけ気になる男がいた。

その彼は、すでに二浪していたにもかかわらず、年齢的には私などよりはるか年下に思えるような男だった。とにかく要領が悪いのだ。あまりのドジぶりについ世話を焼いてやりたくなるような男だった。けっこう真面目《まじめ》に講義に出ているわりには成績も芳《かんば》しくないようだった。ただ、彼には驚くほどの文学的才能があった。何人かでひとりの作家のある作品について話をしていても、私がその中のつまらない部分を捉《とら》え、手垢《てあか》のついた言葉を用いて利《き》いた風な批評をしたあとで、彼はその作品の最も美しい一節を引いて、その魅力を詩的に語ったりする。要するに、私が単に人の揚げ足取りに熱中していた時に、彼は文字通り文学を語りえていたのだ。彼が属している小さなサークルが不定期に発行する小冊子には、いつも彼の美しいエッセイが載っていた。だが、それがどれほど美しいものかは、誰にもわかっていそうになかった。サークルの仲間にも、あるいは彼自身にも。彼の才能の質がそう簡単にわからないものだったのだろう。しかし私には、彼が私にはない豊かな文学的才能を持っていることがわかっていた。他の連中にはわからないだろうがこの俺にはわかる。そう思うことで、なお一層彼の才能に惚《ほ》れ込んでいった。

その彼が、冬のある日、芝生の上で一緒にぼんやりしている時に、

「卒業したいな」

と呟《つぶや》いた。

卒業を間近に控えていたが、依然としてストライキは続行中であり、もうこの段階で終結させなければ、三月の卒業は絶望的という情勢になっていた。

私自身はどうなってもよかった。卒業してすぐに勤め人になるもよし、一年遅れて卒業してもいいような気になっていた。このままだらだらとストライキを続けていっても展望がないことはわかっていたが、同時に、四年生の間に蔓延《まんえん》しはじめた、卒業のためにはなんとしてでもストライキを解除しなければならない、という動きに与《くみ》するつもりはなかった。とにかく始めたのだ。何ひとつ決着がつかないうちにやめるくらいなら、最初からやらなければいい。ストライキ推進組の中に、今になって解除しようと動きまわっている連中がいることが、私は滑稽《こっけい》だった。

私は大学の闘争に積極的に加わってはいなかったが、だからといってまったく無縁でいることもできなかった。

たとえば、ある時、大学の外で自主講座を開くのでその司会をしてくれないかと頼まれたことがある。バリケード封鎖中のキャンパスには学生が集まらなくなり、市民を巻き込んでの自主講座が闘争を活性化させるための有効な方策になる、というような考え方が生まれてきた結果であった。テーマは「いま近代の超克は可能か」とかいったヤクザなものだったが、親しい下級生の頼みなので引き受けた。パネラーの中には、著名な文芸評論家や大学闘争の指導的理論家と並んで、大学の哲学科の教授もいた。その頃の学生側と教授会との緊張状態を考えるとかなり危険と思われる行為だった。よく出てきてくれたものだ。私がそう世話人に言うと、ひとまず互いの批判は棚上げにして市民のための自主講座に出てきてくれないかと頼んだのだという。

私はまず壇上にいるパネラーのひとりひとりから何分かずつの話をしてもらうことにした。ところが、最後に哲学科の教授の番になると、突然、会場にいる学生たちが騒ぎ出した。何か喋《しゃべ》らせる前に自己批判をさせろというのだ。学生ばかりでなく、常に「私は一介の労働者であるにすぎませんが」という気持の悪い前置きをして喋る男までが、騒ぎの尻馬《しりうま》に乗って自己批判をさせろという。一介の労働者であろうが、学生であろうが、この講座は「近代の超克」についてのティーチ・インなのだ。黙ってまず話を聞け、反論はそのあとからすればいい。私は教授に自己批判などさせるつもりはなかった。そんなことをしたら、恐らく必死に口説き落とした世話人と、彼らを信じて「敵地」にやってきた教授とのあいだの信頼関係が切れて

2 4 6

しまう。そう思って世話人の方を見ると、彼らの一部までが自己批判しろと叫んでいるではないか。卑怯《ひきよう》な奴《やつ》らだ。ほとほと情けなくなってきた。そればかりか、私が勝手に進行させていこうとすると、

「あんな野郎の肩を持つのか」

となじる始末だ。

「てめえ、自己批判しろ！」

ひとりが教授にそう言った時、私はどうにも我慢ができなくなって叫んだ。

「俺に何と言ってもかまわないが、先生に向かって、てめえとかこの野郎とか言うのはやめろよ」

そのとたん、どっと嘲《あざけ》りの笑い声が湧《わ》き起こった。

自分の台詞《せりふ》が陳腐に響くだろうということを、私がまったく考えなかったわけではなかった。自己批判を迫る学生たちの論理がわからなかったわけではない。自己批判もせずに何が「近代の超克」だ。それもわかる。しかし私には、だからといって、白髪まじりのその教授を、てめえと呼びつけにしていいとは思えなかった。大学変革とか自己批判とかしゃら臭いことを言う以前の問題だった。自己批判の言質《げんち》をひとこと取ることと、約束を守ることとどちらが大切なのか。てめえ、この野郎、

と言いつづける彼らに、私は宣した。てめえらに発言は認めない、と。闘争は言葉の問題ではないのだぞ、という奴がいた。いや、まず言葉の問題なのだ。つまり、人と人との関係なのだ。

以後、私はこのことでよく笑い者にされたが、別に構わなかった。自分にとって大事なことを犠牲にすることより、嘲笑《ちようしよう》された方がましだった。一事が万事、末端に加わると、みじめなくらい滑稽な目にあったが、しかしだからといって、スト破りをしようとは思わなかった。むしろ、その逆だった。

だから、友人が卒業したいなと言った時には驚いた。彼も私と同じような気持でいると思っていたからだ。それに、仮に卒業できたとしても、彼には就職すべき会社がないはずだった。持ち前の要領悪さが就職活動にも発揮されてしまい、秋が過ぎてもいっこうに採用される気配がなかったからだ。私がそれを言うと、

「いや、先週やっと採ってもらったんだ」

という答えが返ってきた。意外にも第何次かの募集で新宿のデパートに採用されることが決まったという。デパートは向いていそうもないが入ろうと思う。彼のその言葉を聞いて、なるほどと思った。彼はすでに二浪している。あと一年卒業が延びると二十五歳になってしまう。そうなれば年齢制限から大企業に入ることは不可

能に近くなってしまう。彼の家では両親が亡くなったあと、弟や妹が高校を出ただけで働いているのに、自分だけが大学へ進んだのだという彼には、自分だけが好き勝手なことをしているという自責の念があった。早くそこそこの大きさの企業に入って、彼らに借りを返さなくてはならないという思いがあったのだ。

「卒業したいな……」

彼がまた嘆息した。その時、私は訳もわからず、彼をどうしても卒業させてやりたいという熱い思いに衝《つ》き動かされてしまったのだ。彼ひとりのためだけにも卒業式は行われなくてはならない。大学の変革などより、彼の卒業の方がはるかに重要だ。大事なのは、まず自分の眼の前にいる、大切に思う男の役に立つことだ。労働者や人民がどうなろうと知ったことではない。まず彼だ。

それから私がスト解除に向かってどのように動いたかということは恐らく大した意味はない。しかし、そのために、自分の好まぬ党派の連中と学内をドタドタとデモをした際に、友人たちから受けた冷たい視線は忘れることはできない。だがもう一方で、その軽蔑《けいべつ》の眼差《まなざ》しを妙にマゾヒスティックな快感と共に受けとめていたような気がしないでもない。

結局、三カ月遅れたものの、彼は卒業できた。もちろん、私もできた。しかし、彼も就職し、友人たちも就職したが、私は就職しなかった。就職してしまえば、自分が就職したいためにストライキ解除に走ったことになってしまう。そうではないということを、私は私自身に示さなくてはならなかった。

迷わなかったわけではない。とにかく一日でも会社に出たのは、前日まで、いや当日まで、迷いに迷っていたからにほかならない。就職を断念するということは、真っ当な世界から「降りる」ことになるのではないかという恐れがあった。しかし、知らぬ顔をして就職してしまえば、今度は真っ当な人間であることを、やめなくてはならなくなる。だが、その迷いも雨がカタをつけてくれた。

ルポルタージュを書くという仕事についたのは、まったくの偶然からだったとしかいいようがない。就職もしないでぶらぶらしている私を心配して、大学のゼミナールの教官が何か文章でも書いてみないかと雑誌社を紹介してくれたのだ。

この文章の内、「大学での友人は……」というところから、「……その迷いも雨がカタをつけてくれた」というところまで、バッサリと削ることにした。語られていることは事実だが、これがあることで、確かに『深夜特急』という本の何かが変わってしまう。

　最後に、初見氏は本の装幀《そうてい》のプランについて話してくれた。この本の装幀にぜひ使いたいと思って大事に取っておいたものがあるという。見せてもらうと、一九三〇年代に作成されたらしい、ヨーロッパの旅のポスターだった。カッサンドルという人の実に素晴らしいデザインで、しかも都合のいいことに、全三冊になる『深夜特急』にふさわしく、鉄道と道路と航路の三枚の異なるタイプのものがある。版権の問題がまだ残っているとのことだったが、もしこれで装幀してもらえばと、嬉《うれ》しくなった。

　もしかしたら、『深夜特急』はかなりいい本になるかもしれない。

二月十四日　金曜日

　薄曇り。

　依然として「血の味」は進展しない。

　夜、「東京會舘《かいかん》」で催された「新田次郎を偲《しの》ぶ会」に出る。

　出席した理由は、生前の新田さんとの関係によるものではない。新田次郎の名を冠した賞の、私が第一回の受賞者に選ばれたという、いわば没後の因縁からである。

『深夜特急　第一便　黄金宮殿』
新潮社●1986 年
装幀：平野甲賀／装画：カッサンドル

もっとも、生前の新田さんにまったく縁がなかったわけでもない。

亡《な》くなる三年前、偶然、酒場のカウンターで隣り合わせたことがある。新田さんには私も顔見知りの編集者が同行しており、彼が気軽に紹介してくれた。新田さんは、私の名を聞くと、あなたの本は読んだことがあるんですといって、具体的な作品の例を挙げて褒めてくださった。しかし、新田さんが私の本を、しかも出たばかりの本を読んでくださっているというのが、私にはどこか不思議に感じられてならなかった。ところが、酒を呑《の》みながらしばらく話しているうちに、新田さんが私の本を読んでくださった本当の理由がわかってきた。

当時、私が出したばかりだったのは『人の砂漠』という本だったが、それとまったく同じ時期に、しかも同じ出版社から、新田さんの次男である藤原正彦《まさひこ》氏が『若き数学者のアメリカ』という本を出していたのだ。親としては自分の本より心配で、売れ行きをはじめとしてあらゆることが気になってならない。そこで、絵に描いたような「親馬《おやば》鹿《か》」であるところの新田さんは、息子と同年配の私の本まで眼を通し、これなら息子の本の出来も万更でもないぞ、と胸を撫《な》で下ろし、安心などしていた、ということのようだった。それがわかって、私はかえって新田さんに好意を抱くようになった。

二度目に同じ酒場でお会いした時は、もう少し打ち解けた話ができた。私が、かつて新田さんが小説として書いたことのある老人を、ノンフィクションとして書くため取材していると知ると、実に親身な調子で忠告してくれた。

——気をつけなさいね、うっかり足を取られないように。あの人は不思議な人ですからね……。

新田さんの死後二年目にして制定された新田次郎文学賞の第一回目が、私の『一瞬の夏』に与えられることになったと聞いた時はやはりびっくりした。しかしこの時には、大宅賞《おおやしょう》の時とは違って、四谷《よつや》シモンが唐十郎に言ったという言葉——貰《もら》えるものはなんでも貰っておきなさいねという言葉——を素直に受け入れる心境になっていたので、ありがたく頂戴《ちょうだい》することにした。

以来、大宅賞と新田賞の授賞式にはできるかぎり出席するようにしている。私は、パーティーと称するものにはほとんど出ないが、自分が貰った賞の授賞式くらいは出席する義務があるような気がするのだ。それに自分の時も、大勢の人が祝いに駆けつけてくれたことは、間違いなく嬉しいことだったからだ。とりわけ、新田賞のパーティーでは、毎年そこでしか会えない人に会えるという楽しみもある。

新田賞の授賞式には、新田さんの次男である例の藤原正彦氏も来ているのだが、いつの頃からか、式後のパーティーで彼と会って話すのが楽しみになった。会うと、同伴してきている夫人と三人で、この一年の出来事などを喋る。ほんの短い時間でもあり、七夕のように一年に一回しか会わない相手だが、それがかえって新鮮なのか、また来年も会おうといって別れるのだ。もっとも、私の心の底のどこかには、彼よりも、彼の美しい夫人と話せることの方に、大いなる喜びを感じているらしい気配がないではないのだが……。

この「偲ぶ会」にも、正彦夫妻は当然きていて、今年は二回も会うことになりましたねと言いつつ、また陽気に雑談をすることができた。

会が終わって、銀座の「K」で呑んでいると、会の世話人たちと出喰わし、遅くまで呑むことになってしまった。

やれやれ。「血の味」はどうなってしまうのだろう。

午前三時。タクシーに乗ってそのまま家に帰る。神楽坂のクラブは、管理をしている女性にも休みを取ってもらうために、日曜と隔週の土曜は閉鎖される。つまり、カンヅメにされている者も、その間はどこかの宿に泊まるか、家に帰っていなければならない。そして、また翌週の月曜に出頭していくことになるのだ。ずいぶん非能率のようだが、これも気分が変わってなかなか悪くないシステムなのだ。

二月十五日　土曜日

午前中、娘と遊ぶ。

自転車に乗り、ハンドルの後ろの赤い座席にちょこんと座ると、私に訊《たず》ねる。

「どこいこうか」

「どこでもいいよ」

私が答えると、人差し指を天に突き刺すように高く掲げ、大声で叫ぶ。

「おうまのところ！」

そこで、私は馬事公苑《こうえん》に向かって自転車を漕《こ》ぎ出していく。少しスピードを出すと、さすがに風が冷たく感じられる。

「寒くない？」

「さむくない」

「平気？」

「へいき」

しばらく行くと、小学校の裏門がある。

「チュンチュンのおうち！」

不意に娘が声を上げる。見ると、裏庭の木の枝に、小鳥の巣箱が置いてある。

「あそこもおうち！」

なるほど、巣箱はあちこちの木の枝に据えつけられている。きっと、生徒たちが工作の時間に一生懸命つくったのだろう。やがていつか、この子もこの学校で、同じように巣箱を作ることになるのだろうか。

馬事公苑が近づくと娘が言う。

「しろいおうま、いるかなあ」

「いるんじゃないかな」

「くろいおうま、いるかなあ」

「いると思うよ」

「しまうま、いるかなあ」

「いないんじゃないの」

「いるよ」

「そう」

「チョコレートのおうま、いるかなあ」

「いないよ、そんなの」

「いるよ、きっと」

「ほんと？」

「いる」

着いてみると、本当に「しまうま」も「チョコレートのおうま」もいた。「しまうま」とは白と黒のブチの馬のことであり、「チョコレートのおうま」とは茶色の当たり前の色をした馬のことであった。要するに、いつもここで同じものを見ていながら、私には娘の言わんとしている意味がうまく汲《く》み取れなかったのだ。

「ほんとにいたね」

私が言うと、誇らしげにコックリと頷《うなず》いた。


夕方、小雨の降る中を、築地《つきじ》に向かう。

ふぐ料理屋の「やまもと」で、河野洋平《こうのようへい》氏の大臣就任を祝う会があるからだ。祝う会といっても公式のものではなく、三人の企業経営者が私的に行うものに、以前からの因縁もあることだからと声がかかったのだ。

私とその三人の企業経営者とのつながりは仕事上の関わりから発生したものではない。知り合うことができたのは偶然であり、あえていえば酒が取りもってくれた縁とでもいうよりほかはない。

ある日、銀座の小さな酒場のカウンターで酒を呑んでいた。横には見知らぬオッサンがやはりひとりで呑んでいて、なんとなく言葉を交わすようになった。後になってその眼光に独特の鋭さがあることに気がつくのだが、その時は大して風采《ふうさい》の上がらない痩《や》せぎすのオッサンを、インテリであることが災いしてあまり出世できなかった、どこかの会社の定年間近のサラリーマンだろうなどと思っていた。

ところが、しばらく話していると、不意にそのオッサンが持ち物の紙袋を開けて言ったのだ。

「これ、お食べになりませんか」

見ると、そこにはただの饅頭《まんじゅう》があった。

「さっき、三越の地下で買ってきたんですけど、とてもおいしいんですよ」

酒場で饅頭を勧めるとは奇妙なことをする人だと思ったが、年長の人が勧めることを断るのは罪悪だ、と思っているようなところがある私は、礼を言って素直にひとつつまんでみた。バーボンに饅頭というのも珍妙な取り合わせだったが、確かにおいしいこともあって、ついでにもうひとつ貰って食べてしまった。

酒場のおかみとのやりとりを小耳にはさむかぎりでは、どうやらそのオッサンは「辻留《つじとめ》」で働いている誰かを待っているらしい。そういえば、私も一度、「辻留」で対談をしたことがあったが、話に熱中するあまりほとんど箸《はし》をつけないうちに皿や鉢を下げられ、有名なこの店の懐石料理の味を、ゆっくり味わうこともできないまま空《むな》しく帰ったことがあった。

「辻留では一度しっかり料理を味わってみたいと思っているんですよ」

そこに知り合いがいるらしいということもあって、ちょっとした儀礼的な挨拶《あいさつ》ていどのつもりで言うと、そのオッサンがこともなげに呟《つぶや》いた。

「それでは、こんど一緒に参りましょうか」

私はびっくりしてしまった。この定年間近風のオッサンが見ず知らずの若造を、あのひどく高そうな「辻留」に連れていってくれるという。何を調子のいいことを言っているのだろう。私は急に真面目《まじめ》に相手をしているのが馬鹿ばかしくなってきてしまった。

帰り際《ぎわ》、外に送ってきてくれた酒場のおかみに、あれはどこの会社の人と訊ねると、私も知っている大企業の名を挙げ、しかもその社長だと教えてくれた。そして、待っているのは「辻留」の赤坂店の主人だという。そこで、二度びっくりさせられた。

そんなことがあったということすら忘れてしまっていた一カ月後、そのオッサンから「辻留」で会食をしないかという誘いの電話が掛かってきた。仕事に追われていた私は心ならずも断らざるをえなかったが、そのオッサンの、酒場での話を忘れない律《りち》儀《ぎ》さに、これはと思わされた。すると、それからまた一カ月後に、同じような誘いの電話があった。こんどは喜んで参加すると、そこにオッサンの友人だという二人の企業経営者がいたのだ。どちらの会社もよく知られている大きな企業だった。三人はいずれも五十代であり、サラリーマン社長ではなくオーナー社長であり、二代目だということが共通していた。恐らくは、そんなことから親しくなり、定期的に集まっては歓談するようになったのだろう、と推測できた。

オッサンの友人である二人は、彼が連れてきた若造の私を、いったい何者か知らないままに暖かく受け入れてくれた。もっとも、オッサンにしたところで、私について知っていることといえば、酒場のおかみに教えてもらったにちがいない名前と電話番号くらいのはずだったが。

それ以来、私も彼らの会に呼ばれることが重なり、いつの間にか正式のメンバーのようになってしまった。そして私は、彼らによって、東京の四季というものに眼を開かされる機会を多く持てるようになった。その多くは食べるということにつながっていたが、正月には柳橋へ、花見には千鳥《ちどり》ヶ淵《ふち》へ、鮎《あゆ》の季節には多摩川べりへ、酉《とり》の市《いち》には浅草へ、ふぐの季節には築地へと、そのたびに私の知らない東京を味わわせてもらうことになった。

会ったからといって特別な何を話せる能力があるわけでもない私を、彼らはひとりの友人として扱ってくれた。ただ単に、私があの日、オッサンの饅頭を断らなかったというだけの理由で。

築地の「やまもと」には、以前二度ほど来たことがあるのだが、つい道を間違え、五分ほど遅れて着くと、すでに河野さんはいらしていた。

久し振りに会う河野さんは、とても元気そうだった。お祝いを述べると盛んに照れていた。

「なにしろ科学技術庁長官ですからね」

確かに、建設大臣とか農林大臣とかの、彼の父親が経験した省庁の長に比べれば格といい重みといい比較にならないくらい軽くて小さいが、そう悪い官庁でもない。

私がそんな意味のことを言うと、河野さんも冗談ぽく応じた。

「歴代の総理大臣の中で、科学技術庁長官を務めなかったのは、あの鈴木善幸さんくらいだったという説もあってね」

「しかし、とにかく大臣になってよかったですね。一度やっておくといろいろ楽になるでしょう」

　私の無遠慮な言葉に、河野さんは笑みを絶やさず、大きく頷いて言った。

「そうなんだ。最近は何をやっても大臣の椅子《いす》に結びつけられて閉口していたんだよ。これをやると、あいつは大臣になりたいからあんなことをやっているんだと言われるし、あれをやらないと、やっぱりあいつは大臣になりたいからだといわれるし、これでそんなつまらないことに気を使わなくて済むのが嬉《うれ》しいね」

　呑《の》むほどに座は陽気になっていったが、河野さんの話はいつも以上に面白かった。

「科学技術庁ができてから三十年内外になるけれど、その間にいったいどれくらい大臣が変わったと思う？」

　そう訊ねられて、きっとかなりの数に上るのだろうと、多めに答えた。

「二十八人！」

「残念ながら、僕で四十三人目」

「なんだか凄《すご》い数字ですね。一人一年もたないわけですね」

「そうなんだよ。それでこのあいだ、就任した直後に原子力発電所がある東海村に挨拶に行ったんだ。それが慣例になっているらしくてね。そこで村長さんと話しているうちに大笑いになったんだけど、その村長さんは何代目だと思う？」

きっと少ないに違いない。

「五代目？」

「残念、三代目なんだって。それも現村長は前任者の体の具合が悪くなって、いわばピンチヒッターということで就任したんだそうでね。本来ならたった二人ということろらしいんだ」

「まったく、凄い差ですね」

「まあ、それが地方の政治と国政の差ということなんだろうけどね」

「河野さんは、せいぜい一年くらいはやってくださいね」

私が言うと、河野さんは笑って答えた。

「さあ、どうかな。選挙の風が吹きはじめてしまったからね」

その後、忙しいだろう河野さんを解放し、残った全員で銀座の「C」へ行く。

鰭酒《ひれざけ》から始まって、シャンパン、ウィスキー、ブランデー、バーボン、ジン、ウオッカと際限なく呑んでいくうちに、やはり少し酔ってしまったようだった。

二月十七日　月曜日

快晴。

陽の下に出ると、寒さより暖かさを感じるくらいだ。昨日の木枯らしの冷たさと、肌が比較してのことなのだろうが。

今日からまた神楽坂の新潮クラブで「血の味」に取り組まなくてはならない。

神楽坂に向かう前に八幡山《はちまんやま》の「大宅文庫」に寄る。やがて書くことになるだろう「ギャングと女優」の主人公について、初歩的な取材に必要な資料を集めるためだ。

久し振りに入った「大宅文庫」は、広く、明るく、なにより使いやすくなっていた。

古い雑誌を繰っているうちについ面白くなり、「ギャングと女優」についてのものばかりでなく、これから書こう、書きたいと思っている他の人物や事件に関しても資料を集めたくなってしまった。

あっという間に午後一時を過ぎてしまい、慌《あわ》てて神楽坂に向かう。

洋間に変えてもらうことができたので、部屋が合わないから書けないなどという言い訳はきかなくなってしまったのだが、机に座ったまま、ただの一行も書けない。

あるいは、私は最初の一行を書くのを恐れているのかもしれない。

夜、麻布《あざぶ》の中華料理屋「北海園」に行く。

そこで、上智《じょうち》大学の学生である小瀧《こたき》ちひろ君、ドイツ語の専門家である高田ゆみ子さん、それに光文社の京谷六二《きょうやむに》君の三人に会うことになっていたのだ。三人は互いに知らない者同士である。私がそれぞれの人と会わなくてはならない用事を抱えているので、それならいっそのこと一緒に会ってしまおう、互いに知り合っていても損はないからと、かなり自分勝手な判断を下した結果、ここで会食することになってしまったのだ。

小瀧君に対する用事というのは、彼が朝日新聞に入社が決まったことのお祝い。高田さんへの用事というのは、近く彼女がベルリンに行くというので、もし時間があれば調べておいてほしいという事項のリストを渡すこと。近い将来、私にはベルリンを舞台としたノンフィクションを書く予定があるのだ。京谷君への用事というのは、彼が本を出したいと望んでいる若い書き手の文章を読んでその感想を聞かせてもらえないだろうか、という彼の頼みに対する答えを述べることだった。

互いに初めての人ばかりで、どうなることかと気を揉《も》んでいたが、料理も悪くなく、会話も楽しく運んだ。

とりわけ、高田さんがしてくれたドイツ人のテレビ・チームの話は印象的だった。

高田さんは日本でも有数のドイツ語の通訳だが、現在はドイツから来たテレビのドキュメンタリー制作チームと仕事をしているらしい。彼らが狙《ねら》っているターゲットは、なんと宝塚歌劇団だという。「宝塚」という特殊な世界の中に、過去から現在にまで通底する日本の核のようなものを見出《みいだ》そうとしているのだという。私が驚いたのは、彼らのひとつの番組に対する破格の金のかけ方とか時間の使い方ではなく、その真っ当なドキュメンタリー精神とでもいうものだった。彼らは、「宝塚」が終わったら、「出稼ぎ」をテーマにした次の作品を撮ろうとしている。そして、可能ならさらに「単身赴任」も撮りたいのだという。「出稼ぎ」も「単身赴任」も、扱うにはあまりにも真正面すぎるテーマのため、日本ではあまり手をつけようとする人はいない。それに対して正攻法でぶつかっていこうとしている。すでに「出稼ぎ」に関しては青森の五所川原《ごしょがわら》に行き、協力を取り付けているのだともいう。

聞いているうちに、いちど彼らと会ってみたいなと思うようになった。彼らと話しているうちに、私の内部ではすでに消えかかっている、生々しいドキュメンタリーへの渇仰《かつごう》が甦《よみがえ》ってくるかもしれないと思ったからだ。

二月十八日　火曜日

一日、机の前に座りつづける。

ふと、机の上から眼を離し、窓の外を見ると、いつの間に降り出したのだろう、大きな白い雪が静かに舞っていた。しばらく、茫然《ぼうぜん》と外を眺めつづけてしまった。

午後、坂を下って昼食をとりにいくと、文房具屋の店先で腰の曲った老女と中年の女性とが話している。その会話の断片が耳に入ってきた。

「いやなものが落ちてきましたねえ」

「ほんとに、いやなものが……」

その時、雪をいやなものと感じる人もいるのだなあ、と不思議な気がした。

しかし、飯田橋の駅前でラーメンを食べて戻る途中で、積もりはじめた雪に足を取られかかって、ようやくその意味がわかった。確かに商店の人にとっては「いやなもの」なのだろう。

雪は夕方になっても降りやむ気配はなかった。しだいに暗くなる外気の中で、雪の白さだけが浮き立ってくる。

夜、出前で和風の弁当を取ってもらい、雪を見ながら食べる。

このクラブでは、朝食は管理の女性の手によって作られた和風の食事が出されるが、昼と夜は、外に食べに行くか、出前を取ってもらうことになっている。和風の朝食は、毎朝おかずの違う、重量感あふれるもので、以前ここに入っていた時には、規則正しく食べたということもあったのだろうが、三キロも体重が増えてしまったくらいだった。この朝食を除けば、私は昼も夜もほとんど外で食事を済ませていたが、雪を見ながらひとりでとる食事というのも悪くなかった。

さすがに今夜は仕事をする気になれず、本を読む。昼間、飯田橋に出た折に、ジェイムズ・クラムリーの『ダンシング・ベア』を買っておいたのだ。『ダンシング・ベア』は、同じミロという主人公の出てくる、あの『酔いどれの誇り』の続編とでもいうべきハードボイルドである。

それにしても『酔いどれの誇り』は素晴らしい作品だった。中年にさしかかったアル中の私立探偵。心は優しいがタフではない。殴られ這《は》いつくばらされて、人を撃つことに脅《おび》えている、そんな男でしかない。しかし、だからこそ、読んでいる者にとっては、彼の言葉のひとつひとつが胸に響いてくるのだ。

ヒッピーの女の子と明るい陽の光の下でセックスをしても、猟銃で自殺してしまったアル中の父のことを語っていても、ミロの周辺には常に悲哀が漂っている。男であるということへの、だからもっと言えば、若さを失うことで真の男になっていかなければならないということへの、痛みを伴った哀《かな》しみ。どんなシーンでもいいが、彼のその悲哀に心が打たれない箇所はない。

最後に近いあるところでは、むかし釣りに行った帰りに、父親に連れられ酒場に寄った時のことが物語られている。

アル中の父親はやはり酔っ払い、便所に立ったまま戻ってこなくなる。心配になった少年の彼が見にいくと、父親は便器の前にひざまづき、顎《あご》から粘った唾液《だえき》を垂らしながら、必死に吐いている。そして、ようやく吐き終えた父親は、疲れたような笑みを浮かべて彼に言うのだ。

「坊主《ぼうず》」不意に、おやじはいった。「酒を飲まない男を信じちゃいかんぞ。そういう手合いはひとりよがりで、いついかなる時でも善悪の区別をつけられると思いこんでいる。中にはいいやつもいるが、良いことだと称してこの世の苦しみの大方をつくりだしている手合いなんだ。裁判官きどりのお節介やきどもだ。だがいいか、酒を飲んでも酔いつぶれない連中も信じちゃいかん。そういったやつらは、心の奥底でたいてい何かを怖《おそ》れている。自分が、臆病者《おくびょうもの》か、愚か者か、卑《いや》しいか、狂暴なんじゃないかと怖れてるんだ。自分自身を怖れるような男を信じることはできん。ところがだ、ときには便所でうずくまるような男なら、信用していいこともある。問題はそのときそいつが、卑下する心とか、自分自身のもって生まれた愚かしさなどについて何かを学び、生きのびる道を身につけようとしているかどうかだ。薄汚れた便器に胃の中身を吐いてるときに、そんなことを大まじめに考えろといっても、これは難しいもんだぞ」

そのあと長い間合いをとって、おやじはつけ加えた。

「もう一つある。便所に這いつくばってるときしか、酒飲みを信じちゃいかん」

チラッと目をあげると、おやじはその時、妙に遠くを見つめるような笑みを浮かべていた。自分の未来を見透し、不平もいわずにそれを受け入れることのできる男のように。

小鷹信光《こだかのぶみつ》訳

『酔いどれの誇り』ジェイムズ・クラムリー
小鷹信光訳／早川書房●1984 年／装幀：辰巳四郎

三十九歳だったミロは『ダンシング・ベア』では、四十七歳になっている。悲哀はますます深く、ミロはますます魅力的になっている。ストーリーは前作より落ちるし、出てくる女はさらに魅力が失《う》せている。しかし、だからつまらないとはどうしても思えない。それは、あまりにも私がミロという人物に感情を移入しすぎているせいなのかもしれないのだが。

この『ダンシング・ベア』の舞台となるのは、前作と同じく架空の町のメリウェザー。しかし季節は変わって冬になっている。だからだろうか、読み終わって、あらゆるページに雪が降り積もっているような不思議な印象が残った。

読んでいる途中で、本から眼を上げ、耳を澄ますと、窓の外で、ドサッ、ドサッと、枝から雪の落ちる音が聞こえてくることがあった。

二月二十日　木曜日

晴れ。

一昨日の雪は、次の日の朝方まで降りつづく東京にしてはかなりの大雪だった。

道路や庭にも雪はまだかなり残っている。

庭の木の枝に身を縮めるようにして残っている雪が可憐《かれん》に見える。

このようにして、ゆっくりと春が近づいてくるのだろう。

だが、私の「血の味」はいっこうに進展しない。花を、とまではいわないが、せめて芽くらいは出てもらわないと困ってしまう。

夜、信濃町《しなのまち》に行き、商社に勤めている大学時代の友人が仲間と開いているセミナーに赴き、即席の講師として話す。テーマは「ジャーナリズムの現在」ということだったが、私の力では問題点を指摘するくらいしかできなかった。

質疑応答の中で、予想通り意見が集中したのは、最近の写真週刊誌を尖兵《せんぺい》とするスキャンダル・ジャーナリズムについてだった。参加者の多くは大手の企業に勤めている会社員だったが、個人のプライバシーの露骨な侵害に対してはかなりの危機感を持っていた。しかし、法律による規制には懐疑的で、むしろプライバシーを守るためには、侵害した場合のペナルティーを現在より引き上げることの方が合理的でもあり、有効ではないかという意見が強かった。確かに、アメリカでは、裁判によって高額な慰謝料の支払いを命ぜられるために、とりわけ個人のプライバシーを報道するに際しては、慎重の上にも慎重を期しているらしい。なにしろ、慰謝料が払えなくて倒産する新聞社や雑誌社があるというくらいなのだ。

だが、いまジャーナリストの間で大きな問題になっている、犯罪報道における匿名《とくめい》報道については、無関心か、そうでなければ否定的な意見が強かった。とりわけ意外だったのは、大学時代から最も皆に信頼され、あらゆる意味においてバランスの取れた考え方をしていたはずの友人が、中野富士見中のいわゆる「いじめ自殺」事件に関して、いじめた少年たちについては名前を公表してもいいのではないか、というかなり過激な意見を述べたことだった。子供の親として、そのような悪辣《あくらつ》な行為をする者は、未成年といっても許せない、というのだ。あるいは、現代においては、その意見こそが「バランスの取れた」意見ということになってしまうのだろうか。

セミナーが終わったあとでの、友人たちの「呑《の》もうよ」という誘惑を振り切って、ようやくのことで神楽坂に戻る。戻ったからといって、わが春は依然として近づく気配もないのだが……。

二月二十一日　金曜日

快晴。しかし、午後になるにしたがって雲が多くなる。

『アグネス』のパンフレット
ノーマン・ジュイソン監督
ジェーン・フォンダ、メグ・ティリー出演
1985 年度作品

断片が増えていくばかりで、肝心の一行目がなかなか書き下ろせない。「血の味」、まったく進まず。

夜、気分を変えるために映画館に行くことにする。

日比谷の「みゆき座」で『アグネス』という映画を見た。

大した期待も抱かずに見たのだが、予想に反して実に面白かった。一時間三十九分とずいぶん短いが、ストーリーが締まっているせいか、見終わって確かな充実感が残る。

修道院で尼僧《にそう》が子供を生み落とし、その子の絞殺《こうさつ》死体が発見される。誰が尼僧を妊娠させたのか。ストーリーはその一点をめぐってスリリングに進んでいく。外から忍び込んできた外部の男か、それとも尼僧が主張するように神の御業《みわざ》なのか。答えは最後まで出されないが、決して消化不良は起こさない。若い尼僧を演じるメグ・ティリーとその精神分析を受け持つ女医のジェーン・フォンダ、さらに聖も俗も知り尽くした修道院の院長のアン・バンクロフト。この三人が織りなす白熱した台詞劇《せりふげき》は、舞台設定の単調さにもかかわらず、ついに最後まで飽きさせなかった。私にはとりわけ、メグ・ティリーという新人に強く惹《ひ》かれるものを覚えた。清純さと狂気を合わせもったような、不思議な魅力を放っている。

映画に夢中になったからというのでもないが、映画館にうっかり読みかけの本を忘れてしまった。タクシーに乗ればうっかりコインを落とすし、この分では自分の身もうっかりどこかに落としてしまいそうだと、凍った雪の上を歩くにもおっかなびっくりの、奇妙な一晩だった。

二月二十二日　土曜日

曇り。

家に帰り、久し振りに娘と遊ぶ。

「どこに行こうか」

私が訊《たず》ねると、間髪を入れずに、娘は答えた。

「がっこー」

そこで自転車に乗って近所の小学校の校庭に行った。

広い校庭には、小学三、四年生くらいの男の子が四人ほどで遊んでいるだけだった。

二対二でサッカーをしている。娘も盛んに入りたがったが、もちろん相手にしてもらえるはずがない。なにしろ、まだ二歳半にしかすぎないのだ。

そこから気をそらせるために、自由に使ってよいことになっている、この小学校のサッカーボールを借り、娘の前に軽く蹴《け》り出してやった。すると、突然、ドリブルをしながら走りはじめるではないか。それも、蹴っては止まり、蹴っては止まりというのではなく、走りつづけながらボールを蹴っている。本物のサッカーのドリブルだ。私が声もなく眺めていると、娘はついに校庭の端から端まで、一度も止まることなくドリブルをしつづけた。私は驚き、駆け寄って、娘に訊ねた。どうしてそんなことができるのか。すると、娘はこともなげに答えた。

「つばさ！」

つまりアニメーションの「キャプテン翼」を見て覚えてしまったらしいのだ。驚きが去ると、この子が男の子ならペレの再来ではないかと信じられないような親馬鹿《おやばか》ぶりを発揮するところだろうな、と少しおかしくなってきた。

しかし、この娘のスポーツ好きはかなり徹底していて、テレビのボクシング番組は喜んで見ているし、子供用のバットを持たせ、スポンジのボールを投げてやると、いつまでも飽きずに打ち返している。ひとりで眠る時には、「あしたのジョー」か「がんばれ元気」を抱いて寝床に入る。もし彼女の愛読書はと訊ねられれば、躊躇《ちゅうちょ》することなく『ラストファイト』と答えることができる。『ラストファイト』は、友人の内藤利朗《としろう》君が、カシアス内藤とエディ・タウンゼントさんとの一年にわたるカムバックへの道を撮りつづけた写真集だが、なんといってもこれが娘の一番にお気に入りの本なのだ。朝起きると、必ず一回は言われる。

「じゅんちゃんとエディちゃんとおとーしゃんのおはなしよんで」

カシアス内藤は純一が名前であり、その写真集にはワンカットだけ私のうしろ姿も写っているのだ。

一日遊んで疲れたのか、布団《ふとん》に入ると、いつものオハナシも聞かないうちに寝入ってしまった。

二月二十三日　日曜日

曇り。そして、風はまだ冷たい。

父の古希の祝いに家族全員が集まる。

酒を呑みながら、間もなく『深夜特急』が出るという話を父にしているうちに、あの旅に出る直前のことが思い出されてきた。

今はもうほとんど作っていないようだが、父はかつて俳句を作っていたことがある。五十八歳になってからほんの気紛《きまぐ》れで始めたものだったので、俳号も五十八という素っ気のないものだった。五十八と書いて「いそはち」と読ませる。その五十八作の俳句にこんな句があるのを知ったのは、私が『深夜特急』の旅にでる直前のことだった。父が参加している俳誌をパラパラとめくっているうちに、なんとなく眼に留まったのだ。

薔薇《ばら》の香やつひに巴里《パリ》は見ざりしか

この句を読んで胸を衝《つ》かれた。巴里という街に父がこのように強い思いを抱いていたということ、そして、その街にはもう行けないと思っているらしいこと、さらに、その街に息子の私が向かうということに複雑な感慨を抱いているらしいこと、それらのすべてに胸を衝かれたのだ。

それから十年余が過ぎた。あの句を作った時にはまだかなりあったはずの体力も、四年前に肺癌《はいがん》の手術をしてからはめっきり衰えてしまった。父は、片方の肺の三分の一を切除するという大手術からは見事に生還したが、ヨーロッパへ行くというだけの体力は失ってしまったようだった。ついに父は、本当に巴里を見ることができなくなってしまったのだ。

だが、見ないものこそが美しいということもある。父には、見ることのできなかった美しい巴里がある。もしかしたら、それで充分なのかもしれない。薔薇の香やつひに巴里は見ざりしか……。

二月二十四日　月曜日

晴れ。

午前中に神楽坂のクラブに行く。

机に向かってぼんやりしていると、階下でなつかしい声がする。どうやら本田靖春《やすはる》氏のようだ。今週から一階の和室には本田さんが入ることになっていると聞いていたが、もう来たらしい。

本田氏は「小説新潮」に『警察《サツ》回り』という長篇の連載を開始しており、その第二回目を書くためのクラブ入りであるという。

それにしても、『警察回り』の一回目は面白かった。かつて上野にあった「素娥《そが》」というバーとそのママの人生の軌跡を通して、時代と、自身の青春と、黄金時代の社会部記者というものを描こうとしている。これを読むと、二十年も三十年も前の新聞社の社会部というのがどのようなものだったかということがわかって興味深いが、なにより自身が精一杯に生きていた時代を語っているという甘やかな調子が快い。

階下で声がしてしばらくすると、ゆっくり階段を上がってくる足音が聞こえてきた。そして、「失礼します」という、笑っているような、どこか照れているような独特の声がして、ガラリと戸が開いた。

「まずは御《ご》挨拶《あいさつ》まで」

部屋に入ってくると、本田さんは、まるで私が監獄の牢名主《ろうなぬし》でもあるかのような台詞を吐いて、ソファーに腰を下ろした。確かに、ここは一種の牢獄のようなところであり、いずれにしても本田さんは、予定の原稿を書き上げないかぎりここを出られないことになっている。

本田さんとは、私が大学を卒業し、ルポルタージュを一本か二本書いたばかりの時に初めて会った。本田さんが読売新聞を辞め、フリーのライターになったばかりの頃だったかと思う。本田さんはすでに読売新聞の記者として一家をなしていたが、少なくとも、フリーランスのライターとしては、どちらも駆け出しにすぎなかった。そんなことが親近感を増す理由だったのか、私にとって本田さんは、同業の先輩の中では最も自由な口をきける存在だった。勝手なお願いをしたことも一度や二度ではない。

二年前にも、篠山紀信《しのやまきしん》氏の『往復写簡』の相方になっていただいた。『往復写簡』というのは、ひとりが写真を撮られている月は別のひとりがその人についての文章を書き、しかし翌月にはそれが逆になるという趣向の雑誌連載だった。

その『往復写簡』の中で、私は本田さんが写真を撮られた月に、「ヤクザな正義派」と題する次のような文章を書いた。

十二、三年前、小さな会合で本田さんと初めて会った時、私は彼がどんな人なのか、たとえば読売新聞の社会部で名文記者として鳴らした人であるとか、その読売をやめて雑誌にすぐれたルポルタージュを発表しはじめている人だとかいったことを少しも知らなかった。ただその鋭い眼つきと別れ際《ぎわ》のひとことで、強く印象づけられた。本田さんは、私がやはりフリー・ランスのライターの道を歩みつつあることを知ると、

「俺たちの稼業《かぎょう》は……」

といきなり話しはじめたのだ。そして、指で自分の頭をコツコツ叩《たた》くと、

「ここじゃあなくて……」

と言い、右腕を突き出し、左手でポンとはたくと、

「これなんだ」

と言ってニヤリとした。

それが退職後しばらくやっていたという週刊誌のアンカーのような仕事に対する自嘲《じちょう》なのか、あるいは書くという作業が結局は手で覚えていくものだという忠告だったのかは不分明だったが、彼の伝法な口調に含まれている無頼のにおいには深い魅力があった。

だからだろうか。それ以来、本田さんのまっとうすぎるほどまっとうな主張が盛られた文章を読むたびに、私には「ヤクザな正義派」という言葉が浮かんでくるようになった。ヤクザな正義派。ところが、先日、久し振りにお会いして、びっくりした。しばらく見ないうちに、表情がすっかり温和になっていたからだ。この分では、正義派はともかく、ヤクザなという形容詞はお払い箱かなと思っていると、本田さんがまた別れ際にこんなことを言い出した。

「今年はひとつ、おたがいに少し儲《もう》けてみようや」

私にはそれが、稼ぎのよくないヤクザの兄貴分が同じようにいつもスカンピンの舎弟分にいつか盛大な賭場《とば》を開帳しようぜと呼びかけているように感じられ、嬉《うれ》しくなって返事した。

「いいですね、今年は一丁やりますか」

私の写真は横浜で撮ってもらったが、本田さんは通い慣れた大井の競馬場で撮られることになった。

撮影当日、時間より早く大井競馬場に行くと、本田さんは何分か遅れてやってきた。その時、オヤッと思った。久しく会わないうちに、表情がずいぶん柔らかく、穏やかになっていた。いや、正直に言えば、少し歳《とし》を取り過ぎたのではないかと感じられたからだ。

二人で場内に入っていくと、顔馴染《かおなじ》みらしいコーチ屋がすりよってきて、本田さんに声を掛けた。

「旦那《だんな》、いいねえ、今日は息子さんと競馬かい」

さすがに、これには本田さんも参ったらしく、笑いながらではあったが、かなり強

『誘拐』本田靖春
文藝春秋●1977 年／装幀：長友啓典

い調子で言ったものだ。

「おい、おい、勘弁してくれよ」

しかし、その時の本田さんには、確かにいつもの鋭さが感じられなかった。そして、少し心配になった。

ところが、今日、クラブに姿を現し、私の部屋に闖入《ちんにゅう》してきた本田さんは、その時よりはるかに若々しく元気そうに見えた。

私がそれを言うと、本田さんは眼がなくなってしまうようないつもの笑いを浮かべて言った。

「いやいや、相変わらずですよ。糖尿、肝臓、それに遅筆の三重苦でね。駄目ですよ」

そして、こう付け加えた。

「もう十年早く会社を辞めていたらねえ」

それは、時折り本田さんの口から出る言葉だった。現在五十二歳になるはずの本田さんが、読売新聞を辞めたのは三十七か八の時。もう少し早くフリーになっていたらもっといろいろなことができたのに、という思いがあるのだろう。

もちろん、ノンフィクションのライターとして、これまで本田さんはいくつもの傑作を書き上げてきた。

たとえば『誘拐』は、ルポルタージュではない、つまり現場報告ではないノンフィクションの、日本における画期をなす作品だったし、たとえば『不当逮捕』は、私的な体験と時代とを巧みに描くことに成功した稀《まれ》なノンフィクション作品だった。しかし、それだけ書くことができれば充分ではないか、というのはあくまでも他人の見方でしかなく、当人の頭の片隅には、あれもこれもできたのに時間がないためできなかったという悔しさが残っているに違いないのだ。そして、それは当然のことと私に思える。

「あなたはいくつになったんだっけ」

不意に本田さんが訊ねてきた。

「三十八になりました」

私が答えると、本田さんは深い溜《た》め息《いき》をついて言った。

「いいねえ、まだ三十八か……」

私には、まだ、ではなく、もう、という感じがする。最近、自分にはいくらでもあると思っていた時間が、そうは無限にないらしいということが、私にも少しずつわかりかけてきたところなのだ。少々、景気の悪い話になっていきそうだったので、私は思い切りおどけた調子で提案してみた。

「両方の仕事が無事完了したら、どこかで派手に一杯やりますか」

すると、本田さんも調子を合わせ、思い切り陽気に応《こた》えてくれた。

「いいですね、やりましょう」

二月二十七日　木曜日

晴れ。

依然として「血の味」は動きだす気配を見せない。

どうしてだろう。やはり、ノンフィクションを書きつづけてきたことで、こびりついてしまったものがあるのだろうか。ノンフィクションとは、かつてあったもの、あるいはあると信じられるものを描き出せばいい。対象はこの世のどこかにあるのだ。しかし、フィクションの場合は筆を下ろすまで本質的には何も存在しないのだ。書くことであらしめねばならない。どこにもないものを書くということが、常にあるもの、あったものしか書いてはならないという戒律に縛られてきた私には、恐ろしい行為のように思えてしまう。

主人公の少年は、私であって私でない。だから、紙に書きつけるまでは、どこにも存在しないのだ。

夜、「小説新潮」の横山正治《まさはる》氏が陣中見舞いに来てくれ、食事に誘ってくれる。神田の鮨屋《すしや》「鶴八《つるはち》」へ行く。店を改築してから一度も行ってなかったが、少し綺麗《きれい》になったかなという程度でそう極端に変わったということはなかった。

親方——とここの主人は誰からもそう呼ばれているのだが——は、最近『神田鶴八鮨ばなし』という本を出したとかで、照れながらも嬉しそうに喋《しゃべ》っていた。

「あれだね、こんど自分で本を出してみて、本屋のベストセラーなんていうのが気になるんでよく見るようになったけど、ひどいもんばっかりだね、一位とか二位とかっていうのは。あたしの本も大したこたあないけどさ」

鮨は相変わらずおいしかった。私がこの親方を好きなのは、むかし初めて連れられてきた時のことが忘れられないからだ。親方の好意で出してくれたらしい平目のエンガワを、私はそれが何であるかを少しもわからないまま食べていた。訊《たず》ねると、親方はまったく軽蔑《けいべつ》するような風もなく、さりげない口調で教えてくれたものだ。以来、私はこの親方のファンになった。

そのかわり、知ったかぶりをする客には結構きつく当たっているようだ。今日も、そんな客が二人ほどいた。

充分に食べ、満足して店を出た。

もう少し酒を呑《の》みたい気分だったが、どこにも寄らず真っすぐ神楽坂に戻った。

再び机の前に座ったが、ついに今日も一枚も書けずに終わった。

二月二十八日　金曜日

早朝、また雪が降る。あるいはこれがこの冬最後の雪なのだろうか。

ついに今週も、ただの一枚も書けないまま家に帰らなければならなくなってしまった。

だが、まだギブ・アップはしないつもりだ。いつか走りはじめるにちがいない。それまでは、とにかく待つよりほかない。とにかく待つより……。

三月一日　土曜日

晴れ。

二週間ぶりに三軒茶屋の仕事場へ行き、『馬車は走る』の原稿の最終的な整理を行う。

その作業がこれほどまで遅れてしまった最大の理由は、収録する予定の六篇のうちの一篇が、最後まで決まらなかったからだ。しかし、先週、「死者への追走」が収録できないことが明らかになり、それと共にようやく最終的なラインナップが決定した。

断念せざるをえなかった「死者への追走」という作品は、別の題名で、しかも他人の名前で、十年以上も前の雑誌に発表されたものである。つまり、私はある人のゴースト・ライターを務めたのだ。それが私の初めてのゴースト・ライティングの経験だった。それ以後も機会はなかったし、これからもするつもりはないというところからすれば、私にとって最初で最後のゴースト・ライティングだったということにもなる。

それは夫を失った妻の手記という形をとったものだった。

もちろん、ひとたび「ゴースト」であることを受け入れた以上、その作品の権利のすべてが相手の未亡人に属するのは明らかなことだったが、それから十年余が過ぎているという安心感もあって、私の作品集に収めさせてくれないかと、いささか非常識なお願いをしていたのだ。

私がこの『馬車は走る』にぜひとも収録したいと思ったのは、とりわけその作品に対する愛着が深かったからだ。

ある日、死者である彼女の夫と私の共通の知人であった編集者から、未亡人の手記を代筆してくれないかと頼まれた。悩んだ末に、やはり私こそが書くべきなのかもしれないと引き受けた。それからというもの、私は何日も未亡人のもとに通った。やがて二時間の録音テープが十二本まわりきったところで、時間切れになった。私はそれをもとに八十枚ほどの文章を書いた。

ところが、意外にも、仕事のすべてを終えて、私にはある充実感があった。それは決して、ゴースト、幽霊の手になる作物、などではなかった。未亡人と私の、文字通りの合作だった。未亡人の「追想」と私の「追走」という二人の共同の作業がひとつの文章を生みだした。どちらがいなくてもその作品は生まれてこなかった。もちろん未亡人がいなくては何も始まらなかったが、こちらも全力を尽くした結果、作品にとって欠くべからざる存在になれたという自信があった。私には、書かせてもらったという卑下もなければ、書いてやったという傲慢《ごうまん》もなかった。ただ、共同で実に気持のよいものを書き上げることができた、という満足感だけがあった。

それを読んだ知人のひとりは、これまで私の書いたものをほとんど認めようとしなかったにもかかわらず、いい仕事をしたなと褒めてくれた。当の私にも、それまでの、世代を同じくする若者たちへの私信のような書き方とは違う、可能な限り相手に身を添わせ、内部からの声を聞いていくという方法による何かが書けたような気がした。

だから、どうしてもこの『馬車は走る』には入れたかったのだ。そこには、まさに彼ら夫婦の「運命という名の馬車」が走っていたからだ。

なぜ私がゴースト・ライティングを引き受けたのか。その経緯を記した文章を付した上で収録するつもりだ。ぜひ同意してくださらないだろうか……。思いをこめた手紙を書いたつもりだったが、その思いは伝わらなかったらしい。一月ほどたった先週、断りの連絡が入った。辛《つら》かったのは、直接返事がこなかったことだ。間接的に何人かを経由して意向が伝わってきた。だが、何日かしていくらか気持が落ち着くと、それも無理はないことと思えてきた。いくら寛大な人でも、いちど自分の名で発表されたものを、あれは他人が書いたものですと公表するのは、やはり辛いことだろう。私の思いが理解できれば理解できるほど、どう返事をしていいかわからなくなってしまった。そういうことなのかもしれなかった。心を悩ませることになるに違いないとわかっていながら、無理なお願いをして苦しませてしまった。

申し訳ないことだったが、しかしこちらは、断られてかえってすっきりした。「死者への追走」を除いて、どのように『馬車は走る』を構成するかについて考えればよくなったからだ。

六篇を五篇に減らすか、別の一篇を代わりに入れるかでだいぶ迷ったが、やはり六篇とすることにして、「死者への追走」と同じ頃に書いた小椋佳《おぐらけい》についての文章を収録することに決めた。目次の構成も少し変え、最終的には次のようになった。

帰郷
シジフォスの四十日
帝《みかど》
その木戸を
オケラのカーニバル
奇妙な航海
走る馬車に乗って——長いあとがき

この中の「その木戸を」というのが小椋佳についてのものだ。雑誌「GORO」に載った作品で、紙数の都合もあり、かなりカットをしてあったが、幸いにも元原稿が残っており、それに従って補強していくうちに、どうやら読めるものになってきた。雑誌では「小椋佳の世界」という無表情なタイトルをつけられてしまったが、新たにタイトルをつけ、そのエピグラフとして山本周五郎の『その木戸を通って』の中から「木戸をでるとどこへゆけるんだ」という一節を借りてきて冒頭に掲げると、ちょっぴりだが、テーマが絞り込めたような気がしてきた。上出来の作品ではないが、この『馬車は走る』の中で居場所がないというほどの不出来でもなさそうだ。

夕方、ようやく『馬車は走る』の整理がすべて終わる。

そこで、私は近くのコンビニエンス・ストアーに行き、「奇妙な航海」のコピーを取った。

部屋に戻り、手紙を書きはじめた。差し出す相手は小《こ》菅《すげ》の東京拘置所に収監されている三浦和義《かずよし》氏だった。

三浦和義様

雪の多かった冬が去り、ようやく春めいてまいりましたが、そちらはいかがでしょうか。拘置所内の寒さにいささか参っているとのことでしたが、これからは暖かさと共に少しずつ楽になっていくのかもしれません。

早いもので、銀座東急ホテルで「また」と言って別れてから、もう半年以上の月日がたってしまいました。

さて、今回、この手紙をお出ししたのは、あの日の一夜についてスケッチした「奇妙な航海」という文章について、ひとつお願いしなければならないことができたからです。

「奇妙な航海」が、このたび、私にとっては久し振りの人物ルポルタージュ集である『馬車は走る』に、六篇の中の一篇として収められることになったのです。いや、「収められることになった」というのは、少し他人事《ひとごと》に過ぎるかもしれません。「奇妙な航海」を書き終えた時、私の内部で『馬車は走る』というタイトルが不意に閃《ひらめ》いたのです。まさに、あの夜、私は三浦和義という運命の馬車に乗り合わせたという実感があったからです。そして、その時、三浦さんの場合と同じように、私がその《運命の馬車》に乗り合わせたと感じられる人々について書いたものばかりを集めて、一冊の本にしたらどうだろうと思いついたのです。

ところで、この「奇妙な航海」は、収録に際してかなりの加筆がされています。「ブルータス」に掲載されたものには、いくらか不満なところがあったからです。その加筆によって完璧《かんぺき》な作品になったとはとうてい言えませんが、前のものよりはいくらかよくなっているように思えます。

そこでお願いなのですが、同封した原稿のコピーを読んで、三浦さんにひとつ判断をしていただきたいのです。

読んでいただければわかる通り、この「奇妙な航海」では、お嬢さんを実名で登場させてしまっています。本来、犯罪事件の容疑者の家族については、これを報道する場合でも仮名にするのが常識的な配慮とされています。当然、現在の三浦さんは「容疑者」なのですから、お嬢さんも仮名にしておくのが妥当と思われます。たとえば、週刊文春をはじめとするジャーナリズムが共通して用いている仮の名「葉子」を使えば問題はないかもしれません。しかし、私には、仮名を用いることにためらいがあるのです。たった一度にしか過ぎませんがお嬢さんと親しく口をきく機会があったということが大きいのでしょう。とても他人事とは思えないのです。それには、少し年下ですが私に似たような娘がいるということも影響しているかもしれません。そのお嬢さんのことを考えると、これから待ち構えているだろう幾多の困難に対して、名を隠し、世間の眼を避け、ひたすら逃げているだけではやっていけないのではないかという危惧《きぐ》の念のようなものを覚えてしまうのです。三浦和義の娘であることは避けられない宿命なのだから、それを受け入れ、それによってもたらされる困難に立ち向かい、乗り切っていかなくてはならないのではないか。とすれば……。

しかし、それが所詮《しょせん》、責任を背負わない他人の、いい気な思い込みであることもわかっています。困難に立ち向かうのは私の娘ではなく、三浦さんのお嬢さんなのですから。できることなら、名前など知られないにこしたことはなく、そっと嵐《あらし》の過ぎるのを待つべきなのかもしれません。三浦和義の娘であることを引き受け、世間に立ち向かっていくかどうかは、お嬢さんが大きくなってから自分で判断すればいいことであり、それまではできるだけ仮名で守ってあげるべきなのかもしれません。

亡《な》くなられた一美《かずみ》さんの御両親の二冊の著書では、お嬢さんはいずれも実名で登場してきています。お二人にはお二人なりの愛情があり、それがあえて実名を使わせることになったのでしょう。もちろん、祖父母と単なるライターとでは立場も関係も甚だしく異なりますが、私の迷いにも、お二人の愛情に近いものが僅《わず》かながらあるように思えるのです。

　どうしたらよいでしょう。仮名にすべきだという判断をなさるのなら、本文をすべて「葉子」に統一することは簡単です。あえて実名にするか、やはり仮名にしておくか。三浦さんのお考えをお聞かせ願いたいのです。

　裁判に精力を傾注しなくてはいけないこの時期に、わずらわしいお願いをすることをお許しください。

　拘置所の中では読書に励んでいらっしゃるとのことですが、落ち着いて読むことができていますか。もしお読みになりたい本があれば御連絡ください。必ず送らせていただきます。

　くれぐれもお体を大切に。

　では、いつか、また。

　1986年3月1日

沢木　耕太郎

追伸
できるだけ早く、できることなら速達で返事をいただきたいのですが、それはあくまでもこちらの勝手に過ぎません。裁判の準備でお忙しく、手紙を書いている暇などない場合には、電報でも結構です。ぜひ、よろしくお願いいたします。
ちなみに、この『馬車は走る』を出そうという奇特な出版社は、なんとあの文藝春秋社です。

書き上がり、コピーを同封して、宛名《あてな》を書いているうちに、きっと裁判の準備で忙しいだろうから、もう少し綺麗《きれい》なゲラが出てから送った方がいいかな、と思い返した。書き込みの多いこのコピーでは読みにくいかもしれないと心配になってきたのだ。

眼を上げると、外はもうすっかり暗くなっている。羽田沖なのだろうか、南に低空をゆっくりと飛んでいる飛行機が見える。飛んでいるというよりは漂っている。着陸の順番を待っているのだろう。実際に見えるのはライトだけだが、それが不気味な山吹き色の光を放って、空中にポッカリと浮いている。

三月二日　日曜日

晴れる。

外に出掛け、夜、家に帰ってくる途中、娘が不意に立ちどまり、空を見上げて叫んだ。

「あっ、おつきさまだ」

そして、さらに大声で付け加えた。

「おつきさまが、くもからでてるよ！」

雲などは出ていないはずだった。それは私が、窓の外に月が見えないと、たとえそれが新月であろうと、方角違いで見えないだけであろうと、常に雲のせいにしていたため、月に雲はつきものと理解するようになってしまった結果なのだ。

しかし、いずれにしても、これほどの大声で叫ぶほどのこともあるまいにと思いながら見上げると、よく晴れた夜空に女性の眉《まゆ》のように細く美しい三日月が出ていた。

「ほんとだ」

私が言うと、作ったような声で娘が言う。

「ほんとだわねえ」

「きれいだね」

「きれいだわねえ」

「三日月さんだわねえ」

「そうだわねえ」

三十分後にマンションに着くと、娘は通路の脇《わき》でまた立ちどまり、空に向かって大声で叫んだ。

「おつきさまー、がんばってねー、あしたまでー」

そう言われてしまえば、いくら細身の三日月だろうといって、この寒空の中で明日の朝まで頑張らざるをえなくなってしまうのではないか、と私は「おつきさまー」に同情したくなった。

三月三日　月曜日

曇り。

朝、家を出て、神楽坂に向かう。

午後、文藝春秋の新井氏に神楽坂の喫茶店まで御足労ねがい、整理の完了した『馬車は走る』の原稿を渡す。

その折、また近藤紘一《こんどうこういち》氏の話が出る。近藤さんの最新の本である『妻と娘の国へ行った特派員』の売れ行きがまずまずで、新井さんもほっとしているとのことだった。

近藤さんには、まだあと一、二冊の本が出せるくらいの原稿が残っているという。葬儀の時に読み上げられた司馬遼《りょう》太郎《たろう》の心の籠《こ》もった弔辞を巻頭に掲げ、近藤さんの
6 最後の本を出したいという思いが新井さんには強くあるらしい。それを知り、いろいろと本についてのアイデアを出しているうちに、どうせなら編集をしてくれないか、
4 ということになってきた。迷ったが、私にもそのくらいのことをする義理はあるような
2 気がしてきた。
私に特別な何ができるというわけでもないが、新聞記者としては稀有《けう》なほど柔らかい心を持っていたひとりのライターの全貌《ぜんぼう》を、世の中に正確に伝えられるような一冊を編集することは可能かもしれないと思えてきた。ほとんど無一物で残されてしまった未亡人のことを考えれば、少しでも多く売れるような本作りをすべきなのだろうが、できれば売れ行きは度外視しても、近藤紘一の名が後世に残りうるものを作ってさしあげたい気がする。

一段落したら、近藤さんの原稿に眼を通させてもらうことにして、新井さんと別れた。

三月六日　木曜日

ついに「血の味」が動き出す。

無人称のまま夜の街の描写が続いていた文章に、ようやく「ぼく」という言葉が書き込まれた瞬間、一気に流れ出したのだ。この「血の味」は、十五歳の少年の、一人称の物語となることになった。

夕方、大森に行き、「キネカ大森」で最終日だという『再会の時』を見る。見終わってから、パンフレットを買い、読んでみると、主人公群を構成した七人の役者のうち、実に三人までが私とまったく同じ年に生まれていた。つまり、そのような年齢の人物が演じるべきドラマだったというわけだ。まさに、『再会の時』は私たちの世代の物語として作られていた。

ある日、大学時代の仲間が自殺したという知らせが届く。その葬儀に出席するために七人の仲間が集まる。映画は、その三日間の彼らの友情の復活を描いたものだ、とひとまず言うことができるかもしれない。しかし、それは単純な復活ではない。大学時代とは違って、友情は互いの孤立の深さを確認するだけのものでしかないからだ。その意味では、これもまた、子供が大人になるための通過儀礼のようなものを描いた作品ということになるかもしれない。

かつての日々をなつかしみながら、しかしそこに戻ることはできないということはよくわかっている。友情は、もう何も生みはしないが、何かが生まれるはずだという幻想もない。悲しみは極限までは行かず、喜びも爆発はしない。皆が優しくほほ笑み、さようならと言って別れていく……。

映画を見ているあいだ中、もしこれが自分たちだったら、私の役どころはどれだろうと頭の片隅で考えつづけていた。ケヴィン・クラインの演じた「ハロルド」というほどの安定感はないだろうし、ウィリアム・ハートの「ニック」ほど人生の深みを見てはいない。だからといって、ジェフ・ゴールドブラムの演じた「マイケル」というジャーナリストほど自分の人生に対してシニカルでもない。もちろん、トム・ベレンジャーの「サム」でもないだろう。しかし、どこかに自分の役がありそうな気がしてならなかった。

『再会の時』のパンフレット
ローレンス・カスダン監督
トム・ベレンジャー、グレン・クローズ、メグ・ティリー出演
1983 年度作品

サラを演じたグレン・クローズが魅力的だったが、私にとりわけ印象的だったのは、『アグネス』で若い尼僧《にそう》を演じたメグ・ティリーだった。彼女がこの映画にも、自殺した仲間の若い恋人という役どころで出ていたのだ。そしてここでも、主人公たちを黙って見つめているエキセントリックな女性を演じ、光っていた。最近では、このように強く惹《ひ》かれる女優を見たことがない。

帰りに、大森山王の「葡萄屋《ぶどうや》」に寄る。

かつてそこは、十代後半の私たちの溜《たま》り場《ば》になっていたところだ。『再会の時』を見たせいで、ノスタルジックな気分になってしまったらしい。

ところが、扉を引いて店の中に入ってみて驚いた。以前とまったく様子が変わっていたのだ。

一棟の建物の、片側に喫茶店、反対側に酒場があり、そのどちらも落ち着いた居やすい雰囲気の店だった。喫茶店ではコーヒーのあとにお茶を出してくれたし、酒場には当時としては珍しく冬でも生ビールを置いてあったし、カウンターの中で煮えているおでんがことのほかおいしかった。

それがすっかり様子を変えていた。綺麗に改築されたのはいいのだが、一階にあった落ち着いたカウンターの酒場はなくなり、かわりに二階に大広間のある不思議な造りの飲み屋ができていた。やはり生ビールはあり、おでんもあったが、かつての、あの「葡萄屋」はなくなっていた。

同じ大森育ちの小林麻美《あさみ》さんとは、顔を合わせるたびに、いつか「葡萄屋」でデートをしようと言い合っていたが、これでは行っても仕方がない。

こんな風にして『再会の時』の主人公たちもひとつひとつ思い出を失っていったのだろう。

三月七日　金曜日

今日もよく晴れている。

ようやく「血の味」の第一章が書き上がった。

午後、原稿を取りにきた「新潮」の鈴木氏に、まず読んでもらう。

読み終わった鈴木氏は極めて簡潔に、

「いいですね」

と言ってくれた。もちろん、これからさらに次を書かせようと思っている編集者に、駄目という言葉は出てこないものだろうが、今日は彼のその言葉を素直に受け取っておくことにする。

「そう言ってもらえるとありがたい」

私がそう言うと、鈴木氏は、さらにこう付け加えた。

「主人公の男の子のジンキがいいですね」

ジンキとは、恐らく、「人気」と書くのだろう。本来、人気とはその土地の気風のようなものをさす言葉のはずだが、彼の伝えたいニュアンスはよくわかった。そして、嬉《うれ》しかった。まさに、この少年の個性が魅力のあるものに描かれなければ、この小説は一文の値打ちもないものになってしまうからだ。

三週間もカンヅメになって、十章になるはずの小説のたった一章しか書けなかったことを謝ると、とにかく動き出したのだから、と逆に励まされてしまった。

明日にはここを出て、来週からは仕事場で続きを書くことになる。まず、動き出すためにこのカンヅメは必要だったのだと思うことにして、この非能率、不経済を許してもらうことにする。

夜、ひとりで、呑《の》む。新宿で呑み、渋谷で呑んだ。

三月十一日　火曜日

雨。

一日、仕事場で漫然と本を読んで過ごす。マヌエル・プイグ、藤沢周平、ジェームズ・ボールドウィン、そして日野啓三《けいぞう》。まったく脈絡もなく、ただ気になり、本箱の一隅にまとめて立てかけてあったものを、端から読んでいったにすぎない。

吉行淳之介《よしゆきじゅんのすけ》がほとんど小説を書かなくなってしまった現在では、私の最も気になる日本の小説家といえば、古井由吉《よしきち》とこの日野啓三の二人にとどめをさす。もしこの二人と、吉行淳之介を加えた三人に共通の点は何かといえば、それはごく単純に「都会的」ということになるのかもしれない。その都会も、地方の都市ではなく、東京という刻印のある都会である。たとえ、彼らの作品に、舞台となっている土地が明らかにされていなくとも、都会となればそれはやはり東京なのだ。地方の都市が舞台になっている時でさえ、東京という都会がその作品の基底に存在することが感じ取れる。

2　4　6

しかし、その中でも、東京という都会を最も強烈に意識し、描く対象そのものとするほど執着しているのは、日野啓三である。とりわけ、今日読んだ『夢の島』には、東京という都会を一瞬にして「夢の町」と化してしまうかのような不思議な力があった。最終章の辻褄《つじつま》合わせてのようなエンディングに疑問は残るが、中年の主人公が、オートバイに乗る若い女と、野球帽をかぶった少年に案内されて渡ったゴミの島で、夢の中の地獄巡りのような歩行の果てに見る「見えない東京」の姿は、鳥肌が立ってくるほど刺激的だった。

夜、テレビで世界ミドル級タイトルマッチのボクシング中継を見る。

チャンピオンはスキン・ヘッドで有名なマービン・ハグラー。挑戦者はウガンダのジョン・ムガビ。ハグラーは、六年もの長きにわたって王座に君臨しているミドル級史に残る強打者で、六十六戦六十二勝五十二KOという輝かしい戦績を誇っている。一方、挑戦者のムガビも、二十七戦二十六勝二十六KOという派手なノックアウト記録を持っている。

試合は、六回中盤のハグラーの攻勢にムガビがグロッキーになり、一方的な展開になるかと思われた。ところが、ムガビには驚異的なタフネスがあるらしく、辛くもダウンを免れると次の回から反撃に出た。それからのラウンドはまさに打ちつ打たれつの接戦で、勝敗の行方はまったくわからなくなった。打っても打っても倒れないムガビに、ハグラーが嫌気と共に恐怖を覚えはじめたのではないかと思われる瞬間もあった。しかし、十一回、ハグラーの右が完璧《かんぺき》にムガビの顔面を捉《とら》えると、さすがのウガンダの勇者もついにキャンバスに崩れ落ちた。それは私が久し振りに見る、ノックアウト・パンチらしいノックアウト・パンチだった。

もちろん、その本物のノックアウト・パンチにも心を動かされたが、この中継で私に最も印象的だったのは、解説者の言葉だった。この試合には日本からも中継班が行っていたらしく、解説者としてジョー小泉と佐瀬稔《みのる》の二人の声が聞こえていた。とりわけ印象的だったのは、佐瀬稔の言葉だった。ハグラーとムガビが激しいパンチの応酬をしているさなかに、感動した佐瀬稔が叫ぶように言ったのだ。

「これはもう、どちらが恨みや怒りを多く持っているかということですね」

つまり、その恨みや怒りが相手のパンチを耐えさせる根源の力になりうると言いたかったのだ。言いたいことはよく理解できた。しかし、そのような文学的な修辞は、激しいパンチの応酬と激しい歓声の中では、妙に虚《むな》しく聞こえた。日本で最もプロボクシングの大試合を見てきたはずの佐瀬稔の言葉にしてそうなのだ。多分、圧倒的な肉体の乱舞の前には、言葉は不用なのだろう。

　言葉は、踊りの終わったあとでしか必要とされない。そのことをあらためて思い知らされたような気がした。

三月十三日　木曜日

快晴。

　晴れているだけでなく、空気が涼やかなせいだろうか、もう春なのではないかという気がしてくる。


　仕事場で「血の味」を書く。困難は突破したのだ、あとは肉体労働あるのみなのだ、と自らを叱咤《しった》激励しつつ書きつづける。

　昼、食事をするために三軒茶屋の駅の近くまで出る。どこで何を食べようか迷ったあげく、結局スパゲティー屋の「オリーブの木」に入る。メニューを見ても、食欲がそそられるものがひとつもない。そこで、今日は一度も食べたことのないものに挑戦してみようという気分になる。これもきっと天気のいいせいなのだろう。そして、私が恐ろしく威勢のいいウェイトレスに注文したのは、納豆スパゲティーという代物《しろもの》だった。納豆もスパゲティーも大好きだが、それを一緒にしてしまおうという大胆さにはついていけず、これまでどこのスパゲティー屋でも食べたことがなかった。

出てきた皿には、スパゲティーの上に納豆とシソの葉とタクアンの千切りがかかっており、さらにその上に卵黄がのっている。フォークとスプーンで混ぜ合わせ、恐る恐る口に入れてみると、これが意外においしいのだ。とりわけ安物の黄色いタクアンが、この不思議な取り合わせの味を引き立てている。これは存外もうけものだったかもしれないなと思いつつ、綺麗《きれい》にたいらげてしまった。

コーヒーを呑みながら、この店に入る前に古本屋で買っておいた荒川洋治《ようじ》の『ボクのマンスリー・ショック』を読む。

詩人の荒川洋治が週刊誌に連載したルポルタージュをまとめたものだ。月に一度、一泊二日ほどの小旅行をする。そこでの経験、見聞を軽やかな筆致で書いている。ルポルタージュなどとしかつめらしく言うよりは、ルポという方がしっくりする。

読んでいるうちに、彼の軽やかさが羨《うらや》ましくなってきた。私は、このような、ある意味で安易といわれかねない「ルポ」から遠く離れ、どうにか「作品」となりうるよ

2　4　6

うなノンフィクションを生み出そうとすることでこの何年かを過ごしてきた。ほんの一日か二日いただけで何がわかるだろう。いや、一カ月いたところで同じだが、少なくとも「作品」になるためには、徹底した取材が必要なはずだ。だから安易な「ルポ」は書きたくない。そう思っていた。しかし、荒川洋治の『ボクのマンスリー・ショック』を読んでいるうちに、昔風の一筆書きのような「ルポ」に自分でも思いがけないなつかしさを覚えはじめてしまったのだ。

地方の小都市に行き、ストリップ小屋に入る。温泉宿に泊まって、芸者を呼ぶ。ただ小さなスナックに入ったというだけのことを書いた文章があれば、トルコ嬢との行為がことこまかに述べられている文章もある。そのどれもが、実に軽やかなのだ。

始めての体験も多く、体は時に恐怖で震えたが、こころは、ぼくの場合むかしからお休みをとっている。そのため実に、あきれるほどかるい書きものになったけれど、ここまできてしまうと手のほどこしようがない。ぼくはこの道を行くしかないようである。

あとがきにそう書いてあるが、明らかにこの軽やかさは、すでにルポルタージュやノンフィクションと呼ばれるものにはない何かがある。かつて、ルポとか探訪記とか軽く呼ばれていた頃の、読み手の心を陽気に解き放ってくれるエネルギーのようなものがある。

私も、このように軽やかな旅をし、このように軽やかなルポを書いてみたくなってきた。もっとも、そのような仕事を長く続けると、それはそれで苦痛になるだろうことは容易に想像がつくのだが。

三月十四日　金曜日

小雨から雪に変わる。春はそう簡単にはやってこないつもりらしい。

朝、霞《かすみ》ケ関《せき》の東京高等裁判所に向かう。「連合赤軍」裁判の控訴審も、ついに大詰めを迎え、弁護側の最終弁論に入った。この法廷で傍聴できるのも弁護側の最終弁論が続くあと二回ほどの機会でしかない。もちろん、そのあとの判決が出される時にも来るつもりだが、首尾よく入廷できるかどうかわからないからだ。普段はさして混んでいるというわけでもないが、判決の当日はどっと入廷希望者が殺到するのだそうだ。

よほどの幸運がないかぎり、当たりクジを引きあてるのは難しいという。

昼、裁判長が早目の休廷を宣してくれたので、外に出て地下鉄の駅にあるスタンドで読売新聞の朝刊を買い、日比谷のプレスセンターまで歩いて行き、そこの地下にある喫茶店で新聞を広げた。

一面の中段に「小林名人『棋聖』を獲得」とあり、二十二面にはトップの扱いで「趙《ちょう》棋聖、敗れて淡々」とある。そう、昨夜、趙治勲《ちくん》が棋聖戦の第六戦に敗れ、ついに棋聖位を失ってしまったのだ。そのことは朝日新聞でも報じられていたが、もう少し趙治勲の詳しい様子が知りたかった。しかし主催紙である読売を読んでも、あまりよくはわからなかった。

「七番勝負の直前の事故で大勢の皆さんにご迷惑をかけました。一生懸命碁を打つことがご恩返しになると思い、自分では勝つつもりで打っていたのですが……。これから勉強し直して巻き返すつもりです」

この談話からでは趙君の本当の感情の動きは見えてこない。昭和五十五年に大竹英《ひで》雄《お》から名人位を奪って以来、常に保持してきていた大タイトルのすべてを失い、趙君は何を思っているだろう。

だが、まさに「運命という名の馬車」は、一瞬たりともとどまることなく走りつづけているらしい……。

そんなことを考えているうちに、近く書かなくてはならない『馬車は走る』のあとがきの、およその輪郭が見えてきた。

《馬車は走る。走りつづける》

多分、この一行が最後の一行になるだろうということが、である。

花のざわめき、銀の幕

三月十五日　土曜日

朝、起きると、また雪が降っている。手に受けてみると、水気の多いボタン雪だ。積もりはしないだろうが、それにしても雪の多い年だ。これが最後かと思うとまた飽きもせずに降ってくる。きっとこの先も雪が待っているにちがいない。もう、これがこの冬の最後の雪だろう、などとは書くまい。

午後、青山に出かける。用事が思ったより早く片付いたので、帰りに三軒茶屋の「三軒茶屋東映」で、相米《そうまい》慎二の『台風クラブ』を見ることにする。確かこれは、去年の東京国際映画祭で何かの賞を受け、新しい映画を撮るための資金として一億だか一億五千万だかを与えられたはずの作品だ。久し振りの日本映画に期待して見たが、その期待の分だけ失望も大きかった。

とにかくつまらないのだ。リアリティーがないといってみたところで始まらないが、主人公に魅力がないのが致命的だ。わずかに相手役の工藤夕貴《ゆうき》に魅力のかけらの存在が感じられるだけで、あとの登場人物には役としての魅力はもちろんのこと、役者としての興味も覚えることができなかった。台詞《せりふ》のダイナミズムによってストーリーを動かすのではなく、言葉の断片と情景の雰囲気によって何かを物語らせようとするのを、一概に悪いとは言えない。しかし、それも充分に計算された演出力と俳優たちの技倆《ぎりよう》があればこそだ。この映画ではそのいずれもが欠けているため、監督の意図が空回りをしているのが露骨なくらい見えてしまう。とりわけ、クライマックスとなるはずのラストシーンの退屈さには眼を覆《おお》いたくなるほどだった。実際、観客の中にはあくびをしたり溜《た》め息《いき》をついたりしている人が何人もいた。

こんな作品に賞金が与えられたのだとすれば、外国から出品した監督はきっと馬鹿《ばか》にされたと思ったにちがいない。

日本の映画はどうなっているのだろう。いや、相米慎二は……。

三月十八日　火曜日

朝方はよく晴れていたが、やがて雲が出てきた。

夕方、三軒茶屋駅前の喫茶店「キャニップ」で、「新潮」の鈴木氏と会う。「血の味」の第二章を渡すためだ。困難は突破したつもりだったが、この章を書き進めていくうちにまた新たな問題が生じてきて頭を悩ませなくてはならなかった。時代の設定がしだいに曖昧《あいまい》になってきてしまったのだ。どうしても、一九六〇年代と八〇年代の間で揺れてしまう。つまり、「血の味」の時代は、かつて私が少年であった時代と現代とのどちらの時代なのかということなのだ。そして、そのどちらを選んでも、一長一短があるのだ。どうしたものか……。しかし、鈴木氏と話しているうちに、一筋の光明が見えてきたような気がしてきた。

家に帰ると、娘が跳びついてきて言った。

「かえってきてくれて、うれしいわ」

そんなにしょっちゅう家をあけているわけではないのに、ドキッとするようなことを言う。

さして深い意味はないのだろう。最近、急速に語彙《ごい》が増えて、それを使ってみたくて仕方がないのだ。話をしていても、いつ、どんなふうにしてこのような言い回しを覚えたのだろう、と不思議になるくらい自在になってきた。

「ほら、おじいちゃんみたいなかんじのひとがね……」

二、三日前にも、そんなことを口にするのを聞いて、びっくりしてしまった。みたいな感じ、という言い回しはかなり高度のものだと思われるのだが、三歳にもならない小娘がいとも簡単に使っている。

「きっと、そうだわ……」

などとも言ってみたりする。きっと、という言葉も、そう簡単な単語ではないと思えるのだが、使うタイミングをほとんど誤ることがない。

「へいき、へいき、まかせておいて……」

などと言いながら、右手でポンと胸を叩《たた》いたりもする。そうかと思うと、

「いやだよ、ふん」

などという憎まれ口も叩くようになった。

ある時、ふん、というのはあまり可愛《かわい》くないから、ぷん、にしたらどうだいと提案すると、それからは「いやだよ……」と言いかけて、一瞬どうしようか迷うらしく、ぷん、と言ったり、ふん、と言ったりするようになった。しかし、ぷん、というのは迫力がないらしいことが自分でもわかるのだろう、本当に腹を立てている時は、断固として、ふん、を使う。

「いやだよ、ふん。リーちゃんはおこったからね」

などと言ってそっぽを向くのだ。

部屋で着替えをしていると、娘がまとわりついてくる。

「おにいちゃん」

「えっ？」

驚いて娘の顔を見ると、笑いながらさらに言う。

「おじさん」

ふざけているのだ。

「おじいちゃん」

「えっ？」

「パパ」

「えっ？」

「おとーさま」

「えっ？」

「おとーしゃん」

やっといつもの呼び掛けが出てきたので返事をした。

「なに？」

「おかおがまるいよ」

私は鈴木氏に原稿を渡したあと、床屋に寄って髪を短くしてもらっていたのだ。

「まるい。おかしい」

そう言って、娘はくすくすと笑いはじめた。その笑い方が妙に大人びている。以前はこういう笑い方はしなかった。そういえば、私に対する呼び掛けの言葉を次々に変えていくという遊びを発明したりするのも、もう赤ん坊ではなくなってしまったという証拠なのかもしれない。

三月十九日　水曜日

夕方から激しい雨になる。

その雨の音を聞きながら、古井由吉《よしきち》の『槿《あさがお》』を再読する。

古井由吉の文学とは、比喩《ひゆ》的に語れば、望遠鏡の文学ではなく、顕微鏡の文学だと言えるかもしれない。遠くのものを近くに引き寄せて見せるのではなく、近くにあるものを拡大して提出する。だから、拡大されたものは明瞭《めいりよう》すぎるほど明瞭だが、外部とのバランスを失しているため、世界は不明瞭で奇妙に歪《ゆが》んで見えてくる。描かれているのは、私たちが生きているこの世界とよく似ているはずなのに、しばらく読んでいくうちにまるでスローモーションの映画の中に閉じ込められてしまったような息苦しさを覚えてくる。しかし、それこそが古井由吉の世界の中毒性でもあるのだ。この『槿』も、二度目であるにもかかわらず、古井式の顕微鏡を通して、現実には決して見えないはずの多くのものが見えてくるように思えた。

夜、七時半、新宿の「とど」という料理屋で、フジテレビの関法之氏と会う。

関氏の用件は、いつもの通りテレビに出ないかという誘いだったが、いつものように断ると、いつものように簡単に了解してくれ、すぐにいつものように酒を呑《の》みながらのよもやま話になった。酒は焼酎《しょうちゅう》、つまみは揚げたての薩摩《さつま》あげ。気心の知れた相手と呑むにはもってこいの店だった。

それにしても、関氏の根気のよさには恐れ入ってしまう。何度断っても、ことあるごとに誘ってくれる。いつかは出る気になることもあるだろうから、と。

なぜテレビに出ないのか。とか、ホテルから女と出てきた時に見とがめられたくないから、とか答えているが、もちろんそれが理由のすべてではない。

私もこの歳《とし》になるまで生きてきて、常に聖人君子のような行いをしてきたというはずもない。他人から見れば何とひどいことを、と非難されて当然のことをいくつもしてきている。つまり、私を憎んでも憎みたりないと思っている人が、何人かはいるはずだと思うのだ。顔も見たくないと思っているような人が何人かはいるにちがいない。

顔を見ないということに関しては、書籍や雑誌はまだ選択の余地がある。いやなら、つまり見たくないなら、手に取らなければいいのだから。しかし、テレビは別だ。否《いや》応《おう》なく眼に飛び込んできてしまう。私はその、私の顔を見たくないと思っているだろ

『槿』古井由吉
福武書店●1983 年／装幀：菊地信義

う何人かのためだけにでも、テレビの番組に出るべきではないと考えているのだ。

しかし、番組への出演ならまだいいかもしれない。私のような者にも、時にはコマーシャルの出演依頼が舞い込んでくることがある。ありがたいことだが、そして自分にいくらと値がつけられることに倒錯した快感を覚えないわけではないが、これこそ断固として拒絶しなくてはならない。

それは、ルポライターが特定の企業の特定の商品の宣伝をしていたら公正なレポートが書けなくなるから、などといった高尚な理由からではない。番組に出演する程度なら、顔も見たくない相手の出ていそうなものを避けることはできるかもしれないが、コマーシャルではそうはいかない。突然で避けようがない。コマーシャルなどに出てしまえば、見たくない顔を見てしまった、としばらくは不快な思いをする人が出てきてしまう。それを恐れるのだ。

だから私には、たとえばこういう人が理解できない。有名な男優で、一度結婚し、子供までもうけながら離婚し、再婚した挙げ句にまた子供をもうける。いや、そのこと自体は少しも理解できないことではない。私だって、いつそれと同じことをするかわからない。理解できないのは、そんな男がコマーシャルに出るということだ。いや、本人がひとりで出るならまだわかる。いろいろ事情というものもあることだろう。しかし、妻と二人で、それどころか、子供と三人で出てきたりすると、この人はどういう神経の持ち主なのだろうと疑いたくなってしまう。きっと、別れた妻子もテレビは見ているだろう。番組ならその男優の出るものは見ないでいられる。しかし、不意に画面に出てきてしまうコマーシャルでは見ないわけにはいかないのだ。テレビの画面では、男優が新しい妻と、そのあいだに生まれた娘と楽しそうに笑っている。それを、別れた妻と子供はどのような思いで見たらよいというのか。たとえ、常日頃、その男優がいかにもインテリ風の、ものわかりのよさそうなことを言っていても、その想像力の欠如と思いやりのなさを考えると、嫌悪《けんお》の念が湧《わ》いてくる。まあ、人はそれぞれ、とは思うのだけれど。

関氏と別れたあと、渋谷で降り、二軒ほど酒場に寄って帰る。

三月二十日　木曜日

晴れ。

風、強く吹きつづける。

朝から晩まで、仕事場で「血の味」を書きつづけ、疲れ切って家に帰る。食事のあと、風呂《ふろ》に入り、少し遊んでから娘を寝かしつける。

「なんのオハナシしようか」

娘がいつもの台詞で訊《たず》ねてくる。

「なんでもいいよ」

私が答えると、すかさず、声が上がる。

「ハワイのオハナシ！」

テレビのコマーシャルでハワイが映るたびに私が嘆声を発するので、きっとその地名を覚えてしまったのだろう。

私はこれまで、数日で通過したという国を含めれば、五、六十の国を訪れたことになるが、何度でも行きたい場所はどこかということになると、その双璧《そうへき》は香港《ホンコン》とハワイになるだろう。どちらも平凡そうな大観光地だが、私には何度行っても興味の尽きない土地としてある。こちらに活力があって元気な時は香港へ行きたくなり、疲れている時はハワイに行きたくなる。疲労した人間にとって、ハワイほど体を休めるのに適した土地はない、と私には思える。

ハワイに着くと、私は安いアパートメント・ホテルを探し、そこに長期の滞在をする。朝はどこかのレストランでジュースと卵とパンだけの簡単な朝食をとり、その足でハワイ大学の図書館に行く。そこで涼やかな風に吹かれながら本を読んだり、珍しい本のコピーを取らせてもらったりしているうちに昼になる。和風の食べものもあるビュッフェ・スタイルの学生食堂で昼食を食べ、また図書館にもどる。三時頃になると、アラモアナ行きのバスに乗り、ショッピング・センター前の海でひと泳ぎする。帰りにマーケットで肉や野菜を買い、ホテルに帰る。陽がかげると、そよ風の吹きはじめた運河沿いの道でジョギングをする。帰ってシャワーを浴びてから呑むビールは格別だ。食事をしたあとは、テレビを楽しみ、夜更《よふ》けにワイキキの酒場でバーボンでも呑む。ただそれだけのことだが、何にも増して心地よい休息になるように感じられるのだ。しかし、だからといって、その心地よさを、娘に伝えるのは至難のことだろう。なんといっても、彼女はこの種の休息など欲しくもないはずだからだ。

「ハワイのオハナシねえ……」

私が考えていると、はやくして、はやくして、とせがむ。

「えーと……ハワイはねえ……そうだ、アイスクリームがおいしいところなの」

すると、娘が一人前に相槌《あいづち》を打つ。

「へー、そうなのか」

「そうなんだ。そしてね、空が綺麗《きれい》で、海が綺麗で、風が気持よくて、お日さまが気持がいいの……」

そこまで言うと、突然、娘が口をはさんできた。

「だめよ、ひとつだけよ」

「えっ？」

意味がわからず、思わず大きな声で聞き返してしまった。

「そんなにたくさんいけませんよ。ひとつだけよ」

空も、海も、風も、太陽も、という具合に欲張ってはいけないと言いたいらしい。たぶん自分がいつもそう言われつけているのだろう。

「でも、ハワイはね、いっぱい綺麗で、いっぱい気持がいいんだよ」

「だめですよーだ。ひとつだけなの」

娘は頑強に譲ろうとしない。

「どれがひとつならいいの？」

「おひさま！」

「そうか、わかった、ハワイはね、お日さまがとっても気持がいいところなの。ハワイのオハナシ、おしまい」

怒り出すかと思ったが、それで納得してしまったらしく、すぐにまた次のテーマを出してきた。時計のオハナシ。それをどうにか話し終えると、こんどは、電気のオハナシときた。かなり難しかったがなんとか話をデッチ上げ、一息ついていると、すかさずまた声が上がった。

「おとーしゃんのオハナシ」

さて、これには困った。これまで、かなり難しいテーマにもどうにか対応してきたが、自分の話をしてみろという今夜のこの要求ほど難しくはなかった。

「はやく、おとーしゃんのオハナシして」

娘は盛んに急《せ》かすが、いったい何を話せばいいのかわからない。

「えーと、えーと、おとーさんはね……」

「うん」

「おとーさんはね……そうだ、むかし、むかし、遠い国に旅をしたことがあるんだ」

「へー、そうなの」

「インドという国からバスに乗って、ずっと、ずっと遠くの国に行ったんだ」

「へー、そうなの」

「パキスタンという国を通って、アフガニスタンという国を通って、イランという国を通り過ぎると、トルコという国に入るんだ。国境を通過して、アララット山という高いお山を右に見ながらしばらく行くと、エルズルムという町に着く」

「へー、そうなの」

「そのエルズルムから、北に向かって山の道を下っていくと黒海という海があって、そこにトラブゾンという町があったんだ」

「よかったわねえ」

「そう、よかったんだ。そしてね、町を歩いていると、いろんな人に声を掛けられるんだ。喫茶店に入ると、おじいさんがこっちへおいでというんで、行くとね、コーヒーをごちそうしてくれる」

「よかったわねえ」

「そしてね、おまえはいったいどこから来たんじゃ、と訊《き》くんだ。だから、ジャパン、と答えると、首を傾《かし》げてわからないという顔をするんだよ。それで、ジャパン、と言ってみた。でも、だめなので、こんどはハポン。それでもわからないらしいので、おとーさんはこう言ったんだ。ジャパン、ジャポン、ハポン、ニッポン。そうしたらね、おじいさんはニコニコして、そうか、そうか、おまえはジャパン、ジャポン、ハポン、ニッポンから来たのか、と言ったんだ……」

すると、突然、娘がけたたましく笑い出して、言った。

「ジャポン、ハポン、シュッポン！」

「そしてね」

「ジャポン、ハポン、シュッポン！」

「おとーさんがね」

「ジャポン、ハポン、シュッポン！」

「コーヒーのね」

「ジャポン、ハポン、シュッポン！」

私がひとこと言うたびに、ジャポン、ハポン、シュッポン、と言ってはひとりでキャッキャと喜んでいる。眠る直前のいつものひと騒ぎなのだろう。そう思って、勝手に笑わせていると、そのおじいさんと別れを告げるところにいく前に、コトッと眠り込んでしまった。

娘の寝顔を見ながら、私はハワイの海を思い浮かべていた。少し疲れているのかもしれないな、と思った。

三月二十一日　金曜日

春分の日というにふさわしく、暖かく晴れ上がる。

午後、渋谷西武の中にある「ロワール」というレストランで、「赤軍派」と合体する前の「革命左派」に属していた雪野建作氏と会う。

雪野氏は、電話の声から想像していた通り、長く獄中にあったという暗さを感じさせない、温厚な人柄だった。だからといって過剰な明るさがあるというのではないが、ごく普通の感性を持ちつづけているらしいことが素晴らしいことに思え、私には彼の言葉が極めて素直に耳に届いてきた。

とりわけ、雪野氏の永田洋子観には聞くべきものがあった。私は裁判の傍聴を続けているうちに、永田さんに対して畏敬《いけい》の念に近い好意を抱きはじめていた。そのことが間違っているとはいえないが、そのために彼女に対する批判の眼に曇りが生じていた。雪野氏は、必ずしも永田批判者ではなかったが、私に比べ、当然のことながら冷静な視線を持っていた。

私が、「連合赤軍」事件のすべてを永田洋子の資質に帰してしまおうとする、一審の判決やマスコミの報道に対する批判的な意見を述べ、自分がやがて書くだろうレポートは、それとはまったく異なるものになるはずだという意味のことを喋《しゃべ》ると、雪野氏は次のように語った。

「確かに、すべてを永田さんの資質に帰すことはできないと僕も思います。でも、革命左派が、連合赤軍が、つまり党派が彼女のあの資質を必要としたことは間違いないんです」

雪野氏のこの言葉は鋭く喰い入ってきた。私は世の「資質論」を否定しようとするあまり、これまで永田さんの資質について逆に考えないようにしてきたところがあった。しかし、彼女が党派を選びつづけていったという以上に、党派が彼女の資質を必要とし、彼女を選びつづけていったのだという側面を無視するわけにはいかなかったのだ。

獄中で緑の問題について独学を続け、それをライフワークにしたいという雪野氏と、再会を約束して夕方別れた。

三月二十三日　日曜日

また雪が降る。

昨夜から空には雪でも降りそうな雲が重く垂れこめていたが、朝起きてみると、もう今年に入って何度目になるかもわからないくらいの雪が降りはじめていた。

昼前に、友人のカメラマンの内藤利朗《としろう》君が車で遊びにきた。

紅茶を一杯飲み、さてこれから一緒に田園調布に住む内藤君の妹を拾いにいこうという段になって、慌《あわ》ててしまった。急激に積もった雪に、車が動かなくなってしまったのだ。バスの走る通りまで押して行こうとしたが、三十分余りも奮闘した挙げ句、ついに諦《あきら》めざるをえなかった。内藤君がチェーンを近くの自動車部品屋で買ってきて、二人で装着していると、チェーンを巻かない車が次々と立ち往生してしまう。そのたびに、こちらの手を休めて、後を押してやらなければならなかった。おかげで、手は氷のように冷たくなるし、下着は汗でびっしょりになるし、散々だった。

しかし、二台、三台と次第に長くつながってきて、その運転手たちの全員と先頭で動けなくなっている車にとりついて、力を合わせて押していたりすると、なんだか笑い出したくなるほどおかしくなってくる。我慢できなくなって、ひとりが笑い出すと、皆に笑いが伝染していき、ついに雪の上に腰を下ろして笑い転げてしまう。何がおかしいのか自分たちにもよくはわからない。この程度の雪に右往左往している自分たちが滑稽《こっけい》に感じられるのかもしれないし、あるいは運動会で綱引きをしている時のような不思議な連帯感を覚えてしまうからかもしれなかった。

おかげで、チェーンの装着が終わり、田園調布に出発できた時には四時近くになっていた。

三月二十五日　火曜日

よく晴れる。

夕方、「帝国ホテル」のロビーで「新潮」の鈴木氏に会い、「血の味」の第三章を渡す。

その足で、日比谷公園の中にある「松本楼」へ向かう。六時から、将棋の芹沢博文《せりざわひろぶみ》九段の会があるのだ。芹沢さんは酒の呑《の》みすぎから体を壊し、生死の境をさ迷ったことも一再ではない。それでも、酒をやめられなかった。ところが、去年、お嬢さんの結婚を機に、きっぱり断酒すると宣言したのだ。お嬢さんの結婚式の当日までは酒を呑むが、それ以後は向こう一年間酒を断つ、と。そして、今日がその満一年に当たる日なのだ。芹沢さんの台詞《せりふ》を借りれば「喪が明けた」ので、友人知人を招待して一席もうけたという、そういう趣旨の会だった。

その会になぜ私などが招待されたかというと、それは単に家が近いからというにすぎない。芹沢さんの家が、やはり桜新町を最寄りの駅としている我が家と近いということから、なんとなく行き来をさせていただくようになったのだ。芹沢さんを中心に集まっている遊びの会に誘われ、時折り顔を出すようにもなった。

さすがに芹沢さんの会ということで、さまざまな世界の人が集まってきていた。もちろん、棋士も大勢顔を見せていた。

芹沢さんと話をしているうちに、名人戦における米長邦雄《よねながくにお》対大山康晴《やすはる》の挑戦者決定戦について話題が移っていった。こんどこそ宿願の名人位に一歩近づいたかに思われていた米長が、ようやく病との闘いに打ち勝ってリーグ戦に復帰してきたばかりの大山に、同率での挑戦者決定戦でなすところなく敗れてしまったのだ。それはなぜなのか。大山が強かったのか。それとも米長が弱かったのか。芹沢さんにそう訊《たず》ねると、せっかく当の米長がいるのだから、本人に訊いてみた方がいいと言い、ちょっと、ちょっと、と米長氏を呼んでしまった。そして、芹沢さんは、私を米長氏に紹介すると、笑いながら、しかし単刀直入に訊ねた。

「彼がね、この間の決定戦に負けたのは、大山が強かったのか、それとも米長が弱かったのか、どちらだって言うんだよ。どっちか教えてやってよ」

すると、米長氏は、意外なほど暗い顔つきになって、黙り込んだ。その顔を見て、決定戦での敗北がどれほど衝撃的なことだったのかがわかるような気がした。悪いことをしたなと思ったが、もう遅かった。米長さんは、それからさらにしばらく考えているようだったが、やがて辛《つら》そうに口を開いた。

「弱かったんでしょうね……」

私は居たたまれず、あたりさわりのない話を少しすると、すぐにその場を離れた。

会場には中原誠さんも来ていた。花粉症だとかでこの季節は注意が必要らしいが、久し振りの中原さんは極めて元気そうだった。すべてのタイトルを失い、しばらくは無冠の時代を過ごさねばならなかったが、谷川浩司《こうじ》から名人位を奪取して完全に復活した。

その中原さんに、米長対大山の決定戦について訊ねると、やはり、まったく予想外な結果だったという。

「米長さんが出てくると思っていたんですけどね。あの将棋は、米長さんがぜんぜん力を出せないうちに終わってしまった、不思議な一戦でしたね」

いろいろ話しているうちに、囲碁の趙治勲《ちょうちくん》について、ふと訊ねてみたくなった。

「もし、中原さんが彼にアドバイスすることがあるとすれば、どんなことです」

中原さんは、趙君と同じように、タイトルをすべて手中に収めてしまうのではないかというような絶頂のところから、すべてを失うという奈落《ならく》の屈辱を味わってきている。違うのは、中原さんが、その屈辱の中から再び復活したということだ。

「治勲さんは今年いくつでしたっけ」

中原さんが訊ねてきた。

「まだ二十九歳だと思います」

「若いですね」

中原さんが心から羨《うらや》ましそうに言った。

「僕が無冠になったのは、三十代に入ってからですからね。治勲さんはまだまだこれからですよ」

そう言ったあとで、ほとんど独り言のように呟《つぶや》いた。

「いまがいちばん楽しい時のはずですよ」

かつて、中原さんも復活するために身を屈《かが》めるようにして耐えていた時期があるのだろう。そして、いま思えば、その時ほど楽しい時期はなかったということなのだろう。しかし、それも、復活することができたから言える言葉なのではないか。私が言うと、中原さんは、いや、と首を振り、こう付け加えた。

「あの人は、きっと、もういちど昇ってきますよ。きっとね」

私はこの言葉を趙君に聞かせてあげたいと思った。

かなり長く話し込んでいたが、他にも中原さんと話したがっている人がいるようだったので譲り、ひとりでぼんやり酒を呑んでいると、そこにまた米長さんが近づいてきて、耳元で囁《ささや》くように言った。

「僕はね……運命を信じ過ぎてしまったんですよ」

「えっ？」

聞き返したが、それ以上は説明してくれようとしなかった。運命を信じ過ぎてしまった……。わかるようで、わからない言葉だった。

会が終わりに近づいてきたので、やはり出席していた黒鉄《くろがね》ヒロシさんと一緒に、銀座の「M」に呑みにいく。あとから色川武大《いろかわたけひろ》さんも合流し、六本木で午前三時頃まで呑みつづけた。

三月二十七日　木曜日

晴れ。とても暖かい。

夕方、文藝春秋に『馬車は走る』のゲラ刷りを返しにいく。可能な限り手は入れた。もうこの本に限っては、私のすべきことはなくなった。あとは、本のできるのを待つばかりだ。

新井氏にゲラを渡して文藝春秋のビルを出ると、久し振りにぽっかりと時間があいているのに気がついた。何をするという当てもないまま弁慶橋から一ツ木通りに出て、三軒ある本屋を一軒ずつ覗《のぞ》きながら、夕暮れどきの散歩を楽しんだ。ひとり、目的もなく歩いていると、ほんの少しだがセンチメンタルな気分に浸ることができる。

乃木坂《のぎざか》から六本木へ抜けてきても、まだこれからどうしようというアイデアが浮かばない。そんな不安定な気持で歩いていると、いつも見慣れているはずの街が、見知らぬ外観を持った別の街のように見えてくる。六本木って、こんな街だったのか。私は異国からきた旅行者のようにあちこちに眼をやりながら、時には立ち止まってビルを上から下まで眺めたりしながら、ゆっくり歩いた。

以前、この街のホテルでよく仕事をしていた一時期があるが、その時、明け方になるとどこからか鳥の群れがやってきて、ビルの屋上を占拠する、という光景を見ることがあった。それは実に新鮮な六本木だったが、今夜の六本木もそれに劣らぬ新鮮さで私の眼に映ってきた。

結局、どこにも寄らず、バスで渋谷まで出て、そのまま家に帰ってきてしまった。たまにはこういう日があってもいいだろう、などと口の中で呟きつつ。

三月二十八日　金曜日

冷たい雨が降る。冬に逆戻りしたかのような寒さだ。

朝から東京高等裁判所へ傍聴に行く。

今回の最終弁論は坂口弘《ひろし》のためのものだった。統一公判とはいえ、永田、植垣と坂口とでは弁護団も異なり、必然的に弁護の方法も異なってくる。恐らくは坂口自身が望んだことなのだろうが、この日の坂口弁護団の弁論は聞いていて辛くなるような内容だった。坂口がいかに罪を悔いているか、坂口がいかに傷つけた人々に対して誠意をもって謝罪しているか。だから、極刑はなんとか回避していただきたい……。

つまり裁判官に対して命乞《いのちご》いをしているのだ。命が惜しい、命が惜しい、という坂口の叫び声が聞こえるようで、被告人席に座っている彼の顔を正視できなかった。

裁判が終わり、細かい雨に打たれて歩いているうちに、しばらく前に書いた「雨」という題の短文が思い出されてきた。「早稲田《わせだ》文学」の求めに応じてただなんとなく書いたものだったが、そこに書かれている心情は、「連合赤軍」事件で死んでいった何人もの私と同じ大学の出身者の心情に微妙に重なるものがあったような気がしてきたのだ。

私が通った大学は、その何年か前まで麻薬の巣窟《そうくつ》として有名だったK町とH町のドヤ街を抜けた丘の上にあった。

合格発表の日、ドヤ街を抜けて坂を登っていくと、道の両側には枯れかかった桜並木があり、赤みのほとんどない白い花びらが風に激しく舞っていた。校舎の前に貼《は》り出された紙には、どういうはずみか私の番号も書き出されており、それからというもの、私は毎日ドヤ街を通って、坂を登り、丘の上の大学まで通うことになった。

坂の下のドヤ街では、酔っ払いが昼間から大声でわめきながら酒屋の前で寝転がっていたし、スリップ一枚の女が金をくすねたらしい子供を追いかけて往来で摑《つか》み合いをしていたりしていた。また、高架の電車からは、連れ込み宿の開け放した窓の中に眠りこけた男と女の姿を見ることも珍しくはなかった。

一方、坂の上にある大学は、ラウド・スピーカーでがなりたてるアジテーションが終わってしまうと急に寂しくなってしまうくらいに静かだった。校舎は、戦災を免れた建物のためか、古く、そしてなにより暗かった。窓はいくつもあるのに、そしてそれは透明なガラスだというのに、不思議なほど光が入ってこなかった。昼間でも電球がつきそれでもなお暗かった。建物の中に一歩足を踏み入れると、湿気とともに異様な黴《かび》臭さが鼻をついてくる。私はその暗さと重く湿った空気に耐えられなくなると、すべての授業を放棄し、図書館から本を借り、外の芝生で昼寝をしながら読むことにしていた。夕方になり、そろそろアルバイトの時間になると、本を読むのをやめ、坂を下りる。

坂の下のドヤ街は、しかし夕方を過ぎると、淡く灯が入った店の中からは流行歌が流れ出し、男も、女も、店も、街も、昼間の汚れがすっかり消え、不思議な艶《つや》やかさに輝きはじめるのだ。

私はその坂を登り、下りるためだけに大学に通っていたような気がする。雨が降ると、坂道のアスファルトに、前屈みに登っていく自分の姿が薄く映る。もし私に青春というようなものがあったとすれば、雨の坂道に映った、暗くぼんやりした像こそが、その時代の象徴であったような気もする。だが、いまはもう、そこにあった古く、暗い校舎はなくなってしまった。各地に散在していた校舎を統合移転するという名目のため、綺麗《きれい》に取り壊されてしまったのだ。別の場所に建てられたのは、病院のように清潔で明るい校舎だということだった。

だから、私にはもう大学がない。

恐らく、死んでいった彼らも、その坂道の登り下りの中で、何かを見出《みいだ》してしまったにちがいないのだ。

四月二日　水曜日

晴れる。

今朝は、五時半に娘に起こされる。午前二時まで『深夜特急』のゲラの手直しをしていたので、眠くてたまらない。しかし、とにかく、敵は起きてしまっているのだ。しかも、元気いっぱいで、今日はなにして遊ぼうか、と訊ねてくる始末だ。しばらくは、絵本を読んだり、野球ゴッコをしたりしていたが、こんなことをしていてもなかなか時間をうっちゃれそうもないので、思い切って自転車に乗って散歩に出ることにする。

外は早朝にもかかわらず暖かい。

「どこにいこうか」

娘が言う。

「どこでもいいよ」

私が言うと、娘が声を上げる。

「パンやさん！」

去年、冬もかなり寒くなるまで、よく自転車に乗ってパン屋に行った。娘にはその記憶が強く残っていたのだろう。パン屋に行くのが主目的ではなく、三軒茶屋から下高井戸まで走っている世田谷線の電車が見たくて仕方がなかったのだ。カンカンみにいこうよ、というのが当時の娘の口癖だった。カンカンというのは、踏み切りの警報機から発せられる音のことなのだ。そこで、暇な時は娘を自転車に乗せて、松陰神社前という駅まで行き、電車が二、三台通過するのを見せてやりに行ったものだった。しかし、もちろん娘の目的は電車だけでなく、近くのパン屋でチョココロネを買ってもらうということも、楽しみのひとつとしてセットされていた。そこで、朝早くから焼きたてのパンを売っている店に寄っていくことになる。もっとも、チョココロネひとつを買うわけにもいかないので、他にもいくつか買うことになるのだが。

久し振りにそのパン屋に向かう。

ハンドルのうしろの赤い椅子《いす》に座った娘は、勝手知ったるコースのせいか元気がいい。

「あっ、おはなだ！」

見ると、誰かの家の塀から桜の花がちらほらと咲いている枝が出ている。

「ほんとだ、お花だね」

さらに少し行くと、また叫ぶ。

「あっ、とりだ」

なるほど電線に尾の長い鳥が三羽とまっている。

「きんぎょさん、ねてるかな」

去年は、必ず通りかかる家の庭に大きな水槽があり、そこにいる魚を見るのが好きだったが、それをまだ覚えていたらしい。

「もう、起きているんじゃないかな」

見るとまだ眼が覚めていないのか動きが鈍い。

「やっぱり、ねてた」

娘が口を尖《とが》らせるようにして笑いながら言う。

「本当だね」

しばらく金魚を見てから、世田谷線の駅に向かう。ちょうど、踏み切りに二本の列車が通過しているところに遭遇し、充分満足したようなので、そのままパン屋に行く。まだ七時だというのにもう店が開いている。

「リーちゃんは、チョコパンとグローブパン」

そう言いながら、チョココロネとクリームパンを必死にお盆の上にのせようとしていると、年配の女主人が、朝早く偉いわねえ、と言って娘にクッキーをプレゼントしてくれた。それがよほど嬉《うれ》しかったとみえて、自転車に乗って家に帰る道すがら、娘は何度も繰り返していた。

「おばさん、やさしいね」

　夕方、神楽坂《かぐらざか》の新潮社へ行く。担当の初見氏に『深夜特急』のゲラを返すと同時に、出版にまつわる雑事を一挙に片付けてしまおうという魂胆なのだ。テレフォン・サービスの吹き込み、「波」用インタヴュー、語句の統一……。しかも、ついでに「新潮」の鈴木氏に「血の味」の第四章と第五章を渡してしまおうというのだから、横着この上ない。実際、ひどく慌《あわ》ただしかったが、なんとかすべてが終わり、初見氏と近所の「寿司幸《すしこう》」へ食事に行く。神田「鶴八《つるはち》」とはまったく質の違う店だが、ここもまた私にはとてもおいしく感じられる寿司屋の一軒だ。

　充分に満足するほど食べ、いつもならどこかに呑《の》みに行こうという話になるのだが、なにしろ睡眠不足がたたって元気が出ない。そのまま真っすぐ家に帰ってきてしまった。

四月三日　木曜日

　雲が厚く、そして寒い。

　テレビかなにかのアナウンサー風に言えば、春は一進一退を繰り返しています、ということになるのだろう。

実は私には日記を書く習慣はない。何度も書こうとしたが、多くの人の例にたがわずいつも途中で挫折《ざせつ》してしまっていた。この『２４６』の文章は、文字通りの雑文でしかないが、その日なにをし、なにを見、なにを考えたかというようなことを、日付を入れて書いているところからすれば、日記といえなくもない。もし仮にこれを日記とすれば、このように長く続けて書くことができたのは初めての経験である。それは、人に見られることを前提にして書いているためかとも思う。

私が日記というものを初めてつけたのは、十四歳、中学三年の時のことだ。たった一週間に過ぎなかったが、ある人に見せるために日記をつけた。その時も、まさに「見られることを前提」にしたためか、きちんと書きつづけることができた。

私には小学校から中学校にかけて、嫌いな授業が三つあった。図画と習字と、作文である。この時間が本当に憂鬱《ゆううつ》だった。

習字はなんといっても字が下手なためで、それを自分の眼で改めて確認するのが不快だった。図画も作文もいったい何を書いたらよいのかわからなかった。写生をする場合は別だったが、一種の空想画を描かされる時には途方に暮れた。作文の時間には、教師はよく感動したものごとについて書けと言ったが、私にはその感動というものがどんなものかわからなかった。感動とはなにか輝かしいものに違いなく、自分が生活している日常の中に、そんなものはとうてい見つかりそうもなかった。だから、図画と作文の時間はぼんやりしていることが多かった。それ以外の授業はどれも楽しいと感じていたから、その三つの憂鬱さは格別のものだったのだろう。

中学に入っても、図画、習字、作文は、依然として私の三大憂鬱授業であることに変わりなかった。

ところが、中学三年になって、その一角が僅《わず》かだが崩れることになった。契機は「日記」にあった。

三年になったばかりの頃、新たに担任になった若い女性教師が、こう言ったのだ。私はあなたたちをよく知らない。それをしたからといってあなたたちの何がわかるということでもないけれど、先生に見せるということを前提にして日記を書いてくれないだろうか。一週間でいい、ぜひ書いてほしい。

私たちは見せるための日記というものを書くことになり、私も小さなノートを買い、その表紙に「XY」と書いて、日記をつけはじめた。内容といえば、その日どうしたといった程度の、小学生の絵日記のようなものだったが、とにかく一週間は欠かさずつけた。

それは、例えばこんな内容のものだった。

5月9日（水）雨

雨の日曜日というのはしっとりしていて休日らしいが、平日の雨はいただけない。これで水キキンが解消したのかどうかはわからないが、5、6日分は助かるだろう。

やけにねむい。

昨日ねたのが12時15分、今日おきたのが7時15分、僕の体質から言って7時間睡眠ではたりないのだろう。

『彼岸過迄《まで》』を読みおえた。おやじが僕くらいの時にそれを読んだら非常におもしろかったというが、僕はさほどおもしろくなかった。年代の相違か、僕に文章の読解力がないのか。

やけにねむい。

どこかの三文小説に1回でも美しい気持を持たなかった日は、よい1日とはいえないとかなんとか書いてあったが、そこからいくと今日はさほど有意義な1日だったとは思えない。

このようなことを書き連ねた日記ともいえない日記を、クラスの仲間と一緒に提出すると、それから数日後に担任から戻された。そこには、美しい小さな文字で、それも鮮やかな朱のインクのペン文字で書き込みがされてあった。

誤字の訂正、出来事への感想、あるいは『彼岸過迄』が合わなかったのなら、『三四郎』とか『こころ』を読んでみたらどうだろうということなど、それこそびっしり書き込まれていた。そして、その末尾にはこんな感想が記されていた。

「君という青年について、発言も多いし、パッパッとやってしまう派手な外向的な性格、という見方と、人の反応を神経質に考えたりする面があるんだ、という見方があるようです。日記を読ませてもらって、その内省的な面を少しのぞいたような感じがします。もし気が向くなら、見せるためでない日記を続けてみたらいかがですか。自分をもっと確かめていける足がかりになると思うのですが」

もちろん、だからといって日記を書こうとは思わなかったが、書くということの面白さ、もう少し正確に言えば不思議さを、その時はじめて感得できたように思えた。自分が書いたものが誰かに理解してもらえるという不思議。自分が書いたものに誰かが反応してくれるという不思議。それはまったく新鮮な経験だった。私はその時、書くということの快感を初めて味わっていたのだ。

このことがなかったら、多分、私は書くといういまの仕事についていなかったと思う。その意味では、その女性教師は私にとってかけがえのない「ひとりの先生」になった。それ以後も、彼女はさりげなく本を持ってきては「もし読むなら」と言って何冊も貸し与えてくれた。そして何より、学校の枠からはずれそうな私の防波堤になって、最大限の自由を与えてくれた。

もし彼女がこの『２４６』を読んだらどんな書き込みをしてくれるだろう。もちろん、そんな仮定は虚《むな》しい。大邸宅に住む年老いた父親の世話をしつづけ、未婚のまま若くして亡《な》くなってしまったからだ。

四月四日　金曜日

雨。

このところ金曜日になると雨が降る。その雨の中を東京高等裁判所へ向かう。今日はいよいよ「連合赤軍」事件の控訴審が結審となる日だ。

永田、植垣両被告の弁護団は、格調の高い、いささか感情の籠《こも》りすぎたといえなくもない、熱っぽい弁論を展開した。

すべてが終わり、出牛徹郎《でうしてつろう》、大谷恭子、大津卓滋《たくじ》、富永敏文《としふみ》の四弁護士と、日比谷公園の中にあるレストランでビールを呑んだ。まさに、お疲れさま、ということで。これで、この秋までには判決が出されることになった。そして、ひとたび判決が下されれば、よほど新たな証拠が出てこないかぎり、最高裁での実質的な審理は行われないという。つまり、死刑が宣せられれば、ほぼ死刑が確定してしまうらしいのだ。

弁護士たちと別れ、「帝国ホテル」へ行く。ラウンジでビールを呑みながら人を待っていたが、時間が過ぎても姿を現さない。場所を間違えたかとも思い、あちこち探し回ったが見つからない。一時間待って諦《あきら》めた。

待ち合わせをしていたのは、元ボクサーだった。一度しか会ったことはなかったが、突然電話が掛かってきてぜひ会いたいという。彼は日本チャンピオンになったこともある逸材だったが、ついに世界には通用せず、かなり前に引退していた。アメリカに行って商売をしていたという噂《うわさ》は聞いていたが、いまどのようにして暮らしているのかまでは知らなかった。電話の様子では家族の誰かがやっているスナックの手伝いをしているらしかった。

用件は、つまるところ自分の話を聞いてほしいということのようだった。ハワイでオトリ捜査に協力して竹中組の幹部を捕まえさせたヒロ佐々木という男がいるが、自分はそれよりはるか以前にアメリカ本土でＦＢＩから協力を要請され、それを断ると小さな罪で不当に逮捕されてしまったのだ、という。そして、自分の話を聞いてくれないかと頼んできた。私はその話をすべて信じたわけでもなく、聞いたからといって何ができるわけでもなさそうだったが、恐らく話せば彼の気が済むのだろうと思い、会うことを承諾した。

しかし、ついに姿を現さなかった。そうなると、不思議に気になってくる。彼はどういうつもりだったのだろう。まったくの口からでまかせだったのだろうか。それとも、待ち合わせの場所がよくなかったのか。しかし、アメリカに長くいて、この程度のホテルに気遅れするはずもない。どうして来なかったのだろう。

心を残しながら、次に約束があったので席を立った。しかし、ほんとうに、あの電話はどういうつもりだったのだろう……。

四月五日　土曜日

晴れ。

夕方、新宿の喫茶店「プチモンド」へ、竹中労《ろう》氏と会うために出かける。

その途中、家から桜新町の駅に向かう道で奥さんと一緒に歩いている杉山隆男《たかお》君とばったり出喰わした。

「例のやつはもう終わったの」

私が訊《たず》ねると、杉山君は嬉しそうに頷《うなず》いて言った。

「ええ、あとはゲラを直すだけです」

「いつ出るの」

「六月です」

「よかったね」

傍で奥さんがやはり嬉しそうに微笑《ほほえ》んでいる。

杉山君は私と同じフリーランスのライターだ。いったん読売新聞に入ったがすぐに辞め、フリーランスの道を歩みはじめた。しばらく自分の方向が見定められなくて苦しんでいたようだったが、三、四年前から文藝春秋のいくつかの雑誌にルポルタージュを書くようになっていた。ところが、ここ二年あまり、ぷっつりと名前が出なくなった。心配して担当の編集者に訊ねると、書き下ろしの本に集中しているからだという答えが返ってきた。最初は五、六百枚の予定だったものが、千枚にも千五百枚にも延びているという話も聞かされた。最初の本だというのに全面戦争を挑んだらしかった。苦戦は覚悟の上だったのだろう。

その記念すべき作品が、ようやく書き上がったというのだ。この二年、経済的にも、精神的にも、さぞ辛《つら》かっただろう。しかし、よく耐えた。タイトルは『メディアの興亡』、新聞社における技術革新を通して、企業としての新聞社の興亡のターニング・ポイントを描こうとしたものらしい。しかし、読まなくとも、それが優れた作品になっているだろうことは簡単に推測がつく。若くして、脚光を浴びはじめた、まさにその時期に、二年もの期間沈潜し、集中して書き上げた作品が、悪かろうはずがない。二年間も耐えることができた。すでに、それが才能なのだ。

杉山君は彼が一橋《ひとつばし》大学の学生だった頃から知っている。ほんの短い期間だったが私の仕事の雑務を手伝ってもらったことがあるのだ。確実に私より下の世代に新しい才能が生まれはじめているらしいことを感じる。

それは、なにも、以前から親しい杉山君ばかりのことではない。

先日も、送られてくるはずのない「思想の科学」がポストに入っている。不思議に思って頁《ページ》をパラパラ繰っていると、不意に私の似顔絵が出てきて狼狽《ろうばい》させられてしまった。その号の特集は「『戦後世代』１０７人」というもので、私もその百七人のひとりに加えられていたということらしかった。
似顔絵の下には一頁分の寸評のようなものが載っている。たいした期待も持たずに眼を通し、軽いショックを受けた。その中に、こんな一節があったからだ。

だがおそらく、それらのことは沢木にとって、ノンフィクション作家としての前提でしかない。彼はむしろ、徹底したリアリズムをもって一人の人物を描き出すことを通して、そのリアリズムをすら踏み抜き、モチーフとなった人物からさえ独立した、一つの〈力〉ある小世界を打ち立てようとしているように見える。ジャーナリストという職業が、なにがしかの速報性と時事性とを必然的に身に負わねばならぬものとするならば、沢木の視点はその時点で、すでに「ジャーナリスト」の立場をかなり逸脱している。しかし、そうすることによって彼は、他者の声を通してしか語ることができないというルポライターの宿命から、絶えず脱出を試みているよう僕には思えるのだ。

私に鮮烈な印象を与えたのは、この中の「リアリズムをすら踏み抜き」という一行だった。自分がいままで意識をしていなかったことが、この一行で不意に明らかになったような気がした。まさに、私は徹底したリアリズムによって、そのリアリズムを「踏み抜こう」と望みつづけてきたのかもしれない。

　しかし、いったいこのような文章を誰が書いたのだろう。この黒川創《そう》という人はどんな人なのだろう。そう思い、後の頁にある筆者紹介を見ると、これがなんと二十五歳になるかならぬかの若者だという。そして、著書のタイトルを読んで、もう一度びっくりさせられた。彼の『〈竜童組〉創世記』という本は、すでに眼を通していて、まだ構成は荒いが、対象との付き合い方に独特の才能がありそうだ、などと思っていた。その著者がこの文章の筆者だったのか……。

　この時も、新しい才能が生まれはじめている予感のようなものを感じた。そして実際、ノンフィクションの世界でも、私が知らないあちらこちらで、間違いなく、新しい才能が生まれつつあるのだろう。

　悪くはない、悪いことではない。彼らが、いずれ私がぶつけていると同じ壁に頭をぶつけるようになるとしても。

四月八日　火曜日

晴れ。

暖かい。桜も一気に花を開かせはじめたようだ。

三軒茶屋の仕事場で、このところ滞っている「血の味」にとりかかる。

昼になってラーメンを食べたくなったが、どういうわけかこの三軒茶屋という町には、まともなラーメン屋がまったくといってよいほど存在していない。

今日も、まだ入ったことのない中華料理屋を探し、ラーメンを注文したが、やはりひどい味のものだった。入った瞬間、これは駄目だ、とすぐにわかるくらい店の空気が弛緩《しかん》していた。しかし、そのままスッと出てきてしまう度胸がなく、後悔しつつ丸《まる》椅子《いす》に腰を下ろしてしまった。出てきたものは、大量の醬油《しょうゆ》にラードを浮かしただけの、信じられないほど真っ黒の、文字通りの醬油ラーメンだった。

これで何軒失敗しただろう。あちらこちらと眼につく店に入ってみたが、どうにか食べられたのはたったの一軒だけだった。別に私がさほど多くのものを求めているとは思えない。ほどほどに食べさせてくれればそれで充分なのだ。しかし、その「ほどほど」の店が存在しない。

以前私は、食べ物と食べ物屋に関する唯一《ゆいいつ》最大の望みは、自分の住んでいる町に、ほどほどの味でいいから、気持よく食べられるラーメン屋とスシ屋と焼肉屋とカレー屋があることだ、と書いたことがある。それは決してありえない夢物語ではなく、現に三年前まで住んでいた永福町には、小さな町であるにもかかわらずその種の店が存在した。

三軒茶屋に仕事場を設けて以来、何度となく絶望させられながら、どこかにほどほどにおいしいラーメン屋はないものかと探し廻ったがついに見つからなかった。こうも見つからないと、この町になにか欠陥があるのでは、と思えてくる。

海外の推理作家の極めて珍しい写真とインタヴューを収めた南川三治郎の『推理作家の発想工房』の中に、ニューヨークの作家であり、奇妙な味の小説『特別料理』の著者でもあるスタンリイ・エリンの、こんな台詞《せりふ》が出てくる。

「なんでこんな危なっかしいブルックリンに好んで住んでいるのかって？　ここは私が生まれた町、愛着があるんだ。最後の一人になっても僕は住んでいたいんだ」

そして、今年七十歳になるというエリンはこうも語るのだ。

「毎朝、一年三百六十五日欠かさず散歩をし、外で朝食をとる。

僕の唯一の趣味は長く歩くこと。数マイルは必ず毎日歩いている。そうやっているうちに、そこにいる人を見たり、キャフェに座って道行く人々を眺めているのが好きなんだ。いい人生勉強になるよ」

私も老エリンと同じように、東京に対して「最後の一人になっても住んでいたい」という思いを抱いているが、しかし彼と同じように東京を、そして三軒茶屋を、散歩することで「いい人生勉強になる」町だと言い切る勇気は持っていない。東京は、恐らく、歩くことだけでは人の人生が見えてこない都市なのだろう。いや、ブルックリンのように、見えてくる方が例外なのかもしれない。

それにしても、ぶらぶらしていることで何かが見えてくると感じられるとすれば、それはどんなに幸せなことだろう。町に住む、住んでいるとは、そのようなことなしに言えないような気がするのだが……。

もっとも、三軒茶屋には、人生を見させてくれる前に、ぜひともまともなラーメン屋を一軒でいいから作ってほしいものだ。

四月九日　水曜日

よく晴れている。

そして、窓の外には暖かそうな陽光が溢《あふ》れている。

仕事場に出かけようとすると、娘が玄関で言う。

「おしごとば、いかない？」
「行かないと、仕事ができないからね」
「いかないで」
「行かないと……」
「いかないで」

などと言い合っているうちに、急に仕事仕事とあくせくするのが馬鹿《ばか》らしくなってきた。花は満開。今日は娘と花を見にいこうか。

昼から、我が家にとっては国道二四六号線をはさんで反対側に当たる深沢の公園に行き、娘と花見をした。

満開の枝を見上げると、青い空が白に近いピンクの花びらを通して透けて見えそうな気さえする。娘はしばらくひらひらと舞う花びらを手で受けようとしていたが、すぐに飽きたらしく、公園の柵《さく》につながれている犬と遊びはじめた。娘にとっては、花より団子、花より犬、ということらしかった。

四月十日　木曜日

雨。

夕方、赤坂のマンションに版画家の原田維夫《つなお》氏を訪ねる。原田さんは『深夜特急』を産経新聞に連載した折り、挿画を担当してくださった方だ。その挿画の中でもとりわけ私の好きな七枚を、新たに刷ってプレゼントしてくださったのだ。

原田さんとの付き合いもかなり古い。私が、いまはもうない「月刊エコノミスト」という雑誌で初めて連載をしている時、原田さんはその雑誌のレイアウトをしていらしたのだ。私が連載していたのは人物論だったが、原田さんがその欄のために工夫してくださったレイアウトは、シンプルで美しく、文章が何倍にも引き立てられるようだった。

だがそれも、すでに十三、四年も前のことになる。

コーヒーをごちそうになり、礼を言って絵を抱えてマンションを出てくると、辺りは少し暗くなっている。ぶらぶら赤坂の駅まで歩きながら、ぼんやり十数年前のことを思い出していた。

家に帰ると、何通かの手紙が届いており、その中にまったく同じ番地から届いた二通があった。一通は、「連合赤軍」の植垣康博《やすひろ》氏からであり、もう一通は、三浦和義《かずよし》氏からだった。どちらも、住所は「葛飾《かつしか》区小《こ》菅《すげ》一—三五—一A」である。植垣氏からのものは、これからの獄中での闘いの決意の表明であり、三浦氏からのは、数日前ようやく出した私の手紙に対する返事である。全文を引用するわけにはいかないが、その一部を載せさせてもらうと、それらは次のようなものだった。

まず植垣氏の文章。

長い間の傍聴、いつも欠かさず、どうもありがとうございました。ひいき目をもって見られない方がいいだろうと思い、手紙も出さず、失礼してしまっていましたが、昨日の公判で結審となったことで、これで手紙を書いてもいいだろうと思い、とりあえず、お礼の手紙を書くことにしました。

それにしても弁護団の弁論はいい内容で、気持がひきしまってきます。あそこまで弁論してもらうと、かえって気がひけてしまいますが、しかし、この控訴審は、一審と比べるとずっと短く、実質審理もほとんどダメでしたが、それでも内容という点からすると、一審とは比較にならないくらい充実したものとなりました。これも、弁護団の努力、といいますか、連赤問題を解明しようという熱意があったからこそと思います。一審の時は、党派間の対立や論争にふりまわされたりして、連赤問題の真相にせまるなんてことはとてもできない状態で、まあ、時間をかせぐことができたというところで異議がなかったので、しかたがなかったともいえますが、いずれにしても、この控訴審では、ほぼ連赤問題の真相は解明できたのではないかと思っています。

これで、これからの闘いは、その誤りを克服する闘いに力を入れていかなくてはならないわけですが、そういう点からも、最終弁論は、それにふさわしいものだったと思います。

決してうまいとはいえない字だが、細かく柔らかい字には、その温和だが、几帳面《きちようめん》で、芯《しん》の強いところが窺《うかが》える。

一方、手紙を出してから、三日を置かずに速達で返事が届いた三浦氏の手紙は、例によって走るような筆致の、それでいて古めかしい文字づかいの混じる、不思議な印象の文面だった。

御問い合せの件。

実名を……というのは論議の余地もないことです。それを決めるのは、貴兄でも、小生でもなく、娘自身であり、その判断力が乏しいことから一般的に仮名を用いているのではないでしょうか？

困難に立ち向う……云々《うんぬん》

は所詮《しょせん》無責任な周りの人の言《い》い種《ぐさ》であり、現に一美の御両親がインタヴューの中で無分別に実名を出した事で、幼稚園でいじめられたりもしている現実がある以上、娘自身に何の責任もないことで、そのような重荷を何故《なぜ》引き受けねばならないのでしょうか？

ましてや小生自身が、何の罪を犯していず、無罪と推定される場に身を置いている上で、何《いず》れ潔白が明らかになるとは云《い》え、そのプロセスで娘の名が実名で出ることは好ましくはないことと思います。

ましてや小生には到底、貴兄の云われるように、

……の御両親の二冊の著書では、お嬢さんはいずれも実名で登場してきています。お二人にはお二人なりの愛情があり……

とは思えません。

小生としては以上述べてきたように、娘の父として仮名で、とお伝え致します。

どちらも、他者の〈死〉を抱え込んでいる手紙だ。二通の手紙を机の上に置き、私はしばし茫然《ぼうぜん》とした時を過ごしてしまった。

四月十四日　月曜日

晴れ。

朝、井上陽水の家に電話する。まだ寝ているという。そこで海老沢泰久《えびさわやすひさ》氏のところに電話すると、F1グランプリの取材のためにスペインへ出かけているという。黒鉄ヒロシさんの家に電話すると、色川武大さんたちと南太平洋のどこかの島へ博打《ばくち》旅行をしているという。私はだんだん焦《あせ》ってきた。近所で、この時間に、ビデオを見せてくれそうな人の心当たりが尽きてきた。今日の夕方までにどうしても見なくてはならないテープがあるのだが、私の家にはビデオデッキなどという文明の利器はない。テープはかなり前に手に入っていたのだから、もっと早く見ておけばよかったのだが、いつもの癖でぎりぎりになるまで放っておいた。それがいけなかったのだ。

見なければならないテープとは邦画の『竜二』だった。金子正次主演、川島透監督の、一種のヤクザ映画だ。今日の晩に、その川島透氏と会うことになっているのだが、私はまだこの高名な映画を見ていなかった。会う前にどうしても見ておきたかった。それを言うと、この機会を設けてくれた東宝の若いプロデューサーである島谷能成《しまたによししげ》氏が、ビデオになった『竜二』を送ってくれたのだ。

島谷氏は東宝で高倉健さんの新しい映画を作るべく奔走している人だが、ある日その作業の一環として私にシナリオの依頼をしてきた。もちろん、他に何人も依頼をしているはずだし、素人《しろうと》の私にそう簡単に書けるはずないと踏んでいるはずだが、こちらもその熱心さに動かされ、ひとつシナリオを勉強してみようかなと思いはじめていた。高倉さんと三人で会い、互いにどのような映画を作りたいかの意見の交換もした。しかし、私になかなかエンジンがかからないのにしびれを切らしたのだろう、その島谷氏が、少し若手の監督と会って話をしてみてはどうだろうと提案してきた。一緒に仕事をするしないは別にして、話をしていく中で何かが掴《つか》めるかもしれないからというのだ。そして、その最初の相手として島谷氏が選んだのが、川島透氏だったのだ。

島谷氏が川島透作品のビデオを送ってくれたのはありがたかったが、こちらには肝心のビデオデッキがない。

昼前に、もう一度、陽水の家に電話をすると、ようやく起きていて、事情を話すと、すぐ家に来ないかという。ほっとしたのはいいのだが、よく聞いてみると、彼はこれから仕事で出なければならないという。いくら図々《ずうずう》しいといっても亭主の不在を知って、女房だけの家に行って、ぬけぬけとビデオを見せてもらうわけにはいかない。遠慮すると、彼の事務所をはじめとして各所に電話をしてくれたが、生憎《あいにく》どこもふさがっているらしい。ついに諦《あきら》め、どこかの出版社で見せてもらうことにした。

文藝春秋の松尾秀助氏に電話すると、少しうるさいかもしれないが「エンマ」編集部の溜《たま》り場《ば》の部屋にデッキがあるから、自由に使ってくれという。「エンマ」の溜り場というのに引っ掛からないではなかったが、背に腹は替えられずそこで見せてもらうことにした。

確かに少々うるさかったが、「エンマ」の編集部員で、家に数台も持っているというビデオ・マニアの藤原一志氏が、親切にセットをしてくれ、ようやく『竜二』を見ることができた。

はじめのうちは、背後のざわめきが気になって仕方がなかったが、すぐに映画の世界に引き込まれてしまった。とにかく、主演の金子正次という俳優が魅力的だった。決してハンサムではないが、深い魅力が感じられる。別にこの作品を最後に癌《がん》で死んでしまったからというのではなく、眼と声に、既成の俳優にはない独特の存在感があった。

映画『竜二』を一口で言ってしまえば堅気になったヤクザの物語ということになる。妻と幼い娘と三人だけの暖かい家庭に深い満足を覚えながら、しかし少しずつその幸せに異和を感じてしまう男の物語だ。その男の感情の動きには、どの世界の男にも共通する哀切さがあった。力仕事をしたあとの、つまり真っ当な一日を送ったあとのビールのおいしさ。それこそが幸せだとはわかっているのだが、何かが崩れ落ちていくように感じられてくる。やがて自身の内部に狂暴なものが荒れ狂いはじめる……。

いくつもの挿話を積み重ねながら描かれていくその過程には強い説得力があった。

そして、そのクライマックス。夕方、仕事から帰ってきた男が、坂の上にある商店街の、肉屋の大売出しに並んでいる自分の妻と娘の姿を見てしまう。妻は楽しげにどこかのおかみさんとお喋《しゃべ》りをし、幼い娘は嬉《うれ》しそうに母親に寄り添っている。立ち止まり、遠くからしばらくじっとその姿を見つめていた男の眼から不意に涙が流れ落ちる。ふと、妻が男の姿に気がつく。男は踵《きびす》を返し、そのまま坂道を降りていってしまう。いつかこのようなことになるのではないかという微《かす》かな予感のあった妻は、しゃがみ込み、娘の眼を見ながら呟《つぶや》くように言う。

「あや、おばあちゃんのところに帰ろうか」

すると、幼い娘は明るい声で言う。

「また全日空にのれるの？」

その次の瞬間、新宿の夜の街を、風を切るようにして歩いている男の姿が映し出され、萩原《はぎわら》健一の「ララバイ」が流れて映画は終わる。

実に鮮やかなラストシーンだった。

感動のあまり、ほとんど声も出なかった。見終わって、編集部の誰かれに話しかけられるのが辛《つら》かった。もし、これが映画館だったら安心して涙など流していたかもしれないな、とも思った。それにしても、これだけ条件の悪い中で見てもこれほど面白いのだから、映画館で何も知らずに見たらどれほどのショックを受けたことだろう。

本当のことを言えば、途中から心配のしつづけだったのだ。この映画が面白ければ面白いほど、いったいどのようなエンディングにするのか、陳腐な終わり方にだけはしてくれるなと祈るような気持だったが、その心配を見事に吹き飛ばしてくれた。日本の映画としては稀《まれ》にみる、シャープなエンディングだった。

夜、私は安心して川島透氏と会うことができた。駄作を褒めるわけにはいかないが、これくらいの傑作なら気持よく賛辞を述べられる。

銀座のステーキ屋で会った川島さんは、気持のよい、しかし充分に自信家の映画人だった。彼の映画に対する考え方は、私のノンフィクションに対する考え方と意外なほどよく似ていた。

彼にとってもっとも重要なことは、スピルバーグとどのようにしたら対等に喋ることができるかということだった。その気持はよくわかる。こちらは相手の作品のすべてを知っているが、相手はこちらの作品をまったく知らない。それでは対等に話すことなどできはしない。それが悔しい、と彼は思っている。スピルバーグと対等に、などと言えば日本の映画マニアからは冷笑を受けそうだが、その志がなくてこれからどうして世界に打って出ていかれるだろう。

だが、川島さんとは、大いに共感するところを持ちながら、微妙に肌合いの違うところも感じていた。恐らく、金子正次が生きていたら、そしてこの場にいたら、きっとそのような感じは持たなかったろう。そして、こんなふうにも思った。この『竜二』は、あくまでも金子正次の作品であり、川島透の作品ではなかったのではあるまいか、と。川島さんとは、そこからさらに近くの「K」に呑《の》みにいき、大いに語り合ったが、すぐにも一緒に仕事をしようという話にはならなかった。

しかし、彼と別れて何軒も酒を呑んで歩きながら、私は映画というものの魅力にあらためて震えるような興味を抱きはじめていた。

いつか、私も映画作りに関与してみたい、いつか私もシナリオを書いてみたい、いつか私も……。

四月十六日　水曜日

晴れたり曇ったり。

仕事場に一日こもっていたが、少しも仕事にならなかった。

一昨日見た『竜二』の興奮が醒《さ》めやらず、川島透さんと会う直前に銀座の旭屋《あさひや》で買っておいた金子正次のシナリオ集を読みふける。二百五十頁《ページ》のその本には、『竜二』を含めて全部で五本の作品が収められていた。そして、そのすべてが驚くべき水準を示していた。いや、シナリオの世界の水準など私にはわかりはしない。ただ、どれもが私の内部の奥深くに喰い入ってくる力を持っていたということなのだ。とりわけ『ちょうちん』という、これまた不思議なヤクザ映画のラストシーンには、『竜二』以上の衝撃を受けた。映像で見たわけでもないのに、その透明な無残さにほとんど涙がこぼれそうになってしまった。

刑務所から出所したヤクザを迎えるホステスとその息子の少年。かつての威勢は遠くに去り、そのうえ体を癌に冒されているらしいヤクザは、ホステスの安マンションに転がり込み、少年との仮の親子ごっこに気持を動かされはじめる。そして、その最後の三カットは、次のように描かれるのだ。

新子のマンション　台所　夜

背中を向けて台所に向かっている新子、風呂場《ふろば》の方から千秋とアキラの声が聞こえる。唄《うた》ったり喋ったり。

アキラの声「おじさん、落ちないよ背中の絵」

千秋の声「そうか？　おかしいな、じゃあもっとセッケンをつけてこすってごらん」

苦笑している新子、

アキラの声「やっぱり駄目だ、おちない」

千秋の声「毎日やればそのうちおちるよ」

寝室

ベッドの上に全裸の千秋と新子、

『竜二』のビデオパッケージ
川島透監督／金子正次、永島暎子出演／1983 年度作品

2 4 6

やさしく、やさしく新子を愛撫《あいぶ》する千秋、やがて千秋の背中の刺青《いれずみ》だけになる。
その上に若き日の千秋がフラッシュバックして重なってくる。
ボソボソと聞こえてくる千秋の声。
〃親や社会に逆らって
重さねた悪事もこれまでか
一にセッ盗、二にサギで
三度の喧嘩《けんか》にパクられて
検事判事のいる前で、一度は強情張ったけど、しょせんかなわぬ現行犯
昼はきびしい看守の眼
夜は冷たい鉄格子《てつごうし》
瞼《まぶた》とじればありありと
エプロン姿の可愛《かわい》い娘……〃

同、マンション　朝の台所

朝食を作る新子。
前のシーンの千秋の声にトントンと包丁の音が重なり……。

新子「アキラ！　早くしなさい遅れるわよ！」
　奥の寝室からアキラの声、
アキラの声「ママ！　大変、おじさんが死んでいる！」
新子「そお？　じゃあおなかをくすぐってごらん」
アキラの声「ハーイ！」
完。

読み終わっても、しばらくは少年の「ハーイ」という澄んだ声が耳の中で反響してやまなかった。

熱中して読んでいるうちに昼食の時間をはるかに過ぎてしまったことに気がついた。するとすると急に空腹を覚えるようになったので、三軒茶屋の駅の近くまで出ていき「フレッシュ・パスタ」という店でスパゲティーを食べた。

その帰り道で、ばったり生江有二《なまえ》氏に出会った。

生江さんは私と同じノンフィクションのライターで、しかもまったくの同世代である。この近辺に住んでいるらしく、いちど私が喫茶店で人を待っている時に、やはり人と待ち合わせている彼と出喰わしたことがある。

「やあ」

「やあ」

と挨拶《あいさつ》して別れようとして、彼が『正次』という作品の書き手だったということを思い出した。『竜二』一作を遺《のこ》して死んでいってしまった、俳優にしてシナリオ・ライター金子正次を描いた作品だ。しかし、それが雑誌に発表された時、『竜二』にも金子正次にもほとんど興味がなかった私は、生江さんが書いているなあというくらいで、きちんと読もうとしなかった。しかし、いまとなっては、どうしてそのとき読まなかったのかと悔やまれるくらいだ。いつ本になるのか、と私が訊《たず》ねると、この夏までには、という答えが返ってきた。

「早く読みたいなあ」

私がお世辞でなく言うと、生江さんはいささか自信なさそうに言った。

「いろいろ難しい点があって充分に書き切れなかったものだから……」

しかし、もし私が封切りの時に『竜二』を見ていたら、きっと自分の『正次』を書きたいと思ったにちがいない。そう言うと、生江さんは少し嬉しそうに笑った。

仕事場に戻ってからもシナリオを読みつづけた。

心が騒ぐ。昔、小学校の校庭で見た映画のスクリーンが、吹き抜ける風にはためいていたように、いま、私の心も波立っている。

四月十七日　木曜日

晴れ。

午後四時、「新高輪《しんたかなわ》プリンスホテル」のミーティング・ルームで、高倉健氏と会う。東宝の島谷氏を交え、高倉さんの次回作についてあらためて相談を受ける。一年以上も前からシナリオを書いてくれないかと依頼されてはいたのだが、こちらに明確なイメージがないこともあり、いつかいつかと言っているうちにここまで来てしまった。そろそろ着手してくれないだろうか、というのが島谷氏の希望だった。

前に話した時の印象では、私の見たい映画と高倉さんが作りたい映画とは、微妙に違っているようだった。しかし、映画とは無関係の話をしばらくしているうちに、東京が舞台の映画を見てみたい、作ってみたいという思いが急に激しく湧《わ》いてきた。

あの青山通りで、高倉さんを全力で疾走させることはできないのだろうか……。

高倉さんたちとホテルで別れ、高輪をぶらぶら歩きながら、やはりサスペンスかな、と思った。

四月十九日　土曜日

朝方の東京は晴れていたが、午前十時十七分の「ひかり」に乗って関西に向かううちに、次第に曇ってきた。

大阪での用事はペンクラブの催しで話をすることである。私は別にペンクラブの会員ではないが、知人に講演を頼まれ、引き受けることになってしまった。こちらの気分としては、講演をするというより雑談をしにいくといったところだが、とにかく何十人かの前で話をするのだから講演といっていえなくもないのだろう。

講演が好きか嫌いかといえば、やはり好きではないということになる。しかし、大勢の前で喋《しゃべ》るなどおぞましくて絶対にしたくない、というほどでもない。吉行淳之介《よしゆきじゅんのすけ》は対談は好んでするが、講演は絶対したくないという作家だ。ある時、その吉行さんに理由を訊ねると、対談なら相手との距離はひとつだが、講演のように相手との距離がまちまちで摑《つか》みどころのないのは嫌なのだ、という答えが返ってきた。なるほどという気もするが、私には対談をするくらいなら講演をした方がましだという思いがないではない。

ただ、講演を引き受けるに際しては、いくつかの原則のようなものを持っている。そのひとつは、できるかぎり同じ話を二度しないということ。逆に言えば、新しいテーマで話せないかぎり、講演は引き受けないということ。それは私が、講演というものを、落語家の芸のようなものだとは考えていないからである。とりわけ、物書きの講演など、練り上げ、磨き上げて、感動的な出し物にする必要はないように思えるのだ。大事なことは、話をすることで自分がそのテーマに関してどこまで行くことができるのか、ということである。新しい地点に行くことのできない講演なら、引き受けない方がいい。

私が講演に関して持っているもうひとつの原則は、過大な謝礼をくれそうなところは敬遠すべし、ということである。理由は単純だ。こちらの稼業《かぎょう》は一枚数千円というう僅《わず》かな金額で原稿を書くことである。一日に二枚か三枚書くのがやっとだというのに、たった一時間か二時間喋ったただけで、それに数倍する金を貰《もら》ってしまえば、原稿用紙に向かうのが馬鹿《ばか》ばかしくなってこないかという恐れがあるのだ。一回の講演をするためには、前日の準備と当日の往復を含めて、最低二日は潰《つぶ》れてしまう。だから、私が考えている適正な講演料というのは、自分が日雇いに出て、ぎりぎりまで肉体労働をした時に稼げるだろう金額の、二日分ということになる。となれば、現在の時点では、二、三万がいいところだろう。

要するに、これら二つの原則を守ろうとすれば、私にできる講演とは、年に二、三回、それも場所は公立図書館か大学ということになる。どちらも金がなく、せいぜい二、三万しか払えないはずだからだ。例外があるとすれば、義理や因縁のある人に頼まれた場合である。私は必ずしも原則より義理や因縁の方が重いと考えているわけではないが、たかが講演をするしないという程度のことなら義理や因縁を優先してもいいと思っている。だが、それでも、例外が年に何度もあるわけではなく、ここ数年は一年に三、四回というペースを守ることができてきた。ところが、この春は一大異変が起きてしまい、この三カ月でいつもの一年分をすることになってしまった。つまり、思いがけない「例外」が、短期間にいくつも重なってしまったのだ。

大阪へはペンクラブの事務局の女性と、新人物往来社の高橋千劔破《ちはや》氏が同行してくれた。私に講演を頼んだ知人というのはその高橋氏で、彼が新田次郎賞の世話役もしているところから、毎年顔を合わせているうちに一度ペンクラブの集まりで話をしてくれないかと頼まれるようになり、ついに今年引き受けたというわけなのだ。

さしてお礼はできませんがと事前に告げられており、もちろんこちらとしても大して期待はしていなかったので、新幹線にグリーン車を用意してくれたことがとりわけ豪勢に感じられた。

グリーン車に乗って、驚いたのはそのサービスぶりだった。まるで飛行機かなにかのように、オシボリは出されるわ、缶入りのものだがジュースやウーロン茶が配られるわ、という具合なのだ。いつからこんなことをするようになったのだろう。思い出そうとしたが見当もつかない。よく考えてみたら、東京から大阪までグリーン車に乗って行くなどというのは、これが初めてのことだったのだ。

午後二時から二時間あまり、このところ自分なりに少しずつ考えを推し進めている「ジャーナリズムの現在」についての話をした。

講演が終わって、何人かの若者たちに話しかけられたが、その中に四、五年前、京都大学の学園祭で講演をした折りにも聞きにきてくれていた人がいて、とてもなつかしく思えた。

私の数少ない講演の中でも、とりわけ印象深いのが京大の学園祭での講演だ。講演が終わると学生たちに取り巻かれ、さらに話をしているうちに、どういう成り行きだったか、とにかく夜の呑《の》み会にも付き合うということになってしまい、学生たちは希望者を募って夜の七時に八坂神社の前に集合することになった。時間になり、八坂神社に行って驚いた。せいぜい七、八人だろうという心づもりがはずれて、なんと四十人近い学生が集まってしまったのだ。中心になった学生も、まさかこのような数になるとは思っていなかったらしく、茫然《ぼうぜん》としていた。しかし、とにかく、約束してしまったのだ。ひとりにコンパ用の呑み屋を探させ、空いていることを確かめると、大挙して押しかけた。大宴会になってしまったのはもちろんのことである。講演料を吐き出しても足りるはずはなく、こちらの有り金と、来ている学生の所持金を合わせ、どうにか二次会までの払いをしたということがあった。それは彼らにとっても面白い体験だったらしく、参加者はそれ以後もよく連絡をくれつづけている。そして、それは、私にとっても印象の深い一夜だったのだ。

控え室に戻ると、ペンクラブの関西の役員をなさっているとかで、作家の眉村卓《まゆむらたく》さんが夫人と一緒にお見えになっていた。そのまま会の司会の役を務めてくれた女性アナウンサーらと一緒に食事に行き、夜が更《ふ》けるまで大阪の酒場で楽しい時を過ごすことになった。

眉村さんとは東京の酒場で何度か顔を合わせ、その度に挨拶はしていたが、これほど長く一緒に呑んだことはなかった。

呑んでいる途中で、眉村さんが不思議な折り紙をしはじめた。鶴《つる》でも折るのかと見ていると、そうではなく、オタマジャクシのオバケのようなものである。そのシッポを折り、さらに半分に折り曲げ、テーブルに置くと、スクッと立ち上がる。その奇妙な折り紙を眉村さんは「チダカッサ」と名づけ、子供の頃、どれが一番早く立つか、といったひとり遊びをしていたという。

眉村さんの『夕焼けの回転木馬《メリーゴーランド》』という作品には、そのチダカッサについて、こんなふうに書かれている。

《ふたつ折りになったこの変な物体は、じわじわと開いて行き、うまくすれば、そこでぴょこんと逆立ちするはずだ。

一回や二回では、おそらく成功しないだろう。

何十回もテストし、そのたびに折り目の強弱を加減しなければ、立たない》

眉村さんが作ってくれたチダカッサを立たせようと、そこにいる全員が悪戦苦闘したが、なかなか素直には立ってくれない。それが、眉村さんが置くと簡単に立ってしまう。私も興味を覚え、ひとつを借り、折目を調節して、テーブルに置いてみると、たった一回でスッと立ってしまった。その瞬間、眉村さんの顔には、ほんの僅かだが子供っぽい悔しさのようなものが現れた。それを見て、私は一遍に眉村さんが好きになってしまった。

　チダカッサとはＣＨＩＤＡＫＡＳＳＡ、つまりサカダチをサカダチさせたものにＳをひとつ付け加えたものなのだという。このチダカッサを《たくさん作って、一対一で勝敗を決し、順位を定め、Ａ級Ｂ級などと組分けをして……もちろんそうなるとひとつひとつ識別するために名前をつけ、さまざまな色とデザインをほどこし……各選手の栄枯盛衰をグラフに》していたという。かつて、色川武大さんも、自分で何千人分の競輪選手のカードを作り、レースを組み、成績を出し、賞金を配り——という遊びをしつづけヘトヘトになったと話していたことがあるが、眉村さんのチダカッサも、それに劣らず、孤独で徒労めいた、しかし中毒になりかねないということがよく理解できる遊びだった。

　午前一時頃、「新阪急ホテル」に帰り、そのまま倒れ込むように寝てしまった。

　チダカッサの夢は見なかった。

四月二十日　日曜日

朝、八時半にホテルを引き払い、新幹線に乗る。途中、京都に寄っていこうかとも考えたが、面倒という気持が勝り、そのまま東京に帰ってきてしまった。

曇り空から、やがて雨が降り出してきた。

夜、テレビで「ロンドン・マラソン」の中継を見る。

前半から中盤にかけて快調なペースで飛ばしていた瀬古利彦《としひこ》が、終盤大きく崩れてさほどの記録は出せなかった。ことによると世界最高記録も、いや日本最高記録は確実でしょう、などと言っていた解説者たちが滑稽《こっけい》だったが、とにかく復帰第一戦に勝つことができたのだ。素朴によかったなと思う。

ロサンゼルス・オリンピックの時、私は瀬古は敗れるべきだと思った。その理由はいくつかあるのだが、ひとつは彼が自立したスポーツマンではないと思われたことである。コーチの中村清《きよし》という存在にすべてを預けた信徒のようなものになっている。それが私の神経を逆撫《さかな》でするところがあった。それともうひとつ、彼を含めて多くの有名選手が、周囲の眼を気にして選手村に入らず、好き勝手な場所に宿泊していた。オリンピックというものをさほど神聖視するつもりもないが、この祭典の最も重要な意義は、それぞれ出身の国を異にする者たちがひとつの村に入り、闘いの合間には互いの国と人を知るというところにあったはずなのだ。調整という名のもとにわざわざ開会式に遅れてきたり、金にあかせてアパートを借りたりホテルに籠《こも》ったりという選手が勝つ必要はない。そう思っていたら、最終日の男子マラソンは、まったくダークホースの、そしてもちろん選手村に入っていた、ポルトガルのカルロス・ロペスが優勝してしまった。

その日、私はロサンゼルスのメイン・スタジアムのプレス席に座っていた。ある意味で瀬古やサラザールやド・キャステラが勝たなかったことに満足しつつ敗者の様子を眺めていると、負けた瀬古の表情が意外に爽《さわ》やかなのに気がついた。私は彼の敗戦の弁を聞いてみたくなり、スタジアムの横にある、選手とジャーナリストが接触できる唯一《ゆいいつ》の場所であるミックス・ゾーンに足を運んだ。そこで私はコーチの中村清の姿を初めて見た。報道陣に囲まれ、敗北の弁明をしていた。意外なほど小さな声だったが、眼は依然として何かに執している異様なまでの輝きがあった。私は近くで黙って聞いていたが、彼が瀬古を庇《かば》ってする発言が、私にはむしろ瀬古をおとしめることになるように感じられた。

いわく、私が大病したからいけなかったのだ……。

私は、報道陣が姿を現した宗猛《そうたけし》に殺到していき、一瞬ポツンと放っておかれるかたちになった中村に話しかけた。

「瀬古さんは、自分で闘い、自分で敗れた。そうでなければかわいそうですよね」

すると、中村は弾《はじ》かれたように顔を上げ、私を見た。瀬古がやってきて、再び報道陣に取り囲まれた中村は、私が立ち去ろうとすると、そこから近づいてきて静かに言った。

「あなたは、どちらの方ですか」

その時、私はゾクッとした。そして、いままで会わずに毛嫌いしていたが、東京に帰ったら一度ゆっくり訪ねてみようと思った。

だが、いつか訪ねよう訪ねようと思っているうちに、中村は、去年の春、事故で死んでしまった。好きな釣りをしている最中の水死というのがせめてもの慰めだが、無念の残る死だったろう。しかし、と私は思った。瀬古にとっては、むしろ幸いという部分があるのではないか。ついに、ひとりで歩くことができるようになったからだ。彼が再び華を咲かせることができるか否《いな》かは、ひとり歩きができるか否かにかかっていたのだから。

この「ロンドン・マラソン」での圧勝はひとり歩きの第一歩の成功を意味する。記録はこれからだ。ゆっくりと耐え、ソウルに間に合わせればいい。

　だがそれにしても、テレビ中継のゲストとして出演していた長嶋《ながしま》茂雄の無残さはどうしたことだろう。的はずれで、支離滅裂な解説をしているから無残なのではない。いつだったか、ある局で長嶋茂雄がモハメッド・アリを訪ねていくという番組が放映されたことがある。この時も眼を覆《おお》いたくなった。無残だったからだ。アリも、パンチ・ドランカーなのではないかと思えるほど口跡が不明瞭《ふめいりょう》で、表情は虚《うつ》ろだったが、長嶋のような無残さは感じられなかった。長嶋の無残さとは、自分が王だと勘違いしているピエロの無残さである。本物のピエロなら、たとえ王を演じていても、自分がピエロだという意識は常にあるものなのだが……。

雨のしずく、蜜《みつ》の味

四月二十一日　月曜日

曇っているだけだったが、午後から冷たい雨が降りはじめた。

終日、仕事場でこまごまとした仕事を片付ける。夜、いったん家に戻り、再び仕事場に戻ろうとすると、玄関に送りに出てきた娘が言う。

「おそと、さむいわよ。いかないで」

そんなことを言われてしまえば、もともと勤勉ではない私のこと、今夜くらいサボってもいいだろうという気になってしまう。期日が迫っている仕事もどうにかなるだろう、などと勝手に決め、娘と遊んでしまうことにする。

一晩の遊び相手を確保できた娘がはしゃぎ回り、少し落ち着いてから言う。

「オスモーしようよ」

ハッケヨイ、ノコッタ——、と声を掛け、両手を突いて飛びかかってくる。それを組み止め、掬《すく》い投げのように振り回しながら、大きく腰に載せて、いまにも投げ飛ばそうとすると、娘が大喜びでキャッキャと笑いながら訊《たず》ねてくる。

「これ、なんなの？　ジュードー？　ボクシング？　ペロレス？」

プロレスを、どういうわけかペロレスと覚えてしまったらしいのだ。娘の、その「ペロレス」という言葉を聞くと、すべての力が抜けてしまい、そのまま崩れ落ちてしまう。そこで、娘が声を上げる。

「リーちゃんのかち！」

とにかく、彼女の好きなのはなんといってもボクシングで、大きくなったらぜひ「エディーちゃん」に教えてもらうのだということだが、ペロレスも負けずに好きで、オママゴトに飽きると、「ペロレスしよう、ペロレスしよう」ということになる。

オスモーと、ペロレスと、スポンジボールとプラスチックのバットによる野球と、ビニールボールを使ったバレーボールが終わると、ようやく寝る時間が近づく。一緒に風呂《ふろ》に入り、即興のオハナシをして寝かしつけると、仕事をした以上に疲れてしまう。

今夜の娘のリクエストは「ドアのオハナシ」ということだった。それまで三つも喋《しゃべ》らされて、かなりくたびれていたので、咄嗟《とっさ》に一計を案じ、オハナシを始めた。

「夕方の雨の中、赤い傘をさして、赤いレインコートを着て、赤い長靴をはいた小さな女の子が、ひとりで歩いていました。女の子はこれからおうちに帰るところなのです。

歩いていくと、途中に見慣れない小道があります。女の子は立ち止まり、しばらく考えていましたが、曲がってみたくなりました。

木が生い茂った小道に入って少し行くと、立派な門構えの、広い庭のある、まるでケーキの上にのっているオトギバナシのお屋敷のような大きな家に突き当たりました。

——へんだわ。

女の子は不思議に思いました。昨日まではこんなところに小道もなければお屋敷もありませんでした。

——だれのおうちかしら。

女の子は門の外からしばらく覗《のぞ》いていましたが、思い切って中に入っていき、ドアをトントンと叩《たた》きました。

——どなたかいませんか、だれのおうちですか。

でも、家の中からは何も返事はありません。女の子はまたトントンと叩きました。

——だれもいないんですか、どうかしたんですか。

女の子はドアのノブに手を掛け、試しに回してみました。するとどうでしょう。ギィーと音がして、ドアが開くではありませんか。鍵《かぎ》はかかっていなかったのです。女の子はびっくりしてしまいました。家の中は薄暗く、人は誰もいないようです。女の子はドアを閉めて、帰ろうとしましたが、やっぱり中を見てみたくなってしまいました。

ドアの中に入り、一歩足を踏み出すと、ギィーと音がして、急にドアが閉まってしまいました。あたりは真っ暗になってしまいました。女の子は急に怖くなり、泣き出したくなりましたが、ぐっと我慢して手探りで進んでいきました。少し行くと、またドアがあり、軽く押すと、簡単に開きました。出口が見つかるかもしれないと思い、勇気を奮ってドアをくぐっていくと、こんどもギィーと閉まってしまいました。女の子は電気をつけようと、壁に手を這《は》わせ、スイッチを探しました。なかなか見つからなくて、もう何度もやめようと思いましたが、我慢して探していると、ようやくスイッチに手がかかりました。

パチン。

明るい電気がつきました。あたりを見回した女の子はびっくりして声を上げました。その広い部屋には、お人形と、ヌイグルミと、オモチャが、たくさん、たくさん散らばっていたからです。女の子は、どこのオモチャ屋さんでも、こんなにたくさんのお人形と、ヌイグルミと、オモチャがあるところを見たことはありませんでした。

——まあ、なんてすてきなんでしょう。

女の子はなにから見ていいのかわからないくらい嬉《うれ》しくなりました……」

と、そこでオハナシを中断し、私は娘に訊ねた。

「リーちゃんだったら、何にする？」

少し考えていた娘は、威勢のいい声で返事をした。

「ミッキーさん！」

私は頷《うなず》き、オハナシを続けた。

「女の子はミッキーマウスのところに近づくと、それを抱き上げて言いました。

——こんにちは、わたしのだいすきなミッキーさん。

ところが、その瞬間です。

プツン。

電気が切れてしまいました。部屋の中はまた真っ暗になってしまいました。女の子はさっきスイッチがあったあたりに手を這わせました。ところがどうでしょう。さっきあったはずのスイッチがなくなっています。女の子は一生懸命スイッチを探しました。すると、こんどは、床にスイッチがありました。

パチン。

部屋がまた明るくなりました。お人形も、ヌイグルミも、オモチャも前のままです。でも、たったひとつ、さっきのミッキーマウスだけがありません。

——どうしたのかしら。

探しましたが見つかりません。

——いいわ、こんなにたくさんあるんだから。

女の子は気を取り直して、別のものに向かいました」

と、またここで娘に訊ねた。

「何がいい?」

「えーと、クマちゃん」

「女の子はクマさんのヌイグルミを抱き上げました。

——こんにちは、わたしのだいすきなクマさん。

女の子が挨拶《あいさつ》をしているというのに、また電気が切れてしまいました。

プツン。

スイッチを探しましたが、また消えています。探すと、こんどは別の壁についていました。

パチン。

スイッチを入れると、部屋はまた明るさを取り戻しました。お人形も、ヌイグルミも、オモチャも前のままです。でも、たったひとつ、さっきのクマさんのヌイグルミだけがありません。

――どうしたのかしら。

女の子はそこら中を探しましたが見つかりません……」

これを延々と繰り返すと、さすがにしぶとい娘も、六つ目のヌイグルミのところで返事をしなくなった。つまり、これは例の「羊が一匹、羊が二匹……」の変形だったのだ。

娘の寝息が深くなるのを聞いてから傍を離れたが、もしかしたら怖い夢でも見るのではないかと、あとになってから少し心配になった。

『奪回』ディック・フランシス
菊池光訳／早川書房●1985 年／装幀：日暮修一

四月二十二日　火曜日

雨は降ったりやんだりしている。

仕事の合間にディック・フランシスの『奪回』を読む。

いつか、ホテルにでも泊まって、ぼんやりできる時にでも読もうと、大事にとってある本の一冊だが、なかなかその機会が訪れそうにない。もったいないが読んでしまうことにする。

相変わらず、設定の無理のなさと、主人公の魅力で、一気に読ませられた。

誘拐された者の家族の側に立って、誘拐犯との身代金《みのしろきん》の受け渡しから身柄を安全に引き取ることまで、つまり誘拐から派生するすべてのことを代行する会社があるという。誘拐保険が実際に存在するヨーロッパなら、確かにありそうな会社だし、その業務についている社員が沈着冷静であることは、少しの不思議もない。誘拐犯にも充分な存在感がある。

いつもながらの職人的なエンターテイナーぶりに感服させられたが、しかしどこかで不満を感じてもいた。どうも、最近のディック・フランシスには、かつての冴《さ》えがないような気がするのだ。

かつて、というより、初期の、といった方が正確かもしれない。初期の頃の傑作にあったはずのものがなくなっている。主人公が魅力的なのは変わらないし、その主人公に襲いかかる苦難の質もそうかわらない。だが、最近の作にひとつ欠けているものがあるとすれば、ストーリーの求心性である。終幕に向かってキリキリと進んでいかないのだ。どこか散漫に分裂してしまっている。それは、とりわけ『利腕《ききうで》』以後の何作かに顕著な傾向だ。さすがのディック・フランシスも疲れてしまっているのだろうか。最新作の『証拠』の出来はどうなのだろうかと、少し心配になる。

誰にとっても、持続するということほど難しいことはないのだろう。

四月二十五日　金曜日

晴れる。

抱え込んでいた仕事が久し振りの徹夜で夕方までに一段落し、さて二、三時間眠ろうかと思ったが、やはりいつものように頭の奥がチロチロと燃えるようで、眠るどころではない。

窓をすべて開け、暮れかかる外の風景を眺めながら、ビールを呑《の》みはじめる。

南の窓からは、夕日の最後の光を浴びながら、東横線の高架を走っていく銀色の列車が見える。その向こうには、赤みを帯びた光をともした飛行機がゆっくりと羽田空港に降りていく。西の窓に眼をやると、濃い藍色《あいいろ》の山々を背に、国道二四六号線の上に架かる高速道路を、ライトをつけはじめた車が流れるように走っている。それを見ているだけで、瞬《またた》く間に二、三時間が過ぎてしまう。ビールの缶が机の上に並んでいき、ホロッとした気分になってくる。

都会に暮らしているんだな、と思う。そして、それも悪くないな、と思う。

四月二十六日　土曜日

今日も晴れる。

午後、三軒茶屋の喫茶店「キャニップ」で新潮社の初見國興《くにおき》氏と会い、『深夜特急』の出版に関する最後の詰めを行う。これで『馬車は走る』と同じく『深夜特急』も私の手を離れることになった。あとは、製本と流通の専門家に委《ゆだ》ねることになる。もし、著者としての喜びがあるとすれば、このようにしてすべてが自分の手を離れ、一冊の本として眼の前に現れてくるまでの、一カ月か二カ月のあいだの期待に満ちた日々にこそ存在するのかもしれない。だが、完成された本が眼の前に出てきた時、それを手に取り、触れ、一度パラパラと頁《ページ》を繰ってしまうと、もうすべてがどうでもよくなってしまう。その本に関しては、終わってしまうのだ。あとのことは、本の売れ行きも、批評も、遠い世界の出来事になってしまう。少なくとも、私はそうなのだ。文庫本を出すために間違いがないかどうか確かめる、という機会でもないかぎり、まず読み返すことはない。他人の書いた本以上に無縁のものになってしまう。

初見氏と慌《あわ》ただしく別れ、その足で上野駅に向かう。

久し振りに足を踏み入れた上野駅で新潟行きの切符を買う。土曜日ということで心配していたが、上越新幹線の自由席車両には充分の空席があった。

新潟行きの目的は講演である。

今回の新潟での講演は、義理とか因縁とかによって余儀なくすることになったというのではなく、むしろ喜んで出させてもらうことにしたものである。

ある日、長岡出身のヨットマンである多田雄幸《ゆうこう》さんから電話が掛かってきて、新潟のデパートで個展を開くことになったという。先の「世界一周シングルハンド・レース」でクラス優勝した際に撮った写真と、それ以後に描いた絵を展示するのだが、ついては、休日の人集めのために、新潟に来て、何か喋ってくれないか、というのである。私は即座に承諾した。私などが行ったからといって人が集まるとも思えないが、日頃から多田さんの依頼はほぼ無条件に受け入れることに決めているからだ。私には、この人に頼まれたらきっとどんなことでも断らないだろうなと感じている相手が何人かいるが、多田さんはその数少ないうちのひとりなのだ。なぜ、多田さんが私にとってそのような存在になったのか、明日の午後に予定されている講演では、それを主題にして喋ろうと決めていた。

上越新幹線は実に早く、二時間十分で新潟に着いてしまう。

駅を出ると、多田さんと、文藝春秋の「文學界」編集長である湯川豊氏が出迎えてくださる。なぜそこに湯川さんがいるかというと、新潟に「Ｎｅｔｓ」というタウン誌があり、せっかくの機会だからということで多田さんを中心とした座談の頁が企画され、私にもお呼びがかかり、もちろん二つ返事で引き受けたが、湯川さんも新潟の出身であり、タウン誌の主宰者と知り合いということもあり、その頁の、いわば司会役として駆り出されたというわけなのだ。

信濃川《しなのがわ》沿いの「ホテルオークラ」にチェック・インし、そのまま座談の場所である「行形亭」という料亭に向かう。「行形亭」と書いて「いきなりや」と読ませるらしい。話は冒険というものについてさまざまに語られていき、最後はやはり植村直己《なおみ》についてのものになった。湯川さんは文春で全面的に植村直己をバックアップしていたメンバーのひとりであり、多田さんは植村直己の北極点犬ゾリ単独行のサポート隊長を務めている。私は最も縁が薄いが、彼とは一度だけ会ったことがある。

あれは私が初めての本を出す直前であり、植村さんが初めての犬ゾリ旅行から帰ってきた直後のことだった。その頃、植村さんは、『極北に駆ける』を書き上げるため、文藝春秋の地下にある「残月」という部屋に泊まり込んでいた。私は私で本の打合わせのため文春の出版部の部屋へよく行くようになり、そこで「残月」からふらふらと出てきた彼と顔を合わせるということが度重なり、やがて互いに会釈《えしやく》をするようになった。その時の第一印象は「この人はずいぶん小柄だな」というものだった。そして、そのもの静かな様子に梃子《てこ》でも動かないといったしぶとさを感じたが、時折り見せる笑顔は人の心を和やかにさせる不思議な魅力があった。それ以後、植村さんとは会うことはなかったが、遠くで密《ひそ》かにその冒険に対して声援を送っていた。だが、彼の冒険の頂点のひとつである「北極点犬ゾリ単独行」の計画が発表されるに到《いた》って、その種の気持は綺麗《きれい》に消えてしまった。犬ゾリで北極点に向かおうとするのはいい。しかし、そのために空から飛行機で何回かの物資補給をしてもらうということになれば、いったい何のための犬ゾリ旅行かわからなくなってしまう。それは目的のために手段を選ばないということであり、植村直己にとっての「冒険の死」を意味するように思えた。だから、その「冒険」以後の彼は、私にはほとんど興味のない存在になってしまったのだ。だが、彼の企てた冒険の相次ぐ失敗と、マッキンリーでの悲劇的な死が、再び冒険家としての彼に興味を持たせる契機になった。彼ほどの人物でも、「冒険のシジフォス」として世の中を渡っていかなければならないというところに、冒険家の宿命を見たからである。

しかし、その席では、そのような思いをうまく述べることはできなかった。ただ、酒を呑みながら、こんなことは喋《しゃべ》ったと思う。

「みんな、冒険の質はちがうけど、多田さんにしても、植村さんにしても、どうしてあの人は出て行っちゃうんだろう、と思わせるところは同じですね。その理由は周りにいる人間には見定められないし、本人にもわかっていないようなところがあるような気がするんです。確かなのは、何がなんでも頂上に登るんだとか、極点に到達するんだとか、ゴールに辿《たど》り着くんだとかいう思いくらいでね。周りから見ると、わかりそうでわからない部分がたくさんある。そこが逆に、何かに向かって一直線に突き進んで行っちゃった人たちに対する、独特の尊敬が生じる原因なんでしょうけどね。ほんとうに、どうして行っちゃうんでしょうね……」

話が一段落して、よく周りを見てみると、座には華やかな芸者さんが三人もいて、私たちが一息入れるのを待っていた。華やか、といっても、それは主観によってどうとも変化することになる。というのは、その三人のうちの二人までが六、七十代だったからだ。しかし、かつては超売れっ子だっただろうと想像させる美しさを残している。呑みっぷりも豪快で、話のテンポも悪くない。

「あら、昔、おたくの信平ちゃんがね……」

などと言い出すと、それは湯川氏の会社の三代前の社長の池島信平について喋っていたりするのだった。

その「行形亭」を出てから、雑誌の主宰者に連れられて二軒で呑み、主宰者の友人という人物に連れられてさらに二軒で呑み、ひとりになってから三軒で呑み、さすがに少し酔って、ホテルに帰った。

ちょうど小雨が降りはじめ、酔った体に気持がよかった。

四月二十七日　日曜日

眼を覚まし、カーテンを開けると、雨はやんでいるが、いまにも降り出しそうな、重い雲が空にある。

時計を見ると、もう九時だ。昨晩はベッドに入ったのが三時だったか、それとも四時だったかと考えているうちに、急に頭が痛くなってきた。どうやら二日酔いらしい。

二日酔いの時は、どういうわけか中華料理系のソバが食べたくなる。しかし、電話でフロントに訊《たず》ねると、中華料理屋は十一時にならないと店を開かないという。そこで、私はまずシャワーを浴び、チェック・アウトを済ませ、荷物をクロークに預け、身軽になってからコーヒー・ショップに行った。信濃川を見渡すコーヒー・ショップでコーヒーを呑みながら、この午後喋らなくてはならない一時間分の話の内容について検討する。そのうちに十一時になり、ホテル内にある中華料理屋に行く。鶏肉《とりにく》と青菜のソバというのを取り、汗をかきつつスープの一滴まで余さず食べ終わる頃には、二日酔いはどこかに消えていた。

伊勢丹《いせたん》の催し場にしつらえられた展示会場には、すでに多田さんが待っており、午後二時からささやかな「ショー」が始められた。多田さんが相変わらず下手なサキソフォーンを吹き、そのあとを引き受けて私が「多田さんと私」とでもいうべき話をした。

私にとって多田さんとは、まず、まったく新鮮な生き方のスタイルを持った人として眼の前に現れたのだ。その新鮮さをひとことで言ってしまえば「麓《ふもと》で遊ぶことがこのようにうまい人がいたのか」ということであり、それは同時に「頂を目指さない人生というものがこれほど素晴らしいものなのか」という驚きにも通じていた。

聴衆はさして多くなかったが、気持のよい会だったことに満足して、お土産に名物の「加島屋」の鮭《さけ》の瓶詰を貰《もら》って、別れを告げた。

帰りの新幹線の中では、新潟の「紀伊國屋《きのくにや》」で買い求めた本を二冊読んだ。一冊は長尾三郎《さぶろう》の『マッキンリーに死す』。植村直己の生涯を丹念に追ったノンフィクションだが、なぜ「彼らは行ってしまうのだろう」という冒険家の不思議を解明するまでには到らず、だから「冒険のシジフォス」たらざるをえない冒険家の修羅を描くまでには到っていなかった。

『エヴェレスト――極点への遠征』ラインホルト・メスナー
横川文雄訳／山と渓谷社●1979 年／装幀：井上敏雄

だが、それより、私にとって衝撃的だったのは、偶然手にしたラインホルト・メスナーの著作だった。それは、『エヴェレスト――極点への遠征』、酸素を使わずエヴェレストへ登った超人メスナーの手記だ。この、日本では植村直己と並び称されることのあったクライマーが、実はどれほど傑出した人物であったのかが、僅《わず》か一冊の、それも一頁で理解できた。そこには、次のような文章が記されていた。

はじめはただ、この世の最高峰をロボットでない人間として登れないだろうかという美しい幻想に過ぎなかった。この幻想からひとつの固定観念が生れて、最後には、果たして人間は、この最高地点に自分の力で到達できるのだろうか、この世は人間が技術的な補助手段を借りずにその最高地点まで攀《よ》じ登ることができるように創《つく》られているのだろうか、という哲学が生れた。

横川文雄訳

この思いつきが彼の才能なのだ。この、ほとんど詩的なイマジネーションが、彼を死の間近に送り出す。しかし、彼にとっては、ゴールが目的ではなかった。そのプロセスこそが最重要だったのだ。だからこそ、彼はこんなことも言い切れる。

　ぼくは、なんとしてもエヴェレストを登るつもりでここへやってきたのではない。ぼくの願いはエヴェレストを知ることであり、この山の偉大さ、困難さ、厳しさのすべてを知ることだった。だからぼくは、もし酸素マスクなしでエヴェレストが登れないのだったら、潔《いさぎよ》く頂上をあきらめる決心をしていたのだ。前に述べたように、近代的な酸素吸入器を使えばエヴェレストの頂上は高さが六〇〇〇メートルの山に等しくなる。この六〇〇〇メートルの高さを体験するために、わざわざエヴェレストまでやってくる必要はない。エヴェレストの偉大さを身をもって味わい、これをじかに感じ取るためには、どうしても技術的な方法なしで登らなければならない。そうやって登ったときに、ぼくには人間がそこでなにを感じるか、人間にとってどのような新しい次元が開かれるか、そして、果たして人間は、宇宙と新しい関係を結ぶことができるか、それがわかると思うのだ。

私は読んでいて、不意に胸に熱いものが走るのを覚えた。

四月二十九日　火曜日

晴れる。

天皇誕生日とかで、こちらも世間と同じように休むことにする。

先週の金曜日にあった、芹沢博文《せりざわひろぶみ》さんを中心とした遊びの会の例会に参加できなかったので、会費だけでもと払いに行く。当然、芹沢さんはどこかの競輪場に出撃しているだろうから、奥様に渡すつもりで自転車に乗って出ようとすると、娘が一緒に行くといってきかない。仕方なく連れていくと、どういう風の吹きまわしか、芹沢さんは家にいて、まあ一杯呑《の》んでいかないかという。芹沢さんは禁酒を解いたばかりでもあり、まだ朝の九時半にすぎないということもあり、しばらく迷ったが、奥様にも勧められ、一緒に白ワインを御馳走《ごちそう》になることにした。娘は奥様に相手をしていただき、機嫌よく遊んでいる。聞けば、一週間後に、去年結婚したお嬢さんの出産が予定されているのだという。ずいぶん若いおバアちゃんが誕生するわけだが、ちょうどいい予行演習になるといって、笑いながら娘のわがままをきいてくださっている。

朝だというのにワインの栓が次々と抜かれる。その度にいいのだろうかと心配になったが、芹沢さんの話はいつもながら刺激的なものばかりだった。鉄火場での金の借り方から旅先の旅館での心づけの渡し方まで、身銭を切った者にしかわからない機微を教えてもらう。

呑んでいるうちに米長邦雄《よねながくにお》の話になった。実業界でも稀代《きたい》の英語つかいと評判の、ある大会社の会長が芹沢さんに言ったことがあるという。その会長氏は米長の後援者のひとりであり、愛情を深く持っている人なのだが、米長には胡散臭《うさんくさ》い連中を身辺に置いて付き合っているところからくる「濁り」が表情に沈澱《ちんでん》している、というような意味のことを言ったのだという。その「濁り」は、中原誠にはまったく見られないものだ、とも。天下を取るためにはひとまずそういった連中を遠ざけることが必要だ。そして、こうも言ったそうである。

「なにやら胡散臭そうな会社で本を出すらしいが、そのくらいの金は自分が出すからやめた方がいい」

人について何か言うならこれくらい責任を持って言いたいものだと思うが、その会長氏の指摘には、かなり深いものがあると思われる。私も先日の芹沢さんの会で、その人物にお会いしたが、温厚でいて、しかも知的な印象の、実に魅力的な御老人だった。あの御老人が言った台詞《せりふ》だからということも、あるいは影響しているのかもしれないが、私にはそれは米長論として極めて鋭いもののように思えた。だがしかし、その「濁り」こそが、米長邦雄の魅力と言えなくもないのだが。

五月二日　金曜日

小雨。

午後、三軒茶屋の「ムッターローザ」で、フリーランスのコーディネーターである松田浩一氏と会う。かつて彼には「スキー・ジャーナル」という雑誌の編集部にいた頃、冬季オリンピックに一緒に行かないかと誘われたことがある。いまはフリーになり、写真家と作家、あるいは写真家とタレントという具合に組み合わせを考え、さまざまな雑誌に企画を売り込むということを仕事としているらしい。そういえば、最近よくいろいろな雑誌で「構成松田浩一」という一行を見掛けるようになった。この業界で、彼はかなりの成功を収めたものと見える。当面の仕事の依頼にはさしたる積極的な返事ができなかったが、私には彼の成功を祝いたい気持があり、いつか一緒に仕事をしましょうということで別れた。

特にさしせまった仕事や雑事がないので、ゆっくり本を読むことにする。贈ってもらったまま、いつかきちんと読もうと本棚に入れておいた藤原新也《しんや》の『乳の海』を、机の上に広げる。

だが、一頁《ページ》、いや一行読むごとに、さまざまな思いが湧《わ》き起こってきて、なかなか前に進まない。気がつくと、机に肘《ひじ》を突いて、ぼんやり考えごとをしていた。そして、思った。藤原さんも辛《つら》い闘いをしているなあ、と。

五月四日　日曜日

曇り。

夕方、上野毛《かみのげ》の「味六亭」という変わったレストランで、友人の内藤利朗《としろう》君とその美しい婚約者を交えて、五人で会食をする。

優雅な独身生活を送っていた内藤君も、この秋までに年貢《ねんぐ》を納めることになった。大いにめでたいのだが、みんなの格好の溜《たま》り場《ば》だった彼の居心地のよい部屋も、結婚してしまえばそう頻繁に訪れるわけにもいかなくなる。それが少し残念といえばいえないこともないなどと、外野がまったく勝手なことを言い合っていた。

食後、全員で内藤君の家に行き、遅くまで過ごす。帰る頃には細かい雨が降りはじめていた。

五月五日　月曜日

せっかくの「子供の日」だというのに、小雨模様の冴《さ》えない天気だ。外で思い切り駆け回るというわけにはいかなくなったが、とにかく今日一日は娘に付き合うことにする。

しかし家でぶらぶらしていても仕方がないので、小雨をついて、午後から馬事公苑《こうえん》に行く。

自転車に乗って、私が漕《こ》ぎはじめると、娘が言う。

「スピード、スピード！」

もっとスピードを出せというのだ。雨の中でもあり、そんなにスピードを出すわけにはいかないが、緩やかな坂のところではかなりのスピードが出る。すると、細かい雨が顔に当たる。

「あめって、きもちいいね」

自分の言いたいことを、娘に先に言われてしまい、私はうろたえてしまった。

「雨って、気持いい？」

「うん、きもちいい」

私は少し興奮して、さらにペダルを激しく踏みはじめた。


夜になって、娘が布団《ふとん》に入る頃には、軽い疲労を覚えていた。

際限なく湧き出てくる子供のエネルギーを正面から受け止めるのは、かなりの労働だということをあらためて思い知らされる。

今夜のオハナシのリクエストは「フーセンのオハナシ！」ということだった。

私は数秒考えると、すぐに話しはじめた。

「小さな女の子が小さな赤い自転車に乗っていました。小学校の傍に行くと、校庭の真ん中に、ピエロさんが立っていました。ピエロさんは、手に、赤や青や緑やピンクや黄色や紫や白のフーセンを持っていました。女の子は校門のところで自転車を降りると、ピエロさんのところへ近づいて行きました。

——そのフーセン、ひとつくれない？

女の子が言っても、ピエロさんはじっとしたまま、返事もしてくれません。女の子はもういちど大きな声で言いました。

——そのフーセン、ひとつわたしにくれない？

でもピエロさんは知らんぷり。女の子はピエロさんのオヘソのあたりをコチョコチョとくすぐってみましたが、少しも笑ってくれません。

——ワッ！

と大きな声を出してみましたが、ピクリとも動きません。

女の子はちょっぴり腹を立て、

——いいわ、いいからね。

と呟《つぶや》いて、ピエロさんの手の中の青いフーセンの紐《ひも》を一本引き抜いてしまいました。

すると、どうでしょう。青いフーセンの紐を持ったまま、女の子はふわふわと空に舞い上がってしまいました。

——ああ、どうしたの、わたしはどうしちゃったの。

女の子はびっくりして大声を上げましたが、そのうちにもどんどん空高く飛んでいってしまいます。

——ああ、わたしはおそらをとんでいるんだわ。なんてすてきなんでしょう。

空高く飛んでいった女の子は、とうとう雲の上まで飛んでいってしまいました。その頃になると、フーセンもしぼんできて役に立たなくなってきました。

ポン。

思い切って、女の子は雲の上に跳び降りてみました。雲はふかふかしてお布団のように柔らかでした。女の子は大喜びで転がり回りました。

すると、遠くから、大きな声が聞こえてきました。

——こらっ！　わしがせっかく眠っているのに、ドタバタ騒いでいるのは、どこのだれだ。

姿を現したのは、カミナリさんでした。

——まあ、こわい。

女の子はカミナリさんが大嫌い。逃げようとすると、えり首を捕まえられてしまいました。

——おまえだな、うるさいガキは。

——エーン。

女の子は恐ろしさのあまり泣き出してしまいました。

——エーン、エーン、エーン。

——これ、これ……。

カミナリさんが何か言おうとしても、女の子の泣き声が大きくて、負けてしまいます。

――エーン、エーン、エーン、エーン。

――あーあ。

カミナリさんは溜め息をついて、雲に腰を下ろしてしまいました。女の子が泣きながらカミナリさんの顔をそっと見ると、ずいぶん優しそうな顔をしていることに気がつきました。ホッとすると、こんどはとてもオナカが空《す》いているのを思い出しました。

そこで、また、

――エーン、エーン。

――どうしたんだい。

カミナリさんが困ったような顔をして親切に訊《き》いてくれました。

――わたし、オナカがすいてきたの。

それを聞くと、カミナリさんはにっこり笑って言いました。

――それなら、その雲を食べてごらん。

女の子はカミナリさんに言われた通りに、雲をひとくち食べてみました」

そこまで話すと、傍で静かに聞いていた娘が、口をはさんだ。

「くも、おいしいの？」

「おいしいらしいよ、綿菓子みたいで」

すると、娘がオハナシの主人公の女の子のように大声でむずかり出した。

「あーん、リーちゃんも食べたかったのに……」

私はオハナシの中のカミナリさんのように途方に暮れ、

「こんど、お祭りの時に食べようね」

などとなだめつつ、続きを話した。

「雲はとてもおいしくて、女の子はムシャムシャ食べてしまいました。カミナリさんがここから先は食べてはいけないよという線を超えても、まだ食べつづけました。ムシャムシャ、ムシャムシャ。ムシャムシャ、ムシャムシャ。

女の子が食べすぎてしまったため、女の子とカミナリさんが乗っている雲は、とうとう座布団くらいになってしまいました。

その時、急に強い風が吹いてきました。

——ああ！

——ああ！

ついに二人は真っ逆さまに落ちていってしまいました……」

ふと、横を見ると、さっきぐずってから一分もたたないのに、娘はもうすっかり寝入っている。まだこれから波瀾万丈《はらんばんじょう》の運命が女の子には持ち受けているはずなのだが、ひとりで喋《しゃべ》っているわけにもいかず、ついに「フーセンのオハナシ」は未完のまま終わることになった。

やれやれ。

五月六日　火曜日

曇り。

午後、三軒茶屋の「キャニップ」で、「中央公論」編集部の河野氏と会う。ここしばらく考えつづけている私なりのジャーナリズム論を、今後どのように文章化していくかということについての相談のためだ。

私はこれまで、ジャーナリズムについての発言をまったくしてこなかった。禁欲していたといってもよい。それは、ひとつには、ジャーナリズムに対する発言が、基本的にはジャーナリストに対する批判とならざるをえないところがあったからだ。どうしてあのような報道をするのか、もっといえば、どうしてあのような誤報をするのか、というような類《たぐ》いの批判にならざるをえない。だが、新聞記者も週刊誌の記者も、それなりに辛い闘いをしていることは、身近にいるだけによくわかる。一日とか一週とかの単位で仕事をしている彼らに、正確さの上での限界があるのは当然すぎるくらい当然のことだ。その彼らに対して、いくらでも時間をかけて取材のできる私のような者が批判をするのはフェアーではないのではないか、少なくとも自分の好みではないなと思いつづけてきた。

私がジャーナリズムに対する発言を禁じていた理由のもうひとつのものは、自分が何者であるのかわからないということがあった。ジャーナリズムに身を置きながら、常に自分がジャーナリストであるということを、信じられないできた。私は単にノンフィクションを書いているライターというだけで、ジャーナリストではないのではあるまいか、と。

ジャーナリストとはなにか。その答えは、ジャーナリズムとはなにか、という問いに対する答えの数だけあるだろう。だが、いささか強引に、ひとまず、ジャーナリストというものを、伝える価値があると思われる情報をできるだけ早く伝えようとする者、と定義すれば、私はそこからはるか遠くにいると認めざるをえない。私は「伝える価値のある情報」とも「できるだけ早く伝えよう」とすることとも無縁のままできた。自分に興味のある対象を、自分とその対象との関係を完結させるためだけに書いてきた。そこには、伝えるべき相手である読者への視点がまったく欠落している。そして、さらに、ジャーナリズムというものに必須《ひっす》の、「いま」という時代に対する信仰心を欠いている。ジャーナリストとは、「いま」という時代に深い爪痕《つめあと》を残すために、永遠を断念する者だという言い方さえできる。しかし、私はやはり、永遠とまでいかないにしても、時間に耐えられるものを書きたいという思いを捨て去ることができない。だが、にもかかわらず、私が雑誌に書き、新聞に書いているということは確かなのだ。つまり、私はジャーナリズムに身を置きながら、常にジャーナリズムからの逃走を試みている者だったのだ。その自己認識が、私の、ジャーナリズムへの発言を封じることになっていた。

ところが、去年の夏、連続的に起こったいくつかの出来事が、私に考えることを強いはじめた。

それにしても、去年の夏は実に特異な夏だった。まさに「ジャーナリズムの熱狂」とでもいうべき事態を引き起こす事件が連続して起こったのだ。あるいは、そのような印象も私がこの二、三年、夏になると日本にいなかったからだろうかとも思ったが、そうでもないらしい。他の人の、去年を回顧する文章でもよく見かけたからだ。去年の夏は「異様」だった、と。永野一男《かずお》刺殺事件、日航機墜落事件、三浦和義《かずよし》逮捕劇……。しかし、その「異様」さも、ほとんどがマスコミによって増幅されたものばかりだった。いや、「異様」だったのは、事件そのものであるより、マスコミであるかのようでもあった。そして、そのたびに、ジャーナリズムと、そこにいる自分について、考えざるをえなくなったのだ。

しかし、いざ書いてみようとなると、いくつかの困難が見えてきて、意気が削《そ》がれそうになる。

近いうちに、なんとかトライしてみようということで、河野氏とは別れる。

夕方、有楽町の「シネマ2」で、ウディ・アレンの『カイロの紫のバラ』を見る。主役の女性には、例のごとくウディ・アレンの実生活の恋人でもある、ミア・ファーローが配されている。

ストーリーは他愛のないものだ。粗暴でぐうたらな亭主と暮らしているミア・ファーローにとって、唯一《ゆいいつ》の楽しみは映画を見ることだ。町の映画館で『カイロの紫のバラ』という映画を何度も見ているうちに、スクリーンからヒーローが飛び出してきてしまう。それによって引き起こされるドタバタならざるドタバタの中で、ミア・ファア

『カイロの紫のバラ』のパンフレット
ウディ・アレン監督／ミア・ファーロー、
ジェフ・ダニエルズ出演
1985 年度作品

ーローは信じられないような夢を見かかるが、結局……というオハナシなのだ。

一時間十五分という短さも洒落《しゃれ》ているし、見終わったあとの気分も悪くない。

ミア・ファーローが夢見がちの平凡な主婦の役を、見事に演じている。ダイアン・キートンといい、このミア・ファーローといい、恋人とこれほど素敵な仕事のできるウディ・アレンという人に、頭が下がるような思いがする。

帰りに買い求めたパンフレットには、ウディ・アレンのこんな言葉が載っていた。ダイアン・キートンとの協力関係は幕を閉じたのですか、というインタヴュアーの問いに対してのものだ。

「ダイアンはいつも、あらゆることにいろんな言葉を注入してくれた。彼女がシナリオを読み、私に話しかけ意見をいってくれるのが、私にはとても大切なことだった。ダイアンは、彼女自身、すぐれた映画監督になれると思うね」

さらに、ミア・ファーローとも同じやり方で仕事をしているのですか、という問いに対しては、次のような答え方をしている。

「できる限りの共同作業で映画を創《つく》るようにしている。ミアはちょうど、彼女の人生に何か新鮮なことを必要としていたんだ。やっかいなことでね。彼女はできるかぎり私を助けようとしてくれるけど、私はいつも声を荒げて彼女に要求ばかりしているようだ」

彼はきっと女性に対して「フェアー」なところがある人なのだろう。

映画の中で、くすんだ主婦にすぎないミア・ファーローに、ヒーロー役の俳優が惹《ひ》かれたようなそぶりを見せはじめる、その契機となる彼女の台詞《せりふ》が面白かった。

「あなたには何か不思議な輝きがあるわ」

役者にしろ、絵描きにしろ、物書きにしろ、およそ表現という仕事に携わっていて、この台詞に心を動かされない者はまずいないと思われる。あなたには何か不思議な輝きがあるわ。これ以上の讃辞《さんじ》はまたとない。だから、私には、あのヒーロー役の、ミア・ファーローへの偽《にせ》の愛情にも、何パーセントかの真実が込められていたように思われるのだ。

五月七日　水曜日

晴れ。

娘に起こされて、カーテンを開けると、夏のような光が眩《まば》ゆいばかりに溢《あふ》れていた。

「持ってきてくれる？」

居間のソファーに腰を下ろしながら娘に頼むと、玄関に走っていって新聞を取ってきてくれる。これをうっかり私が自分で取ったりしようものなら、大騒ぎになってしまう。

「リーちゃんがとるんだったのに……」

というわけだ。

持ってきてくれた新聞を一面から読みはじめて、思わず声を出しそうになった。いつもは必ずしも熱心な読者ではないのだが、今日に限ってなんとはなしに大岡信《まこと》の「折々のうた」に眼を通すと、そこにこんなことが記されていたのだ。

川土手のゆるく曲れる道の上を
まじめな顔に犬が歩み来《く》
高安国世

『一瞬の夏』（昭五三）所収。作者は二十世紀最大の詩人の一人であるリルケの訳者・研究者として知られた独文学者でもあった。上記歌集には「道行けば猛然と犬に吠《ほ》えつかるひそひそとせるわが歩みにや」という別の犬の歌もある。このように生物のさりげない生態をとらえて諧謔《かいぎゃく》や内省に高める方法は、あるいはリルケの物象観察術を日本の叙情詩に移植し生かしえた例といえるかもしれぬ。

なんと、この世に『一瞬の夏』という題を持つ本が他にあるというのだ。しかも、昭和五十三年刊行というからには、私が朝日新聞に連載を始めた時期より二年も前のことになる。私はしばし茫然《ぼうぜん》としてしまった。言葉にすれば、こんなことがあるのだなあ、という思いだった。まったく、こんなことが世の中にはあるのだ。

私の『一瞬の夏』は、かなり題名に苦労した作品だった。連載開始の半年前から原稿は書きはじめていたのだが、私には珍しく題名が決まらない。珍しく、というのは、私の場合、取材が終わり構成を立てる段階で、ほとんど題名は決まっているからだ。その題名に向かって終結部の文章が収斂《しゅうれん》されていく。逆にいえば、題名が決まっていないと書けない、ということにもなる。曖昧《あいまい》で抽象的なタイトルをつけておいて、書いていくうちに文章とのゆるやかな関係が見えてくるようにする、などという方法は採ることができない。しかし、この長篇だけは、第一稿が進んでいくのにどうしても題名が浮かんでこない。

影、闇《やみ》、血、炎、夏、雨、風、砂、壁、窓、鎖、復活、祝祭、一瞬、最終、焼ける、燃やす、輝く、失う、走る、倒れる……。

深夜、ぼんやりとノートにそれらの文字を書きつけ、順列組み合わせのような方法で言葉を作っていくが、そんなことをすればするほどイメージが拡散していってしまう。

ところがある日、連載に際しての「著者の言葉」というものを新聞社から求められ、書いているうちに、あるいはこれでいいのかもしれないと思われる題名が見つかった。

私の部屋の窓の外ではまだ冬が足を止めているらしい。弱々しい陽光がかすかにあたっている街路樹には外套《がいとう》のようなワラがかぶせられ、孫だろうか幼女の手を引いている老人は灰色のマフラーで口元をおおっている。

私がこれから語ろうとしているのは、しかし冬のことではない。春でもなく、秋でもない。夏だ。私達が熱いミルクの皮に足をとられたハエのように過ごしてきた、夏のことだ。正確には、夏から夏までの一年。だが、私にはその一年がひとつづきの夏だったように思えてならない。しかも、一瞬の夏。私はその熱く長かった一瞬について語ろうと思っている。

この中で、「熱いミルクの皮に足をとられたハエのように」という比喩《ひゆ》は、誰かの何かの文章で読んだ記憶があり、また微妙にその時の気分と違っているようにも感じられてきたので削除し、新たに「熱く焼けた鉄板の上を裸足《はだし》で疾走するように」という語句を挿入した。月並みではあるが、借り物よりはいい、などと思いながらもういちど読み直すと、不意に「一瞬の夏」という文字が原稿用紙から強く浮き立ってきた。一瞬の夏、一瞬の夏、と私は何度も口の中で呟《つぶや》いた。呟いているうちに、それまで書いてきた第一稿が、その語句に向かって吸い込まれていくような気がしてきた。試みに、原稿用紙の真ん中に「一瞬の夏」と書いてみると、それなりに安定感がある。タイトルはこれでいいのかもしれない、と思えてきた。そして、ひと休みするために机を離れ、当時創刊されるばかりになっていたスポーツ誌の見本をパラパラ眺めていると、その広告の中のひとつに、疾走するオートバイの写真と一緒に、「一瞬」と大きく書かれているものがあった。活字で見る「一瞬」という文字は美しかった。

私は『一瞬の夏』を題名にすることに決めた。決めてから、その少し前に、無数の単語を書き付けては順列組み合わせのようなことをしていたノートを広げてみた。すると、驚いたことに、そのノートの中には「一瞬」も「夏」も書きつけられてあった。いや、それどころか順列組み合わせをしていた中に、「一瞬の夏」という言葉も含まれていたのだ。その時は、どうしてもそれがいいタイトルとは思えなかったのだろう。しかし、ある瞬間、不意に「これだ」と思えてくる。そのことに、私は創るということの不思議をあらためて覚えたものだった。

ところが、そのようにして苦労して生み出された『一瞬の夏』というタイトルが、他の人によっても考え出されていた。高安国世という人はいったいどのような思考の回路から生み出したのだろう。大岡氏の文章に「でもあった」という一節があるところをみると、あるいは御存命ではないのかもしれないが、いずれにしても、『一瞬の夏』というタイトルで私が新聞連載を開始した時には、きっと不快な思いをしたに違いない。知らないこととはいえ、申し訳ないことだった。

いつか『一瞬の夏』という歌集を読んでみたいものだ。新聞を持ち、茫然としたまま、頭のどこかでそんなことも考えていた。

五月八日　木曜日

晴れ。

午後六時、「新潮」編集部の鈴木力氏と三軒茶屋の「キャニップ」で会う。なかなか進展しない「血の味」についての督促があったが、しばらく待ってもらうことにする。書き上がったところを読み返してみると、どうも力がない。このまま書きつづけていいものかどうか、迷いが出てしまったのだ。

ここしばらくは「血の味」を中断し、「キャパ」の翻訳に取り掛かることにする。

私が英語の翻訳をするなどと聞いたら、私の語学力を知っている友人たちは大笑いするにちがいない。まったく、自分でも信じられないくらいだ。高校の受験英語からまったく進歩していない。大学でもまったく勉強しなかったし、それ以後も原書を読むなどという殊勝な心掛けはまったくしていなかった。どうしても仕事に必要な新聞や雑誌の記事を斜め読みするくらいしかしたことがない。その私が、翻訳すれば千枚にもなろうかという大冊を独力で翻訳しようというのだから、我ながら信じられない。

発端は集英社の「すばる」編集部の治田《はるた》明彦《あきひこ》氏だった。ある日、こんな本が出たので、読んでみませんか、と手渡してくれた一冊があった。それがリチャード・ウィーランという美術ライターの書いた、ロバート・キャパの伝記だったのだ。辞書を引き引き何十頁《ページ》か読んでみると、確かに面白い。文章は硬そうだが、私たちの知らないキャパに関する事実が無数に出てくる。次に会った時、面白そうだと話すと、治田氏が言った。翻訳してみませんか、と。その時、どういう風が吹いたのか、いいですね、などと答えてしまったのだ。それがすべての始まりだった。途中で、出版権が文藝春秋に落ち、これで翻訳をしなくて済むかなと思ったが、文春の翻訳出版の担当者である松浦伶《れい》氏に、せっかくだからやってみませんかと勧められ、この時もなんとなく頷《うなず》いてしまった。やはり、なんだかんだと言っても、私は翻訳をしたかったのかもしれない。つまり、久し振りに机の前に座って勉強をしたかったのだろう。

年内に翻訳を終わらせるというのが、松浦氏との緩やかな約束だった。暇な折りに読み進めていたが、そろそろ本格的に開始しないと、とうてい年内には翻訳できそうにない。

「血の味」は自分ひとりの問題だからまだいいが、翻訳はあまりタイミングを逸しても原著者に申し訳ない。それに、自分の文章を書くという苦行から逃げ出したいという思いもあったのかもしれない。

鈴木氏に謝って、しばらく「血の味」を中断させてもらうことにした。

五月九日　金曜日

小雨。

夕方、文藝春秋に行き、新井信《まこと》氏から出来たばかりの『馬車は走る』十冊を手渡される。包みから一冊抜き取り、片手で持ってみる。その重さといい、装幀《そうてい》といい、パラパラと頁を繰った時の字面《じづら》といい、すべてに満足して、包みに戻す。もうこれで、私にとっては、完全に『馬車は走る』は無縁のものになった。あとは、売れ残らない程度に売れてくれれば充分だ。

新井氏との面談が終わり、松浦氏と「キャパ」についての本格的な打合わせをする。期日の詰めを行っているうちに、思わず「なんだか、本当に翻訳できるかどうか心細くなってきてしまった」と泣き言を口走りそうになって、いや、心細いのはむしろ松浦氏の方だろう、うっかり翻訳を勧めてはみたものの、いまはきっと後悔しているのではあるまいか、と思い直し、「まあ、なんとかなるでしょう。辞書がありますから」などとわかったようなわからないようなことを言って、別れを告げた。

しかし、辞書があるから、というのは口から出まかせの台詞ではない。先日、同じ文藝春秋のロビーで、翻訳の大家である、永井淳《じゅん》氏に引き合わされた。永井さんは、私が「翻訳」などという天をも恐れぬ所業をするつもりでいることは松浦氏から聞いてすでに御存知だったが、少しも馬鹿《ばか》にした風がなく、こちらの初歩的な質問に懇切丁寧に答えてくださった。その時、私は訊《たず》ねたのだ。辞書は何を買ったらいいでしょうか、と。すると、永井さんは「それなら研究社の新英和大辞典を買いなさい」と真《ま》面目《じめ》に教えてくださった。私はすぐに本屋に行って買い求め、その辞書を使いながら読みはじめると、これが驚くほどよくできている。辞書というのはまったく凄《すご》い、と嘆声を上げたくなるほどの素晴らしさだ。わからないところを引くと、ほとんど完璧《かんぺき》に辞書に出ている。何がわからないかということさえわかれば、あとは辞書が教えてくれるのだ。人の十倍は辞書を引かなくてはならないが、この辞書があるかぎりなんとか訳せそうだという気がしてきた。しかし、心配なのはそれにかかる時間である。松浦氏に弱音を吐きそうになったのも、下手をすれば一、二年はかかるのではないかという、不吉な予感がしはじめたからだった。とにかく、人の十倍は辞書を引かなくてはならないのだ。

五月十二日　月曜日

曇り。

仕事場へ歩いて行き、部屋の掃除などをしたあとで、グレープフルーツ・ジュースを飲み、机の前に座って「さて」と掛け声を出してみるが、一向に仕事に取りかかる気力が湧《わ》いてこない。窓の外にばかり眼がいってしまい、気がつくとぼんやり考えごとをしている。

この半年は三冊の本を出すということに多くの時間が割かれてしまった。まだ出版にまつわる雑事は残っているが、本来の意味での仕事はすでに終わっている。では。これから残りの半年をどのように過ごしていくか、そんなことを考えていたようだ。しかし、無限に自由そうな半年も、いくつかの約束を忠実に守ろうとすれば、ほとんどそれだけで潰《つぶ》れてしまいかねない。そう思うと憂鬱《ゆううつ》になってくる。

知人に貰《もら》ったジョージ・ウィンストンの『オータム』のテープを聞いているうちに、秋でもないのに気持が冷えびえとしてきた。

五月十四日　水曜日

曇り。

昨日から吉行淳之介《よしゆきじゅんのすけ》を読みつづけている。机の脇《わき》に吉行淳之介の作品を積んでおき、無作為に一冊を取り出しては、好きな箇所を読むということを繰り返している。たとえ一度読んだものでも、時を隔てると新鮮な発見をすることがある。それを期待しての、「雑読」なのだ。

　私はこれから吉行淳之介論を書かねばならない。「論」というのは少し大仰すぎる。ある雑誌に連載している「異国論」に、吉行淳之介の『湿った空乾いた空』を取り上げることにしたのだ。紀行文としての『湿った空乾いた空』が主題なのだが、どこかで吉行淳之介自身について触れざるをえない。それというのも、『湿った空乾いた空』が、生の言葉で自身について語られている、ほとんど例外的な作品であるからなのだ。

　二日もかかって考えていながら、少しも構想が湧いてこない。それには明らかな理由がある。そもそもこの文章は連載を予定して始められたものではないのだ。よく知っている若い編集者が、ひとりで小さな季刊誌を任されたので、エッセイを書いてくれないかと頼んできた。彼の依頼にこれまで応じられなかったこともあり、即座に承諾した。しかし、「異国への視線」というタイトルで原稿を書いているうちに、予定されている枚数ではとうてい収まり切らなくなってしまった。それは小田実《まこと》の『何でも見てやろう』を素材とした「異国観」についての文章だったが、書いているうちに膨らんでしまい、収拾がつかなくなってしまった。そこで窮余の一策として、若い編集者がそれを「連載」とすることにしたのだ。季刊の、しかも、一冊ごとに違うテーマを扱う雑誌に、連載とはひどい話だが、仕方なかった。連載ということになれば、二回では格好がつかない。それで仕方なく、三回目に吉行淳之介論を続けることになったのだが、こんども一回では終わらず、二回に分かれてしまった。ところが、その担当の若い編集者が会社を辞めて放浪の旅に出るということになってしまった。彼がいなくなれば、連載する意味もない。そこで、この四回目で収拾をつけて終わることにした。つまり、そのような紆余曲折《うよきょくせつ》があっての原稿のため、なかなか書けないというわけなのだ。

夕方、ひとまず切り上げ、文藝春秋へ行き、吉原敦子《よしはらあつこ》さんのインタヴューを受ける。彼女が「諸君」で持っている著者インタヴューの欄に『馬車は走る』を取り上げてくださるらしいのだ。

初対面の吉原さんは、女性らしい心づかいが妙にベトつかない、それでいて不躾《ぶしつけ》でない程度には粘り強い、極めて力のあるインタヴュアーだった。優れたインタヴュアーとは、相手の知っていることを引き出すだけでなく、相手の知らないこと、つまり相手が意識の上に乗せてもいないことを引き出せる存在でなくてはならない。私も、少なくとも一度、自分が思ってもいないことを喋《しゃべ》っている瞬間があった。

朝日新聞社に「朝日ジャーナル」の千本健一郎氏を訪ね、来年の仕事の打合わせをする。予定していたテーマが難航しそうだということを告げ、もし不可能な場合どうするかの相談をする。いずれにしても最終的な判断は年末に下すことにして、あとは浜離宮を見下ろす中華料理屋で、夕食を御馳走《ごちそう》になる。本来なら、そのあとはゆっくり呑《の》みたいところだが、吉行淳之介論の締切りが明日までのため、心を残しながら仕事場に戻る。

五月十六日　金曜日

夜が明けるのを茫然《ぼうぜん》としながら眺め、思い出したように原稿用紙に悪戯《いたずら》書きをする。描いているのはまるで意味をなさない抽象的な図形だ。三角、四角、丸……といくつもの図形を描き、その一部分を塗り潰すペン先を見つめていると、不意に何かが見えてくる。それが、私における執筆前の、いわば儀式のようなものなのだ。

　少しずつ、頭の中で形を取りつつあるものの存在が感じられてくる。そこで『湿った空乾いた空』論の前回の部分を読み直す。二度ほど読み直し、急速に明けていく窓の向こうの空を眺めているうちに、不意に文章の流れが見えてきたような気がした。

もちろん、それは「気」だけの話で、ほんとうに文字にするまでは、何も見えてきはしないのだ。

しかし、意外にも、朝七時に一行目を書きはじめてから午後一時までに十三枚の原稿を書き終えることができた。筆の遅い私にとっては、六時間に十三枚も書くなどということは、前代未聞《ぜんだいみもん》のことである。なぜばなる。だが、こういう自信はあまり持たない方がいいのだ。これから先、原稿が書けなくて困るたびに、あの時、六時間で十三枚書けたのだからということを思い出し、自分を甘やかしてしまうだろうから。

とにかく、どうにか「異国への視線」の第四回目を書き終えることができた。読み返してみても、拙速という感じの文章にはなっていない。出来がさしてよくないのは、時間のせいではなく、実力のしからしめるところなのだろう。

書き上がった原稿を読み直し、文字遣いの訂正をすると、私は仕事場を飛び出し、三軒茶屋の「ムッターローザ」に走った。そこでの約束の時間に大幅に遅れていたからだ。それが、原稿を渡す相手なら、少しの遅刻は許してもらえるだろうが、これほど書くのに手間取るとは思っていなかった私は、前の週からこの午後にいくつも人に会う約束を入れてしまっていたのだ。「ムッターローザ」で待っていてくれるはずの相手は、千倉真理というディスク・ジョッキーのお嬢さんだ。彼女が持っているラジオの番組で『深夜特急』の宣伝をしてくださるという。その打合わせをディレクターと一緒にしたいということだった。

十五分遅れでどうにか到着し、挨拶《あいさつ》を済ませ、世間話をしているうちにびっくりするようなことを告げられた。

「私、沢木さんがうちにいらした時のことを覚えています」

と千倉さんが言うのだ。千倉さんの家が、千倉書房という経営学や商学関係の本を多く出している出版社だということは、最近になって知ったばかりだった。そして私は、確かにその千倉家へ、かつて取材で伺ったことがあるのだ。「月刊エコノミスト」という雑誌に、「若き実力者たち」という連載をしている時、華道の世界から安《あ》達《だち》瞳《とう》子《こ》を選び、その人物論を書いたことがある。その際、彼女の母校である成城学園の同級生として、千倉さんの御両親を取材に訪れたのだ。だから、彼女がそれを覚えていたとしても、ある意味では不思議ではない。しかし、驚いたのは次の台詞《せりふ》だ。

「それは、あなたがいくつの頃でしたか？」

私が訊ねると、千倉さんは明るい声であっさりと答えた。

「小学生でした」

「小学生……」

私が驚いていると、彼女はこんなことも言って、悪戯っぽそうに笑った。

「母が、今日は雑誌の方が来るからといって、いつになく部屋を綺麗《きれい》に掃除していたのを覚えています」

あのころ小学生だった少女がディスク・ジョッキーとして活躍しているのか、と妙に歳《とし》を取った気分になってしまった。

録音の期日を決め、彼らと別れてから「キャニップ」に行き、二人の編集者と会っているところに、季刊誌の新しい担当の方が原稿を取りに来られ、「異国への視線」の最終回を渡し、そこでの用事がすべて片付くや、すぐに渋谷に向かわねばならなかった。なんという凄《すさ》まじい忙しさだろう。これも、自分の遅筆を棚に上げれば、なにより本を出すことによって引き起こされた部分が多い。スター並の忙しさ、とひとりで面白がっていたが、これも私などは年に一度か、二年に一度だからいいようなもの、これを一年中やっていたら、ほとんど生きていくのが嫌になるにちがいない、などとも思った。

五月十八日　日曜日

気持よく晴れる。

羽田から九時三十分発の全日空機で鹿児島に向かう。

同行三人。カメラマンの内藤利朗君と、福音館書店の編集者である高橋順一氏と、それに私の三人だ。純然たる取材旅行だが、私にとってはもの珍しくてならない。こんな大勢で——といってもたった三人だが——泊りがけの取材旅行に出かけることなどまったく初めての経験なのだ。二人でというのはこれまでにも数回あったが、三人というのは今までになかった。取材といえばほとんどひとりで行くものと思っていたし、いまでもそう信じている。なにより動きが自由だし、相手と対応する際にも他人の眼を気にしなくて済むだけ楽なのだ。しかし、こんどの取材はすべてが例外的なものであるということで、むしろ面白がって三人で行くことに同意した。

何が例外的なのか。それは、この取材対象が人間ではなく蜂《はち》という動物であること、しかもその文章が子供たちのためのものであるということ、である。とりわけ、私は

月刊『たくさんのふしぎ』1987年5月号
福音館書店／表紙デザイン：堀内誠一

「児童向け」というところに面白さを感じているようなのだ。

一カ月前、福音館の高橋さんから会いたいのだがという連絡を受けた。以前と違い、いまは『たくさんのふしぎ』という児童向けの月刊誌スタイルの本を担当しているという。仕事を依頼されても、とうてい私にはできそうになかった。断るつもりで会うと、養蜂家《ようほうか》の一家と蜂を取材して小学生の上級生に理解できるくらいの文章を二、三十枚書いてくれないかという。オハナシではなくノンフィクションのタッチで書いてくれていいのだともいう。だが、子供向けの文章など私に書けるはずがない。それに、養蜂家なんてよくテレビでもやっているし、蜂についてもよく本が出ているじゃないですか……そう断りかけて、ふと、まったく、ふと、なのだが、私は自分が養蜂家の生活についても、蜂の習性についてもまったく知らないということに気がついた。そうか、蜂か……と私は思った。取りかかれば手間のかかる仕事になりそうだったが、急に蜂について知りたいな、という気がしてきた。それには、ここしばらくというもの、仕事の上でも実生活の上でも、なぜか自然と関わりを持たなくなってしまっているという潜在的な恐怖心があり、いつか自然との関係を修復しなければと思っていたことが大きかったのだろう。とにかく、私は気がつくとその仕事を引き受けていたのだ。

その養蜂家の一家は、現在は鹿児島にいるが、やがて花を求めて松本から秋田、さらに帯広まで行くという。たとえ子供のための文章とはいえ、書くからにはその一家と蜂たちの一年を見てみなくてはならない。その余裕があるかと訊《たず》ねると、まったくそのつもりだったという。それだけの時間と金をかけるつもりがあるなら、と一年がかりの仕事のスタートを切ることにしたのだ。

鹿児島空港からレンタカーを借りて、祁答院《けどういん》という町に向かう。道中は緑の多い山道が多かった。途中、昼食をとり、目的の家に着いたのは、午後一時頃だった。

養蜂家の一家は、石踊純昭《いしおどりすみあき》さんという四十代前半の御主人と、三十代前半の奥さん、それに四歳の娘さんの三人だった。もうひとり、小学二年生になる女の子がいるのだが、学校に通学するため鹿屋《かのや》の本宅で祖父母と暮らしているという。ここは、レンゲの咲いている時だけ住む別宅なのだ。

挨拶が済み、奥さんがお茶を出してくださる。そして、そのお茶受けにと、蜂蜜《はちみつ》を勧めてくださった。小皿にのせられた蜂蜜を一匙《ひとさじ》なめてみて、そのおいしさに驚いた。色も透明に近ければ、味にも癖がない。甘さが瞬時に口の中で溶けてしまうような淡白さがある。私がこれまで蜂蜜と信じてきたものとは質が違うように感じられた。

「スーパーで売っているようなのは、みんな輸入品ですから。輸入品はいろいろな蜜が混ざっていて、味もあまりよくないんです。それは純粋のレンゲ蜜ですからね」

石踊さんが少し誇らし気に言った。レンゲの蜜は国産の蜜の中でも最高の蜜とされている、とのことだった。


昼休みが終わり、作業に出ていく一家と共に、蜂の巣箱が置いてある場所に行く。そろそろこの土地を離れて松本に出発する準備をしなくてはならないらしい。そのために、巣箱の整理をするのだという。

巣箱に近寄らせてもらい、蜂を間近に見せてもらうことにした。ひとつの巣箱には二、三万の蜂がおり、八枚の巣板が入っている。その一枚を持たせてもらい、説明を聞く。雄と雌の差異、女王蜂とローヤルゼリー、サナギと奇形……。顔は石踊さんたちと同じように網で防御したが、数千の蜂が蠢《うごめ》く板を持つ手は素手だった。別に刺されることもなく、説明を聞き終わる頃には、蜂に対して不思議な愛情まで感じはじめていた。

まったく、知れば知るほど蜂というのは健気《けなげ》な生物なのだ。

五月二十一日　水曜日

快晴。

四日間の取材を終え、祁答院を後にする。

もっとも、取材とは名ばかりで、連日連夜、私はただひたすら石踊さんと酒盛りをしていただけなのだ。普通の編集者なら、酒を呑むばかりで取材らしきことを何もしない私に不安を抱くのかもしれないが、高橋さんもなかなかの豪傑で、私たちと一緒に酒を呑みつづけてくれていた。

その酒盛りには、石踊さんの家の弟子筋に当たる若者夫婦が加わるだけでなく、周辺の住人もたくさんやって来た。その中には、郵便局長あり、役場の戸籍係あり、地主あり、そしてもちろん農夫ありという具合で、連日深夜まで大騒ぎだった。

そして、今朝、そのうちのひとりの若い農夫が、東京に持っていけといって、近くの森にタケノコ掘りに連れて行ってくれた。細くて柔らかく、私たちがいつも御馳走になっていたタケノコだ。今日は採れないなあ、どうしたんだろう、と言いながら、それでも私たちには充分なくらい持たせてくれた。地元の焼酎《しょうちゅう》を貰《もら》い、畑から採れたばかりのインゲンを貰い、巣箱から集めたばかりの蜂蜜を貰い、私たちのレンタカーは貰い物で溢《あふ》れ返ってしまった。

夕方の便で雨の東京に帰る。

それにしても、気の合った三人旅というのは思いのほか楽しいものだということを知った。しかも、その上、飛行機の切符の手配からレンタカーの運転まで、すべて同行の高橋さんがやってくれ、私のすることはほとんどない。こんな楽な取材旅行は初めてだ。しかし、これはどんな旅でも同じだが、楽をすればするほど記憶が薄れるのも早いものなのだ。少々、危険だな、とも思う。

羽田で二人と別れ、築地《つきじ》の朝日新聞社に寄る。そこで、『馬車は走る』に関するインタヴューを受けることになっていたからだ。一時間ほどで終わり、玄関を出ると雨脚が激しくなっている。とりあえずタクシーをつかまえて赤坂に向かう。

私の荷物を見て、運転手が「どこかの帰りですか」と質問してきた。鹿児島からだと答え、バックミラーから不思議そうな視線を送っている運転手に紙袋の中身の説明をした。そして、これはすべて貰い物なのだと説明すると、運転手が言った。

「ただでくれたんですか」

「ええ」

私が答えると、信じられないという口調で言った。

「まだ、そんなところがあるんですかねえ」

「それがあるんですよ」

「昔は、女房の里に行くと、四国なんですけど、よくそんなことがありましたが、最近は田舎もせちがらくなりましてね」

話しているうちに、このオジサンに私たちが鹿児島で受けた親切の半分でも分けてあげたいという気分になり、バッグの中にあったビニール袋にタケノコとインゲンを半分ずつ取り分けて、もしよかったらお持ちになりませんかと言うと、驚いたらしく最初は遠慮していたが、こちらが強く勧めると、ついに受け取ってくれた。そして、感に堪えないというように言った。

「長いことこんな商売しているけど、お客さんに野菜を貰ったのは初めてだよ」

そして、しばらくしてこう呟《つぶや》いた。

「こんなこともあるんだね……」

そこには、かなり嬉《うれ》しそうな響きが感じられ、こちらもまた嬉しくなった。

降り際《ぎわ》に運転手が言った。

「朝日にもまだあんたみたいな記者がいるんだね」

どうやら私は朝日新聞のために得点を稼いだことになったらしい。

五月二十三日　金曜日

曇り。

夕方から渋谷に行き、「潮」という魚料理屋でバレーボールの三屋《みつや》裕子《ゆうこ》さんに会う。仕事とは関係なく会わせてくれる人があり、失礼ながら、どんな人なのかという興味だけで出かけていったのだ。

酒もかなり呑《の》め、冗談も通じる人であることに安心して、つい調子に乗って話しているうちに、気がつくと十一時を過ぎてしまっていた。

明日が早いという三屋さんと別れ、久し振りに銀座に呑みに行く。「M」に寄ると、そこに女優の加賀まりこさんがいて、つい店がはねるまで居つづけてしまった。そのまま店の客の全員と六本木の「I」に行くと、こんどはそこに作詞家の阿木《あき》燿子《ようこ》さんがいて、一緒に呑むことになった。

まったく、今日は美女についている日であった、などとにやつきながら帰りのタクシーに乗ると、しばらくして運転手が話しかけてきた。

「遊びかい？」

「まあね」

「いいねえ、こんな時間まで遊んでられて」

私は少しムッとして黙った。

「……………」

「一人者かい」

「いや……」

「子供は？」

少し醉いが醒《さ》めてきた。

「いないのかい？」

また訊《き》かれたので、答えた。

「娘がひとり」

「いくつ」

面倒だな、と思ったが、無視する気にはなれなかった。ぞんざいな口のきき方だが、
その初老の運転手に悪意があるのではないことがわかってきたからだ。

「夏がくると三歳になります」

「そうかい。可愛《かわい》いだろ」

「ええ、まあ」

すると、運転手は詠嘆の響きを交えてひとり言のように呟いた。

「いちばん可愛い頃なんだよなあ、その年頃が」

「なんだかバタバタとうるさくてしょうがないけど……」

「過ぎてみるとわかるよ、その可愛さが」

「そうですか……」

私が曖昧《あいまい》に相槌《あいづち》を打つと、運転手がそういえばと言って、こんな話をしはじめた。

「このあいだ、ラジオで面白いことを聞いたよ。子供が大きくなると、よく親がうちの子供は言うことを聞かないだの、孝行をしないだのと文句を言うけど、あれは間違っているんだってさ。子供はね、三歳までに、もう親に恩は返してるんだって」

「三歳までに？」

「そう。三歳までの子供は可愛いだろ。あの可愛さは何にも代えられない。だからさ、その可愛さで親に一生分の恩返ししてるっていうわけさ」

なるほど、と思った。

「だから、そのあとで子供にどんな親不孝されても、親には文句を言う筋合はないっていうんだ」

「洒落《しゃれ》たこと言う人がいるね。誰？」

「誰だったかなあ……」

それがたとえ誰の発言にしても、その意見にはこちらをハッとさせる新鮮さがあった。

「なるほどね」

私は呟きながら、そして、なにやら自分に言いきかせているような気配の感じられる初老のタクシー運転手の後ろ姿にぼんやり眼をやりながら、すると、あの我がペロレス娘からはもう充分に恩返しを受けていることになるわけか、などと考えていた。

夢の子犬、日々の泡

五月二十四日　土曜日

よく晴れた。

朝、羽田から広島行きの飛行機に乗る。だが、目的地は広島ではなく、呉《くれ》である。

先月、一通の手紙が届いた。海上保安大学校という聞きなれない学校の学生からの、講演の依頼の手紙だった。学園祭で講演をしてくれないかというのだ。時期は五月の末だという。五月の末から六月にかけては、本がたてつづけに出版されることもあって、たぶん雑務に追いまくられている頃に違いないと思われた。本来なら考慮するまでもなく断った方が無難なはずの依頼だった。しかし、私が迷った末に結局は引き受けようという気になったのは、ひとつにはその学園祭実行委員会の講演会担当だという学生の、便箋《びんせん》六枚に及ぶ依頼の手紙が誠実さに溢《あふ》れていたからであり、もうひとつは「学園祭は自分たちが出し合った金によって運営される」という一行に心を動かされたせいでもある。その金は彼らの給料の中から積み立てたものであるらしい。つまり、彼らは学生であると同時に海上保安庁の職員でもあるため、給料を貰《もら》っているのだ。しかし、その額も大したものではないだろう。文中で担当者は書いていた。そのような事情で、満足な謝礼は出せないが、ぜひお越しいただけないだろうか、と。そして、末尾には、その少ないはずの謝礼の金額が書いてあった。ところが、その金額は私には法外なものだった。高額すぎたのだ。それがあまりにも高額すぎるということの中に、その額を決める際の彼らの苦労が偲《しの》ばれた。きっとさまざまに頭を悩まし、最大限に奮発したのだろう。そう思うと、彼らがいじらしくなってしまったのだ。

数日して、返事を聞くため電話をかけてきた講演会担当の学生に、私は少々いたずら心を起こして答えた。

「あんな金額じゃあ、出られませんね」

学生は電話の向こうで息を呑《の》んだようだった。

「いくらだったら、いいんでしょうか」

おずおずと学生が訊《き》いてきた。私が芝居気を出して、しばらく間を置き、おもむろに自分が肉体労働で稼げるだろう二日分ほどの金額を言うと、学生はびっくりしたらしくもういちど息を呑んだ。

「そんな金額で、いいのでしょうか」

「充分です」

そこで今日のこの日、呉にある海上保安大学校に出向くことになったのだ。

飛行機から降りると、空港の到着ロビーには担当の榎本《えのもと》雄太君と友人の二人が制服制帽という姿で出迎えてくれた。しかも、空港から呉までは、近くの桟橋から学校の船で案内してくれるという。

空港に近い三菱《みつびし》重工内の桟橋には学校の訓練に使うという高速艇が停泊しており、指導教官らしい人物が舵《かじ》を握っていた。その教官は「天気がいいので、厳島《いつくしま》神社の辺りを回っていきましょうか」と言い残すと、凄《すさ》まじい勢いで飛ばしはじめた。

空は高く晴れ上がり、少し冷ための風も頬に心地よい。一時間ほどの気分のいい航海のあとで、呉市の海岸沿いに立つ海上保安大学校に到着した。

講演は三時からだった。

昨日まで、この講演ではラインホルト・メスナーと植村直己《なおみ》との比較を通して「冒険論」を語ろうと思っていた。ところが、飛行機の中でノートを整理しているうちに、まだ人に語れるほど冒険についての考えが詰められていないことに気づいた。「冒険論」を放棄することにし、その結果、近作の『深夜特急』を中心としての「異国論」でお茶を濁すことになってしまった。話が終わったあとで、幹事役の学生たちはとても面白かったと慰めてくれたが、喋《しゃべ》っている自分にとってスリリングでないということが致命的だった。

そのお詫《わ》び、というわけでもないが、講演後の「呑み会」には喜んで参加させてもらった。まず、榎本君らと寿司屋《すしや》で腹ごしらえをした。彼らが案内してくれた店で出てきたものはどれもおいしかったが、中でもびっくりさせられたのはアナゴだった。驚いたのは味よりもまずその食べ方である。アナゴを巻き物の中に使うのは知っていたが、その店ではスシメシを巨大なアナゴで包んでしまうのだ。茶巾《ちゃきん》風アナゴ包み、とでも言おうか。しかし、実際に食べてみると、そのアナゴ包み、なかなか悪くない味をしている。ただ、それを二つも食べてしまうと、こんどは他のものがまったく入らなくなってしまったのには困ったが。

適当なところで寿司屋を切り上げ、近くの焼き鳥屋で待っている他の学生たちと合流する。ところが、そこに来ていたのは学生ばかりでなく、昼間高速艇で舵を握っていた指導教官をはじめ、三人ほどの教官もいた。最初は学生たちが話しづらいのではないかと懸念《けねん》したが、それは無用の心配だった。彼らは同じ教官といってもすべてこの学校の卒業生であり、いわば学生たちの先輩に当たる人たちだったのだ。全員酒が好きで、陽気で、学生思いの、魅力的な教師たちだった。それが学生にもわかっているのだろう、互いに羨《うらや》ましいくらい率直な話し方をする。

たとえば、少し酒が回ってきた学生のひとりが思いつめたような調子でこんなことを言う。毎年、この学校に入学したあとで、やはり自分には合わないと判断して、何人か退学する学生が出る。その時、学校側は親を呼んで話し合わせるが、ぜひそれはやめてくれないか。一人前の若者が考えに考えた結果なのだから、その結論を尊重してほしい。親を呼んで翻意させようなどという子供だましはやめてくれ、というのだ。私にはもっともな意見と思えたが、教官たちは教官たちの論理があった。曰《いわ》く、後悔させないために、曰く、親を説得させられないくらいの気持ではやめない方がいい、曰く……。しかし、ひとりの教官がこう言った時、なるほどなと思った。

「こんな、誰も知らないような学校に入ってきた、その段階でみんなは俺たちの仲間になっているんだよ」

仲間なのだから心配するのは当然というわけだ。その愛情、友情を学生たちは鬱陶《うっとう》しいと感じることもあるかもしれないが、私にはむしろ羨ましいことのように思えた。呑みつつ、話しつつ、私は何度も嘆声を発してしまった。

「こんなところで勉強するのも素晴らしいことだけど、それ以上に、こんなところで教えられたらどんなに素晴らしいだろう」

それは本心だった。以前だったらこのような土地で何年も暮らすのは退屈すぎると思ったかもしれないが、いまの私なら充分に楽しめるような気がしたからだ。

午前零時になり、その焼き鳥屋を追い出されると、当然のごとく全員でもう一軒の酒場に向かうことになった。

五月二十五日　日曜日

ゆっくりと朝寝を楽しむ。

十時に起きて、ホテルのカーテンを引き開けると、今日もよい天気だ。

呉の駅から鈍行に乗って広島まで行き、新幹線に乗り換えて京都に向かう。呉の駅の構内で、朝昼兼用の、いわばブランチというべきものを買い求めたが、ついアナゴの弁当を選んでしまい、食べる段になって昨日の今日だということに気がつく始末だった。しかし、このアナゴも悪くなかった。

京都に着き、駅前の都ホテルで神戸女学院大学の助教授である村上直之《なおゆき》氏を待つ。

村上氏はジャーナリズム論を専門としている若手の研究者であり、神戸女学院大学文学部で「社会調査」という講義を受け持っている。

去年の暮れのことだった。定期的に送られてくる男性誌の頁《ページ》をパラパラとめくっていると、コラム欄に面白い記事が載っているのが眼に留まった。神戸の女子大生が「豊田《とよた》商事会長刺殺事件」の現場に居合わせたジャーナリストを取材し、その当時の彼らの行動と心理を調べて卒論にまとめようとしている、というのがその内容だった。そして、その本来ならかなり困難と思えるインタヴューに、大部分のジャーナリストが応じてくれたとも書かれていた。それを読んで、なるほどなと思ったものだった。

そこに居たジャーナリストというのはかなり微妙な立場に置かれている存在である。殺人幇助《ほうじょ》とまではいかないにしても、なんらかの犯罪を構成するかもしれないものとして取り調べを受けている身でもある。やがて法廷で争わなければならないかもしれないということも含めて、なかなかインタヴューには応じにくいだろうし、現に他のマスコミには応じていないということを聞いていた。ところが、学生の、しかも女子大生の卒論のためにという名目には、意表をつかれてしまったのだろう。彼らの口が軽くなった心理はよく理解できるように思えた。私が彼らであってもたぶん喋っていただろう。逆に言えば、その盲点を突いた彼女たちは「冴《さ》え」ていたのである。

その記事のことはずっと頭のどこかに引っ掛かっていたが、いざ「ジャーナリズム論」をまとめようかという気になりはじめて、その女子大生たちがどのような言葉を引き出したか知りたくなってきた。会って訊《たず》ねることはできないだろうか。しかし、彼女たちに会う前に、卒論を指導した教官に了解を取っておくのが筋かもしれなかった。例のコラムを書いた男性誌の記者を介して、神戸の大学に連絡を取ろうとすると、私の希望を知った教官の方から逆に電話をかけてきて下さった。それが村上氏だったのだ。

村上氏の話によれば、その調査はすでに完了し、「報道陣の証言——豊田商事会長刺殺事件とマス・メディア」というタイトルのもとに小冊子にまとめられているとのことだった。それなら女子大生に会う必要もないのかもしれない。その小冊子を見せていただけないだろうかと頼むと、取材対象者にはあくまでも学生たちの研究のためということで了解を取っているので、それを直接マスコミに流すことは道義的に許されないかもしれないと言う。もっともな意見だった。とりあえず会っていただけないかと頼むと、村上氏は電話の向こうで少し笑ってこう言った。

「ぼくのゼミでは沢木さんの本を教材に使わせてもらっています。そのくらいの義理はあるかもしれませんね」

待ち合わせ場所に現れた村上氏は、私より少し年長の、しかしほとんど同世代といってもよいくらいの人物だった。こんなところで話すよりもう少し落ち着いたところでやりましょうと言って、村上氏は私を不思議な場所に案内してくれた。それは京都に本拠を置く舞踏集団として有名な「白虎社《びゃっこしゃ》」の稽古場《けいこば》の二階だった。村上氏は「白虎社」とは深いつながりがあるらしく、稽古場にも自由に出入りができるようだった。

舞台衣装が散乱するその部屋で、私たちはジャーナリズムについて、とりわけ最近の腐臭を放っているかのようなジャーナリズムについて話し合った。そして、話しているうちに私の意図を了解してくれたのか、直接的な引用は避けるという条件で、例の小冊子を一冊わけてくれた。二人に共通の知人がいたりすることもあって、会話はジャーナリズム論にとどまらず、あちらこちらと広がって弾んでいった。

新幹線の最終に乗り、車中でビールを呑みながら、わけてもらった黄色い表紙の小冊子に眼を通しつづけた。それは実に刺激的な内容に満ちていた。ジャーナリストが殺人の現場において何ができるかということより、それからあとにどう心理的な決着をつけるのかという点の差異が、人によってさまざまなのがとりわけ印象的だった。そして、問題は個人ではなく、機構にあるのでは、と思わせるところが見え隠れしていた。

五月二十六日　月曜日

晴れる。

久し振りに娘と一日を過ごす。

午前中は駒沢公園に行き、午後からは家でオママゴトの相手、そして昼寝から起きた夕方は一緒にお気に入りのテレビに付き合わされた。

休日ではないせいか駒沢公園は人影がまばらだった。

娘は芝生で遊んでいる鳩《はと》を追い掛けまわして喜んでいる。鳩は捕まりそうになると大儀そうにバタバタとやってほんの少し飛んで逃げる。

芝生の上に横になると、暖かい陽気に誘われて微《かす》かに眠気を催してくる。娘の声に、鳩の羽音。聞こえてくるのはそれだけだ。まったく、絵に描いたような平和な昼下がりだな、とひとりで苦笑してしまう。

通りすがりの男の子がアイス・キャンディーをなめている姿を見て、娘も「あれがたべたい」と言い出した。いいだろう。近くの売店で買ってやると、一口なめてはおいしいね、と感動したように言う。これが彼女にとって生まれて初めて食べるアイス・キャンディーということになるのだろう。

最近、急にオママゴトが好きになったらしく、家に帰るとすぐにオモチャの皿やカップを出してきてお店屋さんごっこを始めた。自分はウェイトレスのつもりらしく、客の私に注文を取ろうとする。

「なになになさいますか？」

「えーと、ハンバーグをください」

そう注文すると、どこで覚えてきたのか、こう返事する。

「かしこまわりました」

かしこまりました、と言いたいらしいのだが、舌が回らず、かしこまわりました、になってしまう。

「おまちどうさま、どうぞおたべください」

プラスチックでできたハンバーグを、やはりプラスチックでできたニンジンやポテトの付け合わせと一緒に皿にのせて差し出す。なかなか芸が細かいのだ。

「ムシャ、ムシャ、ムシャ、あーあ、おいしかった」

そう答えると、嬉《うれ》しそうに笑って、また言う。

「つぎはなにになさいますか？」

「えーと、目玉焼きをください」

支離滅裂な注目の仕方だが、オモチャ箱にありそうな料理でなければならないという条件を考慮すると、そういう妙なことになってしまう。

出されたものを食べ終わると、また娘が言う。

「つぎはなにになさいますか？」

際限がないのだ。

「それでは、コーヒーをください」

仕方なしにそう注文すると、得意の台詞《せりふ》で応《こた》える。

「かしこまりました」

テレビでは「くもの糸」らしいアニメーションをやっていた。

「あのひとだれ？」

娘が仏陀《ぶつだ》を指さして訊ねてくる。

「あれはオシャカサマだよ」

「オシャカサマって、どんなひと」

「そうだね……」

「いいひと？」

「そう、困った人を助けてくれるからね」

すると娘は、いかにも理解できたのが嬉しいとでもいうように弾んだ口調で言った。

「じゃあ、スーパー・ヒーローなのね」

確かに、オシャカサマはスーパー・ヒーローなのだろう。

五月二十八日　水曜日

小雨。

夕方、渋谷の東武ホテルで雑誌のインタヴューを受ける。

この一カ月ほどは、本を出したことによって生じる、さまざまな雑事をこなしていかなければならない。そのひとつが、自作についてのインタヴューだ。作品を書き終え、しかもあとがきを書いたあとでは、それについて語るのはかなり苦痛だが、本を売るための一助になればと、申し出があれば引き受けてしまう。最初のうちはいいが、何回目かになると、同じことを喋《しゃべ》らないようにという努力が虚《むな》しいものに思えてきて、ふと何もかもが面倒になってきてしまう。そして、こんどは一転してすべて断ってしまうという極端なことになってしまうのだ。

私の仕事の重要な部分にインタヴューをするということがあるにもかかわらず、自分がインタヴューをされるということにはいつまでも慣れることがない。勝手を承知で単純に言ってしまえば、好きではないのだ。しかし、私ばかりでなく物書きは概《おおむ》ねインタヴューが嫌いだが、本に関してのものだというと、どんなにインタヴュー嫌いの大家でも例外なく応じる。そこが最大のウィーク・ポイントともいえるもので、私の経験からいっても、「こんど出された本について、インタヴューをお願いしたいのですけど」と言われて、あっさり断るには相当の度胸が必要である。だが、インタヴュアーが鋭かったり面白かったりすれば救われるが、凡庸な場合には砂を噛《か》むような思いをすることになる。

その意味では今日のインタヴューはなかなか上出来の部類に属するかもしれない。

インタヴュアーがというより、一緒についてきた女性編集者が面白かったのだ。自分は編集者というより愛読者のひとりとしてついてきたのだがと前置きをして、『カイロの紫のバラ』のミア・ファーローが駆け出しの男優に向かって言ったような台詞を口にした。私は大いに照れ、思わずそれは映画に使えますね、など失礼なことを言ってしまったが、彼らと別れたあとでその言葉が妙に気に掛かってきた。彼女はこう言ったのだ。あなたの作品を初めて読んだ時、これは胸に穴があいている人のものだと思った、と。

渋谷からタクシーで原宿へ行く。表参道沿いの「重《しげ》よし」という和風料理屋で、『馬車は走る』の装幀《そうてい》を担当してくださった菊地《きくち》信義《のぶよし》氏を迎えて、文藝春秋の新井氏とともに「打ち上げ」の真似事《まねごと》をしようということになっていたのだ。

芝居をしている知人たちの羨《うらや》ましい点は、千秋楽があって打ち上げがあることだが、私たちもせめて本を出した時くらいは打ち上げの真似事をしてみたいという気持がある。

この「重よし」を選んだのは新井氏で、ここはかつて彼が担当していた向田邦子《むこうだくにこ》さんのお気に入りの店だったという。私は彼女が飛行機事故で亡《な》くなる寸前に文庫の解説を頼まれ、その事故が報じられているまさにそのさ中に向田邦子論を書いていたということがあった。死後、書いてくれた礼に食事に招いてくれるつもりだったということを聞いた。あるいは、元気で帰ってこられたら、この「重よし」で御馳走《ごちそう》してくださったのかもしれない。

私は少し遅れてしまったが、菊地氏もまだ到着していなかった。ようやく到着した菊地氏に装幀で使われている図版の出典を話してもらったり、手帳やカレンダーといった新しい領域のデザインに進出していく上での戦略などについて伺っているうちに、気がつくと料理のコースは終わっていた。味を確かめながら食べられなかったことが最後まで心残りだった。

場を移そうという段になって、菊地氏にも当然すでに出版社から本は渡っているだろうが、著者としてはやはり装幀家にも署名して渡すのが礼儀なのかもしれないと思い、どうしたものか直接御本人に訊ねると、ぜひサインをしてくださいという。そう言ってくださるのは嬉しかったが、内心いらないと言ってくれればいいなと望んでいた。とにかく、私の悪筆は並大抵のものではないのだ。よく作家の署名などを見ると、下手は下手なりに味のあるものになっているものだが、私のはただひたすら下手というばかりで、味だの雰囲気だのというどころではない。小学校の頃からまったく進歩していない、絶望的に稚拙な字なのだ。

私の書くのを見て、よほどひどいと感じたのだろう。菊地氏が言った。

「そのサインペンがいけないんですよ」

そして、私が来週書店でサイン会などというものをすると知ると、書きやすい筆記具を選んで届けるようにしますからと笑いながら言ってくださった。どんなペンでもこの悪筆はカバーできないと思ったが、その申し出はありがたく受けることにした。


原宿から、私が菊地氏に装幀を依頼した場所でもある銀座の「K」へ行く。

しばらく呑《の》んでから、菊地氏と新井氏と別れた。

その足で六本木の「D」に向かい、マガジンハウスの小黒一三《おぐろかずみ》氏に会いに行く。彼に『馬車は走る』の一冊を手渡すためだ。出版にまつわる雑事という中には、本を対象の人物、つまり主人公に届けることと、雑誌で担当してくれた編集者に手渡すことがある。小黒氏は『馬車は走る』の中の「奇妙な航海」という作品の担当編集者であったのだ。

本を渡せば特にこれといった用事があるわけではない。それでは、ともう一軒呑みに行くことにする。彼が案内してくれたのはホキ徳田さんの店である「北回帰線」だった。

店に入っていくと、私の顔を見つけたホキさんが声を上げた。

「読んだわよ、あれ」

「読みましたか」

「そう。私が出てくるのね」

「ええ、そうなんです」

それで本を贈っておいたのだ。

ホキさんはヘンリー・ミラーの元夫人ということだけで妙に有名になってしまったが、知れば知るほど魅力的な人だった。見かけと違ってシャイな人で、暖かみと優しさの感じられる人なのだ。この人ならミラーでなくとも惹《ひ》かれたはずだ。

ホキさんと初めて会ったのは、やはり酒場だった。引き合わせてくれた酒場のおかみが、私を紹介して言った。

「こちら作家の沢木さん」

いつもなら、ルポライターとかそんなのをやっている人などといい加減な紹介をするところを、きっとヘンリー・ミラーの元夫人ということを意識したのだろう、作家の、と紹介してくれてしまった。するとホキさんが私に訊《たず》ねてきた。

「どこを守ってるの？」

質問の意味がわからなかった。

「守っているというと……」

私がおそるおそる訊ねると、ホキさんは何を言っているのだという調子で逆に訊《き》き返してきた。

「だって、あなた、サッカーの選手なんでしょ」

それには店中の客が大笑いしてしまったが、ホキさんは何がおかしいのかわからずしばらくポカンとしていた。その表情が童女のように愛らしかった。

ホキさんの新しい店である「北回帰線」は意外なほど居やすく呑みやすく、結局そこを出たのは午前三時過ぎだった。

五月二十九日　木曜日

曇り。

渋谷の「シネセゾン」でビル・フォーサイスという監督の『ローカル・ヒーロー／夢に生きた男』を見る。ビル・フォーサイスが監督した、というより、デビッド・パ

『ローカル・ヒーロー／夢に生きた男』のチラシ
ビル・フォーサイス監督
バート・ランカスター、ピーター・リーガート出演
1983 年度作品

ットナムが製作した、という方がわかりやすいような映画である。

石油会社のエリート社員が社命を受けて、コンビナート建設用地の買収のためにスコットランドの小さな漁村に乗り込む。そこでの小さな不思議な体験が、その若い社員の体と心に静かに沁《し》み入ってくる。ストーリーといえばそれだけのことだ。しかし、見ている私たちの心と体にも、別になんといったことのない出来事が連続するだけの物語が、やはり静かに沁み入ってくる。

この映画のひとつの目玉は、石油会社の老いた会長を演じるバート・ランカスターの存在だが、このような役者がいるアメリカ映画界の凄《すご》さにあらためて感じ入らないわけにはいかなかった。かつてはかなり強引なことをしながらのし上がってきたのだろうが、いまは天体観測が最大の関心事となっているという実業家。そのキャラクターにうってつけだった。うってつけというより、その役をランカスターが見事に演じていたというべきなのだろうが。

その漁村にある、たったひとつの赤い電話ボックスが印象的に使われていた。ニューヨークの本社に戻されてしまった若い社員が、夜、マンハッタンのアパートメントから電話をかける。するとスコットランドのあの小さな漁村の、誰もいない赤い電話ボックスでチリリン、チリリンと小さく呼び出し音が鳴りはじめる。それがラストシーンだ。

映画館を出ると、思わず立ち止まって、空を見上げたくなった。暗い空からは星の光のかわりに細かい雨が落ちてきた。

六月一日　日曜日

よく晴れる。

午前九時頃、熱海《あたみ》に向かう。目的地は文藝春秋の社員寮。そこで二、三日滞在して、「キャパ」の翻訳をさせてもらうことになっている。二、三日ではいくらも進まないが、目的は進行にあるのではなく、その社員寮の仕事のしやすさを見極めるというところにあった。ここ一カ月ほどは出版にまつわる雑事のため「キャパ」の翻訳に集中できないかもしれないが、いずれある時点でまとめにかからなければならなくなる。その時には、熱海の社員寮で泊まり込んだらどうかという勧めを受けた。仕事場にいるとつい本を読んだりレコードを聞いたりして遊んでしまう。寮に入れば担当の松浦氏も安心できるかもしれない。それもいいかな、と思った。そこで、来月になるか、再来月になるかわからないが、その時のためにリサーチするようなつもりで、この数

"Robert Capa" Richard Whelan
Alfred A. Knopf ● 1985, Jacket design by Carin Goldberg

日を泊まらせていただくことにしたのだ。

通された部屋は洋間で、窓の外の緑も鮮やかな、気持のいい空間だった。ここもやはり多くの作家がカンヅメになり、多くの傑作を残している部屋なのだろう。

静かなせいか、原書を広げるとすぐに「キャパ」の世界に入っていくことができた。

それにしても、あらためて翻訳という作業の難しさを認識する。たとえば、冒頭の一節をこんな風に直訳するとする。


エンドレ・エルネー・フリードマンは、一九一三年十月二十二日、ブダペストの「ペスト」側で生まれた。その誕生に際しては極めて稀《まれ》な三つの現象が見られた。すなわち、赤ん坊が母親の胎内から出てくる時、頭はまだ羊膜に包まれていたということ、また、その羊膜を取り除くと、赤ん坊にはまるで生まれてから数カ月になるのではないかと思われるような黒いふさふさとした髪がはえていたこと、さらに、片方の手に小さな指が一本余分についていたということ、の三つである。母親と彼女の友人たちは、これらの珍しい現象を、その子が大きくなって有名な人間になるしるしと受け取った。そして、彼は実際その通りの人物になった――エンドレ・フリードマンではなく、ロバート・キャパとして。

このように荒っぽく訳すことはどうにかできる。しかし、ただ眼で読んでいくのとは違い、文字にするとなると正確さを必要とする。たとえば、ただ読む時には Friedmann は Friedmann でいいのだが、実際に文字化しようとすると、それがフリードマンなのかフリートマンなのか確かめなければならない。英語的な感覚でいけばフリードマンだろうし、ドイツ語的な感覚でいけばフリートマンになる。だが、ハンガリーではどのように言うのかわからない。人名の発音はやはり現地の人に確かめた方がよさそうなので、いつかハンガリー人に会って訊ねなければならないだろう。ブダペストの地形についてももっと知らなければならないし、東欧の歴史についても背景として知っていなければならない。そう考えてくると、翻訳も相当に大変な作業だということがわかってくる。

しかし、だからといって翻訳が嫌になるかといえばその逆で、むしろ楽しいくらいなのが不思議だった。わからないところが徐々にわかってくるというのはパズルを解いているような快感があるし、ただひたすら辞書を引きまくるという作業は、その疲労感がスポーツをしている時のものに似ているような気がしてくるほど肉体的で、なかなか悪くない。

夜、食事が終わり、キャパのベルリンでの青春時代を訳していると、東京から電話が掛かってきた。何事かと思いながら電話口に出ると、相手は棋士の米長邦雄《よねながくにお》さんだった。明日の夜、美女と食事をすることになっているのだが、その美女があなたに会いたいといっているので、もしよかったらゲストとして参加しないかという。明日の夜は、この寮でもう一泊するつもりだったが、美女と会食と聞いては捨ててはおけない。米長さんが名前を教えてくれないのも秘密めいて興味がそそられる。私は寮の感じは摑《つか》めたからと自分に言いきかせ、明日の夕方にここを引き上げ、米長さんのお招きに応じることにした。

六月二日　月曜日

晴れ。
夕方まで「キャパ」の翻訳をしてから、午後六時に東京に着くように熱海を出る。
米長さんとの待ち合わせの場所は、飯倉片町のイタリア料理店「キャンティ」だった。
時間通りに到着すると、米長さんはいらしたものの、謎《なぞ》の美女の姿がない。しばらく雑談していたが、十五分たち、三十分すぎても姿を現さない。さすがの米長さんも心配になってきたらしく、四十分が過ぎた時、電話を掛けに立った。

戻ってきた米長さんが首をかしげながら言った。

「どうやら、約束の日にちを間違えてしまったらしい」

どちらがどう間違えたのかは知らないが、謎の美女は家で夕食を済ませてしまったという。まったく！　熱海から駆けつけてきたというのにどうしてくれるんですかとは、もちろん口に出して言わなかった。はしたないと思ったこともあるが、美女の存在より、米長さんの話の方が面白そうだったからだ。

仕方なしに男二人だけで寂しくイタリア料理を食べたが、私にはかえってその方が話しやすくて有難かった。話題が先日の芹沢《せりざわ》さんの会のことになり、私がそこで会った真部《まなべ》一男《かずお》さんの長いスランプについて訊ねると、米長さんはこういう言い方をした。

「彼は反省をしすぎるんじゃないのかな。勝負師に反省は不用なんだよね。このあいだも十段戦で中原が三連敗したことがあったでしょ。その時、彼は妙な反省などしないでハワイに遊びにいってしまった。これは凄いと思っていたら、やっぱり三連勝した。反省しない人が勝つんです」

「でも、確か、第七戦には負けてしまいましたよね」

「それはね、もっと思い切って、愛人を連れてハワイに行かなかったからですよ。それくらいのことができると、四連勝できたんだけどね」

「米長さんだったら？」

「もう、絶対ですね」

いくら話していても飽きなかったが、米長さんは次第に「もう、絶対」の仲の誰かと会いたくなってきたようだったので、あらためて一席設けるという約束をカタに、解放することに同意した。

六月四日　水曜日

曇っているせいか、かなり蒸し暑い。

朝食後、家でしばらく本を読んでから、仕事場には寄らず、直接日比谷に出る。日比谷公園内の「南部亭」で小椋佳《おぐらけい》氏と昼食をとる。『馬車は走る』の一篇に主人公として登場してもらっているので、本を渡しがてら久し振りにお会いしたいのだがと連絡すると、最近は夜より昼の方がありがたいとのことで、ビジネス・ランチ風の昼食をとることになったのだ。

ビジネス・ランチといえば、まさに小椋佳こと神田《かんだ》紘爾《こうじ》氏はビジネスマンとして、世界を股《また》にかけての仕事をしているようだった。第一勧業銀行内での仕事の内容を訊ねると、うまく納得してもらうのが難しいと判断したのか、「銀行内での財テク屋です」と答えたが、それはかなりスケールの大きい「財テク屋」のようだった。現在、彼の率いているチームでまったく新しいタイプの銀行商品を開発中だとかで、すでに詰めの段階にまできているらしい。近く発表できる予定だが、そうすれば日本経済新聞でなら経済面でかなり大きく取り上げられるくらいの扱いをされるだろうという。どういう商品なのかと訊ねると、頭取に説明するのにも三日はかかりそうなので、開発の了解だけしてもらっているくらいなのだという。外国の銀行とのあいだで複雑なやりとりが必要なものらしい。チームのメンバーは、いわば国際金融のエキスパートであり、そのため香港《ホンコン》やイギリスなどからヘッド・ハンターが訪れ、高額の年俸と家などを餌《えさ》に、一本釣りを試みられるようなことがよくあるという。

仕事は極めて面白い。でもね、と言って小椋佳こと神田紘爾氏は苦笑した。

「銀行をやめて、書いたり作ったりが自由にできるような状況に入ろうかな、とつい思ったりしてしまうんですよね」

「そうしてみたらどうです」

私が言うと、彼は破顔して言った。

「女房にも同じことを言われますよ」

小椋佳氏と別れ、「帝国ホテル」のロビーで千倉真理さんとその番組のスタッフに会う。再び日比谷公園に向かい、そこのベンチで千倉さんのインタヴューに答える。それが終わると松本楼で雑誌のインタヴュー、さらにもうひとつのインタヴューと続き、さすがに疲れ果てる。こちらがすべてを一日の中に押し込んでしまったからいけないのだが、最後には自分に対してかなりシニカルな気分になってきてしまい、質問への答えが暗い調子のものになって困ってしまった。

六月七日　土曜日

朝から小雨が降りつづいている。

午後から神保町《じんぼうちょう》の三省堂で『深夜特急』のサイン会をする。人前で、それもとびきり下手な字を書くというのは苦痛だが、編集者ばかりでなく、販売の担当者も仕事という以上の努力を傾けて売ろうとしているのがわかってしまうと、嫌だなどとは言っていられなくなる。それに、あの小林秀雄《ひでお》だって、「本の広告のためにはどんなことでも引き受ける」と言っていたではないか、と自分に言いきかせる。

あれは、小林秀雄が『本居宣長《もとおりのりなが》』で日本文学大賞を受賞した際のスピーチでのことだった。古今亭志ん生に似た独特の口調で、あの宣長さんですら、薬を売るためになんやかやと広告文のようなものを書いているくらいでして、と話しはじめたのだ。

――先日、私もこの本の出版元の広告部に頼まれて、売るための講演をしました。そこで私はこう言ったんです。あるいは皆さんはこの四千円という値段を、高いと感じるかもしれない。確かに一度読むだけなら高いかもしれない。しかし、この本は二度三度読まなければわからないように書いてあるので決して高くはないのです……。

三省堂の店頭では、雨にもかかわらず時間前から何十人もの人が並んでいてくれる。一時間というもの書きづめに書いてもまだ終わらず、一時間を延長してとにかく最後の人までサインし終える。

地階のレストランで三省堂と新潮社の担当者とともにビールを呑《の》む。そこで話題になったのは、女性客の少なさということだった。三省堂の担当者によれば、通常は女性客の比率がもっと高いということだった。

「そういえば、女性の客は数えるほどでしたね」

私が言うと、新潮社の販売部の鈴木氏が、

「四人でしたよ」

と妙に正確なことを言う。確かに、七、八十人の中の四人となれば、異常に女性が少ないということになる。しかも、その四人の中のひとりには、恋人に頼まれたとかで、男性の名をサインさせられた。となれば、実質は三人ということになる。まあ、それだけ男性の読者がいるということなのだからと誰かが慰めてくれたが、それよりほかに言いようがなかったのだろう。

そこを辞し、すぐ近くのビアホールの「ランチョン」で知人に会い、ビールをジョッキで一杯呑んで帰る途中、不意に悪寒《おかん》がしはじめた。

家に辿《たど》り着いた時には、体がふらついて立っていられない。そのまま布団《ふとん》に倒れ込んでしまった。

しばらくガタガタと震えていたが、やがて汗をかきはじめた。どうやら風邪をひいてしまったらしい。朦朧《もうろう》とした頭の中で、忙しかったこの二週間あまりの日々を思い出し、やはり過労気味だったのかな、と反省した。米長流でいけば、反省は無用ということになるのだが、それにしても無理に無理を重ねていたような気がする。とにかく、今晩よく寝れば明日のうちには治っているだろうと思うことにして、布団の中で体を縮めて眼をつむった。

六月八日　日曜日

やはり、本格的に風邪を引いてしまったらしい。

一日、布団の中で熱に浮かされる。本当に何年ぶりのことだろう。病気のために昼間から床についているなどということは、ここ何年と経験したことがなかった。これがほどほどの風邪ならば、これもよい休養と思うこともできるのだが、熱のために汗にまみれ、トイレのために立ち上がると、ふらりとするというような状態では、そんな余裕もない。

食べなければと思うのだが、あまり食欲はなく、ただただ布団にくるまって横になっているしかない。

夕方になって少し気分がよくなってきた頃に、娘がやってきて枕元《まくらもと》に座り込んだ。

「風邪がうつるよ、あっちに行ってなさい」

私が言うと、娘が私の顔を覗《のぞ》き込みながら言った。

「だいじょうぶ？」

「大丈夫だよ」

「カゼなの？」

「うん、カゼらしいね」

「いたいの？」

「痛くはないけど」

「だいじょうぶ？」

「大丈夫だよ。だから、あっちに行ってなさい。カゼがうつるかもしれないから」

「へいき、へいき、まかせておいて」

「でもね」

　私がさらに言い募ろうとすると、それを遮るように娘が大声で叫んだ。

「カゼ、ハンニンにとんでいけ！」

「ハンニン？　ハンニンて誰のこと？」

「ほら、テレビでいるでしょ」

「おまわりさんに捕まる人のこと？」

「そう、そのハンニン」

「でも、かわいそうじゃない」

「いいの、わるいひとだから」

「悪くても、かわいそうだよ、カゼをうつしたら」

「どうして？」

「誰だってカゼはひきたくないもん」

「それじゃ……」

と娘はしばらく考えていたが、ついにカゼをうつしていい人が思い浮かばなかったらしく、えーと、えーと、を連発しはじめた。

「いいよ、もうすぐ治るから、飛んでいかなくっても」

「それじゃあ、リーちゃんがまもってあげる」

「守ってくれるの？」

「うん、まもってあげる」

「そう。どうもありがとう」

「どういたしまして」

きっと、どういたしまして、と言うつもりだったのだろう。

「さあ、もういいから、あっちに行ってなさい」

すると、少し思いつめたような顔つきで、言った。

「まもってくれる？」

「えっ？」

と思わず訊《き》き返してしまった。

「リーちゃん、まもってくれる？」

「どうしてそんなことを訊くの？」

「リーちゃん、かなしいの」

「なんで？」

「おとーしゃんがカゼだから」

遊び相手の不足に困っているのだろう。

「わかった。必ず守ってあげるよ」

私がそう言うと、娘は妙に他人行儀な台詞《せりふ》を吐いた。

「どうもありがとう」

その時、微《かす》かに私の胸が痛んだ。

それからまた少し熱が出てきた。

夢うつつの中で、この熱の感じはいつか経験したものと似ているなと思った。しばらくして、そうか、インドで熱を出した時の気分に似ていたのか、と気がついた。

『深夜特急』の旅で見舞われたと同じような熱に、『深夜特急』のサイン会をした直後に見舞われるとは、これもなにかの因縁なのかもしれないと思えてきた。

六月十二日　木曜日

晴れる。

しかし、体は依然として熱っぽい。まだ、風邪が抜け切っていないようだ。仕事場にも行かず、家でぶらぶらしていたが、夕方から久し振りで外に出る。年少の友人の杉山隆男《たかお》君の、今日は出版記念会があるのだ。彼の初めての著書である『メディアの興亡』が六百五十頁《ページ》を超える大著として完成し、つい最近出版された。それを祝っての会だ。

飯田橋の日本出版クラブ会館の会場に入っていくと、まだあまり人が集まっていない。先に来ていた文藝春秋の新井氏に訊くと、日程が急だったこともあるが、最大の理由は彼の友人の新聞記者たちが、衆参同時選挙の取材のため走り回っているからだろうという。しかし、時間が少し過ぎる頃には、彼にとって大事な人たちの姿はほぼ揃《そろ》ってきた。

出版社の重役や担当編集者の祝辞を聞きながら、私は自分の初めての、そしてたった一回の出版記念会を思い出していた。

私が一冊目の本である『若き実力者たち』を出した直後のことだったから、もう十三年前のことになる。出版元である文藝春秋と、当時私が主として執筆の舞台とさせてもらっていた東京放送の「調査情報」の編集部が中心になって、赤坂にある「シャンピアホテル」の小さなバーを借り切り、ささやかなパーティーを開いてくれた。借り切ったとはいえ、そのバーは極めて狭く、参会者はほとんど押し合うようにして椅《い》子《す》に座らなくてはならないほどだった。

だが、その会は楽しかった。みんなが義理ではなく、心から祝ってくれようとしていることがよくわかる会だった。誰彼となく酒を持ち寄ってきてくれ、私は私で取材先の根室から花咲蟹《はなさきがに》を大量に買ってきて、参会者に食べてもらったりした。その会が終わってからもしばらくは、いろいろな人から、あれは小さいが気持のよい会だった、と言われつづけたものだった。しかし、それは、私にとっては、徒弟修行中のライターとしての牧歌的な時代の終わりを告げる出来事でもあった。その半年後には、私は『深夜特急』の旅に出てしまい、一年後に戻ってきた時には、あの快適で暖かい、私にとっての母胎のような場所であった「調査情報」の編集部は、すでに以前と同じようではなくなっていた。人が替わり、状況も変化していた。私はそれ以後、次第に「調査情報」で仕事をすることが少なくなっていき、ついにまったく離れてしまうことになった。私にとって最も大事な存在だったひとりの編集者が言ったのだ。もうお前さんはうちで書く必要はないんだよ、と。私はまったく「調査情報」で書かなくなってしまったが、その編集部の三人に読んでもらうためにだけ書いていた日々の幸せを、よく思い起こすことがある。

杉山君への祝辞をぼんやり聞いていたら、会の途中で急に挨拶《あいさつ》をと頼まれてしまった。辞退するのも失礼なので、年長の友人として簡単に祝いの言葉を述べさせてもらった。

――ライターとしては少し先輩だが、この本が出版されたことで、私はすでに彼に及ばない点ができてしまった。長さだけなら私も同じかそれ以上のものを書いている。しかし、書き下ろしでという点になると、私はまだ一冊も仕上げていない。書き下ろしというのは誰にとっても困難なものだが、とりわけ第一線で活躍しはじめた若いライターには耐え難いものと言える。それを二年もかけて耐えたのは見事である。もしかしたら、この本は二年の労苦に見合う収入をもたらしてくれないかもしれないが、長い眼で見ればそれに数倍するものをもたらしてくれるだろう……。

それは間違いないと私は信じている。なぜなら、この本が彼にとって最上の名刺になるだろうから。

会の終わり頃に、杉山君の大学の後輩でもあり、かつて私の資料整理の手伝いをしてくれていたことのある根本誠一郎君が駆けつけてきた。いまは銀行に勤めていてかなりの忙しさらしい。彼とは、二年前にニューヨークで会って以来だった。

彼も一度はジャーナリズムへ進もうかと迷った時期があるようだったが、銀行からアメリカに二年ほど留学をさせられたことで、どうやら覚悟を決めたらしい。

二年前、ロサンゼルスのオリンピックを見にいく途中、ニューヨークに立ち寄った私を、留学中の彼がケネディ空港まで出迎えてくれた。私は彼が乗ってきた車を見て驚いた。それがかなり派手なオープンカーだったからだ。どちらかといえば地味な印象を与えかねない彼が、この地で明るく開放されかけているようだった。話し振りも自信に満ちている。アメリカ留学は彼にとって大いに益するところがあったようだった。

去年、日本に帰ってきたのだという。

「銀行で何をしているの？」

「スワッピングです」

「ほう、スワッピングね」

「ええ、アメリカの銀行とうちの銀行とで借金の回しっこをしたりするんです」

なるほど金をスワップするわけだ。

体の調子もあり、書かねばならない原稿も抱えているので、二次会は失礼しようと決めていたが、根本君ともう少し喋《しゃべ》りたいということもあって、一時間ほど参加することにした。

六月十三日　金曜日

晴れ。

雑務から解放されて夕方から原稿を書き続ける。明日の午後がデッドラインということで、仕事場に泊まり込み、食事もせずに机に向かう。原稿が遅れてしまった理由のひとつは思いがけない風邪に数日が無駄になったということもあるが、それだけではない。

書こうとしているのは、「吉村昭《よしむらあきら》論」三十枚である。文庫に収録されるエッセイ集に付すための解説を頼まれて、よい機会だから私なりの吉村昭論をまとめておこうと思った。しかし、『戦艦武蔵《むさし》』という傑作を書いた作家の「論」には、やはり力が入ってしまうのだろう、なかなか書けないでいる。私は『戦艦武蔵』を現在のノンフィクションの最も優れた祖型のひとつと見なしているようなところがあるのだ。

ここ半月あまり、吉村昭の作品をひとつ読み返しては少し書きはじめるのだが、すぐに他の作品のことが気になり、またそれを読み返すというようなことを続けてきた。しかし、さすがにもう時間切れだ。途中で何度も書き直したくなったが、とにかく最後まで書き通すことにして突っ走ると、深夜、というより、むしろ早朝に近い時間にどうやら完成した。

書き終えたあとというのは、どんなに眠くてもすぐには眠りにつけない。南の空が明けていくのを眺めながら、ハーパーを呑《の》む。

ストレートで三杯ほど呑んだところで、ようやく眠気が襲ってきた。

六月十四日　土曜日

梅雨明けはまだというのに、暑いくらいによく晴れる。

昼前に眼を覚まし、書き上がっている「吉村昭論」を読み返し、あれこれ手を入れていうちに、気がつくと約束の時間を過ぎてしまっていた。

原稿を手に三軒茶屋駅前の「キャニップ」まで走る。いつぞやの「吉行淳之介《よしゆきじゅんのすけ》論」の時もそうだった、などと思い出しながら「キャニップ」へ急いだ。時間に遅れたため、心配した文春文庫の阿部達児氏が店から出てくるところに、ばったりと出喰わすことになった。挨拶もそこそこに原稿を手渡し、駆け足で三軒茶屋駅の階段を下り、新玉川線の電車に乗り込んだ。渋谷から新宿に出て中央線に乗り換え、国立《くにたち》に向かった。

午後三時半、駅前で新潮社の「新潮45」の編集者でもある石井昂《たかし》氏と落ち合う。朝から水の一杯も呑んでいなかったので、構内の立ち喰いそば屋でてんぷらそばを食べるまで待ってもらい、ようやく人心地がついてから、いよいよ山口瞳《ひとみ》邸へ向かうことにする。

山口さんのお宅へ伺うのは、これが初めてではない。二年ほど前に雑誌「ナンバー」で対談するため伺ったことがある。対談の場所は近くの鰻屋《うなぎや》だったが、帰りにお宅へ寄り、酒を呑ませていただいた。その折り、どんな話の流れからかは忘れてしまったが、夏にロサンゼルス・オリンピックを見にいくので、土産としてTシャツを何枚か買ってくると約束してしまったのだ。確かにロサンゼルスでは忘れずに買ってきたのだが、いつかいつかと思っているうちに行きそびれ、ついに二年もたってしまった。山口さんと顔を合わせるたびにTシャツのことを面白半分に訊《たず》ねられ、そのたびに恥ずかしい思いをしていた。最近、その話を石井氏にすると、一緒に行ってくださるという。石井氏は山口さんの紀行にはなくてはならない存在で、『草競馬流浪記《るろうき》』にも『温泉へ行こう』にも「スバル君」として登場してきている。その意味では最も親しい編集者のひとりということになる。私にとって石井氏は、彼が日本交通公社の「旅」編集部にいた時に、『馬車は走る』の一篇を書かせてもらって以来の付き合いである。いわば、彼は私の介添え役として、ひとりでは気づまりだろうからと、わざわざ土曜の休日をつぶしてついてきてくれたのだ。

山口さんは思いのほか健康そうだった。書いたものを読むと、ストリップ劇場で取材中に倒れたりするなど、とても常態の体とは思えないところがあるが、今日の山口さんは足取りも軽やかに夫人とともども国立の町を案内して下さった。

最初は寿司屋《すしや》、次は喫茶店。わざわざ喫茶店に寄ってくださったのは、その店のマスターが『深夜特急』の読者であり、若い客をつかまえて読むように勧めてくれているというところから、対面させてくれたのだ。そのマスターは、成人した子供のいるかなりの年齢の方だったが、自身も世界各地を歩いており、なにより『深夜特急』の読みの正確さに驚かされる、というような方だった。

そこを出るとこんどは本屋に寄った。わざわざ店の主人に紹介してくださったが、その主人は私の名を知ると、いかにも感じ入ったように言ったものだった。

「あんたの本はすぐ売れるんだ……」

ふむふむと喜んで聞いていると、さらにこう付け加えた。

「でも、すぐ売れなくなる」

なるほど申し訳ありませんと、早々に引き下がった。しかし、それは私の本の読者について非常に的確な情報を与えてくれたもののような気がする。つまり、何人かの読者は私の本が出るのを待っていてくれており、出るとすぐに書店に走ってくれるのだが、その数が大したものではないため、すぐ売れ行きが止まってしまう。なるほど、なるほど……。

山口夫妻と別れ、石井氏と国立の駅で切符を買おうとして、啞然《あぜん》としてしまった。ジーンズのポケットに入っているはずの札が一枚もない。どこかで落としてしまったらしいのだ。二万数千円はあったはずだ。がっかりしたが、いや、しかし、と思い直した。

そもそもこの日山口邸を訪れたのは、ただ渡しそびれたTシャツを届けるというだけが目的ではなかった。

山口さんの家には奇妙なジンクスがあるという。家に一度しか来なかった人は不慮の事故のようなものに遭うことが多い、というのだ。向田邦子さんも一度来たまま、また来ると言っているうちに事故に遭ってしまった。そういえば、あの人も、この人もそうだった、と山口さんが何かで書いているのを読んだ記憶があった。私はこの秋、外国に長い旅行をするかもしれない。しかも、場合によってはかなり危険な地帯を旅するかもしれない。そこで不慮の事故に遭わないとも限らない。しかし、だから事故に遭わないように山口邸を二度訪問しておこう、と縁起を担《かつ》いだわけではない。そうではなく、万一事故に見舞われた時、やはり一度しか来なかったからだと、ジンクスを強化することになるのが嫌だったのだ。山口さんに不必要な責任を感じさせるのは嫌だ。とにかく二度行っていれば、かりに事故が起こっても、少なくとも訪問の回数とは無関係ということになる。そのためにも訪ねておきたかったのだ。

そのような意図の訪問の帰りに金をなくすというのは、むしろゲンがいい証拠なのかもしれないという気がしてきた。これくらいの事故で済んでくれるのかもしれない。

もっと大きな物を失うかわりにこれくらいで済ませてくれた……。途中で、なんだかまるで娘の見ている『愛少女ポリアンナ物語』の中の「よかった探し」のようではあるが、と我ながらおかしくなってしまった。そのアニメーションの中で、主人公の少女は、どんな逆境の中でも、どんな不幸に見舞われても、常に「よかった」ことを見つけ出してしまうのだ。

石井氏に金を借りて、どうにか無事に家まで辿《たど》りつくことができた。

よかった！

六月十六日　月曜日

日中は曇っているだけだったが、夜半に小雨が降り出してきた。

仕事場で「キャパ」の翻訳をしていたが、夕方から赤坂の録音スタジオに出向く。宇崎竜童氏の番組のゲストとして出演するためだ。

二人で一時間ほど気ままに話す。投げかけた言葉がぽんぽんと返ってくる、実に気持のよい対談だった。

彼が嘆いていたのは、音楽作りのスタッフたちのレベルの低さだった。ブレーンが彼を引き上げてくれるどころか、自分が前に出て引っ張っていかなくてはならない、これがアメリカなら……。

彼の気持はよく理解できたが、アメリカとの比較はあまり意味がないように思った。そこで、以前、私が吉本隆明《よしもとたかあき》氏と対談した折りに伺った考え方を受け売りで述べてみた。吉本さんは、異国には異国の磁場があり、レベルの違いがあるという。だから、異国に出かけて何かをしても、それはその場所だからできたことで、日本に戻ってきて同じレベルの仕事ができるとは限らない。そこを「外国帰り」は理解していないので、必ず失敗するのだという。日本で何かができない限り、結局は何もできたことにはならない。とすれば、とにかくこの日本で作りつづけなくてはならないということになる。

それに、と私は言った。音楽なら音楽というひとつの世界に才能が集まるか否《いな》かは、その世界に金が集まるか否かという単純なことの結果にすぎない。才能のない者まで養ってあまりある金が流れ込みさえすれば、そこには多くの才能が結集するはずだ。つまりその無駄が才能を呼び込むことになるのだ。

「要するに」

と私は言った。

「アメリカの音楽業界には金があるというだけのことですよ」

すると、宇崎さんが嘆くように言った。

「ほんとに、俺たちの業界には金がないからなあ」

リクエスト曲を求められ、大好きなティナ・ターナーの「プライベート・ダンサー」を頼むと、レコードを聞きながらジャケットを読んでいた宇崎さんが呟《つぶや》いた。

「そうか、これはマーク・ノップラーの曲なのか。道理でいいはずだ」

「有名な人？」

「ほら、ダイアー・ストレイツの凄《すご》いギタリストで、最近も『ローカル・ヒーロー』の音楽を担当していたでしょ」

意外なことに、あの不思議な余韻を残した映画音楽も、「プライベート・ダンサー」の作者の手になるものだったのだ。その偶然の一致が私を楽しい気分にさせてくれた。

一時間ほどで録音も終わり、その足でＮＨＫホールに向かう。井上陽水のコンサートがあるのだ。

いつものように歌いはじめた陽水の声を聞いて、少し疲れているのでは、と思えた。

そして、「ダンスはうまく踊れない」「揺れる花園」「新しいラプソディー」と聞いていくうちに、なぜだかひどくもの悲しい気分になってきてしまった。

六月二十一日　土曜日

曇りから晴れ。

友人や知人に贈った本の礼状が次々と届いているが、その中の札幌の知人からの手紙の追伸に、そういえば、「優駿《ゆうしゅん》」の最近号にイシノヒカルの死が報じられていましたね、という一節があり、小さなショックを受けた。

調べてみると、確かに「優駿」の六月号には、「第五十三回日本ダービー速報」というグラビアと「天《あま》かける天馬・トウショウボーイ」という記事が特集された中に、イシノヒカルの死を報じる小さな記事が出ていた。

イシノヒカル（父マロット、母キヨツバメ）が、四月十一日繋養先《けいようさき》の北海道河東《かとう》郡鹿追町《ぐんしかおいちよう》の中野一成《かずしげ》さんの牧場で急性心衰弱のため死亡した。

イシノヒカルはタイテエム、ロングエースらの同期で「最強の世代」と呼ばれた昭和四十四年生まれで、三―五歳時に十四戦七勝、四十七年には菊花賞、有馬記念を連勝して年度代表馬にも輝いた名馬。

残念ながら種牡馬《しゅぼば》としては成功しなかったが、イシノヒカルの名は決して色あせるものではない。

早くイシノヒカルの子供が出てこないかな、と彼が引退して三、四年たつ頃から少し気をつけて見ていたが、とうとう私の眼に留まるような、だから中央で活躍するような子供は出てこなかった。C級の父と四流の母の間に生まれたイシノヒカルは、三・五流の素質しか持っていない馬として、ハードリドンの子、ロングエース、テスコボーイの子、ランドプリンス、セントクレスピンの子、タイテエム、ヒンドスタンの子、ハクホオショウといった名門名血の同輩に混じり、どうにか彼らに追いつこうと必死に走りつづけてきた。四歳になり、皐月賞《さつきしょう》ではランドプリンスの二着、ダービーではロングエースの六着と敗れたが、ついに菊花賞で先行する彼らを捉《とら》え、抜き去ることに成功する。しかし、イシノヒカルは一流になりおおせたが、その子供までは一流にさせることはできなかったらしい。血統は正直だったのだろう。

私は十年近く前に、そのイシノヒカルとしばらく暮らしたことがあった。彼が属する厩舎《きゅうしゃ》に住み込み、ダービーを闘うまでの日々を見させてもらったのだ。

ダービーに敗れ、厩舎に戻ってきた彼が、お湯で体を洗われながら、どこか無念そうに脚を宙に蹴《け》り出していた姿がいまでも眼に残っている。

すでに故人だった人を別にすれば、私が主人公に選んだ対象として、彼が最初の死者となった。

六月二十五日　水曜日

夕方、雨の中を秋葉原まで出かける。ビデオデッキを買うためだ。先日の『竜二』の時のように、いざという場合に困らないようそろそろ買っておいてもいいかな、と思うようになった。家に家具の類《たぐ》いが増えるのは嬉《うれ》しくないが、まあこれも商売道具の一種だろうと思うことにする。

秋葉原の電気店の一軒でビデオの性能の講釈を受けている最中に、店員が不思議そうな顔をして言った。

「お客さん、十二、三年前にニューヨークの＊＊＊ホテルにいませんでしたか」

ホテルの名がよく聞き取れなかったが、いずれにしても私が初めてニューヨークへ行ったのは、七、八年前のことだ。

「いや……」

「そうですか……」

「どうして？」

「いや、そんな気がしたもんですから」

「あなたはいたの？」

「ええ」

「それは正確には何年のこと？」

「一九七四年から五年にかけてですけど」

こんどは私が不思議な思いをする番だった。ちょうどその頃、私はユーラシア大陸を放浪していた。あるいは、私がユーラシアにいる間に、もうひとりの私が、私の分身が勝手にニューヨークをうろついていたのかもしれない。ひとりが、同時に、異なる国を旅していた……。そんな風に考えると、なにか心楽しくなってきた。いまも、無数の分身が、さまざまな土地をさすらっているかもしれないからだ。


その影響が残っていたのかもしれない。夜、娘にするオハナシも姿が消えるということがテーマになってしまった。

「どんなオハナシにしようか」

私が訊ねると、娘は珍しく考え、しばらくしてから答えた。

「ネマキのオハナシ！」

そこで私は話し出した。

「女の子のお気に入りのネマキは子犬のネマキでした。ピンクのパジャマに九十九匹の子犬の絵が描いてあるのです。女の子はいつもいつもそれを着て寝ていました。お母さんが洗濯をするから今夜は違うネマキを着なさいといっても、女の子はどうしてもこれを着るのだといってきかないほどでした。

その晩も、洗濯をするからというお母さんの言うことをきかず、女の子は少し汗くさくなった子犬のネマキを着ていました。

夜中になると、ネマキの子犬たちが、相談をしはじめました。

一匹の子犬が言いました。

――こんなに不潔なネマキにはもう住みたくないな。

するともう一匹の子犬も言いました。

――もういい加減にここを出ていこうじゃないか。

それを聞いて、全員が賛成しました。

――そうだ、そうだ。

――出ていこう、出ていこう。

しばらくして、一匹目の子犬がネマキからぴょんと跳び出ました。そして、辺りを見まわすと、一目散に走りはじめました。しばらくして、二匹目の子犬が跳び出しました。それもやはり、辺りを見まわすと、どこかに走っていってしまいました。三匹目も、四匹目も、五匹目も同じように走り去っていきました。

朝になって女の子が眼を覚ました時、ピンクのネマキの中にいた子犬はすっかり姿を消していました。女の子はびっくりして、子犬を探しはじめました。でも、どこを探しても、姿は見えません。トイレにも、台所にも、ベランダにもいません。女の子は悲しくなって泣き出してしまいました」

そこで私はオハナシを中断し、心配そうに聞いている娘に訊《たず》ねた。

「その子犬はどこに行ったと思う？　女の子のかわりに見つけてあげようか」

「うん」

「まず、一匹目の子犬は？」

「えーと、チューリップのおはなのなか」

「二匹目は？」

「ごほんのおうちのなか」

彼女の蔵書のなかに『わたしのおうち』という一冊があるのだ。

「三匹目は？」

「くものうえ」

「どうして雲の上に行っちゃったの」

「つるのとりさんにつれていかれちゃったのよ」

「なるほど。それでは、四匹目の子犬はどこに行ったの？」

「えーと、かがみのなか」

「五匹目は？」

「トラックのなか」

「トラックの中のどんなとこ？」

「ほら、あるでしょ、うんてんのところで、ゆうらん、ゆうらんしている、あそこよ」

どうやら、バックミラーなどにぶら下がっているマスコットを意味しているらしい。

「六匹目は？」

「クレヨンのなか」

なかなか意外な場所を考え出すのに驚かされた。しかし、三十四も見つけないうちに、眠くなってきたようだった。これもまた、期せずして「羊が一匹」になってしまったようだった。

六月二十七日　金曜日

小雨。

井上陽水から手紙が届く。

その返事を書いているうちに、さまざまなことに思いはめぐり、気がつくと、仕事場の机の上に肘《ひじ》を突き、掌《てのひら》に頬を載せたまま、二時間もぼんやりしてしまった。子供の頃は、こういうことがよくあった。小説を読んでいるうちに、いつしか空想の世界に入っていってしまい、はっと気がつくと、三、四時間が過ぎているなどということが、それこそしょっちゅうあった。

気を取り直して便箋《びんせん》に向かう。

久しく会っていませんが、お元気でしょうか。

先日はコンサートの切符をありがとうございました。

歌を聞きながら、いろいろなことを考えました。

声が疲れているように感じられたにもかかわらず、歌にうたわされるのではなく、歌をうたっているという、まさに「美空ひばり的境地」に到達しているらしいことがうかがわれ、愉快でした。これからはさらに「淡谷《あわや》のり子的境地」にまで達せられるよう、日々の精進を怠りなく正しい歌手人生をまっとうされんことを――などと、つまらない冗談に付き合っている時間はないかもしれませんね。

これが日本における最高の水準のコンサートだということは間違いないように思えました。最高のコンサート。しかし、と思わないわけにはいきません。それで？

それから？　どこへ？

ここまで書いてペンは止まってしまった。その問いがひどく虚《むな》しいもののように思えたからだ。

かつて陽水とは、二人で好き勝手なことを言い合っては喜んでいる「脳天気」な時代があった。恐れを知らず、人が聞いたら誇大妄想狂なのではないかと疑われかねないようなことを、互いに平気で口にしていた。その時には、少なくとも、歩いていくだけの道は確かにあった。しかし、いまは、まずその道から見つけなければならないのだ。どこへ？　しかし、答えられないのは彼だけではない。

私は何度も書き直したが、そのたびに訳のわからぬものになっていき、ついに手紙を出すことを諦《あきら》め、電話をかけることにした。電話なら、つまらぬ感想など述べなくても済む。

だが、電話で当たり障《さわ》りのない会話をしたあとでも、自分で発した問いが、リフレーンのように耳に届いてきた。

それで？　それから？　どこへ？

井上陽水のコンサート・パンフレット
1986 年 5 月から 6 月にかけて、井上陽水が
ツアーをおこなった際のもの

蛇の輝き、旅の果て

七月一日　火曜日

曇り。

締切りの迫った原稿があるため、朝早くから仕事場に出向く。

窓の空気を入れ換え、湯を沸かし、紅茶を一杯いれて、いちおうは真面目《まじめ》に机の前に座るのだが、いっこうに原稿を書く気になってこない。レコードを聞いたり、本を読んだりしながら、右手は紅茶茶碗《ぢゃわん》を口元に運ぶばかりだ。そうしているうちに、またたくまに時間は過ぎていく。

午後一時近くになり、約束があったのを思い出し、三軒茶屋の喫茶店「キャニップ」に急ぐ。

すでに約束の相手である「太陽」編集部の鷲巣《わしず》力《つとむ》氏は来ていて、すぐに話をうかがうことになった。用件は仕事の依頼で、インド洋沿いの諸都市を歩いて「海のシルクロード」ともいうべき文章を書かないかというものだった。一緒に組むカメラマンが橋口譲二氏だというのが魅力的だったが、結局断ることになった。これ以上仕事の手を広げられないということもあったが、『深夜特急』の第三便が書き終わるまでは、あらたに紀行文を書くことはできないという思いがあったからだ。

仕事場に戻り、さあ、と掛け声を出してみるのだが、やっぱり書く気になれない。こういう時はすっぱりと諦《あきら》め、別のことをすればいいのだ。そうはわかっているのだが、締切りを無視するほどの度胸もなく、こういう時に気分を転換するのにふさわしい趣味も持っていない私は、依然として机の前に座ったままぼんやりとするよりほかない。

夜になってもまったく書けない。

また紅茶をいれてぼんやりラジオを聞いていると、FENのニュースが始まり、心地よいテンポの言葉が耳に流れ込んできた。

強いてその意味を捉《とら》えようともせず、流れ込み、流れ出ていくままにしていると、不意に何かしなくてはならないことがあったような気がしてきた。宿題を忘れているような、頼まれた用事をしないでいるような、そんな落ち着かない気分がしてきた。

はて、何だったろう。思い出そうとすればするほどわからなくなってくる。いや、喉《のど》元《もと》まで出かかっているのだが、切っ掛けになるものが摑《つか》めないため、かえってとりとめがなくなっていくようでもある。

思い出せないのがどうにも気持が悪く、しかしそれにこだわっているとますます書けなくなりそうなので、ラジオのダイヤルをFM横浜に変えた。

変えてしばらくすると、そこからウィスキーのコマーシャルが流れてきた。トクッ、トクッ、トクッ、というボトルからグラスに酒を注ぐ擬音が聞こえてきた、その瞬間、やっとすべきことを思い出した。思い出してみれば、それはいつものごとく、別に大したことではなかった。

この冬、ジェイムズ・クラムリーの『酔いどれの誇り』を読んでいて、ここの原文はどうなっているのだろう、と気になる箇所があった。そのため原書を手に入れたかったのだが、原題の『THE WRONG CASE』を『THE BAD CASE』と覚え込んでしまったため、思わぬ時間がかかり、最近になってようやく手元に届けられてきた。ところが、いちど手に入ってしまうとそれだけで安心してしまい、目的であったはずの、気になる箇所の参照を怠っていた。それが宿題を忘れたような居心地の悪さとなって心の片隅に残っていたのだろう。
私はあらためてその箇所を付き合わせてみた。

〝情報量が多ければ、それだけ物事の見きわめがつく〟という古くて新しい考え方があり、一方で〝知れば知るほど、わからなくなる〟という決まり文句もある。どちらの意見もたぶん、それなりに正しいのだろう。だが、人間という動物が対象の場合は、どちらの考え方もあてはまらない。

小鷹信光《こだかのぶみつ》訳

気になったというのは、訳が違っているのではないか、などという大それたことではない。この一節が、ノンフィクションの論を立てる時に、一本の接線として効果的に使えるのではないか、といささかさもしいことを考えたのだ。確かに、「情報量が多ければ、それだけ物事の見きわめがつく」という考え方と、「知れば知るほど、わからなくなる」という考え方のあいだで、ノンフィクションの実作者は揺れているからである。しかし、私が気になったというか、よくわからなかったのは、「だが、人間という動物が対象の場合には、どちらの考え方もあてはまらない」という最後のセンテンスであった。では、クラムリーは、人間が対象の場合にはどうだと言っているのだろう。しかし、そのあとを読み進めていっても、「あてはまる」考え方というのが明確に提示されないまま終わってしまうのだ。

調べてみると、原文はこうなっていた。

There is a quaintly modern notion that information will eventually equal knowledge, which is neatly, balanced by the cliché that the more one learns, the less one knows. Both ideas are probably more or less accurate, but neither is particularly useful in dealing with the human animal.

これを読んで、なるほどと思った。

要するに、クラムリーは、そんな考えはどちらもたいして「役に立たない」と言っていたのだ。もちろん、それはつまるところ「あてはまらない」ということなのだろうが、私などには「あてはまらない」のなら「あてはまる」考えというのがどこかで語られているのではないかと思えてしまった。だが、「役に立たない」というのなら、それはそこで終わってしまっても構わないことになる。いくら私がさもしいといっても、どこかに「役に立つ」という考えが書いてあるはずだとは思わなかっただろう。胸のつかえがひとつ、降りることは降りたが、ますます翻訳などという厄介なことを引き受けてしまった自分の軽率さを恨みたくなってきた。

七月三日　木曜日

昨晩から仕事場に泊まり込み、一日中ただひたすら原稿を書く。

デッドラインは明日の朝の七時。原稿の締切りが、ということではない。明日は、養蜂家《ようほうか》の石踊《いしおどり》さんの一家がいる秋田県の小坂町へ行くことになっているのだ。福音館書店の高橋氏やカメラマンの内藤君と、朝の八時三十分に上野駅の東北新幹線のホームで待ち合わせをしている。逆算すると、どうしても七時までには終わらせなくてはならない。

昼は食事をするために近所のそば屋に行ったが、夜に入ると状況はしだいに切迫しはじめ、食堂に行く時間はもちろんのこと、最後には湯を沸かす時間も惜しくなり、トイレに立つ時間を除いてはまったく休むことなく机に向かいつづけた。

七月四日　金曜日

　ようやく書き上がったのが七時半。急いで家に帰り、原稿を送る手筈《てはず》を整えてから、娘を連れてタクシーに乗った。それが八時十分前。あと四十分しかない。ところが、事情を知ると、年配の個人タクシーの運転手は急に張り切りだし、ビュンビュンと飛ばしはじめた。おかげで三十分足らずで、上野駅に着き、約束の時間の五分前には新幹線のホームに降りていくことができた。

　新幹線はかなりの乗車率だった。前後左右の席はすべて埋まっている。娘を騒がせないようにするのが骨かもしれないなと少し憂鬱《ゆううつ》になった。だが、こちらの心配をよそに、当の娘は、生まれた時から可愛《かわい》がってもらっている「ナイトーちゃん」と一緒にどこかへ行けるというので、上機嫌だ。内藤君ばかりでなく、面倒臭がらずに相手をしてくれる高橋氏にもすぐに親しみを覚えたらしく、回らない舌で盛んに「タカヤシさん、タカヤシさん」と話しかけている。

　どうして、この取材旅行に娘などを連れていくことになったかというと、石踊さんがぜひ連れてきてほしいと言ったからなのだ。石踊さんには娘さんが二人いる。長女の良恵ちゃんは小学二年生のため、鹿児島の実家で祖父母に面倒を見てもらいながら学校に通わせなければならないが、次女の利美ちゃんは幼稚園に入ったばかりなので旅に連れて歩いている。旅先には友達がいないので、両親が蜂《はち》の作業をしているあいだ、ひとりでトラックの運転席でカセット・テープなどを聞いているという。ちょうど私にその年頃の娘があるのを知ると、石踊さんから次に来る時はぜひ遊び相手として連れてきてほしいという要望が出されたのだ。

娘に行くかと訊《たず》ねると、「ナイトーちゃん」と一緒だというのが大いに気に入ったらしく、行きたいと言う。しかし、秋田から北海道の更別まで移動する石踊さんの一家と共に、私たちも一週間ほどの旅をしなくてはならない。そのような長い期間、母親の手を離れて過ごすことができるだろうか。ずいぶん大きくなったような気がしているが、三歳の誕生日もまだ迎えていない幼児なのだ。不安もないわけではなかったが、たとえほんの数日でも都会を遠く離れた土地で過ごさせてやりたいという気持の方が勝った。それに、里心がつけばついたで、その時は母親に引き取りにきてもらえばいいだけのことだ……。

そう覚悟を決めたものの、一緒に家を出てくる寸前まで、もしかしたら取材どころではなくなるのではないかと心配していた。だが、新幹線の中での娘の様子を見ていると、かなり順応性があるようにも思える。なんとかなりそうな気がしてきた。

　仙台で客の大半が降りた。それまでは車内を歩きまわろうとする娘を押さえるのに必死だったが、仙台からあるていど大目に見てやることにすると、車両から車両へと渡り歩いて車内探検に乗り出した。仕方がなく同行すると、三両先にビュッフェを発見されてしまい、アイスクリームを買わされるはめになった。ビュッフェのカウンターに腰掛けさせると、娘が得意そうに言った。

「ほら、いったでしょ」

「なにが」

「いいものがあるって、こっちに」

　確かに、娘にとっては宝物に匹敵するものが、ここにはあった。宝島探検ならぬ車内探検の甲斐《かい》もあったというものだ。

　東北新幹線の終点である盛岡で降り、そこからレンタカーを借りた。

　東京は気持のいいくらいの快晴だったが、仙台を過ぎる頃から曇りはじめ、小坂に向かう途中で雨が降りはじめた。

それでも、あまりひどい降りには遭わずに石踊さんが借りている家に辿《たど》りつくことができた。着いてみれば、それは文字通りの「山の中の一軒家」で、周囲にはまったく人家がない。かつては鉱山の従業員のための宿舎や施設があったそうだが、閉山とともにそれらも閉鎖され、いまは無人のまま放置されているという。あとは、少し離れたところに牛舎があるだけだ。

石踊さんの一家はみな元気そうだった。娘はしばらく私にへばりついていたが、ものの十分もしないうちに利美ちゃんと家の中を駆けまわりはじめた。

石踊さんが鹿児島から持ってきたという焼酎《しょうちゅう》を御馳走《ごちそう》になっているうちに八時を過ぎてしまい、慌《あわ》てて予約してある近くの温泉旅館に駆け込んだ。辛うじて冷たい夕食にありついたが、疲れているため温泉にも入らず、そのまま全員で寝てしまった。娘もオハナシをせがんだものの、いくらも聞かないうちに柔らかな寝息を立てはじめた。

七月五日　土曜日

朝、起きてすぐに温泉に入ろうと思っていたが、逃げまわる娘をつかまえて寝間着から洋服に着替えさせたり、食事をさせたりしているうちに、石踊さんとの約束の時間が迫ってきてしまい、ついに入れずじまいだった。

車で小坂に向かう。

空はきれいに晴れ上がっている。しかし、ラジオの天気予報によれば、しだいに雲が多くなり、やがて小雨が降りだしてくるだろうという。明日の北海道への引っ越しを前にして、石踊さんにとっては格好の引っ越し日和《びより》になっていきそうだ。

養蜂家の引っ越しには蜂の輸送がつきものだが、それには空は青く、陽は輝きといった好天は忌《い》むべきものなのである。最上の天気は涼しい曇り空であり、快晴よりはむしろ雨の方が望ましい。

蜂は昆虫であり、当然のことながら変温動物だが、巣の内部を常に三十七、八度に保っておけるという独特の能力がある。冬は蓄えた蜜《みつ》を食べ、それをエネルギー源として発熱することで温度を上げ、夏は外から水を汲《く》んできて、羽を凄《すさ》まじい速度で動かすことで蒸発させ、気化熱を奪わせることで温度を下げる。

だが、輸送中は巣の出入口がふさがれているため水を汲みに行かれない。巣に直射日光が当たると、高温による蜂の大量死という事態も招きかねない。車を走らせているあいだは風が入ってくるのでまだいくらか涼しいが、停車したとたんに巣内の温度はグングン上昇してしまう。そのため、巣箱の引っ越しが好天の日などに当たってしまうと、ろくに食事をとることもできないまま走りつづけなければならない。街道沿いの店で買ってきてもらった弁当を、奥さんにひとくちずつ食べさせてもらいながら運転をつづける、などということも珍しくはない。巣内の温度が限界を越えたと判断した場合には、ガソリン・スタンドで給油をしてもらっているあいだに、ホースを借りて大量の放水をするのだそうだ。

そんな心配をしないためにも、天気はできるだけ悪い方がいいのだ。もっとも、いくら悪い方がいいといっても、海が時化《しけ》て、青森と函館を結ぶフェリーが運航しないほどでは困るのだが。

小坂町の中心の通りから少し離れたところに、野菜や魚や果物や草木を露店で売る朝市のようなものが立っている。私たちはそこで石踊さんの一家と待ち合わせをしていた。ホヤを買って、それを肴《さかな》にして焼酎を呑《の》もうというのが目的だった。

しかし、いくら待ってもやって来ない。私たちはのんびり遊びながら待っていたが、テレビ局の連中が不安になったらしく落ち着かなくなった。

ここで、どうして突然「テレビ局の連中」などというのが出てくるかということについては、少し説明が必要かもしれない。

福音館書店の高橋氏が、私に子供たちのための「蜂の本」を書いてくれないだろうかと依頼しにきた時、取材対象としては石踊さんの一家を選んだらどうかという思いがすでにあったらしい。高橋氏が石踊さんと知り合ったのは去年のことだが、いつか誰かにきちんと書いてもらおうと思っていたという。ところが、石踊夫妻を自社の雑誌の小さな欄に紹介すると、テレビ局から連絡先の照会があったのだという。あまり嬉《うれ》しくはなかったが、隠すような筋合いのものでもない。きちんと教えると、私たちが取材に入ると同時に、彼らも取材を開始した。なんでも、ニュース番組の中の「特集」というような形で放映するという。私は久し振りにテレビの取材というものを間近に見られるのも悪くないと思っていたが、高橋氏には、自分たちの仕事が世の中に出る前に発表されてしまうということに対する、微《かす》かなわだかまりがないわけでもないようだった。

だが、それにしても、何度か眼《ま》のあたりにすることになったこのスタッフの取材ぶりには、驚きを通り越して、笑い出したくなるようなことが少なくなかった。ニュース番組の中で流すというので、ドキュメンタリー風に撮るのかと思っていると、これがほとんど劇映画そのものなのだ。まずイメージが先にあり、それに合わせて現実を変えてしまう。ディレクター氏が「別れ」に際しては涙がつきものと信じているためなのだろう。鹿児島の鹿屋《かのや》を出発するに際しては、石踊さんに嘘《うそ》をついてもらうことまでして、ひとり残る良恵ちゃんを泣かせようとする。

一事が万事なのだ。

この日の朝市でも、似たようなことがあった。

二十分ぐらいしてようやく石踊さんの一家が姿を現した。聞けば、別の場所にもうひとつ朝市があり、そこで待っていたのだという。ともかく、合流できたことを喜び、歩きはじめると、テレビ局のカメラが向けられてきた。私や高橋氏や内藤君はカメラに遠慮して少し離れて歩いていたが、娘は利美ちゃんと手をつないだり、石踊さんにダッコしてもらったりと一緒に動きまわっていた。すると、ディレクター氏がやって来て、娘を取り押さえておいてくれないかと言う。要するに、このシーンは「親子三人で小坂の朝市を楽しむ」という図柄以外は困るというわけだ。私たちは笑って娘を引き離しにかかったが、ふと気がつくと娘はいつの間にか奥さんの背中におぶわれていたりする。そのたびにディレクター氏が憂鬱そうな表情を浮かべるのが、こちらは申し訳ないとは思いつつおかしくてならなかった。

ディレクター氏の憂鬱は午後になっても続いた。

私たちは、午後から、移動中の餌《えさ》を巣箱の中に入れておく、給餌《きゅうじ》の作業を見せてもらうことにしていた。巣に貯《た》めた蜜を絞り切られた蜂たちが飢えないように、北海道に着いて蜜が集められるようになるまでのあいだの餌として上白糖を与えるのだ。

蜂場に行き、作業を見ていると、テレビ局の取材班もやってきた。しばらく、撮っていたが、やがて姿が見えなくなったと思うと、娘を抱いて高橋氏がこちらに向かってくる。娘は、利美ちゃんと、石踊さんのトラックの荷台の上で遊んでいたはずだった。高橋氏の話によれば、テレビ局のディレクター氏に利美ちゃんを撮りたいので、娘を引き取ってくれと頼まれたのだという。利美ちゃんは、たとえどんなに楽しく遊んでいても、トラックの荷台の上で「寂しくひとりで」遊んでいなければならないらしいのだ。

きわめつけのシーンは夜に撮影された。

ホヤを肴に焼酎を呑んでいると、ディレクター氏から「入浴シーン」を撮らせてくれないかという要望が出された。まず、石踊さんと利美ちゃんが湯舟に入っている。少しして利美ちゃんが湯舟から出て「おかーさん」と呼ぶと、奥さんが「はーい」と返事して姿を現し、利美ちゃんの服を着させる——というのが筋書きなのだそうだ。

ところが、利美ちゃんは遊んでいるので風呂《ふろ》に入るのは絶対いやだときかない。それでも、私たちも参加しての全員説得によって、なんとか承諾させることができた。「おかーさん」「はーい」というシーンを無事撮り終えて、一同ホッとしていると、いまのはリハーサルだという。利美ちゃんはふっくらした頰をさらにプッとふくらませて怒り出したが、またみんなになだめられ、しぶしぶ二度目の「おかーさん」を演じた。すると、こんどは手違いで映っていなかったという。三度目が終わった頃には利美ちゃんも石踊さんも湯当たりをしそうなほど真っ赤になっていた。

それにしても、娘にとっては初めて見たり、触れたり、味わったりと、経験することの多い一日だった。

朝市から帰ると、石踊さんの家の前に蛇が横たわっていた。陽に照らされて濡《ぬ》れた体が鈍く輝いている。

娘は初めて見る実物の蛇に心を奪われたようだった。「ひかってるね」「うごいたね」「にげちゃったね」と、蛇の動静を洩《も》らさず実況中継してくれた。

昼からは、牛舎の中に入り、間近に牛を見させてもらったり、田んぼでは大きなオタマジャクシをつかまえたり、蛙《かえる》の大合唱を聞いたりした。山道ではトラックから大脱走した山羊《やぎ》の母子《おやこ》の捕り物を見物し、その山羊の母親のオッパイを触らせてもらったりもした。遊び疲れ、騒ぎ疲れ、夜、石踊さんの家から温泉の旅館に帰る時には、車に乗ったとたんに眠り込んでしまうほどだった。

宿に着き、部屋で寝間着に着替えさせて布団《ふとん》に寝かせた。

深く寝入っているようだったので、電気を消して部屋の外に出た。ロビーで東京に電話を掛けていると、部屋の方で娘の激しい泣き声がする。慌てて駆けつけると、私より先に聞きつけてくれた内藤君に抱き上げられ、

「ママ、ママ、ママ！」

と叫んでいる。

私の腕に抱き取り、部屋の中の様子を見てみると、押し入れの襖《ふすま》や庭に面した障子がいくつも開いている。きっと、突然、眼が覚めてしまい、傍らに誰もいないのに気がつき、探しにいこうとしたのだが、私がうかつにも電気をすべて消しておいたため、真っ暗で出口がわからず、戸のようなものをいくら開けても開けても外に出られないので恐怖に駆られてしまったのだろう。

「ごめん、ごめん」

と謝ると、しゃくりあげながら、

「ゆるさないわ」

と生意気な口調で応じる。どうやら、ひとまず恐怖は去ったようだ、と安心した。

七月六日　日曜日

朝、窓の外を見ると、いい具合に曇っている。このままの状態が明日まで続けば、石踊さんも蜂《はち》の心配をしなくて済みそうだ。

朝食の前に娘と二人で大浴場に行く。時間が早いせいか、泊まり客が少ないためか、とにかく湯舟の中にはひとりもいない。だが、初めての大浴場にだいぶ興奮するのではないかという予想ははずれ、こちらが拍子抜けするほど淡々と湯舟で遊んでいる。

「これが温泉ていうんだよ」

などと言っても、

「そうなのか……」

とタオルを浮かべてユラユラと動かしているだけだ。もしかしたら里心がついてしまったのかもしれない。昨夜の恐怖がそれを呼び起こす引き金になったのだろうか。

このくらいが限度かな、と思えた。一日たりとも母親の元から離れられないという幼児と比べたら、三日といえどもよく頑張っている方かもしれない。

「そろそろおうちに帰る？」

私が訊《たず》ねると、娘は少し考えた。どうしようか幼いながらに悩んでいるのだろう。このままいれば、もっと楽しいことがあるかもしれない。しかし……というわけだ。

無理には返事を聞かないまま風呂から上がり、高橋氏と内藤君が待っている食堂に入っていった。朝食はおいしそうな和食だ。二人の顔を見ると、娘は急に元気になり、大きな声で言った。

「のどがかわいた！」

給仕のおばさんに、牛乳を貰《もら》えないだろうかと頼むと、申し訳なさそうに、うちには置いていないのだと言う。

「牛乳はないんだって、お水を飲みなさい」

私が言うと、娘はまたションボリしてしまった。いつもだったら、「それでも、のみたい！」と大声を出すところなのだが、やはりどこか調子が違う。

すると、おばさんが、わざわざ近所の店まで行って買ってきてくれた。そして、それをおいしそうに飲む娘の姿を見て、さも痛ましそうに呟《つぶや》いた。

「おお、かわいそうにねえ」

それを聞いて、あるいは、このおばさんは昨夜の娘の泣き声を耳にしたのかもしれないな、と思った。あの声がひどく悲しげに聞こえたのだろう。そのうえ、今朝は今朝で、むくつけき男たちが、食事をしながら、青森―函館間のフェリーの時間を調べたり、荷物はいつごろ頼むつもりだろうなどと喋《しゃべ》り合っている。おばさんは、私たちを行商か運送を業としている男たちと誤解し、それに連れられて旅をしているいたいけな幼女として、娘を哀れに思ってくれたのかもしれなかった。しかし、傍目《はため》から見れば、私たちの一行はまさにそのような取り合わせに映るのだろう。

北海道まで娘を連れていくのは少し乱暴かな、と思えてきた。

「そろそろおうちに帰る？」

もういちど訊ねると、娘はためらいながら、しかしこんどはコックリと頷《うなず》いた。

私は東京に電話して、妻に急いで盛岡まで娘を迎えにきてくれるよう頼んだ。

七月七日　月曜日

小坂を出発したのが前日の午後七時半。そして北海道の更別に着いたのが今日の午後五時半。計二十二時間あまりの旅だった。

それにしても石踊さんのタフさには驚いた。

引っ越し当日の昨日は、昼間から片付けに追われていた。奥さんは衣服や布団などの所帯道具の荷造りをし、石踊さんは蜂の道具類の整理をする。そして、夕方六時頃、あたりが薄暗くなってきた頃合いを見計らって、いよいよ蜂の巣のトラックへの積み込みが開始される。

このように引っ越しを暗くなるまで待つ理由は二つある。

第一に、明るいうちは外に出た働き蜂たちが巣に戻ってこないということがある。蜂こそ引っ越しの主役なのだから、彼らが帰ってきていない巣を運んでも仕方がないのだ。もっとも、夕方くらいでは完全に戻ってきていない場合も考えられる。養蜂家《ようほうか》はそのように戻り遅れてしまった蜂のことを「残り蜂」と呼ぶらしいが、その末路は哀れきわまりない。巣を失った残り蜂たちは、他の巣の残り蜂たちと合流し、しばらくは一団となって空を飛んでいるが、やがて外気の温度が下がってくるにしたがってひとつに固まりはじめ、木の枝などにぶら下がるのだという。しかし、巣もなく女王蜂もいない群れは長く存在することは不可能で、二、三日もすると、木の根元で全員が死んでいたりするという。

引っ越しを暗くなるまで待つ二番目の理由は、蜂の輸送をできるだけ昼間の暑さを避けて行いたいということがある。トラックも夜の涼しさの中を走らせたいし、フェリーも昼間の便に乗せたくはないのだ。

トラックに蜂の巣を積み終わったのが七時半。重い巣箱を運んだり積んだりというのはかなりの重労働のはずである。地元の人たちの応援を受けたとはいえ疲労困憊《こんぱい》しているはずなのに、石踊さんは休む間もなくトラックに乗り込み、エンジンをかける。暗い山道を走り出したトラックのあとについて、私たちもレンタカーで出発した。

十時半に青森港に着いた。降りて運転席を覗《のぞ》き込むと、奥さんも利美ちゃんもぐっすり眠っている。私たちは石踊さんとフェリーのターミナルで乗船手続きを済ませ、終夜営業の食堂でビールを呑《の》んだ。石踊さんにとっては、フェリーに乗っているあいだだけがこの二日間に許される唯一《ゆいいつ》の休息の刻《とき》なのだ。

十一時五十五分発の函館行きフェリーに乗り込むと、石踊さんはよく眠れるようにとウィスキーを一杯呑み、船室の床にごろりと横になった。私たちもそれに倣《なら》うと、固い床もまったく気にならず、ぐっすり眠ることができた。

朝四時、間もなく函館港に着くという船内放送で眼が覚めた。甲板に出てみると、なるほど函館港が見えている。

降りると、石踊さんはすぐにトラックを走らせはじめた。

幸い天気は絶好の輸送日和《びより》になった。雲が厚く、気温もかなり低い。

九時になって、ようやく朝食をとるためにドライブ・インで停車した。あとをついている私たちのための配慮でもあったのだろう。いつもは時間がもったいないので、そのまま走りつづけるということだった。

夕方五時、ようやく更別に着いた。

しかし、石踊さんの仕事はまだ終わったわけではない。そのまま蜂場に行き、急いで巣箱を並べ、巣門を開き、蜂を自由に飛びまわれるようにしておいてやらなければならないのだ。石踊さんは、前もって連絡しておいた知人に集まってもらい、その人たちの手助けを受けながら、この日もまた暗くなるまで巣箱の積み下ろしに汗を流した。

更別には毎年かなり長く滞在するので、石踊さんの一家は借家ではなく自分の持ち

『時代の狙撃手――ジョン・リード伝』タマーラ・ハーヴィ
飛田勘弐訳／至誠堂選書 14 ● 1985 年／装幀：未記載

家に住む。夜はそこで大宴会になった。土地の知人たちが、一家の歓迎の意をこめて御馳走《ごちそう》を作って待っていてくれたのだ。

やはりここでも、焼酎《しょうちゅう》の酒盛りが深夜まで続いた。

七月十日　木曜日

北海道から帰り、また仕事場通いが始まった。

辞書を繰り、本に直接単語の意味を書き込み、遅々として進まぬ「キャパ」の翻訳を再開する。

午後一時、昼食をとるため三軒茶屋の「アスター」に行き、ホイコーロー定食というのを注文する。この店が好きなのは、ひとりで入っても決して相席などさせず、ゆったりと座らせてくれるからだ。食後もお茶を呑みながら落ち着いて本を読むことができる。

今日はタマーラ・ハーヴィの『時代の狙撃手《そげきしゅ》――ジョン・リード伝』を読み終えることができた。

本文は、ジョン・リードという人物の簡単なスケッチという域を出ていない、その意味では魅力の薄い伝記だったが、最後の付録として載せられていたリードの自伝的エッセイは面白かった。その中に、メキシコ革命の取材に身を投じた日々について触れた箇所があり、それがキャパにおけるスペイン戦争とほとんど同じ意味を持っているらしいことに強い印象を受けた。

かいつまんでいえば、私は四カ月のあいだメキシコの立憲革命派軍と行動を共にしていた。初めて国境を越えたとき、ひどい恐怖感におそわれた。死、不具、見知らぬ土地そして私の知らない言葉を話したり考えたりする見知らぬ民衆が恐ろしかった。しかしすさまじいほどの好奇心が私を駆りたてた。砲火の中で動き回る方法や戦闘中のこの国の住民と仲良くする方法を知らねばならないと感じた。それらの方法を知って、銃弾はそれほど恐ろしくもなく、死の恐怖もそれほど大きくもなくなり、また、不思議なほどメキシコ人たちと意気投合している自分に気づいた。焼けつくような大平原を何百マイルも馬で駆け、オンブルたちと共に大地に直《じ》かに眠り、一日中馬に乗ったあと、占拠した農園の中で朝まで踊り、飲み、騒ぎ、共に遊び戦ったこの四カ月間は、たぶん私の人生の中で最も充実した時期であった。私はこれらの戦士たちを愛し、野蛮な戦士たちと助けあい、自分自身を回復した。私は人生を愛した。私はふたたび自分自身を発見した。これまでにもまして、すぐれた記事も書けた。

飛田《ひだ》勘弐《かんじ》訳

この時の彼の深いところからの感動は、『世界をゆるがした十日間』を書くことになるロシア革命の時でさえ味わえないものだったかもしれない。

そういえば、とジョン・リードに関して思い出すことがひとつあった。私が二年前にモスクワに行った時、クレムリンのすぐ目の前に立つ「ナショナル」という名の古いホテルに泊まったが、そこはかつてレーニンやリードたちが泊まったホテルとして知られていた。いまでも「レーニン宿泊の間」というのが存在するので、あるいは「リード宿泊の間」もわかるかもしれないと思い、フロントで訊ねたがまったく要領を得なかった。彼らにはジョン・リードという名前がどうしても理解できないようだった。もしわかれば、そこに泊まってみたいような気もしていたのだが。

七月十一日　金曜日

小雨が降ったりやんだりしている。

夕方、日比谷の「東京會舘《かいかん》」に行く。講談社エッセイ賞の授賞式に出席するためだ。去年の第一回目の受賞者が野坂昭如《のさかあきゆき》氏と私の二人。そしてこんどの第二回目が吉行《よしゆき》淳之介《じゅんのすけ》氏と景山民夫《かげやまたみお》氏の二人。これで、この賞の選考の方向がほぼ明らかになったといえるかもしれない。つまり、声価の定まったエッセイの達人への功労賞と新米のエッセイストへの激励賞として二人を選ぶという基準が、である。俺を新米よばわりしないでくれ、と景山さんには怒られるかもしれないが、役回りは私とそう違っているわけではない。

式に出席しようと思ったのは、受賞者の仁義というのとは別に、吉行さんにひとこと言いたいことがあったからだ。

この授賞式は同時にノンフィクション賞の授賞式も兼ねており、しかもそれぞれが二人の受賞者を持っていることもあって、会場は大混雑だった。ようやく吉行さんと巡り合うことができたので、言いたかったひとことを告げた。

去年、新潮社の「波」で、江國滋《えくにしげる》氏と「今年の本」というテーマで対談した折りのことだ。それぞれが去年一年のあいだに読んだ本の中で、とりわけ印象に残る何冊かについて語り合ったあとで、私はふと思いついて江國さんに訊ねてみた。

以前、「面白半分」という雑誌が健在だった頃、本の帯に記される惹句《じゃっく》の出来のよしあしを比べて「日本腰巻文学大賞」なる賞を選定していたことがある。それと同じ要領で、今年度の「タイトル大賞」というのを私たち二人で選ぶとすれば、何になるだろうか……。

私の問いがあまりにも唐突だったため、当然のことながら江國さんは咄嗟《とっさ》の判定が下せないようだったが、私はすぐに大賞候補の作品の名を挙げることができた。要するに、私がタイトル大賞などというつまらぬことを思いついたのも、その本のタイトルの見事さが日頃から念頭を去らなかったからなのだ。その幻のタイトル大賞の作品こそ、今年のエッセイ賞の対象の作となった吉行さんの『人工水晶体』だった。この作品名を雑誌の広告で見たとき、なんと素晴らしいタイトルだろうと驚嘆した。これは単に、白内障の手術に際して自分の眼に入れたものの名にすぎないのだが、その美しさと、あえていえば吉行淳之介という小説家の本質を表現し切っているようにさえ思われる、実に見事なタイトルだった。

雑誌の対談では、残念ながらタイトル大賞に言及された部分はカットされていたが、いつか吉行さんに会ったら、ぼくは個人的にタイトル大賞を差し上げたかった、という戯《ざ》れごとを言ってみたかったのだ。

吉行さんにそのような意味のことを述べると、にこにこ笑いながら、例の、顔に似合わぬ野太い声で言った。

「おいおい、よかったのはタイトルだけかい」

そんなつもりもなかったが、一冊の本になってしまった『人工水晶体』は、他に短いエッセイが何本も入ったり、対談が収められたりして、そのタイトルが持っている緊張感が薄められてしまったように感じられることは確かだった。そこで私もつい調子に乗って余計なことを言ってしまった。

「ええ、タイトルには追いつけません」

「ひどいことをいうヤツだなあ」

吉行さんは大笑いをして言った。

帰りはノンフィクション賞の選考委員として出席していた本田靖春《やすはる》氏と一緒だった。

そこに新潮社の横山氏と初見氏も加わって、四人で日比谷の「菊鮨《きくずし》」に行った。

本田さんとは、冬に新潮社のクラブで会って以来だった。その時の約束では仕事が片付いたら盛大に呑もうということになっていたが、私の方の仕事はいつになったら終わるのかまったく予測がつかず、本田さんの仕事も雑誌連載は終えたものの単行本化するための加筆訂正がまだ少し残っているという。しかし、すべて終わるのを待っていたらいつになるかわかったものではない。せっかくだからこの機会にゆっくり呑んで話そうということになったのだ。

呑みながら、食べながら、互いに忌憚《きたん》のない意見を述べ合ったが、その中でも印象的だったのは、私が本田さんの最近の発言に触れて、「ヤクザな正義派」のヤクザの部分が取れてしまったようだ、と言ったことに対する返答だった。本田さんはちょっぴり腹立たしそうにこう吐き棄《す》てた。

「俺だってシャラクサイことは言いたかないさ。でも、このあいだの自民党の三百四議席というのは、ありゃなんだい。カタギがしっかりしてくれていればこそのヤクザじゃないか。カタギがしっかりしてくれないから、こんなヤクザが余計なことをしなけりゃならなくなる」

それを聞いて安心した。そして、若僧が先輩に対して生意気なことだったと反省した。

あとは、ほとんど「書く」ということを中心にしての会話だった。恐らく、ノンフィクションのライターの中で、最も資質が近い書き手同士なのだろう。互いに、何を望んでいるのか、何に頭をぶつけているのかがかなり正確にわかってしまうのだ。余分な説明が不用な会話は、凄《すさ》まじいスピードで最も固い岩盤まで掘り進められていってしまう。

もうこれ以上は掘り進めない、あとはそれぞれ書いていくより仕方がないというところまできた時、ちょうど腹も満たされてきた。

本田さんが河岸《かし》をかえてもう少し呑もうというので、数寄屋橋《すきやばし》まで歩いていき、「S」というバーに入る。すると、そこに東大教授の小田島雄志《おだしまゆうし》氏がいらっしゃる。全員の知り合いでもあるところから、席をひとつにして一緒に呑むことになった。

深夜、私は小田島さんと同じタクシーで家に帰った。小田島さんの家とは近所同士なのだ。

そのタクシーの中で、私は素晴らしいことを思いついた。翻訳していてわからないところが出てきたら教えてもらえないだろうか。図々《ずうずう》しくもそうお願いすると、小田島さんは笑いながら快く引き受けてくださった。なんと、私は天下のシェイクスピア学者を家庭教師として獲得することに成功したのだ。

七月十五日　火曜日

曇り。

午前中を仕事場で過ごし、午後になって赤坂の東京放送へ行く。

実に久し振りのことだった。一時期はこの社屋に、ほとんど毎日のように出入りしていたものだったが、最近はほとんど縁がなくなっていた。近くまで来ることはあるが、これといって中に入る用事がない。

今日の用事はラジオの出演。それもまったく久し振りの小島一慶《いっけい》氏の番組への出演だった。

十年前、私が『深夜特急』の旅から帰ってくると、小島氏は自分の番組に呼んでくれ、ほぼ一カ月のあいだ、毎週、毎週、一時間以上も好き勝手に旅の話をさせてくれた。その時のテープは私の手元に残され、『深夜特急』を書く上で大いに役に立った。その礼の意味もあって、彼の番組に出させてもらうことにしたのだ。

「あなたは少しも変わらないね」

それが小島氏の第一声だった。しかし、そう言う御当人も相変わらずのベビー・フェイスで、まったく変わっていない。変わったとすれば、十年前に持っていたのが若者相手の深夜放送だったのに、いま担当させられている番組が昼間の主婦向けのものであるということくらいだろうか。いや、ことくらいだろうか、などと軽く片付けてはいけなかった。深夜放送では、少し話に熱が入ってくると予定など勝手に変更して、延々とやったものだが、さすがに昼間の番組となるとそうはいかず、久闊《きゅうかつ》を叙しているあいだに私と話すコーナーの制限時間は過ぎてしまった。

妙にがっかりしたような気分のままスタジオを出なくてはならなかった。

夜、世田谷の図書館で「世田谷市民大学」のための講演をする。

テーマは「冒険について」であったが、準備不足のため思うようにいかなかった。構想としては多田雄幸《ゆうこう》さんを接線として植村直己《なおみ》とラインホルト・メスナーという冒険家の差異について語るつもりだった。しかし、私にアルピニズムについての知識が貧しいのが致命的で、メスナーの本質的な革新性、独自性について語り切れなかった。これも辛《つら》い気持で建物の外に出た。すると、出口のところに二人連れの若い女性が待っており、私に話しかけてきた。先頃、私の『深夜特急』を読み、どうしても香港《ホンコン》に行ってみたくなり、会社の休暇を取って二人で行ってきたばかりなのだという。

「あそこに書かれている場所にはだいたい行ってきました」

とひとりの女性が言う。あの本が、そのような読み方をされるとは考えていなかったので、意表をつかれた。内心、これは困ったことになったな、と思わないでもなかった。だが、口々に香港は素晴らしかったというのを聞いて、いくらか安心した。そして、こう思った。かりに本と違っていると失望したとしても、行かないよりは行った方がいいに決まっているのだ。あの本が、読者を旅に誘う力があるとすれば、結果はどうあれ、著者としてはそのことを大いに喜ぶべきなのかもしれない、と。

七月十七日　木曜日

深夜に入って雨になる。

タクシーで帰る途中、ふと、この道はどこまで続いているのだろうということが気になってきた。

背中しか見えない運転手に、この国道二四六号線というのはどこまで続いているのですか、と訊《たず》ねてみた。すると、静岡まで続いているはずですよ、と親切に教えてくれた。青山通り、玉川通りという具合にいくつも名前を変えながら、延々と続いているのだそうだ。言われてみれば、そのあたりまで続いているのも当然のように思えるが、私にはなにか意外だった。多摩川を渡っていくらか行けばすぐにでも終わっているような気がしていたからだ。少なくとも、私にとっての２４６は、多摩川から手前の道でしかなかった。

それにしても、道というのは不思議なものだな、とあらためて思われてくる。

世田谷の弦巻《つるまき》という町に住み、三軒茶屋に仕事場を持つ私は、都心に向かうのに常にこの２４６を使う。タクシーやバスはもちろんのこと、地下鉄に乗る時でさえ、２４６に沿って都心に向かっていくことになる。いまの私にとっては、この２４６が「うち」から「そと」の世界につづく唯一《ゆいいつ》最大の道であるのだ。

かつて大田区の池上に住んでいた頃にこの役割を受け持ってくれていたのが国道一号線、第二京浜国道であり、杉並区の永福にいた時は国道二〇号線、甲州街道だった。その時々によって、私における都心という言葉で表される地域は変わっていったが、それらの道が自分と「そと」の世界を結ぶ通路であったことに変わりはない。

歩道の両側にどのような建物があり、途中のどこにどんな信号があり、横断歩道橋がいくつかかっているか、どのような時間にどのあたりが混雑するか、すべて知りつくしている道。一個一個の信号の青や赤の時間までわかっているような気がする道。常に「うち」から「そと」に向かい、「そと」から「うち」に戻ってくる時に使われているはずのその道も、しかし、多摩川を越えてさらに先に進んでいけば、もうひとつの「そと」に繋《つな》がっていくことになるらしい。その発見が私に新鮮な驚きを与えてくれた。いつか、この道を最後まで辿《たど》ってみたいな、という気がしてきた。

だが、今夜は、「そと」からもうひとつの「そと」に向かうことなく、おとなしく「うち」へ帰ることにした。

七月十八日　金曜日

晴れる。

夕方、ようやく「キャパ」の冒頭の部分の訳ができたので、文藝春秋の松浦氏に届ける。私に翻訳を依頼したのはいいが、いったい訳の体裁をなすものかどうか不安にちがいないので、その判断の材料にしてもらうべく、塊がひとつできた暁には持っていこうと決めていたのだ。訳文の出来はともかく、どうにか形になりはじめたので、さすがに松浦氏も安心した様子だった。

帰ろうと思い、広告部の部屋を覗《のぞ》くと、うまい具合に松尾秀助氏が席にいる。話しているうちに食事でもしようかということになった。

松尾さんは「ナンバー」を創刊し、「エンマ」を創刊した編集者だが、この六月の人事異動で広告部に移っていた。

「よかったですね」

私が言うと、すぐにその意味がわかったらしく、

「半分残念だけど、半分はホッとしたというのが正直なところかな」

と笑った。創刊してまだ一年しかならない雑誌を去るのは本意ではないが、あのような雑誌の編集長をこれ以上つづけていくのは辛すぎるということなのだろう。そもそも文藝春秋のグラフ雑誌は、本来の松尾さんの構想からいえば、もう少し違ったものになるはずだった。たとえていえば、日本における「ライフ」のような雑誌が作られるはずだったのだ。創刊前に何度か話を聞くことがあったが、そのような雑誌なら私にも手伝えることがあるかもしれないと、パイロット版が出る直前まで考えていたくらいなのだ。しかし、先発の「フォーカス」や「フライデー」に引きずられるというかたちで、結局スキャンダルを中核に据えたあのような雑誌にならざるをえなかった。

六時過ぎに、松尾さんが会う予定になっていた女性のライターの佐橋慶さんと、広告部の女性社員のひとりを交え、麴町《こうじまち》の小料理屋で食事をした。

それから青山の「G」で酒を呑《の》み、午前零時過ぎに別れた。

別れ際《ぎわ》に、松尾さんが言った。

「読み終わったら、感想文を書いて送るそうですよ」

彼の息子さんが、私の『深夜特急』を読み終えたら、本を貰《もら》った礼状の代わりに、読後感を書き送ってくれるつもりらしいのだ。

私が『深夜特急』を松尾さんにではなく、息子さんに送ったのにはちょっとした理由がある。

その旅に出る前に松尾さんに会うと、餞別《せんべつ》として一通の封筒を手渡してくれた。あとで開けてみると、そこには綺麗《きれい》な百ドル札が一枚入っていた。餞別にドル札とは、ずいぶん粋《いき》に感じられた。しかし、それがどれほど実用的なものであるかは、実際に旅に行ってみなければわからなかった。もちろん、ドルが実用的であるのは当然なことだったが、その百ドル札は本来の価値以上の意味を持つようになったのだ。私は旅を続けているあいだ中、それを胸から下げたパスポート入れにしまい、御守りのようにして持ち歩いた。私のような貧乏旅行を続けている者にとって、まだ崩されていない百ドル札というのは、この上ない強い味方だった。まだ俺には百ドル札があるのだということが、最後まで強い支えになっていた。

結局、その百ドル札は使われることなくパスポート入れにしまわれたまま日本に帰ってきたが、もちろん、それを松尾さんに返しはしなかった。その代わりに、私が通過してきた四十あまりの国々で、意識的に収集しておいた各種の小銭のコインをひとまとめにして袋につめ、幼い息子さんへのお土産としたのだ。

当時まだ小学校に入るか入らないかだった息子さんが、いまでは高校二年生にもなっているという。そして、中学の頃から、野球と並んでザックを背負ってのひとり旅に熱中しているという。そこで、彼に『深夜特急』を贈ってみたのだ。

しかし、だからといって感想文など書く必要はない。読んでくれればそれで充分。夏の高校野球の地方予選で忙しいはずの彼に、そう伝えてくれるよう頼んで、松尾さんと別れた。

七月二十日　日曜日

曇り空から雨が降り出す。

午後から二子玉川の高島屋へ買物に行く。

本屋を除けば、およそ買物と名のつくものをする場所で好きなところなどはないが、わけてもデパートは苦手である。無理して中に入っても、早く出たいという気持が顔の表情にまで出て、しまいには顔がひきつってくるのだそうだ。しかし、今日は我慢しなければならない。なにしろ娘の誕生日なのだ。ひとつだけ好きなものを買ってあげる約束になっている。

オモチャ売場では迷いに迷うかと思って見ていたが、娘はいともあっさりと決めてしまった。選んだものは、人形でもヌイグルミでもなく、「フラッシュマン」のヘルメットだった。テレビの番組では見たことがないはずだが、子供には子供なりの情報網があるらしく、本屋に連れていくたびに「フラッシュマン」とか「チェンジマン」だとかいう変身物のテレビ・キャラクターが載っている本に見入っている。きっと、長いあいだ欲しくてたまらなかったのだろう。「フラッシュマン」には、レッド、ブルー、イエロー、ピンク、グリーンと五人のフラッシュマンがいるらしいのだが、娘の選んだのはイエローだった。

家に帰っても、小さい頭にはまだ相当ぶかぶかのヘルメットをかぶって、しかしなかなかの御機嫌だった。

夜、久し振りに「三びきの子豚――ファストフード・レストラン篇」を話してきかせているうちに、脈絡もなくふうっと三年前のことが頭の中をよぎった。いや、脈絡がないことはなかった。今日がこの子の誕生日だということが、それを思い出させたのだろう。

娘が生まれたのは三年前の七月のことだったが、私は彼女が生まれて五日目に日本を離れてしまった。仕事があったのだが、そればかりでもなかった。ヘルシンキ、パリ、ニューヨーク、フロリダを回って、日本に帰ってきたのは十月に入ってからだった。途中、アメリカなどでは、人に会うたびに、結婚しているのか、子供はいるか、女の子は可愛《かわい》いだろう、と訊ねられた。そのたびに私は、生まれて五日目に出てきてしまっているのでわからない、と正直に答えた。すると、それを聞いたアメリカの男たちは、信じられないというような顔つきをして、「いまごろおまえのアパートは空っぽになっているぞ」と言い、少なくともアメリカなら間違いなくそうなっていると付け加えた。

日本に帰ってきてしばらくしてのことだったが、私的な、ごく小さな勉強会でノンフィクションについて話すことを依頼された。討議も終わり、気楽な雑談に移った時、私は子供が生まれて五日目に出てきてしまったということに対するアメリカの男たちのこの反応を、座興のつもりで面白おかしく話した。すると、そこに出席していた朝日新聞の疋田《ひきた》桂一郎《けいいちろう》氏が、静かな口調で、しかしどこか哀れむような口調で、こう言ったのだ。

「あなたは、子供のいちばん可愛い時を見なかったんですね」

夫人を亡《な》くされ、一時は男手ひとつで子供を育てなければならなかった経験を持つ人の言葉だけに、胸に強く響いてきた。子供が生まれたからといっていままでの生活のスタイルを変える必要などない、と力み返っていた自分がとてつもなく軽薄に思えてきた。そしてその帰途、なるほど、自分は子供のいちばん可愛い時代を見逃してしまったのか、と胸のうちで何度も呟《つぶや》いていた。

だからどうということもなかったが、もしあの時の疋田氏のひとことがなかったら、子供を相手に即席のオハナシをするなどという、以前の私だったら考えられないような行為を続ける気にはならなかっただろうことだけは確かだ。

娘は、三匹の子豚たちが狼《おおかみ》をだまして「ピザハット」に連れていってもらったあたりで、静かな寝息を立てはじめた。

七月二十一日　月曜日

曇り空から、また雨が落ち出してくる。梅雨はまだまだ明けないつもりらしい。

夜、「ＮＨＫホール」でミハイル・バリシニコフの踊りを見る。

ショート・プログラムの寄せ集めだったためか、バリシニコフに独特なその劇的な表現力が十分に生かされておらず、結果としてさほど強烈な衝撃を与えてくれる舞台にはなっていなかった。冒頭の、準備体操のような、バーを使った集団の踊りが最も面白い、という皮肉な感想を持ってしまったくらいである。

もちろん、バリシニコフがソロで踊る場面は、そのジャンプの高さとターンの切れに溜《た》め息《いき》をつかせるだけのものはあった。だが、それがこの日の高額な入場料に匹敵するほどの価値があるものだったかどうかは疑問に思えた。

ただひとつ、私が心を奪われたのは、「瀕死《ひんし》の白鳥」を踊ったスーザン・ジャフィーという女性バレリーナの手の動きである。白鳥の羽を表現する手が、じっと見つめているうちに、独立した生き物のように思えてきて、一瞬背筋が寒くなってきた。そして、思った。肉体の一部をあれほどまでに練磨して、果たしてよいものなのだろう

ミハイル・バリシニコフの公演チラシ
ダンサーのミハイル・バリシニコフが、
1986 年に初来日した際のもの

か、と。

七月二十三日　水曜日

曇っていたがやがて激しい雨が降り出す。

午前中はあまりの眠さに何もする気が起こらなかった。六本木で朝まで呑んでいたためだ。

昼から、重い頭をかかえながら九段の「ホテルグランドパレス」に行く。ここで、ボクシングの世界タイトルマッチを翌日に控えての恒例の記者会見が行われるのだ。WBC世界ジュニア・ウェルター級チャンピオンのレネ・アルレドンドと挑戦者の浜田剛史《つよし》。しかし、私が行くのは取材のためではない。もう私にはボクサーについて書く気持はない。

そうではないだろうか。カシアス内藤というひとりのボクサーと何にも替えがたい一年を過ごしたあとで、いったい他のどんなボクサーについて書けるというのだろう。かりに浜田がどれほど素晴らしいボクサーだとしても、内藤がいなくなったからこんどは彼を、などというわけにはいかない。いや、そんなことを言い出したらノンフィクションのライターは飯の喰い上げということになってしまうのかもしれない。だが、たとえそうなっても構わない。あとひとり、モハメッド・アリについての最後の文章を書けば――それは同時にカシアス内藤について書くということと同じだが――もうボクシングについて書くこともないだろう。

　そんな思いがあったために、ここしばらくは、実際にボクシングを見に行くこともなくなっていたが、ハグラーの試合をテレビで見て以来、また興味の虫がうごめいてきた。ごく最近では、書くということとは別に、純然たる観客のひとりとして、見ることを再開しようかな、と考えはじめていた。そこに、長野ハルさんの手紙が届いたのだ。

　長野さんは浜田の属する帝拳《ていけん》ジムの女性マネージャーである。自動車事故のため世界チャンピオンのまま死んだ天才ボクサー大場政夫《まさお》を育て上げた人でもあり、若い二代目会長を助けて名門ジムを支えている人でもある。

　私が彼女に初めて会ったのは八年前のことだった。私は、夭折《ようせつ》した者としての、というより夭折することができた者としての大場政夫を書きたいと思ったのだ。だが、何度も会って話を聞いているうちに、大場について書くというより、長野さんについ

レネ・アルレドンドと浜田剛史の試合のパンフレット
1986年7月24日、国技館で行われた
WBC世界J・ウェルター級タイトル・マッチの際のもの

てこそ書くべきなのではないか、という思いが日増しに強くなっていくのをどうしようもなかった。それほど魅力的な人だったのだ。

その私の文章、「ジム」という七十枚ほどの文章を書き終えたあとも、長野さんとの付き合いは続くことになった。カシアス内藤と東洋タイトルを目指しての一年を過ごしている時も、なにかと相談に乗ってもらったりしたものだった。ここ二、三年は会うこともなくなっていたが、手紙のやりとりだけは続いていた。そして、先月、たてつづけに出た三冊の本を贈ると、さっそく美しい文字の礼状が届いた。その中の一節に、

「昔からボクシングには胸が痛むのに、益々《ますます》自分の選手の試合を見るのが切なくなって来ました。年ですね」

という部分があり、さらにこう付け加えられていた。

「沢木さんも旅が多い様ですが、御都合よろしかったら浜田君の世界タイトル見てやって下さい。七月二十四日です。ボクシングだけしか目に入らない様な青年ですが、リングの上で、彼の夢、かなうといいですがね」

これを読んでいるうちに浜田の試合を見にいきたくなり、昨日突然、長野さんに券はないでしょうかと電話をすると、もちろん、と弾んだ声で答えてくださった。会場

の受付に置いておくと混雑して手に届くかどうか不安なので直接手渡しておいた方がいいだろうともいう。そこで今日のこの記者会見場でお会いし、直接受け取らせてもらうことにしたのだ。

「グランドパレス」の記者会見場は、内外のボクシング関係者で賑《にぎ》わっていた。長野さんは入り口で誰かと話していたが、私の姿を見つけると、近寄ってきて白い封筒を手渡してくださった。小柄なせいか、あるいは若いボクサーの世話をしつづけているせいか、相変わらず若々しい。この人が六十歳になったなんて、信じられないくらいだ。

「久し振りにこういう場所に足を踏み入れましたけど、とても華やかですね。浜田君が日本にとっては最後の切り札ということもあるんでしょうかね」

私が訊《たず》ねると、長野さんはいつもの可愛らしい笑いを浮かべて答えた。

「どうなのかしらね。でも、人気は上々みたいですよ」

「どんな試合になりそうですか」

「そうね、五ラウンドより先はないでしょうね」

「どちらが勝つにしても、ノックアウトで決まりというわけですか」

「たぶん、それは間違いないわ」

長野さんに勧められて、記者会見を覗《のぞ》いていくことにした。

予定の時間より少し遅れて、挑戦者の浜田剛史とチャンピオンのレネ・アルレドンドが会見場に入ってきた。浜田のいかにも沖縄出身者らしい顔立ちはテレビで見知っていたが、初めて見たアルレドンドの容姿にホウーと軽く声を上げたくなってしまった。レネの実兄のリカルドも、かつてジュニア・ライトの世界チャンピオンとして何度も日本に来ていたことがあるが、その兄と比べても数段スタイルがよく、ハンサムなのだ。いや、リカルドばかりでなく、並の映画スターなど足元にも及ばないくらいの甘い雰囲気を持っている。しかも、態度は自信に満ち、浜田をものの数とも思っていないようなのだ。

会見の席上で、トレーナーとしてレネに同行してきているリカルドも、長野さんとまったく同じ意見を述べた。

「五ラウンドまでにカタがつくだろう」

これは面白くなりそうだ、と興行を打つ側になっているはずの長野さんたちのために喜んだ。

七月二十四日　木曜日

雨は上がる。

夜、若い友人の二人を誘い、両国の国技館に行く。席はリングサイドの最上の場所にあった。

着くとすぐに試合前のセレモニーが始まった。選手の入場に先立ち、観戦している著名人の紹介が行われる。そして、最後に、かつて世界チャンピオンだった日本人ボクサーたちがひとりずつ名前を呼ばれる。誰の演出なのか、観客席のあちらこちらに散らばっている「元世界チャンピオン」たちが、名前を呼ばれるたびに立ち上がり、お辞儀をしたり手を振ったりする。ボクシングを見るのは初めてだという二人の友人に、なぜか身内の恥部を見られたような恥ずかしさを覚えた。

やがて、現在のチャンピオンと次のチャンピオンになろうとしている二人のボクサーが入場してきた。しかし、リングに上がってきたアルレドンドの表情を見て、オヤッと思った。昨日、記者会見場で見た彼とはまるで違っていたからだ。どこか生気がない。自信に満ちていた時には、かえって凄《すご》みを増していた端正さが、いまは弱々しげな印象を与えるようになっている。どうしたのだろう。考えられるとすれば、減量に失敗したということくらいだが、発表された体重からはその兆候は見て取れない。するど、どういうことなのだろう。原因はわからないながら、私は思わず呟いていた。

「勝てるかもしれないな……」

試合は定刻通り始まった。

ゴングが鳴ると浜田は強引に攻め込んでいった。浜田には、自分のパンチがあまりにも強いため、力一杯打っていくと指を骨折してしまうという危険性があった。そのため、世界に挑戦するまではと、これまでの試合では常に力をセーブしながら打たなければならなかった。しかし、この日、念願の世界タイトルに挑戦することができ、その喜びからか、無鉄砲に思えるほど強引に突進していく、荒っぽくパンチを振るう。

だが、その荒い攻撃に、アルレドンドは脅《おび》えたように後退するばかりなのだ。そして、第一ラウンドの終了間際《まぎわ》、右のフックからチャンスを摑《つか》んだ浜田が、左右の連打から右のショート・フックを放つと、アルレドンドは驚いたような表情を浮かべたまま、キャンバスに倒れ込んだ。そして、カウント・アウト。僅《わず》か三分で決着がついてしまった。

日本では実に久し振りに見る鮮やかなノックアウト・シーンだった。しかし、確かに鮮やかであるにはちがいないのだが、打ちつ打たれつというドラマを欠いたノックアウト・シーンのため、物足りないという思いも残った。もっとも、初めてボクシングを実際に見る友人たちにはダラダラした判定の試合より数段よかったし、また長野さんたちにしてみれば心配する時間が短くて助かったことだろう。

夜、家に帰ってテレビのスポーツニュースを見ると、アルレドンドにはマネージャーとのあいだにファイトマネーをめぐる確執があったらしいことがほのめかされていた。ありうることだな、と私も思った。ボクサーがやる気を失うのは、いつだって金が原因なのだ。それだけは、昔も今も変わることがない……。

七月二十八日　月曜日

晴れる。

暑い。ようやく本物の夏が訪れてくれたらしい。夏が暑いぶんには、いくら暑くても苦にならない。どうやら私はそういう体質に生まれついているらしい。

渋谷から六本木と呑《の》みに出て、帰りのタクシーの中で面白い紙切れを拾った。

銀座の高級クラブの明細書だ。銀座のクラブのベラ棒な金の取り方についてはよく話を聞くが、それがいったいどのような仕組みになっているのかは知らなかった。いったいどのようにしたら一晩で五万も十万も請求できるのだろうと長く疑問に思っていたが、今夜ついに長年の謎《なぞ》が解けたのである。

それがもし領収書というなら運転手に知らせて持ち主に返してもらっただろうが、ただの明細書らしいので記念に貰《もら》っておくことにした。

店は「P」という、私でも知っているくらいの銀座の超高級クラブで、明細書には人数の欄に「二」とあり、会計という欄に「一〇六六三四」という数字が記されている。そして、欄外に店にいた時間を記したらしい数字として「一〇・四五——一二・〇〇」というのもある。つまり、これは、二人連れの客が店に一時間十五分いて、その結果十万六千六百三十四円請求されたという、かなり凄《すさ》まじい勘定書だったのだ。

二人で一時間余り店にいて、どうしたら十万もの金を請求されることになるのか。

その実例がここにあった。

まず、「チャーム・二一・四〇〇〇」と書いてある。つきだしのようなものが一人分二千円ということなのだろう。つづいて「オードブル・二・六〇〇〇」。つぎは「スティック・一・二〇〇〇」。セロリだとかキュウリだとかニンジンだとかが二千円もするわけだ。さらに「アラレ・一・二〇〇〇」、「チーズ・一・五〇〇〇」とあり、「ミネラル・四・一六〇〇」と続く。こういう中に置かれると、ミネラル・ウォーターの一本四百円が安く感じられてくるから恐ろしい。そして、真打ちの登場である。「ヘネシー・一・三七〇〇〇」。ヘネシー一本が三万七千円だという。これが高いのか安いのか、正直のところ私には判断がつかない。ヘネシーなどという酒は酒屋でも買ったことがないからだ。

これだけでも驚異的な値段の付け方だと思うが、しかしこれだけなら会計は五万七千六百円にすぎない。この明細書の本当に凄いところは「ご飲食代・五七六〇〇」という小計が記されている次の行からだ。

最初に「サービス・チャージ」というのがドカーンと加算される。二万八千八百円。きっと女の子を何人かはべらしたのだろうから、これは我慢をしてもらおう。ところが、この次には、先に「チャーム」というものを取っておきながら、ふたたび「テーブル・チャージ」をふんだくるのだ。それが七千円。だが、しかし、ここまでは我慢もしよう。いや、別に私の勘定ではないので我慢をするもしないもないのだが、信じられないのは、この上さらに「ボーイ・チャージ」と「オール・チャージ」という得体の知れないものまで加えられていることだ。それぞれが三千円。最後は「指名料」三千三百円のおまけがつく。飲食代には「会員割引」という制度があるらしく、一割引きになるというのが泣かせるが、それでもすべて合計すると九万六千九百四十円に達する。これに一割の飲食税を加算すると、めでたく十万六千六百三十四円の勘定になるのだ。

どうやらこの請求書は会社にまわるらしいが、自分の金では平静にこの明細を眺めてはいられないだろう。

しかし、いずれにしても、長年の謎が解けて、よかった、よかった——かな？

七月二十九日　火曜日

晴れ。

仕事場で近藤紘一《こんどうこういち》の未刊行の原稿を読み返しながらノートを作る。近藤紘一の最後の本の編集方針を決定するための作業のひとつとしてである。

死後残された近藤紘一の単行本未収録の原稿は、優に単行本を二冊は作れるほどの量があった。それは主として総合雑誌に発表された東南アジアに関する評論と、身辺や動物に材をとったエッセイ群とに分かれる。単純に考えれば、評論集とエッセイ集の二冊を編めばよいのかもしれない。しかし、私はその原稿の内容を検討しながらまったく違うことを考えていた。

近藤紘一にとって、すべてはヴェトナムの特派員体験から始まっている。三年半の特派員生活のあとの、クライマックスともいうべきサイゴン陥落の目撃。ひとりの人間にとって、ひとつの体験がどれほどの意味を持つものなのか。とりわけ、その人物が物書きだった場合には。

近藤紘一は、まずそれを「記事」というかたちで新聞に書いた。さらに、それよりもう少し掘り下げたかたちで「ルポ」を書いた。戦争が終わり人々がヴェトナムを忘れようとしている時に、新しい現実を踏まえながら「評論」を書いた。また、その対象への角度と語り口の硬度を変えて「エッセイ」というかたちにもした。そして、それはやがて、「創作」というかたちの文章にまで到《いた》ることになったのだ。ひとつの体験をこのように多様なスタイルの文章にした物書きは滅多にいない。少なくとも、ヴェトナム戦争に関しては、このような日本人は皆無だった。

私は近藤紘一の「記事」と「ルポ」を「評論」や「エッセイ」や「創作」と並べる

ことで、ひとつの体験がどのように変化、あるいは深化したかを俯瞰《ふかん》することのできる一冊が作れるように思えてきた。

それにしても、私がこの本を編集するというのはかなり奇妙なことなのかもしれない。とにかく、生前の筆者と一面識もないのだ。その奇妙さをおして、あえて編集を引き受けたのは、ひとつには、彼とのあいだに因縁ともいえない因縁があったからであり、もうひとつには、彼に死なれてしまうまでその素晴らしさを認識できなかったという自分に、ある種の疚《やま》しさを感じていたからである。

だが、その疚しさについて考えているうちに、これはあの時と同じだな、という気がしてきた。十一年前に児玉隆也《こだまたかや》が亡《な》くなった時に覚えたのと同じ種類の感情だな、と。

それは一九七五年の初夏のことだった。私はその前年から一年に及ぶ長い外国旅行に出ており、帰ってきての初めての仕事が、美濃部亮吉《みのべりようきち》と石原慎太郎との間で争われた東京都知事選をルポルタージュする、というものだった。私は久しぶりの仕事に熱中し、体力と時間のすべてを注ぎ込んで七十五枚のレポートを書き上げた。

内容は別にして、私には全力を使い果たしたという満足感があった。ところが、やがて刷り上がって送られてきた雑誌を見て、強い衝撃を受けた。その雑誌の同じ号に、児玉隆也の「ガン病棟の九十九日」が載っていたのだ。

それまで、私は児玉隆也というライターをよく知らなかった。彼の、ジャーナリスティックな意味での処女作というべき『「若き哲学徒」の死と二つの美談』は発表当時に読んでいたが、さほどの印象を持たなかった。ひとつの伝説の空白を埋めるために謎を追いかける。追いかけ、追いかけ、ついに最後まで明確な答えは見つけられない。だが、その追跡のプロセスを語ることで充分に鮮やかなルポルタージュになっている……。しかし、そのようなスタイルのルポルタージュにはすでに先行者がおり、必ずしも彼の独創というのではなかったからだ。七四年秋に発表された「淋《さび》しき越山会の女王」が、立花隆《たかし》の「田中角栄研究――その金脈と人脈」と共に、田中内閣を退陣に追い込むほどの影響力を持ったことは知っていたが、その頃、私は中近東のどこかの町をさまよっていたため、それがどれほど劇的なものだったかを実感的に摑み取ることはできなかった。

その児玉隆也の「ガン病棟の九十九日」を読んで、私が強い衝撃を受けた理由は二つあった。ひとつは、児玉隆也という人はこのように優れた書き手だったのかという讃嘆《さんたん》にちかい驚き。もうひとつは、その彼が癌《がん》に冒されていたという不意打ちを食らわされたような驚き、しかし、驚きが去って、しばらくぼんやりと考えているうちに、

『この三十年の日本人』児玉隆也
新潮社●1975 年／装幀：司修

ある痛ましさのようなものを覚えるようになってきた。癌の闘病が痛ましかったのではない。完全に治癒したわけではなく、依然として危険をはらんだ状態であるにもかかわらず、もう仕事を再開している彼に、フリーランスのライターの焦燥を感じたのだ。しかも、その「ガン病棟の九十九日」の冒頭には、がんセンターでの検査の当日に見た、外来患者用のトイレの落書きについてのこんな挿話が記されていた。

薄い水色に塗ったドアには、駅や公園の便所にもあるその種の稚拙な落書きにまじって、ひときわ大きな籠文字《こもりもじ》があった。

「神様、私の癌を治してください」

その横に別人の字で、

「齢《とし》をとったらもうだめだ」

と、か細く弱い筆圧で書かれていた。

そうだ、私は好奇心のあまり、いや、怖いもの見たさで、といった方が正確かもしれない、用を終えたのにわざわざ隣の便所にも入ってみたのだった。すると、あった。

「先生、早く薬を発見してください。お願いです、早く！」

このような局面においても、まだ取材者としての姿勢で「見」つづけようとしている彼に、業《ごう》のようなものを感じないわけにはいかなかった。辛《つら》いな、と私は思った。児玉隆也が、出版社の編集者としての仕事を辞めたあと、フリーランスの階梯《かいてい》を極めて短かい期間に駆け登ってきた人だということはなんとなく聞き知っていた。その人が癌を病んでもなお、走りつづけようとしている。「ガン病棟の九十九日」の出来がよければよいほど、痛ましさが増した。

雑誌が出てしばらくしたある時、その児玉隆也から、編集者を介して一度会いたいのだがというメッセージが届いた。それがどのような思いによるものなのかは明らかではなかったが、もしかしたら私の書くものに一種の親近感を持ってくれた結果だったのかもしれない。「ガン病棟の九十九日」以来、手近にある雑誌に載っていた彼のルポルタージュをいくつか読んでいたが、とりわけ「負」性を背負ってしまった人々への眼差《まなざ》しに、私と近しいものがあるのを感じることがあった。しかしその申し出も、すぐに会おうというほど急なものではなかったこともあり、私の方も「いつか、ぜひ」という旨《むね》を伝えてもらうことで済ませてしまった。

児玉隆也が死んだという報を受けたのは、それから一週間も経《た》たない五月のある日の午後のことだった。死なれてしまって、私に悔いが残った。どうしてすぐにも会っておかなかったのだろう。

私はその悔いから、初めて児玉隆也の著作を真剣に読みはじめたといってよかった。近藤紘一に死なれてしまってから初めてその著作に向かった今度のように。そして、近藤紘一についてのノートを作っている現在と同じく、児玉隆也に関しても、発表するつもりもない走り書きを記したノートを作ったりしたのだ。

一九七三年六月号の「文藝春秋」に「『若き哲学徒』の死と二つの美談」を発表してから、七五年の六月号に「ガン病棟の九十九日」を書くまで、児玉隆也に与えられた時間は僅《わず》かに二年しかなかった。だが、その極めて短かい猶予《ゆうよ》の期間に、彼は「文藝春秋」「現代」「潮《うしお》」「諸君」などの月刊誌に、力の籠った中短篇のルポルタージュを十五篇近くも発表してきた。それ以外にも、月刊誌に人物スケッチの連載を持ち、単行本の書き下ろしまでも手がけていたことを考え合わせると、まさに駆け抜けたとしか言いようのない仕事ぶりだった。しかも、量ばかりでなく質においても、すべての作品に極めて高い、同じルポルタージュの書き手の眼から見ても驚異的な水準を維持しつづけた。

＊

児玉隆也の全作品を通読して、僕に最も強く印象に残ったのは、児玉隆也というライターがいかに深く戦争というもの、戦後というものにこだわり、囚《とら》われていたかということであった。それはたとえば、彼の代表作といってよい『この三十年の日本人』の目次を一瞥《いちべつ》しただけで明らかなほどである。そこに収録されている九篇のほとんどすべてが直接「戦争」にかかわるか、そうでない場合にも「戦争が終わった時代としての戦後」が重要な意味を持つものばかりなのだ。

彼は、早稲田《わせだ》大学の夜間部で学んでいた頃、雑誌「世界」の「私の戦後体験」という手記募集に応募して、「子から見た母」という文章を書いたことがある。その中に記されている次のような一節からは、戦争と戦後にこだわりつづけてきた彼の、内部にあって終生消えることのなかった「風景」のようなものを、垣間見《かいまみ》ることができる。

《真夏の太陽の下を、心尽しの棺に、父のスケッチブックを供え、空襲の幻影に怯《おび》えながら、僕達母子して、棺を載せた大八車を、六甲連峰の麓《ふもと》にある火葬場まで引いていった光景は未《いま》だに僕の脳裏を離れない。この日から、僕達母子の前向きの生活が始まった。何一つ財産とてないその日暮しの我家には父の死という哀《かな》しむべき厳然たる事実に涙している一刻の暇さえ与えられなかったのだ。

八月十五日、父の死から一月後、「聴きなさい」と言われて、天皇の、何の抑揚もないおよそ人形の口から出るような口調の放送を聴いて「戦争」は終わった。子供心にも、何の感慨も湧《わ》いて来ぬ「あの日」であった。

母は、紀州の果実をリュックにかつぎ、僕の小学校の友人の家をまわって歩いた。芦屋《あしや》という高級住宅都市で知られ、事実、富裕な家庭の子弟の多い僕達の級友の家で、頭を下げては零細な商いをしている母を見て、自分が級長を務めて成績もよかっただけに、何とも形容のし難い屈辱感を覚えたものだ》

彼のこの原風景は、やがてフリーのライターとなった時、書くべき主題として、戦争の中心にいた人としての「天皇」と、その天皇から最も遠くにあった人々としての「庶民」を描くことに向かわせることになった。

児玉隆也のこの「天皇」へのこだわりは、彼が光文社の「女性自身」の編集部に長くいたということによっても増幅されたと思われる。皇室への違和感を抱きながら、しかし開かれた皇室を演出する最大の尖兵《せんぺい》としての役割を果たさなくてはならなかったからだ。後に光文社を辞め、自由に発言することができるようになった時、彼はそれまでの苛立《いらだ》ちを一気に解消するかのように、天皇並びに皇室についていくつもの文章を書いていった。

一方、彼の、天皇から最も遠くにあった人々としての「庶民」を描く文章は、自分の母と同じようにこの辛い戦後を生きてきた人々への労《ねぎら》いであり、讃歌でもあるという形をとるものが多かった。そして児玉隆也の筆は、これらの人々に対した時、最も優しく、最も美しいものになった。

＊

児玉隆也のルポルタージュは、手法的にはかつて週刊誌で開拓された挿話主義とでもいうべきものの影響下にあり、ある意味でそれが到達しうる頂点を極めたものだとも言える。彼の『この三十年の日本人』は、先達である草柳大蔵の『現代王国論』と並んで、挿話主義的な手法で書かれたルポルタージュの最高の成果のひとつと考えられるからだ。

挿話主義のルポルタージュとは、要するに克明な取材を重ね、多くの挿話を手に入れたあとで、それをある論旨の中にバランスよく組み込んでいく、というものだ。そこで最も必要とされるのは、収集した挿話をひとつの流れに沿っていかに巧妙に繋《つな》いでいくかという才能であるが、児玉隆也のルポルタージュは、どれをとっても論旨の展開と挿話の繋ぎ方の鮮やかさを感じさせないものはない。『この三十年の日本人』は、論旨の展開の仕方と挿話の繋ぎ方の見本帖《ちょう》のような観を呈してさえいる。

だが、児玉隆也は本能的にこの方法の持っている底の浅さに気がついていた、と僕には思える。彼は、雑誌の要請に従って、ジャーナリスティックな話題を追い、さまざまなテーマに取り組んできたが、挿話と挿話の組み合わせ方しだいでどうにでもなってしまうルポルタージュに、どこか満足出来ないものを感じはじめていたにちがいない。挿話というのは、生き生きとしたシーンの、干からびた残骸《ざんがい》に過ぎないことがある。省略され、整理されていくうちに、どこかに虚偽が入り込んでしまうのだ。彼は、いつしか、単なる挿話の積み重ねによるルポルタージュではない、有機的なつながりを持ったシーンによって構成されるルポルタージュ、いや現場報告というよりはむしろ物語としてのノンフィクション、を模索しはじめていたのではないかという気がする。彼が入院する少し前に書き上げられた、〈飢餓時代のメルヘン〉の副題を持つ「司《つかさ》王国」という作品には、彼の新しい可能性ばかりでなく、日本のノンフィクション界自体の新たな可能性が秘められていた。

＊

彼の果たされなかった夢のひとつに、積丹《しやこたん》半島の鰊《にしん》御殿の盛衰を描くという仕事があったという。あるいはそこにおいてこそ、既成の作家の歴史小説でもなければ新聞記者の手による読物でもない、まったく新しい物語としてのノンフィクションの誕生が見られたかもしれないのだ。

ともあれ、児玉隆也のすべての作品を読み終えて、僕が強烈に感じたもうひとつのことは、たとえ彼が自らの目指した新しいノンフィクションのとば口にしか辿《たど》りつけなかったとしても、彼が遺《のこ》した作品群には手法の新旧などを超えた生命力があるにちがいない、ということだった。そして、その力の淵源《えんげん》は、天皇から最も遠い人々を救い上げようという、彼の眼差しの温かさによっていると思われる。事実の鮮度は新資料の出現で落ちることはあっても、眼差しの温かさだけは古びることがないからだ。

この「児玉隆也ノート」には、十年前の私自身の姿がくっきりと映し出されている。ノンフィクションの方法についてギリギリと考えはじめたのは、ちょうどその頃からだったはずである。

とすれば、いま作られつつある、この「近藤紘一ノート」からは、いったいどのような自分が透けて見えてくることになるのだろうか。

七月三十一日　木曜日

晴れ。

思いがけず水上勉《みずかみつとむ》氏より電話があり、秋に一緒に中国に行かないか、との誘いを受ける。中国側から正式に招待されての、いわば国賓待遇の訪中団の一員としてだという。水上氏に同行する予定の宮本輝《てる》氏に、誘ってほしいと頼まれたのだという。宮本氏とはまったく面識はなかったが、この独特な姿勢の同世代の作家とあれこれ話をしながら旅をするのも面白いかもしれないと思った。

これまで、私は中国本土に行ったことがなかった。行く機会は何度もあったが、そのたびに回避してきた。さまざまなタイプの訪中団のメンバーとしてというばかりではなく、友人や知人の私的なグループ旅行に誘われたことも一度や二度ではない。だが、やはりいつも断ることになった。団体の旅行が嫌だったというわけではない。問題は期間だった。一週間や二週間というのでは、あの中国を訪れるのにあまりにも短すぎるように思えた。三、四カ月くらいはバックパック姿で自由に歩いてみたかったのだ。豪華なホテルやレストランではなく、普通の食堂や旅館を使いたかった。だから……と、そう言って断るたびに、中国においては、その「普通に」ということがどれほど困難かということを聞かされた。普通の食堂で普通に食べることすらが絶望的な時間を必要とするのだ、と。しかし、そう聞けば聞くほど闘志が湧いてくる。ファースト・インプレッションを大事にしたいという思いもあり、いつの日か三、四カ月くらいは自由に歩けるようになるだろうという期待もあり、その時まで行くのは待とうと決めていた。だが、その機会はなかなかやって来そうもない。そろそろ諦《あきら》めようかなと思いはじめた矢先の誘いだった。

行ってしまおうかな……。

ところが、水上氏によれば、中国へ行くのは十月から十一月にかけてだという。私には十一月の初旬に小さな図書館で話をする約束があった。その旨を告げると、水上さんはこうおっしゃった。そういう小さなところとの約束こそ大事にせなあかんものな、と。

残念ながら中国行きは諦めることにした。しかし、残念は残念だったが、「長期間、バックパックで、自由に、普通の旅をする」という夢が消えないことに、ホッとしたものを覚えたのも事実だった。

鼠《ねずみ》の眠り、不意の時

八月十六日　土曜日

晴れ。

朝、久し振りに仕事場に向かう。一週間ほど北海道にいたので、あるいは東京の暑さがことのほかにこたえるのではないかと思っていたが、さほどのことはなかった。北海道も涼しかったが、東京も意外に暑くない。この分では瞬《またた》く間に夏は過ぎ去ってしまうのではないかと心配になるくらいの涼しさといえる。


仕事場の窓を開け放ち、籠《こ》もった空気の入れ換えをしてから、掃除を始める。掃除機をかけ、ゾウキンがけをする。そのうちに、さて、という気分が盛り上がってくる。さて仕事をしようか、という気分が、である。

しばらくは、真面目《まじめ》に「キャパ」の翻訳に取り組んでいたが、ふと気がつくと北海道のことをぼんやり考えている、ということが何度か繰り返されるようになった。どうやら、気持だけは仕事に向いているのだが、まだ体が、つまり頭が、それについていかれないらしい。

ところで、ぼんやり考えていたというのは、北海道のことというより、正確には更別のことである。更別のことというより、蜂《はち》と蜂蜜《はちみつ》のことといった方がいいかもしれない。私は先週から今週にかけて、田沢湖から秋田、札幌、日高を経て更別に行ってきていたのだ。半分は遊びで、半分は仕事という、中途半端《はんぱ》な旅だったが、最終目的地の更別では養蜂家《ようほうか》の石踊《いしおどり》さんの一家を訪ね、またまた盛大な「宴会の日々」を過ごし、大いに満足して帰ってきた。そして、その帰りの飛行機の中で、かりに近い将来、子供たちのためのミツバチの話を書き上げたとしても、それで石踊さんとの付き合いを終わらせたくはないな、とあらためて強く思っていた。私の内部で、蜂と蜂蜜が予期した以上に大きな意味を持つようになってきてしまったようなのだ。

八月十七日　日曜日

晴れ。

朝かなり早い時間に、NHKの「サンデースポーツ」という番組のディレクターから電話が掛かってきた。そのディレクター氏からは、少し前に、番組のあるコーナーでエディ・タウンゼントさんをレポートしたいので一緒に出演してくれないか、と依頼されたことがあった。私が口ごもりながらテレビにはあまり出たくない旨《むね》を説明すると、快く了解してくれ、それでは自分はボクシングにあまり詳しくないので、レポートする上でのアドバイスのようなものを授けてくれないだろうかと頼んできた。私は承知し、訊《たず》ねられたことに対して、答えられるだけのことを電話で話すことにした。そのレポートがようやく出来上がり、今夜放送されるのだという。その礼儀正しさに好感を抱きつつ電話を切ろうとすると、ディレクター氏が慌《あわ》てて言った。

「知っていらっしゃいますか」

「何がですか」

　私が訊《き》き返すと、ディレクター氏は思いがけないことを知らせてくれた。エディさんが病気で入院しているというのだ。しかも、ここ一週間のうちに手術をしなくてはならないほどの病気であるらしい。病名がよくわからないというのも不安だった。入院先を訊ねると、国立の大蔵病院だという。大蔵病院なら家からそう遠くないところにある。タクシーで行けば十五分もかからない。

「今日の午後にでもさっそく行ってみます」

私はそう言い、ディレクター氏に礼を言って、電話を切った。


午後四時頃、大蔵病院に行った。受付で教えられた病棟にエレベーターで昇っていき、看護婦さんたちの控え室のようなところでエディさんの病室を訊ねた。応対してくれた看護婦さんは「エディ・タウンゼント」という名前に一瞬戸惑ったようだったが、ちょうどその場にいた患者のひとりが、

「ほらあの陽気な外人さんだよ」

と言うと、

「ああ、あの……」

と笑いながら教えてくれた。エディさんは入院先の病院においても相変わらず陽気に過ごしているらしい。

エディさんは病室で来客の相手をしていたが、私の顔を見ると驚いたような表情を浮かべ、しかしすぐにいつもの笑顔になって言った。

「いそがしいのに、ありがとね」

エディさんはベッドから半身を起こし、来客と元気に話していたが、その上半身は

以前とは比べものにならないくらい痩《や》せ細っていた。頬の肉もげっそりと落ちている。

三人部屋の病室には、来客以外にもエディさんの夫人とお嬢さんが詰めていた。夫人の話によれば、ここ半年のあいだに急激に痩せはじめ、不安になって医者に診てもらったところ、消化器系統の疾患が見つかったのだという。しかし、実際に腹を開けて見てみないことにはどのような処置ができるかわからないという。そこでこの一週間のうちにとりあえずいちど開腹手術をしてみることになったのだという。

客が帰ると、エディさんはさっそく陽気に私の相手を務めてくれた。私とは初対面であるお嬢さんには、彼は日本で最高のライターよ、と紹介してくれた。エディさんには私の書いた文章は読めないはずだから、それが最大級のお世辞であることは彼女にもわかっていたことだろう。

あまり疲れさせてはいけないと思い、適当なところで引き上げることにした。エディさんはベッドから起き上がり、エレベーターのあるロビーまで送ってくれた。そこでもエディさんは、エレベーター・ホールのベンチで煙草《たばこ》を吸っている女性の患者をからかったり、顔見知りらしい男性の患者と冗談を言ったり、相変わらず人を楽しませることを忘れていなかった。

「じゃあ、頑張ってください」

私が別れ際《ぎわ》に言うと、エディさんは初めて真面目な顔になり、逆に私を労《ねぎら》うような優しい口調で言った。

「オーケーよ、心配しないで」

その言葉に私は胸が熱くなりかけた。

夜、テレビでエディさんを見る。入院のことに触れられていないのは、それ以前に撮られたからだろう。瘦せこけた体で若いボクサーと激しいトレーニングをしている姿が映し出される。ああ、と私は小さく声を出して嘆息した。エディさんは、依然として「夢の人」なのだ。そのことが私を辛《つら》い気持にさせた。

八月十八日　月曜日

晴れ。

夕方まで仕事場で翻訳をしたあと、「三軒茶屋映劇」で『インディ・ジョーンズ』の二本立てを見た。明らかに第一作の『失われた聖櫃《アーク》』の方が第二作の『魔宮の伝説』より出来はいいが、どちらにしても二度見たいという気にさせてくれるほどのものではなかった。始めから終わりまで退屈せずに見せてくれるが、場内に灯りがついた時にはもう忘れてしまっているといった類《たぐ》いの映画だった。もちろん、退屈させずに見せてくれるということだけで充分に素晴らしいことだということは理解しているつもりだが、スティーブン・スピルバーグ監督、ジョージ・ルーカス製作、ハリソン・フォード主演とくれば、どれほどの傑作かという期待を持ってしまうのもいたしかたないところだろう。

それにしても、この二作を見ながら、私は頭の片隅でずっと考えつづけていた。これに似た映画をどこかで見たことがある。いったいどこでだったろう……。映画館を出て、ようやく思い出した。それは、子供の頃よく通っていた、東映の上映館だった。つまり、この『インディ・ジョーンズ』は、東映の時代劇映画に似ていたのだ。ストーリーが、というより、主人公を待ち構えているワナのようなものの道具立てが、たとえば月形龍之介《りゅうのすけ》の『水戸黄門』のある作品とびっくりするほどよく似ているのだ。毒蛇、石牢《いしろう》、異教の儀式。どれも昔、東映の映画館で見たシーンばかりだった。ついスピルバーグは東映の時代劇からヒントを得ているのではあるまいかなどと考えたくなってしまう。

いや、映画好きのスピルバーグのことだ、もしかしたら本当に東映の時代劇を研究したのかもしれない。そうだとしたら、月形龍之介の『水戸黄門』や市川右太衛門《うたえもん》の『旗本退屈男』などを見ながら、ストーリーの荒唐無稽《こうとうむけい》さに大笑いしつつ、このシーンは使えるかもしれないな、などと独り言を言っていたのかもしれない。そんなことを想像していると、もう一度あの当時の時代劇を、テレビではなく劇場で見たくなってきた。私にとって、最初の夢の紡《つむ》ぎ場は、どこでもない、あの「大森ハリウッド」という東映の上映館だったのだから。

八月二十日　水曜日

暑いことは確かに暑いが、カッと燃えるような暑さではない。仕事場にはクーラーとか扇風機とかいうような気の利《き》いたものはないが、窓を開けていれば微《かす》かに風が通り、それくらいのものでなんとかうっちゃることができる程度の暑さである。

昼休みに食事をするついでに渋谷まで出ていき、「旭屋《あさひや》」と「紀伊國屋《きのくにや》」を覗《のぞ》いて本を三冊買った。井《い》の頭《かしら》線のガード脇《わき》にある「一番館」という中華料理屋でラーメンを食べたあと、宮下公園脇の「シティ」という喫茶店でコーヒーを呑《の》んだ。大きなテーブルに本をひろげ、パラパラと頁《ページ》を繰りはじめた。どれもほんの数頁眼を通すだけのつもりだったが、そのうちの一冊はいったん読みはじめると本を閉じられなくなり、とうとう最後まで読み通してしまった。それほどの傑作というのではないが、どこか心惹《ひ》かれるところのある作品だったのだ。

それはケム・ナンという不思議な名前をした新人の『源にふれろ』という小説である。帯に記されている「力強く魅力的だ……レイモンド・チャンドラーとジェイムズ・クラムリーの最良の作品と肩を並べる小説だ」というロバート・ストーンの言葉に、ふと買ってみようかなという気が起きてしまったのだ。私はロバート・ストーンという人がどういう人なのか知らない。だから、彼が言っているからというのが購買の動機ではない。そうではなくレイモンド・チャンドラーとジェイムズ・クラムリーという二人の名前の並ばせ方の巧みさが私をして千五百円を支払わせる気分にさせたのだ。これがレイモンド・チャンドラーとロス・マクドナルドというのだったら、恐らく手に取る気にもならなかったろう。惹句《じゃっく》としてはあまりにも平凡すぎる。だが、レイモンド・チャンドラーとジェイムズ・クラムリーという組み合わせは、少なくとも私には新鮮だった。彼らの後継者というなら読んでみたいと思ったのだ。

読んでみて、その惹句はいくらか大袈裟《おおげさ》だとは感じたが、金を返せというほどの失望感を覚えさせられることはなかった。主人公が成熟した大人ではなく少年といってよいほどの若者だということ、叙述の方法が一人称ではなく三人称であること、などといった点が決定的に違っていたが、ミステリーの枠からはずれようはずれようとする力の激しさにおいて、ケム・ナンは確かにレイモンド・チャンドラーとジェイムズ・クラムリー、とりわけジェイムズ・クラムリーに似ているところがあった。

版元はこの『源にふれろ』をミステリーと名づけているが、これは明らかに青春小説である。主人公の少年は、行方不明の姉を捜し求める旅をすることで、次第に青年になっていく。主人公の名はアイク、姉の名はエレン。アイクはエレンを求めて、サン・アルコという砂漠の町から、西海岸の海辺の町へやって来る。そして、ある時、アイクはこう思うようになる。

サン・アルコを襲う砂嵐《すなあらし》が、砂漠じゅうを吹きまくる暴風が思い出された。あの暴風が自分の体を巻きこんで外へ運び出したのか、あるいは心を駆りたてて行動を起こさせたのかはわからなかったが、とにかくここへやって来た。ふと、ここへ来たのには姉を捜す以上の意味があることに気づいた。いまはじめてわかった。アイクが追い求めているのはエレン・タッカーだけではなかった。自分自身も追い求めているのだ。

大久保《おおくぼ》寛《かん》訳

いささか直截《ちょくせつ》すぎるきらいはあるが、ここに『源にふれろ』のテーマはほぼ明確に提出されていると思われる。

行方不明の姉を捜して、という素材はプライベート・ディテクティブの変種と見られないこともないが、ミステリーとしては弱いところを持ちすぎている。しかしとりわけ、サーフィンを習得していくことで世界が少しずつ異なるものに見えてくるという前半部分には、すぐれた小説に共通の、読んでいる者を不意に遠くへ連れ去ってしまうような不思議な力が秘められていた。

八月二十一日　木曜日

朝九時、仕事場に出かけようとしているところに電話が掛かってきた。相手は初めての人のようだった。

「朝早くから申し訳ございません」

『源にふれろ』ケム・ナン
大久保寛訳／早川書房●1986年／装幀：平野甲賀

その声は、初老にさしかかったと思われる、落ち着いた男性のものだった。

「私は永田と申しますが、実は息子が……」

とそこまで相手の男性が言いかけた時、突然ひらめくものがあった。

「失礼ですが、もしかしたら、今日の朝日新聞の朝刊に……」

私がすかさず言うと、電話の向こうで驚いたような気配があり、一呼吸おいて答えが返ってきた。

「ええ、そうなんです……」

私は自分の勘のよさに驚く前に、あらためて偶然というものの不思議さを強く感じていた。


今朝はいつものように七時前に眼が覚めたが、珍しく娘が起こしにやってこない。昨日よほど遊び疲れたのか、まだ眠っているらしい。いつもは朝から遊びに付き合わされるため、落ち着いて新聞も読めないが、今日ばかりは隅から隅まで丁寧に読むことができた。しかし、それでもまだ娘は起きてこない。そうなるとかえって手持ち無《ぶ》沙汰《さた》になり、起きてくるのを待ちながら、いつもなら決して開くことのない、本紙とは別刷りの「マリオン」という情報紙の頁を繰りはじめた。

その何頁目かに、同窓会の案内や名簿づくりのお知らせといった記事に混じって「尋ね人」の欄があった。これまでほとんど眼を通したことのない欄だったが、今日に限って何故《なぜ》かそのひとつを読む気になったのだ。それには、そこに尋ね人の欄にはあまり似つかわしくなさそうな写真が載っていたということもあったかもしれない。尋ね人の欄といえば、たいていは戦前の古ぼけた写真が載っているのが常なのだが、そこには、結婚式の時に撮ってもらったのだろう正装した端正な顔立ちの極めて現代的な青年の写真が載っていたのだ。そして、その横には次のような文章が付されていた。

長男・永田守良（三〇）＝写真＝を捜しています。昭和五九年三月、旅行でインドに約六カ月間滞在後、パキスタンへ。同年十月一日―三日まで、同ラホールのYMCAに宿泊し、翌日、ペシャワールに向かって出発後、消息不明に。パキスタン、イラン、トルコを陸路で行く、との便りが最後でした。どんな情報でも結構です。教えて下さい。（杉並区、永田重光＝〇三―三三二〇―＊＊＊＊）

これを眼にした時、私がまず第一に考えたのは、この若者にどこかで会わなかっただろうかということだった。パキスタンで、イランで、あるいはトルコで。しかし、すぐに私が彼と会っているはずがないということに思い到《いた》った。私が同じ土地を旅したのは十年も前のことだったからだ。そして、次の瞬間、こんなことを思った。あるいは、この若者は私の『深夜特急』を読んで、似たような旅に出ようとしたのではあるまいか。しかし、これもよく考えてみると、ありえないことだった。私が新聞に『深夜特急』の連載を始めたのは、彼が旅に出た三カ月も後のことだったからだ。それにしても、この若者はどうしてしまったのだろう。『ミッドナイト・エクスプレス』の主人公のように何かのトラブルに巻き込まれたのか、私がシラーズの安宿で会ったイギリスの若者のように旅の途中で病を得てしまったのか。あるいはもっと違う理由で家族への連絡を断っているのか。私は彼の運命に無関心ではいられなかった。

　見知らぬ男性からの電話で「息子が……」という一言を聞いただけで、すぐにあの尋ね人の父君ではないかという勘が働いたのは、ほんのしばらくだがそのようなことに思いをめぐらしていたからなのだ。

　父君からの電話は、どのように息子の捜索をしていったらよいかという相談の電話だった。しかし、なぜ私のような者のところに電話を掛けてきたのだろう。それを訊《たず》ねると、今朝早く、テヘランで息子さんらしい人に会ったことがあるという女性から電話があったのだという。そのMという名の女性は、彼とホテルで会い、言葉を交わして別れたという。人相や風体を訊《き》くと、どうやら本当に息子らしい。無事らしいことに安心したが、それ以上のことはわからなかった。しかし、その女性が、最後に私の家の電話番号を告げ、その人なら力になってくれるかもしれない、と言ったのだという。

二十分ほど話をしたが、具体的には何も力になれなかった。私に考えられるようなことは、すべて手を打っていた。実際に自らペシャワールに行ってきたともいう。平気ですよ、きっとどこかを旅しているのですよ、とおざなりの慰めを言うより手立てがなかった。それに実際、もしテヘランで無事な姿が確認されたのなら、あまり心配する必要はないように思えたのだ。三十歳になろうという大人の男性ではないですか、連絡してこないのも、何か心づもりがあるからかもしれないではないですか。いつか、ひょっこりと帰ってくるかもしれませんよ。私が言うと、電話の向こうで、ええ、そうかもしれませんね、と弱々しげな口調で答えが返ってきた。

しかし、電話が切れたあとで、私の電話番号を教えた女性というのが気になってきた。誰なのだろう。Mという名の知り合いの中には、最近テヘランを旅した女性などというのはいなかった。いったい誰なのだろう……。

八月二十二日　金曜日

朝から風が強く吹く。

最近の読書というテーマの短い原稿を書かなくてはならず、あらためてこの一週間で読んだ本を思い出してみると、量だけは大したもので実に十三冊にものぼっていた。ボブ・グリーン『チーズバーガーズ』、矢田俊隆《としたか》『ハンガリー・チェコスロヴァキア現代史』、今岡十一郎『ハンガリー語四週間』、エルモア・レナード『グリッツ』、佐藤友之《ともゆき》『夢の屍《しかばね》』、J・M・ジンメル『ニーナ・B事件』、井上丹治『ミツバチの世界』、日野啓三《けいぞう》『砂丘が動くように』、ウォルター・ラカー『ワイマル文化を生きた人びと』、樺山紘一《かばやまこういち》『西洋学事始』、林忠彦《ただひこ》『文士の時代』、荒井健『秋風鬼雨《しゅうふうきう》』、ケム・ナン『源にふれろ』の十三冊である。

この中には、新刊もあれば旧刊もあり、だから新刊書店で買ったものもあれば古本屋で買ったものもあり、区立図書館で借りたものもあれば出版社からただで貰《もら》ったものもある。そのラインナップの支離滅裂さには自分でも唖然《あぜん》とする。しかし、それも当然と言えなくもない。単なる気紛《きまぐ》れの読書に、仕事に必要な知識を泥縄式に詰め込むための読書が加わり、しかもそこに、いつか読むつもりで書棚に立てかけておいたものを端から読んでいくという読書が重なり合っているからだ。たとえば『グリッツ』と『ニーナ・B事件』は旅先で退屈しのぎに読んだものだし、『ハンガリー・チエコスロヴァキア現代史』と『ワイマル文化を生きた人びと』の二冊は明らかに翻訳のための「泥縄式」読書だし、『砂丘が動くように』や『西洋学事始』や『秋風鬼雨』は書棚に並べておいた本だ。

レナードの『グリッツ』は期待したほど面白くはなかった。レナードの日本における売出しには、「キャパ」の翻訳を担当してくださっている文藝春秋の松浦伶《れい》氏が熱を入れていることは前から聞かされており、発売されると同時にいただいていた。いつか旅に出た折りにでも読もうと大切に取っておいたのだが、期待が大きすぎたせいか少し肩すかしを喰ったような読後感を持った。

印象的だったのは訳者の高見浩《ひろし》氏のあとがきだった。そこで高見氏は、これからもレナードの作品を訳しつづけていくつもりだと記したあとで、多作なレナードの作品の中でもとりわけ出来のよい作品と考えられるもののタイトルを挙げている。もち

『グリッツ』エルモア・レナード
高見浩訳／文藝春秋●1986 年
装幀：北村治／ AD：坂田政則

ろん、その中にはアメリカ探偵作家クラブ賞を受賞した『ラブラバ』やこの『グリッツ』も入っているが、どういう訳か『ザ・スイッチ』の名が見えない。『グリッツ』より早くサンケイ文庫から出版された小品だが、私などにはなかなかの作品と思えるものだった。とりわけ、ひとりの女の聖性と魔性が、最後の数行で一気に逆転してしまうラストは、息を呑《の》むほど鮮やかだった。少なくとも、私にとっては、衝撃力という点では『グリッツ』より上だった。しかし、高見氏にはそれほどの作品と思えなかったのだろう。読み方、感じ方というのは、まさに千差万別なのだなと思う。

八月二十四日　日曜日

晴れ。

朝食後、娘と近くの中学校へ行く。夏休みのため誰もいないグラウンドでサッカーをする。もちろん、大したことができるわけでもなく、ただサッカーボールを蹴《け》り合うだけだが、けっこう楽しめる。ドリブルをしながらゴールに蹴り込むところを見せると、なかなか器用にドリブルをして同じようにゴールに蹴り込む。

しばらくすると、娘がこんどはバスケットをしたいという。自分の体の半分くらいありそうなボールを抱えて、校庭の隅にあるバスケット・コートに走っていってしまう。そのあとを追ってゆっくり歩いていくと、娘はコートの中央にしゃがみ込み、なにやらじっと眺めている。

近くに寄ってびっくりした。まだ子供のような小さなネズミの死骸《しがい》があったのだ。どこかの家で毒の入った餌《えさ》でも食べてしまったのだろう。光か水を求めてここまできたが、ついに力尽きてしまったのかもしれない。死骸は、夏の強い日差しの中でしだいに腐りはじめているようだった。蟻《あり》が何百匹もネズミの体を這《は》いまわっている。

「どうしたの？」

娘が私を見上げて訊ねてきた。

「えっ？」

意味がわからず訊き返した。

「ネズミさん、どうしちゃったの？」

さて、どう説明したらいいのだろう。考えていると、娘が妙に真剣な表情を浮かべて言った。

「ねむってるんだね」

「いや、死んでいるんだよ」

私が否定すると、娘は怒ったような調子で抗弁した。

「ちがうよ。ねむってるだけなんだよ」

「いや……」

「そうなんだよ、もうすぐおきるんだって、つかれたんだって。それでねてるんだって」

その必死さが私には意外だった。娘はどうしてもネズミの死を認めたくないらしい。しかし、ということは、娘にはもうすでに「死」の意味がわかっているということになる。そうなのだろうか。娘は死の意味を理解した上で、それを否定しようとしているのだろうか。

「やっぱり、本当に眠っているだけなのかもしれないね」

私が言うと、少し安心したような気配を見せて頷《うなず》いた。

その日は一日中、娘はことあるごとにネズミの姿を思い出すらしく、私に向かって何度となく同意を求めるような調子で喋《しゃべ》りかけてきた。

「がっこうで、ネズミさん、ねていたね」

私が答えると安心したように頷くのだが、すぐにまた同じ台詞《せりふ》を繰り返す。

「がっこうで、ネズミさん、ねていたね。つかれてたんだね」

　そのたびに私は、わずか三歳の幼児に対して、一匹のネズミの死がこれほどまでに深い影響力を持つということに、新鮮な驚きを感じていた。

八月二十五日　月曜日

　暑い一日だった。

　仕事に熱中しているうちに約束の時間が近づき、慌《あわ》てて仕事場を飛び出した。おかげで夕食もとれないまま、目黒駅に向かわなければならなかった。目黒駅で文藝春秋の新井氏と待ち合わせ、近藤《こんどう》紘一《こういち》未亡人のナウさん宅を訪ねることになっていたのだ。

　ナウさんは近藤さんの死後、家賃の高い三田のアパートを出て新しい住まいを捜さなくてはならなかったが、なかなかいい部屋が見つからなかった。家賃が安く、しかも手ごろな広さがある部屋というと、もう山手線の内側では見つけることが絶望的になる。郊外のアパートへ行くより仕方がない。しかし、サイゴンでもとりわけ賑《にぎ》やかな界隈《かいわい》で生まれ育ったナウさんには、近所がやかましいくらいのところでないと寂しくてたまらなくなるらしいのだ。このような難しい条件を抱えて、新井氏をはじめとする近藤さんの友人知人たちは、日本語の不自由なナウさんに代わって手分けして部屋を捜しまわり、ついに目蒲《めかま》線の西小山駅にほぼそれにふさわしい部屋を見つけた。そこに決まるまではかなりの苦労があったらしい。よさそうな部屋だなと思っても、入居者がヴェトナム人と知ると大家が断ってきたり、逆にナウさんが気に入らなかったりという具合に。しかし、幸いにもその西小山のアパートにはヴェトナム人の男性と日本人の女性の夫婦が入居しており、ナウさんは親切な彼らとすぐに親しくなり、いろいろな面で助けてもらっているとのことだった。

いつか訪ねようと思っていたのだが、なかなか機会がなかった。ところが、この夏、パリに住むお嬢さんのユンちゃんが恋人のピエールと一時帰国しているという話をきき、いい機会なので伺うことにしたのだ。

西小山の商店街を抜けて目的のアパートに向かいながら、ここなら確かにナウさんも満足するかもしれませんね、と新井氏と言葉を交わした。くねくねと続くアーケードの下には、雑然とはしているが、下町風の活気のある商店が並んでいた。

部屋は二階だった。部屋に通され、まず近藤さんの遺影に手を合わせた。そして、この時、初めて強く、この人は死んでしまったのだなと思った。

ユンちゃんは、最近の日本ではあまり見られなくなった、控え目な清楚《せいそ》さといったものが感じられる娘さんになっていた。こんどパリに戻ると、貨物の空輸会社の試験を受け、それにパスすればシャルル・ド・ゴール空港に勤務することになるかもしれないという。いよいよ自立の道を歩みはじめることになるのだろう。ピエールにも会いたかったのだが、残念ながら一足先にパリに帰ったということだった。

ナウさんは、心なしかやつれたようだった。異国に住み、頼りにしていた夫に死なれてしまったという痛手から、まだ充分に立直っていないようだった。周囲の人々は、スポンサーを見つけて得意の料理の腕を生かせる店でも開かせたい、という淡い望みを持っているが、そう簡単に足長おじさんが現れるはずもない。近藤さんの死後、日本語学校に通いはじめたということだったが、まだまだ日本語を自由に操るというまでには到《いた》っていない。その言葉の問題も、ナウさんの生きていく道を考えようとする時に選択の幅を狭くしてしまう原因でもあるようだった。

しばらくすると、隣に住むヴェトナム人夫婦が遊びにきて、会話に活気が出てきた。日本語に堪能《たんのう》なヴェトナム人男性が、ナウさんが言葉に窮すると通訳してくれるようになったからだ。

ナウさんは、私が夕食を食べはぐれてしまったということを知ると、ユンちゃんと一緒に、ありあわせの材料で手早くヴェトナム風の麺《めん》のフォーを作ってくださった。これが実においしかった。新井さんたちは一杯だけだったが、私は図々《ずうずう》しくもおかわりを頼んでしまったくらいだった。

家に帰って、近藤さんの本を読む。

近藤さんの一連の著作を読みすすめていくと、彼がいかに優れた特派員だったかが理解できてくる。近藤さんは戦時サイゴンの特派員として、一分一秒を争うスクープ合戦の渦中《かちゅう》にいて、しかも恐らくはその優れた戦い手でありながら、そのことによって摩耗しない柔らかな感性を持ちつづけたように見える。それはさらに、産経新聞社という独特な報道機関にいたにもかかわらず、きわめて自由でのびやかな筆致を持っていたということで、驚きは倍加される。

近藤さんがよく使う言葉に「ｂｕｔ……ｂｕｔ……ｈｏｗｅｖｅｒ原稿」というのがある。東南アジアの現実を見ていると、「しかし……しかし……しかしながら」と書いていきたくなる、というのだ。必然的に歯切れは悪くなる。だが、それも仕方がないことなのだという。むしろ一刀両断できる方が不思議ではないか、と。その言葉からは、自身の新聞記者という職業に対してさほどの幻想を抱いていないという、職業人としての慎《つつ》ましさを垣間見《かいまみ》ることができるように思える。

いったん日本に帰った近藤さんが、事態の急変にサイゴンに舞い戻ることがある。それが結果的には「サイゴンのいちばん長い日」を目撃させることになるのだが、その時の近藤さんにはまだそこまでわかっていない。しかし、タンソンニャット空港に降り立った近藤さんは、それから何日もしないうちに、南ヴェトナムという国の崩壊が不可避なことを知る。政府軍はなすすべもなく退却を続ける。共産軍のサイゴン突入を目前にして、近藤さんは日本に引き上げるか、なおここに留まって崩壊のドラマを見るかの選択を迫られる。そして、留まることにする。

> が、結局のところ、私は見たかったのだ。まちがいなく一つの国の崩壊が目前に迫っている。多少の危険はあっても「見たい」という好奇心（といいきると不謹慎だが）を抑え切れなかった。夜、砲音はまた一段と迫った。ホテルのベッドから赤々とこげるビエンホア方面の空を見ながら「崩壊に立ち会うことができれば、新聞記者みょうりだ」と自分に何回もいいきかせ、パニックへの感染を防いだ。

ここには、大きな事件に遭遇した時のジャーナリストの心の昂《たか》ぶりと恐れとが、よく現れている。

やはり残留した日本人特派員の中に、近藤さんとは支局時代からの友人であった毎日新聞の古森義久《よしひさ》氏もいたが、その彼が書いた『ベトナム報道１３００日』という大著にも同じような昂揚《こうよう》と恐怖に関する一節がある。

私には何が何でも「残りたい」という強烈な思いがあった。世界を震撼《しんかん》させたベトナム戦争がいま大団円を迎えようとしている。長いトンネルの先きの灯、戦争の結末を見ようと何度か延長を希望してきたこれまで三年間の滞在は一体、何のためか。世紀のドラマの終幕を何としても見届けたいと欲するのは新聞記者ならいわば本能である。無論、危険はあるだろう。だが危険があるかも知れないという理由だけでこの歴史的な取材対象に背を向けるというなら最初からベトナムに長期滞在などしはしない。「危険の可能性」ならこれまでにも常につきまとっていたのだ。

しかし、この二人の昂ぶりと恐れは、似てはいるがまったく同じというのでもない。そこには微妙な差異がある。その差異は、ともにヴェトナムで優れた仕事をした特派員である彼らの、記者としての資質の違いを物語っている。

だが、近藤さんの独特さをすべて資質ということで了解してしまうわけにはいかない。たとえば、近藤さんには人間としての不思議な寛容さがある。それはいったい何に由来するのだろう……。

あれこれと考えながら、こんどは机の上に編集すべき原稿を載せてパラパラやっていると、またいつものように「夏の海」という原稿のところで頁《ページ》を繰る手が止まってしまう。たぶん、その秘密はこの文章の中に秘められているにちがいないのだ。

近藤さんが残した文章の中でも、最も古く、しかも最も美しいものに「夏の海」という小品がある。前夫人の遺稿集に寄せて書かれた文章であり、詩的随想とでもいうべき文体で、十二ほどの断章が、常に「君は」という呼びかけで始まっている。

そっと台所をのぞくと、君は道具を洗いながら鼻歌を歌っていた。

君は、歌を聞くのが大好きで、学生時代もよく吉川や神谷に、何か歌って、とねだった。だが、自分では音痴を恥ずかしがって、けっして人前では歌わなかった。

その時、君は、誰もまわりにいないと思って、一人でそっと歌っていた。歌声は小さく、何のメロディーか聞きとれないほど、遠慮がちだった。ドアのうしろにかくれて、僕は音をたてずに君の歌声を聞いた。そして、少しでも長く君が歌っていたらいい、と思った。

その前夫人が、恐らくは精神を病み、不幸な死に方をしてしまう。近藤さんはそのことの罪を深く意識していたように見える。そうでなければ、『サイゴンから来た妻と娘』の中に出てくる次のような言葉は理解できない。近藤さんがナウ夫人に前夫人のことを語ると、彼女は黙って聞いたあとで、「いまでも思い出す？」と訊《たず》ねる。すると、近藤さんはこう答えるのだ。

「うん。毎日、思い出すよ」

だが、近藤さんのこの言葉はかなり異様である。死別した妻のことを忘れられないというのはありうることだろう。確かにその妻のことを思い出すということもあるだろう。しかし、近藤さんは「毎日」思い出すといっているのだ。忘れないということと毎日思い出すというのはまったく質の違うことである。

不可避な死であれば、いつかそれへの感情は、もの悲しく浄化されていくかもしれない。彼女の死により私の中に生まれたのは、金輪際、美化されたり浄化されたりする可能性のある感覚ではなかった。

甘えるな、と自分にいいきかせても、これはどうしようもなかった。
そして、私が生き続けようと思えば、残された手段は、人生の価値判断とでもいったものをいっさい放棄することだった。今後は、自分で自分の道を決めようなどという大それた考えを持たぬことだ。同時にそれは他人のすべてを不幸も幸福も含めて外界で生じるすべてを許容することだ。そう決めた時以来、私は、自由になった。

彼女に死なれてしまった以上、自分は義ある人間として振る舞うことは許されない。つまり近藤さんの寛容さは自分が義の側には立てない人間だということを知っているところからきたのではなかったか。そう考えてくると、さまざまなことが一挙に理解できてくる。ヴェトナム戦争に関しても、近藤さんが違和の感情を表白するのは、自分が義の側に立っていると信じている人、義の側についていると錯覚している人ばかりだった。
たとえば、近藤さんはアメリカを批判して次のように言う。

すきこのんで介入しておきながら、いまでは自らがまき散らした不幸を置き去りに、一日も早く「ベトナムの泥沼」から足を洗おうと、やみくもに「協定」をまとめあげた米国への苦い思いが、再び胸にこみ上げてくる。

ここまでは普通だ。しかし、このアメリカの批判は、アメリカの内部にいてアメリカを批判した勇敢なジャーナリストにも向けられるのだ。ピューリッツァー賞を受けたような記者に対して、近藤さんはこういう。

四捨五入していってしまえば、かれらは、あくまで米国型の善意、理念、正義感などをそのまま、ベトナムに持ち込み、それですべてを裁いた。だからこそ米国の価値観を選考基準にした賞を受けていたのではないか。

この近藤さんが、彼自身の言葉を借りれば、ナウ夫人によって「再生」する。

……このとき、その年齢不詳の女性がまっすぐ私の顔を見すえ、どういうわけか、不意にニコッと笑ったのだ。外出禁止時間明けのまだほの暗く乾いた街路に、突然、大輪の花が咲いたように見えた。なぜ彼女があのとき、あんな顔をして笑ったのか、いまだにわからない。とにかく、私のそれまでの人生で、こんな底抜けに自然な笑顔は一度も見たことがないような気がした。

近藤さんの著作のすべてが、その「再生」の物語であったといっても言いすぎではないのだ。

そういえば、と先程会ってきたばかりのナウさんの応対を思い出した。それは私が知り合いの女性から聞いた台詞《せりふ》を伝えた時だった。その女性は「近藤さんのような、日本の男性には珍しい、いわゆる大人の匂《にお》いのする方には、一度でいいからお会いしたかった」と言っていたのだ。私がそれを冗談めかして口にすると、ナウさんは不意に大きく表情を動かし、こう言った。

「そう、しんぱいで、わたし、まっしろね」

自分は、近藤さんの女性ファンの動向が心配で髪が白くなってしまったというのだ。どこまで本当かわからないが、近年の二人の関係も、『パリへ行った妻と娘』で書かれているような、疲れた近藤さんがひとり諦観《ていかん》をもって楽しげなナウ夫人の行動を眺めている、といった一方的なものではなかったらしいことは確かなようなのだ。それはよかった、と私は思った。そして、その時のナウさんの風情《ふぜい》に、依然として存在する近藤さんへの強い愛情を見たような気がしたのだ。

近藤紘一はナウさんによって再生した。たぶん、その通りなのだろう……。

八月二十八日　木曜日

晴れ。

午後七時、新橋の鮨屋《すしや》「鶴八《つるはち》」で集英社「すばる」編集部の治田明彦《はるたあきひこ》氏と会う。

すでに治田さんは到着していて、偶然一緒になったらしい翻訳家の水上峰雄《みずかみみねお》氏とカウンターで言葉を交わしていた。水上さんは私が無謀にも翻訳に挑戦するということを知っていらしたので、やはりどうしてもその話になってしまう。私が永井淳《じゅん》さんにどのような辞書を使ったらいいか訊ねると、研究社の『英和大辞典』がいいのではないかと教えてくださったという話をすると、水上さんが「そうでしょうね」と頷《うなず》き、さらに面白い表現を使って言った。

「永井さんの正妻は研究社の大辞典ですからね」

つまり、翻訳家にはそれぞれの好みがあり、最も頼りにしている辞典が異なるらしいのだ。そして、座右の辞典ともいうべき「正妻」以外にも、「第二夫人」や、翻訳する内容によって各種の「愛人」がいるらしい。水上氏の御推薦は「研究社のリーダーズ」で、この辞典は新語や固有名詞に強いということだった。これも、さっそく買ってみることにした。

治田さんの話は作家への連続インタヴューのホストをしてくれないかという仕事の依頼だった。心は動くものの即座に「やりましょう」と威勢よく答えられない。いまでも抱えている仕事がいつ終わるかもしれないのに、ここでまた一年がかりの仕事を引き受けたりしたら、収拾がつかなくなってしまう。返事を少し延ばしてもらうことにして、治田さんと別れた。

その足で日航ホテルに向かい、ティールームで小《こ》瀧《たき》ちひろ君に会う。朝日新聞の呉《くれ》支局に配属になっている小瀧君が夏休みで上京してきていたのだ。私が五月の末に海上保安大学校に行ったのをあとで知り、慌《あわ》てて電話を掛けてきた。私にしても、まさか呉に配属になっているなどとは思ってもいなかったので、ずいぶん驚いた。その時、夏に上京した際は酒でも呑《の》もうということになっていたのだ。

待っていた小瀧君はひとりではなかった。大学の後輩でやはり朝日新聞の入社試験を受けるという若者が一緒だった。三人で「K」に行き、ゆっくり酒を呑んだ。小瀧君は新聞記者という職業が向いているらしく、支局でのさまざまな出来事について、実に明るく楽しげな口調で喋《しゃべ》っていた。しばらくすると、光文社の京谷六二《きょうやむに》君がやってきて、四人で呑むことになった。楽しい酒だったが、しかし午前零時が過ぎたあたりで彼らと別れた。普通ならもう一、二軒ということになるのだが、なぜかひとりになりたくなってしまったのだ。西麻布《にしあざぶ》の「I」で呑みながら、あるいは彼らの若さが眩《まぶ》しかったのだろうか、などと妙に年寄り臭いことを考えたりもした。

八月二十九日　金曜日

風はあるがかなり暑い。しかし、今日は涼やかな手紙を受け取った。手紙を下さったのは、たぶん七十くらいになられるだろう御婦人である。とりわけ何が書かれているというわけでもなく、用件を簡潔に記しただけの手紙だが、その美しい文字と並んで心映えの美しさまでが伝わってくるようで、しばらく幸せな刻《とき》を過ごすことができた。

前略失礼いたします。

東京新聞の安藤義金氏から沢木様のことを伺いましたので、さっそく二十三日のインタヴュー記事を拝見いたしました。戦前にはとうてい想像さえ出来なかった方法でロンドンまでの旅をなさいましたことを知り、大変興味をそそられました。いずれ御本を読ませていただきたいと思っております。

丸山の遺書『一九三〇年代のパリと私』を別便でお送りいたしますが、戦前は文字どおりの〝洋行〟。ロンドンまで、のんびりゆっくりの洋上の旅でございました。

ロバート・キャパに関しては、丸山のパリ時代の仲間の井上清一氏が非常に親しかったので、何か御参考になさるのでしたら何時《いつ》でも御紹介いたします。

残暑もまだ続きそうな気配、どうぞくれぐれも御自愛のほどを祈りあげます。

丸山明子

手紙をくださった丸山明子さんという御婦人は、学習院大学教授だった故丸山熊雄《くまお》氏の未亡人である。手紙にもある通り、先日、東京新聞の安藤義金という記者の方から『深夜特急』に関するインタヴューを受けた。その折り、私がいま「キャパ」の翻訳に取り組んでいることを知った安藤氏から『一九三〇年代のパリと私』の話が出たのだ。丸山氏のその本を出版するに際して、いかにまとめるかという作業について安藤氏が協力をしたらしい。内容は自身のパリ生活を通して半生を語るという形をとっているということだったが、その中にキャパと同時代を生きた日本人たちが多く出てくるという。それはぜひ読みたいと言うと、すぐにもお送りしましょうということになった。しかし、まさか、未亡人から直接送られてくるとは思ってもいなかった。

その日のうちに本も届いた。

広げてみると、口絵に丸山夫妻とその友人知人たちのパリ時代の写真が何枚か掲げられていた。それを見て、さまざまな思いが湧《わ》き起こってきた。

まず若かりし日の丸山未亡人の美しいことに驚かされた。いや、丸山未亡人ばかりではない。たとえばある一家の送別会の記念写真に写っている日本女性のすべてが美しいのだ。諏訪根自子《すわねじこ》、小島淑子、西村ユリ、原智恵子《ちえこ》、城戸又一《きどまたいち》夫人、それに丸山未亡人の旧姓である山崎明子。私がその名を知っている人も知らない人も、みな魅力的に写っている。それは女性だけのことではないのだ。男性もみな美しい。美しいというのがふさわしくなければ、品位を感じさせる顔立ちをしている。これは単なる偶然ではないのだろう。当時の日本人としては、洋行することができるという一事だけで、育ってきた環境や教養の水準がある程度まで保証されていたはずだからだ。

それにしても、当時の彼らが自らをどう認識していたかはわからないが、現在の私たちの眼からすると、優れた欧米人と並んでもその品位において少しもひけを取っていないように見える。それに比べれば、現在の私たちの方がはるかに劣っているように感じられる。

口絵の写真には私にとって興味深い人が何人も写っていた。先に触れた記念写真には少し斜に構えた山田吉彦が写っている。山田吉彦、つまり「きだみのる」だ。いつか、私も「きだみのる」について書いてみたいと思っている。学者でもなく、作家でもなく、ジャーナリストでもなく、しかしそのすべてであったような、あの「きだみのる」を。

また、「マントンにて」というキャプションが付された海水浴の写真には、キャパの友人だった井上清一と岡本太郎が写っている。キャパと岡本太郎という組み合わせは意外だが、翻訳中の「キャパ」の中にも岡本太郎は不思議な役割をした人物として登場してきている。

その一節を簡略に訳して載せれば次のようになる。

キャパという名の由来には不自然な挿話がいくつもある。だが、アンドレ自身がのちに説明したところによれば、その名はフランク・キャプラに由来している。キャプラは『プラチナ・ブロンド』や『アメリカの狂気』や『一日だけの淑女』、といった映画の監督として世界的な名声を博した人物である。とりわけ、クローデット・コルベールとクラーク・ゲーブル主演の傑作『ある夜の出来事』は、アカデミー賞の最優秀作品賞ばかりでなく、監督賞も男女の主演賞も獲得していた。アンドレはいぜんとしていつか映画に入っていきたいという願望を持ちつづけていたので、別名としてはハリウッドの代表的な監督の名と似ている方が都合がいいと考えたに違いない。事実、のちにそれは、キャパに対するインタヴューを申し込んだり招待状を出そうとする人々が、彼とキャプラを混同したということによって証明されることになった。

アンドレはこう説明している。「ロバート」という名は一九三六年にグレタ・ガルボの恋人役として『カミーユ』に出演していたロバート・テイラーにも由来している、と。「キャパ」と同じように「ロバート」も発音しやすく、書きやすく、覚えやすかった。一方、その姓名からは生まれた国を特定することが非常に難しかったので、ゲルダはフランス人の編集者にはアメリカ人だといい、アメリカ人の編集者には成功したフランス人のカメラマンだと言っていた。アンドレがスペインへ行った時には、都合のいいことにその新しい名前は単に「ロバート」を「ロベルト」に変えるだけでスペイン語で発音できた。このコスモポリタン的な曖昧《あいまい》さは、間違いなくアンドレの心を捉《とら》えただろう。「ロバート・キャパ」は故郷喪失者にとって完璧《かんぺき》な名前だった。

　同時に、ゲルダは自分自身のためにもほとんど同じようにコスモポリタン的な別名を手に入れた。それ以後、彼女はゲルダ・ポホリレスではなく、ゲルダ・タローになるだろう。その名前はパリに住む日本人の若い画家、岡本太郎から借りたものだ。「キャパ」のように「タロー」という名前も発音しやすく、書きやすく、覚えやすく——それはまた、さまざまな連想を呼び起こすものだった。誰の眼にも明らかなのは、その名前は占いとジプシーを意味する「タロット」のような響きがある。そのうえ、「ゲルダ・タロー」は、微《かす》かだが一九三六年には人気の絶頂を極めていた「グレタ・ガルボ」に似た響きもある。ゲルダはスクリーン上で洗練された神秘的な妖婦《ようふ》を演じたその俳優との、このうっすらとした繋《つな》がりを喜んでいたに違いない。そして、もちろん、アンドレとゲルダの新しい名前と、『カミーユ』の出演俳優の名前との類似は、彼らのあいだのロマンスに魅惑的で、神秘的で——そして未来における悲劇的な——色彩を帯びさせることになった。

どうやら、ゲルダ・タローのタローは、岡本太郎の太郎からきているらしいのだ。このゲルダは、グレタ・ガルボに似ているかどうかはともかく、残された写真で見るかぎりでは並の映画スターなど及びもつかないほどの美人である。キャパと知り合い、写真を撮るようになり、やがてスペイン戦争が勃発《ぼっぱつ》すると、共にスペインへ赴き、戦車に轢《ひ》かれて死んでしまう。キャパは生涯結婚しなかったが、それはこのゲルダの死が原因だったと言われている。

一九三〇年代に過ごした青春のパリ。ロバート・キャパのパリ、ゲルダ・タローのパリ。丸山熊雄のパリ。山崎明子のパリ。それはまさにヘミングウェイの言う「移動祝祭日」としてのパリそのものだったろう。

八月三十日　土曜日

晴れ。

かなり涼しい日が続いたが久し振りに暑い一日となる。しかし、「名残の夏」という趣もないではない。

夕方、娘と馬事公苑《こうえん》までブランコに乗りにいく。まだブランコの漕《こ》ぎ方が飲み込めないらしく、いつまでも背中を押させるのに閉口した。帰りに馬房を覗《のぞ》き、一頭一頭挨拶《あいさつ》をするのに付き合わされるのにも同じように閉口した。

夜、娘にオハナシをする。リクエストをとると、威勢のいい声で答えた。

「ながぐつのオハナシ！」

そこで私は話しはじめた。

「学校の校庭に長ぐつが片方だけ落ちていました……」

すると、娘が話を遮った。

「ちがうの」

「えっ？」

「ちがうながぐつのオハナシ」

「違う長ぐつのオハナシって？」

私は不思議に思って訊《き》き返した。

「ほら、おんなのこがいたでしょう」

もしかしたら、以前二度ほどしゃべったことがある「女の子とライオン」の話のことを言っているのかもしれない、と気がついた。しかし、それも半年以上も前のことだ。まさか覚えてはいないだろう。何かの勘違いかもしれない。

「女の子？」

　わざと訊き返してみた。

「そうよ、ライオンさんのとこにいたでしょう」

「へぇ、そうだっけ」

「そうよ、ロケットにのったじゃない」

「それで？」

「それで、ライオンさんのまえでエーンってないたの」

「どうして？」

「ながぐつがなくなっちゃったの」

「それで？」

「それで、ライオンさんがワオーってほえたの」

「そうしたら？」

「そうしたら、おそらからながぐつがポンっておちてきたの」

「よかったね」

「でも、またないたの」

「どうして？」

「どうぶつさんがねてるよーって」

「へえー」

「それでね、ライオンさんがまたほえたの。ガオーって」

「そうしたら？」

「おひさまがびっくりしてめをさましたの」

「それで？」

「それでおんなのこはワーイってはしっていったのよ」


ほとんど完璧に覚えていた。

娘の説明を聞きながら、すべては失われるためにあるという平凡な真理をあらためて思い起こしていた。時の流れは急なのだ。そんなことに不意に気づかされる。

九月一日　月曜日

朝から晴れたり曇ったりしていたが、午後に入って空模様は急変し、強い雨足の夕立が降りはじめた。しかし、ＦＭ放送の女性アナウンサーが「入道雲にも勢いがありません」と行く夏を惜しむような口調で喋《しゃべ》っていた通り、その夕立にも真夏の激しさはなくなっていた。

今日は一日、わずか三枚の原稿を書くのに悪戦苦闘した。

それは、締切りが近づいてくるのに、どうしても書くのが億劫《おっくう》で、先に先にと延ばしていた原稿だった。しかし、ついにデッドラインが来てしまった。仕方なしに机に向かったが、どうしても書く気になれない。それでも自分を騙《だま》し騙しながらメモを作り、ようやく書き出した。ところが、書き出したのはいいのだが、こんどは途轍《とてつ》もなく長くなってしまい、どうしても短くまとまらない。そして、出てくるのは、溜《た》め息《いき》と、引き受けるんじゃなかったという後悔の嘆きばかり。まったくだらしのないこと、おびただしい。

ところで、それがどのような原稿で、どうして書くのが億劫だったか。説明をすると長くなるが、ざっとこんな理由だった。

その日——それは夏が短い北海道にとってはもう暑さの盛りを過ぎた頃だったが——私は大通り公園近くのホテルから、ぶらぶら歩いて薄野《すすきの》の方角に向かっていた。私は「やまざき」というバーに行くつもりだったのだ。

実は、私はその店の扉を開けるまで憂鬱《ゆううつ》だった。バーに入って酒を呑《の》むということが、これほど気重だったことはない。理由は簡単だ。それが仕事だったからだ。店で何杯かの酒を呑み、三枚のエッセイを書く。それが仕事だった。

魔がさした、としか言いようがない。普段なら引き受けるはずのない仕事を引き受けてしまった。どこでもいい。レストランとかバーに行き、その店について書く。たとえ、それが味とか雰囲気とかの品評を目的とするものではなくとも、私にはその姿勢に恥ずかしいものを感じてしまうのだ。

——何様でもあるまいし。

むかし近所の年寄りたちがよく口にしていた、そんな言葉が脳裏に浮かんできてしまう。世の中には、表面に現れはしなくとも、凄《すご》い人たちがいるはずなのだ。二流の人士が声高に食事や酒について語っている傍で、その凄い「彼ら」が静かにフォークを動かしグラスを口に運んでいるかもしれない。この恐れが、私に「しゃらくさいことは言いっこなし」という気にさせてしまうのだ。

そのような私にとって、どこかのバーに行き、その感想文を書くなどということは、考えられもしないことだった。魔がさしたのだ。依頼を受けて、ふと、行ってみようかなという気持になってしまったのは、そこが札幌だったからだ。石踊《いしおどり》さん一家のいる更別に向かう途中の札幌で、一晩静かに酒を呑むのも悪くないなと思ってしまった。だが、引き受けた瞬間から後悔しはじめた。それが一晩静かに酒を呑むなどというものでないことは、少し考えてみれば簡単にわかることだった。編集者が同行し、カメラマンがライトを照らす。これは、やはり仕事でしかない。趣味が次々と仕事になってしまうという因果な稼業《かぎょう》の中で、辛うじて守り通していた「酒」までが仕事になってしまう。私は、決まってから半月の間、憂鬱だった。

憂鬱だった理由のもうひとつのものは、私はそのバーにもバーテンにも面識がなく、関わりを持つ手掛かりが何もないように思えたことだった。見ず知らずの店に入るのは決して嫌いではない。しかし、それも嫌だったらすぐに出てくればいいという自由が保証されていればこそである。しかし、その日は嫌だからといって出てきてしまうわけにはいかない。万一、うんざりするような店だったらどうしよう。妙に新し物ずきだったり、古いということだけにしがみついているような店だったら……。

その「やまざき」はすぐにわかった。東京から直接来る予定の編集者とカメラマンは、飛行機の切符が取れないとかで、いくぶん遅れてくることになっていた。私は彼らがくるまで呑ませてもらうことにして、ひとりで入ってみることにした。

店の中に入って、ほっとした。それがごく普通の店だったからだ。奇を衒《てら》った内装もしてなければ、ことさら重厚を気取ったところもない。カウンターも普通なら、棚のボトルも普通である。カウンターの奥にはゆったりとしてはいるが、これまた普通のボックスの席がある。それが、緊張しているこちらの気持を和ませてくれた。もし、この店で普通でないものがあるとすれば、それはこの世界に入って、やがて四十年になろうかという、あるじの存在だったはずである。しかし、この立派な顔だちのあるじも、やはり普通のバーテンだった。もちろん、彼が各種のコンテストで高い評価を受けているということは、聞き知っていた。また、何杯か呑んでいるうちに私の好みも的確に読みとってくれたところにも、年季の入った職人の存在を感じさせてくれるものがあった。しかし、私はそのあるじから「普通」の匂《にお》いを嗅《か》ぎとって気持を和ませていた。

たてつづけに四杯呑んだところで、編集者一行が姿を現した。

ライトがセットされ、シャッターが切られはじめる。

作っているところを撮りたいというカメラマンの注文に、私がこの店のオリジナルのカクテルのひとつを頼んだ。ライトを浴び、シャッターが切られる。すると、あるじが呟《つぶや》くように言った。

「上がっちゃいますね――」

それがとても素直に子供っぽく響いた。

ところが、出してくれたグラスに私が口をつけた瞬間、あるじが慌《あわ》てて言った。

「あっ、ちょっと、待ってください。上がってしまって、間違えたかもしれない」

そう言い、私からグラスを受け取ると、バー・スプーンで心配そうに一口なめてみた。それをゆっくり味わうと、安心したように頷《うなず》いた。

「間違わなかったようです」

それを聞いて、私はさらに気持が和やかになった。きっと、何千回、何万回と作っているだろうに、カメラを向けられたために「上がってしまう」という普通さが親しみを覚えさせた。どうせオリジナルなのだから黙っていてもわかりはしないのに、確かめなければ気が済まなかったのだろう。その律義《りちぎ》さも頰笑ましかった。

酒の話になり、マティーニの話になった。あるじによれば、最近はどこのバーでも、客の好みをいれてドライにドライになる傾向があるという。ふと、思いついて、私は注文した。

「教則本どおりのマティーニを作っていただけませんか」

あるじは、少し戸惑ったようだったが、すぐに頷いて酒瓶に手を伸ばした。

しばらくして、カウンターには、二種類の酒が微かに揺らめく、美しいカクテルグラスが置かれた。一口味わってみると、そこには予想した通り、どこか柔らかみのある、しかしどんなにドライなマティーニよりはるかにキリッとしたところのある、なつかしいような「普通のマティーニ」があった……。

だから、つまり、以上のようなことを書けばいいとわかっているのだが、それをそのまま書こうとすると三枚どころか七、八枚になってしまう。要するに、どうして自分がこのような文章を書いているかという経緯の説明と自分自身に対する弁明のために紙数が取られてしまうのだ。

融通のつきそうな欄なら長くしてもらうこともできないことはないが、これに関してはスペースが決まっており、変更することは不可能だろう。それに、たとえ可能でも、三枚といわれて八枚も書いてしまうのは、あまりにもひどすぎる。職人としての良心を疑われかねない。

七枚の原稿が書き上がったのが午後六時、しかしそれを三枚に縮める作業が終了したのは午前四時だった。まったく、エッセイを書くのは難しい。どんな原稿でも指定された枚数どおりに書けるという人の頭脳はいったいどうなっているのだろう。私などはいつだって、枚数をオーバーしては、それを縮めるために膨大な時間を費やさなければならないのだ。

それにしても、危険を感じたら引き返すことが重要、という貴重な教訓を得た一日だった。

あーあ。

九月三日　水曜日

雨が降っている。

ティナ・ターナー、ローラ・ブラニガン、シンディー・ローパー、マドンナと、女性ヴォーカリストのレコードを脈絡なくかけながら、一日中辞書を引きつづけた。

中野浩一《こういち》が世界自転車選手権のプロ・スプリント部門で十連覇を達成した。予想されたことだったが、そのニュースを読んで、しばらく感慨に耽《ふけ》った。これで、もしかしたら中野浩一を書く機会を永久に失ってしまったのかもしれないな、と。

ここ何年と私は中野浩一を書こうと思いつづけていた。彼についての取材を開始したのは三年前の、やはり夏のことだった。彼がチューリヒで行われる世界選手権のための合宿に入る直前に前橋の競輪場に訪ねたのだ。

私が彼に興味を抱くようになったのは、ある時、この日本で世界のトップレベルにあるプロスポーツマンというのがいるだろうかと考えて以来のことだった。野球ではほとんど誰も大リーグには通用しまい。テニスも世界のレベルに達しているプレイヤーは皆無だ。サッカーにもアイスホッケーにもいない。ゴルフの青木功《いさお》はどうか。確かに彼は世界的なプレイヤーかもしれない。しかし、ゴルフにスポーツ性を見出《みいだ》すのは、石原慎太郎ならずとも困難だ……。そう考えていくうちに、それまで世界選手権で六連勝しているという中野浩一の存在が大きく浮かび上がってきた。彼こそ、世界のトップレベルにある唯一《ゆいいつ》のプロスポーツマンなのではあるまいか。

そして実際に前橋で会った中野浩一は、快活で、明晰《めいせき》で、自分という人間の価値を知悉《ちしつ》している、日本のプロスポーツマンには珍しいタイプの人物だった。私は、その夏ヘルシンキで開かれる予定だった世界陸上選手権を見ての帰りに、チューリヒに立ち寄ることにした。

だが、そのチューリヒで開かれた世界自転車選手権を見て、私は自分の目算が大きくはずれてしまったことに気がついた。そこで中野は確かに圧倒的な強さでプロ・スプリントに七連覇したが、しかしそれは世界の頂上に立つものではなかったのだ。自転車という競技、中でもスプリントはソ連と東ドイツ勢が圧倒的な強さを誇っている。ところが、ソ連や東ドイツにはプロが存在しない。一般に、スポーツの世界においては、プロがアマを凌駕《りょうが》しているのが普通だが、ことスプリントに限っては、アマこそが世界の頂点に立っているのだ。考えてみればそれも当然のことだった。プロがロードレーサーに限られる外国では、日本の競輪選手のように短距離向きの選手がプロとして生活していくことは不可能に近いのだ。つまり、プロのスプリントなどに出場する選手など存在しないも同然ということなのだ。

実際、そのチューリヒのプロ・スプリントにも、出ていた選手といえば、日本の三人を除けば、わずか七人という寂しさだった。

だが、中野が魅力的だったのは、この世界一になんの意味もないことを冷静に認識していたことだった。いまの自分にはアマの世界一と闘って勝てる可能性はまずない。あるいは、自分の最盛期だった三年前であればいい勝負をすることができたかもしれないが、それでも負けていただろう。しかし、日本人がこの世界一に大騒ぎをしてくれる以上、自分からこの世界一には意味がないなどと触れ回るつもりはない。利用できるだけ利用させてもらうつもりだ……。

私はこの時、世界の頂点に立つプロスポーツマンとしてではなく、ひとりの競輪選手としての中野浩一を書きたくなった。

それ以来、彼の故郷の久留米《くるめ》に行き、大きなレースには通い、どうにかして彼を書こうとしたが、書けなかった。

ある年は、琵琶湖競輪場で行われる高松宮記念杯にターゲットを絞って書こうかと思ったこともあった。中野にとって、毎年この琵琶湖競輪場で行われる高松宮杯は特別な意味を持っていた。競輪には特別競輪といって競馬のクラシックレースのような意味を持つレースがあるのだが、中野は他のすべてのタイトルを取っていたが、どういうわけか高松宮杯だけは取れないでいた。もしこれさえ取ることができれば、競輪界のグランドスラムが達成できる。私はそのグランドスラムの成否を軸に彼を書いてみようかと思ったのだ。しかし、その試みも、第二次予選まで難なく勝ち進んできていた中野が、決勝レースで、横転、落車するという予想外の出来事によって放棄せざるをえなくなってしまった。その時の私には、彼が勝っても負けても、レースは最後まで行ってもらう必要があったのだ。

その高松宮杯からもうすでに二年が経《た》っている。どうしたら彼を書けるか。いつもというわけではないが、それが私の心の片隅に引っ掛かりつづけていた。そして、今年、ついに中野を描く方法が見つかった。《彼》を描くことで中野を描くことになるという、ひとりの競輪選手が見つかったのだ。私は中野が世界選手権で十連覇をかけて闘っている時に合わせて、その《彼》が出場している競輪場に出向こうと思っていた。

調べてみると、《彼》は瀬戸内の玉野という町の競輪場でレースを行う予定であるという。私はその日が来るのを待っていた。ところが、その日の近くになって、突発的な、そして余儀ない事情が起き、玉野行きを諦《あきら》めざるをえなくなってしまったのだ。

私は中野の十連覇のニュースを読んで、深い敗北感のようなものを覚えた。それは、わずか五十枚足らずの原稿を書くためにこの三年余りに費やした努力のすべてが無になってしまうかもしれないから、というのではなかった。自分が長く心に留めていた対象を描くのにこれ以上はないと信じるタイミングを逸してしまったから、なのだ。もちろん、そのようなことはこんどが初めてというわけではない。しかしそれは、どんな時でも、作品の出来の良《よ》し悪《あ》しで批判される以上の敗北感を私に与える。

夜に入って雨は上がる、空に意外に美しい星が輝きはじめた。

九月五日　金曜日

朝、娘が私の布団《ふとん》の中に滑り込んできて、夢中でしゃべりはじめた。

「あのね。リーちゃん、こわいゆめみたの」

「どんな？」

「あのね、わるものがいたの。おとうさんはちがながれてしんじゃったの。ママもオッパイからちがながれてしんじゃったの。リーちゃんは、ないちゃったの、ワーンって。でも、うちゅうじんさんがたすけてくれたの。タコみたいなひとで、わるものを、エイって、やっつけてくれたの」

　娘からこのように自分の見た夢についてはっきりと聞かされたのは初めてのことだった。たまに娘が「ゆめ」という言葉を口にするのを耳にしてはいたが、このように明確に意識されているとは思っていなかった。娘はもう夢を見るようになっていたのだ。いや、夢は以前から見ていただろうが、自分の見た夢を眼が覚めてから話すことができるようになっていたのだ。そして、きっと、夢を見るということは眠りから覚めての記憶を伴って初めて完全なものになるのだろう。

夜、六本木のフランス料理店「イゾルデ」で、ファッション・デザイナーの田山淳《あつ》朗《ろう》氏と、雑誌の対談のために会う。

およそファッションとは縁のなさそうな私が、「とらばーゆ」という女性専門の求人雑誌の「ファッション特集号」の対談頁《ページ》に出るに到《いた》ったのは、ひとえにファッション・デザイン界における若手のホープであるらしい田山さんが、「ぜひ話したい」と言ってくれたことによる。雑誌の編集者からの依頼状が届いた時、はじめはほとんど考慮するまでもなく断るつもりだった。ところが、そこに同封されている田山さんに関する記事を見て気が変わった。田山さんの気質がどうやら私とごく似ているようだったからだ。

実際に会ってみて、その勘は正しかったことがわかった。

田山さんは山本耀司《ようじ》の「ワイズ」に入社後、二十三歳でパリで会社を作るための仕事に放り出されたのだという。それを成功させて日本に帰り、二十七歳の時に自分のブランドの「A・T」を持った。

田山さんとのやりとりの中で印象的だったのは、デザイナーというものについての私の考えに、彼が答えてくれた部分だった。

「ぼくはデザインを見る力もないし、関心もそれほどないけど、パリ・コレクションなんか見ていると、ある独特の突出の仕方があるのがわかりますよね。ぼくらから見ると、着れっこねぇよな、というのを平気で提出している。ああいうものを作る側の心理とか論理とかいうものはどういうものなんだろう」

その素朴な質問に対する田山さんの答えはこうだった。

「それはもう、はっきり着れると思って作っていますね。たとえば、ジウジアーロは、こんな車、乗れねぇよな、というのを作りますよね。でも何年か後には、乗ってるんですよね」

私はさらにこう訊《たず》ねた。

「ぼくの理解の仕方で言えば、突出したものを、そのまま受け入れることはできないと思うんですよね。普通の肉体、普通の状況を持っている人間には。でも、それを中間的なデザイナーたちがなし崩しにすることで一般化していく。でも、作る側はそのままストレートにいくと思っているのかな」

すると彼はこう答えた。

「三年後だ、四年後だなんていう仕事はしていませんね。作る人はすぐ着てくれると思っていますよ」

もうひとつ彼の言葉で示唆《しさ》的だったのは、世界的なレヴェルでみて、日本人が個人の名前でどれくらい知られているのかというと、黒澤明と小澤征爾《おざわせいじ》を除けば、山本耀司とか高田賢三《けんぞう》とか三宅一生《みやけいっせい》とかのファッション・デザイナーしかいないのではないか、という指摘だった。

彼と別れたあとで、ふと、これからすべき仕事のひとつが見えかかってきたように思えた。

九月六日　土曜日

夕方から一段と雨が激しくなる。

五時、新宿の喫茶店「チェック」で、ある人物に会う。そして、すべてを御破算にしようと話をつける。

この三カ月というもの、彼と一緒に、ひとつの夢のような話の影を追い求めてうろつき回っていた。幾重にも絡《から》み合った凶々《まがまが》しい犯罪事件の糸をほぐし、たぐり寄せ、その実態を摑《つか》もうと、ひそかに悪戦苦闘してきた。玉野の競輪場に行けなかったのも、そのためだった。しかし、今日、ついにその追跡を断念することにしたのだ。

惜しくはない。中空にとりわけ鮮やかに輝いている蜃気《しんき》楼《ろう》のようなものをこの手に摑まえようとした、その夢の代償はわずかな金と時間に過ぎなかったのだから。

九月十日　水曜日

しだいに日が短くなっていく。

夕方になると、窓の向こうに広がる民家の屋根に影が走るようになる。国道二四六号線の真上を走っている首都高速の高架の影が西陽を浴びて屋根の上に長く映り、そこを走る車が、やはり長い影となって走り抜けていくのだ。陽が沈むと、影は消え、反対側の窓から美しいライトの疾走が見られることになる。

ゆっくりと暮れていく外の景色に見とれているうちに、ふと、口をついて出てきた言葉がある。

いったい、それはどういう心の動きだったのだろう。夏とも、車とも、影とも、ライトとも、まるで関係ないことなのに、突然、思い出されてきてしまったのだ。

こんこんこん
雪が降る
こんこんこん
雪が降る

あれは小学校の五年から六年生の時のことだった。国語の時間に担任の若い男性教師が質問をした。誰かに教科書に載っている詩を朗読させたあとに、この質問をしたのだ。

——これは大人の作った詩だと思うか、子供の作った詩だと思うか。

そこで取り上げられた詩の中に、先の一節があったのだ。

こんこんこん
雪が降る
こんこんこん
雪が降る

私は自信を持って手を挙げた。

――子供の詩だと思います。

すると、教師は他の生徒の顔をゆっくりと眺め渡した。それが、答えの違っている時にする教師の癖だったということを知っているクラスメイトは、一斉に手を挙げた。そして、ひとりの女の子が答えた。

――大人の詩です。

子供でないというなら大人に決まっているが、教師は満足げに頷《うなず》いて言った。

――その通り。

私は不満だった。どうしてこれが大人の詩なんかであるのだろう。

教師はそんな私の様子に気がついたのか、訊ねてきた。

――どうして子供だと思ったんだい？

私は考え、教師にその理由を告げた。

――この詩には、こんこんこん、という言葉が何回も使われています。同じ言葉を何回も重ねて使うというのは子供のしるしだと思います。

教師はその推論に意表をつかれたようだったが、すぐに強圧的な口調で言った。

――そうじゃない、大人だから同じ言葉を重ねて使うことができるんだ。

私にはどうしても納得できなかったが、教師はもう相手にせずそのまま授業を進めていってしまった。

ただそれだけのことだ。いまになって考えてみれば、大人だからこそ同じ言葉を繰り返し用いることができるというあの教師の言葉にも、一理あることはわかる。しかし、あの時の私の答えもなかなか悪くないものだったと思う。本来ならそこから幾筋にも発展させられそうな授業の芽を含んだ答えだったような気がする。

それにしても、今頃どうしてこんなことを思い出したのだろう。どうしてこんなことを忘れられないでいたのだろう。たぶんどこかで幼い心が傷ついていたのだろうが、それはなぜだったのだろう。発表した答えが間違いだったということはよくあることなのに、ことさらこのことだけが深く心に残っているのには何か特別の意味があるのだろうか。

あるいはただ単に、間違えたためにあの詩の一節が強い印象として残ってしまっただけなのかもしれない。

こんこんこん

雪が降る
こんこんこん
雪が降る

しかし、こんこんこん、こんこんこん、と口の中で何度も呟《つぶや》いていると、幼い頃の記憶の扉が不意に引き開けられるような気がしてくる。こんこんこん、こんこんこん……。

消えたもの、消えなかったもの——少し長いあとがき

これは私が初めて書いた日記のようなものである。ある年の一月から九月までという中途半端《はんぱ》な期間だが、中学三年のときに宿題で一週間だけ日記をつけたことを除けば、これほど長く連続的に日々のことを記した経験はない。

しかし、もしこの「日記のようなもの」を名づけるとしたら、どんな言葉がふさわしいのだろう。

単に日記、ダイアリーとだけ言ってしまうとなんとなく落ち着きが悪い。それとは異なるエッセイ風のところもあるからだ。日記風エッセイという意味ならダイアリアル・エッセイだろうし、日付のあるエッセイというならクロノロジカル・エッセイかデイティッド・エッセイとでもなるのだろうが、日本語としてはどれも耳慣れない単語を用いなくてはならない。あるいは、いくらか正確さは欠くにしても、クロニクル・エッセイの方がわかりやすいのかもしれない。年代記というほど大袈裟《おおげさ》なものではないが、いま読み返してみれば、間違いなく私のささやかな「歴史」は記されている。

ところで、どうしてこのような文章を書くことになったのか。

私がまだ三十代だったある日、ひとりの若者が眼の前に姿を現した。彼は自分が新しく出す雑誌のために原稿を書いてくれないかと言った。テーマはサム・シェパードについてだという。沢木さんならサム・シェパードについて関心をお持ちだろうと思うから、というのだ。

サム・シェパードという名前は耳にしていたが、原稿を書くほどのことは何ひとつ知らなかった。当然のことながら断ると、またしばらくして姿を現し、別のテーマを提示して原稿を書いてくれないかという。

当時の私は、依頼原稿のほとんどを断っていたが、依頼してくれた人とは必ず会うようにしていた。直接会って断るようにしていたのだ。その若者は、断っても断っても、原稿の依頼をしつづけてくれた。

あるとき、ついに私も根負けし、原稿を引き受けることにした。しかし、もっとも簡単な原稿、つまり六、七枚のエッセイを一篇書くことでお茶を濁そうとしたのだ。

ところが、いざ書こうという段になると、何もテーマが浮かんでこない。そこで、さらに姑息《こそく》な逃げ道を考え、一週間の出来事を日記風に書くことで切り抜けようとした。

これが間違いの始まりだったのだ。

書いてみると、一週間の出来事を書くのに六、七枚ではとうてい収まり切らないことがわかった。そこで、二、三十枚に増やしてもらうことにして書いてみたのだが、こんどは書くことが足りなくなってしまった。だが、一週間を二週間にすると、二、三十枚では足りなくなる。そんなイタチごっこを繰り返しているうちに、ついに一カ月分の日記風の文章を書くことになり、枚数も九十枚ちかくに膨れ上がってしまった。

六、七枚の予定が九十枚！

こんないい加減な書き手もいないだろうが、それを平然と載せてしまう雑誌もあまりないだろう。

その雑誌が、創刊して間もない頃の「ＳＷＩＴＣＨ」であり、その若者が、編集長の新井敏記《としのり》氏だった。

ところが、話はそれで終わらなかった。書き終わった原稿は一月十日から二月十一日までという中途半端なものだった。そこで、せめてもう一回、二月の末日まで書こうという気になった。

しかし、である。二回目を書いているうちに、なぜかやはり月をまたいでしまい、三月七日まで達してしまったのだ。

ええい、気持悪い。もう一回だけ続けよう……。

そんなことをやっているうちに、七回も続けてしまうことになった。当時の「SWITCH」は隔月刊だったから、一年を超える連載になってしまったということになる。


先日、この『246』を執筆する際に必要だった資料を入れておいたはずの段ボールを開けてみたら、びっくりするようなものが出てきた。連載が終わったはずの九月十一日から十二月二十六日までの簡単な行動の記録が記された三枚のメモが出てきたのだ。その段ボールの中に、映画やコンサートのパンフレットやチケットを保存してあるのは覚えていたが、そのようなものが残っているとは思っていなかった。

ということは、当時の私には、連載をあと三回続けて、きちんと一年分の日記風エッセイを書くつもりがあったということになる。しかし、ちょうどその頃、切迫した何かの事情があり、連載を打ち切ろうという意志が働いたのだろう。考えられるのは、この『246』で何度も言及されている「血の味」を完成させなければという思いがあっただろうということであり、また「キャパ」の翻訳を終わらせたいという気持が強くなったのだろうということである。

残されたメモには次のようなことが記されていた。

「一枚目のメモ」

九月十一日　木曜日

高木弁護士から「参考意見」の依頼を受ける

九月十三日　土曜日

内藤利朗《としろう》の結婚式と秋山庄太郎《しょうたろう》氏の存在感

九月十五日　月曜日

『深夜特急』第三便の執筆について

九月十六日　火曜日

夏の終わり、ようやく

九月十七日　水曜日

キャパ写真集『フォトグラフス』、朝日新聞・藤森氏

九月十八日　木曜日

文春・新井氏と安部《あべ》譲二『塀の中の懲《こ》りない面々』、陽水と拓郎

九月十九日　金曜日
近藤紘一《こんどうこういち》『目撃者』の構成、映画『赤ちゃん万歳』とボブ・グリーン『父親日記』
九月二十日　土曜日
一日のんびり、三軒茶屋で二本立ての映画を見る、娘の「オハナシ大好き」という台詞《せりふ》
九月二十二日　月曜日
武道館でのコンサート、モハメッド・アリ戦を思い出す
九月二十三日　火曜日
娘と馬事公苑《こうえん》で馬の祭典、夜は「ハダカの島」のオハナシ
九月二十六日　金曜日
連合赤軍、『フォトグラフス』の翻訳
九月二十七日　土曜日
芹沢博文《せりざわひろぶみ》氏に著書の『依《よ》って件《くだん》の如《ごと》し』をいただく
九月二十九日　月曜日
磯崎《いそざき》夫妻と「バスタパスタ」で会食

十月一日　水曜日
ジョージ・プリンプトンについてのインタヴューを受ける
十月二日　木曜日
『目撃者』編集完了
十月六日　月曜日
娘の読書
十月八日　水曜日
高木弁護士に「参考意見」を送ってから成田へ、スレスレで飛行機に間に合う

ここでいきなり高木弁護士という名前が出てくるが、これは後に第二東京弁護士会の会長となる高木佳子《よしこ》さんという弁護士である。彼女のクライアントが漫画の原作に関する訴訟問題を抱えたとかで、その漫画を読み、さらに自分が原作者だと主張している原告の作品を読み、どちらの言い分が正しいか判断してくれないかという依頼があったのだ。裁判の際に「参考意見」として提出したいという。多少面倒だなとは思ったが、古い付き合いの彼女には、カシアス内藤が『一瞬の夏』でさまざまな問題を抱えたときにも助けてもらった恩義がある。わかった、と答えたのだ。

この『２４６』にもよく登場してくる内藤君が結婚式をすることになり、妻と二人で立ち会い人のようなことをすることになった。披露宴はスウェーデン大使館内のレストランで、なかなか気持のよい会になった。そこで印象的だったのは、内藤君の写真の先生である秋山庄太郎氏がとても喜んでいらしたことだった。いくらか酔っ払った秋山氏と話しているうちに、その人柄の魅力にようやく気づくことになった。

ジョージ・プリンプトンというのは『ペーパー・ライオン』というスポーツ・ノンフィクションの傑作を書いたアメリカのライターであり、その彼についてのインタヴューを受けたのは「ＳＷＩＴＣＨ」の新井氏によってである。

実は、この『２４６』には、私の実生活において深い関わりがあったにもかかわらず、まったく登場してこない人がいた。そのひとりが新井氏で、この連載中はかなりの頻度で会っていた。しかし、雑誌に連載中の文章の中に、その雑誌の編集者のことを書くというのがあまり好きではなく、新井氏のことはいっさい触れなかった。ここには書かれなかったが、三軒茶屋の「キャニップ」や表参道の「大坊」で、コーヒーを飲みながらよく話をしていたものだった。新井氏のジョージ・プリンプトンについての関心も、そうした場での私の話から生まれてきたものだったと思われる。当時の「ＳＷＩＴＣＨ」は、そのていどの切っ掛けでわざわざニューヨークまで会いに行き、丸まる一冊特集するなどという野蛮なことをしていたのだ。もちろん、それがその雑誌の魅力だったのだが。

とりあえず第一便と第二便の『深夜特急』を出すことのできた私にとって、次にしなくてはならなかったのは「キャパ」の翻訳だった。いつまでたってもエンジンがかからないことに苛立《いらだ》った私は、気分を変えることにした。アメリカに行って、そこで英語の翻訳をしてみたらいいのではないか、と思ってしまったのだ。

ロサンゼルスには、一九八四年のロサンゼルス・オリンピックのときにお世話になった安東さんという方がいて、それ以後も親しい付き合いをさせていただいていた。アメリカの西海岸に行くときには必ずお宅に泊めていただいていたくらいだ。その安東さんが、手紙などで、いつでも好きなだけ滞在していいからいらっしゃい、とさかんに言ってくださっていた。

十月、私はその安東さんのお宅に滞在し、UCLAの図書館に通って翻訳を進めることにした。しかし、高木さんに頼まれた「意見書」を書く作業がうまくはかどらず、ようやく書き上がったのはロサンゼルスに向かう日の朝だった。

「二枚目のメモ」

十月八日　水曜日
　飛行機の中で同じ日を二日過ごすことになる、ロサンゼルスの安東さん宅に到着
十月九日　木曜日
　ＵＣＬＡの図書館で翻訳を進める
十月十日　金曜日
　ダウンタウンに行く
十月十一日　土曜日
　テレビでメジャーリーグのプレーオフを見る
十月十二日　日曜日
　朝のジョギング、隣家の和田氏宅での会食
十月十三日　月曜日
　仕事がはかどる、映画『摩天楼の身代金《みのしろきん》』
十月十四日　火曜日
　バスと地図
十月十五日　水曜日
　一日の生活のリズム、野球とベースボール、野球に対する熱が冷めた理由

2 4 6

十月十六日　木曜日
通りにできている血の海、危険について
十月十七日　金曜日
UCLAの図書館の学生たち、映画館、アメリカのピザ
十月十八日　土曜日
タワー・レコードで
十月十九日　日曜日
安東宅にケン夫妻、林一道氏と友人たち
十月二十日　月曜日
「キャパ」の翻訳、ついに前半終了
十月二十二日　水曜日
ターミナルホテルについて、磯崎氏が設計した美術館を見に行く
十月二十四日　金曜日
安東さんと亡夫の物語、シカゴでの瀬古利彦《としひこ》の走り
十月二十六日　日曜日
湯飲み茶碗《ぢゃわん》、記念品の思想

十月二十七日　月曜日
そろそろいいかな

ロサンゼルスの安東さんのお宅は、巨大なパームツリーがそそり立つ広い通りに面して建っており、そこに着くとまさに西海岸に来たという喜びがいつも湧《わ》いてくる。安東さんは、子供さんたちが独立し、御主人を亡《な》くしてからはひとりで住んでいらっしゃる。ロサンゼルスのオリンピックのときは、日本雑誌協会の取材班の一員として、安東さんの広壮なお宅で合宿生活をした。それ以後、さまざまな国際大会の取材をしたが、このときほど恵まれた環境は二度と経験できないでいる。こういう大会における最大の問題は取材後の食事だが、このときは安東さんのお嬢さんやそのまたお嬢さん、つまり娘や孫娘まで動員しての頑張りで、いつでもおいしい日本食が食べ放題だった。

安東さんのお宅は、御主人がダウンタウンで小さなホテルを経営していた。その名を「ターミナルホテル」と言ったが、それはかつてロサンゼルスの鉄道駅があったところに建っていたからだった。このときの、つまり「キャパ」に決着をつけるべくお世話になったこのときの滞在中には、安東さんから「ターミナルホテル」をめぐる印象的な話をいくつもうかがうことになった。

私が滞在中の安東宅には、ロサンゼルス在住のボクシング・カメラマンである林一道氏も来てくれ、古いけれど立派な造りの家を褒めてくれた。それを耳にすると、私の家でもないのにとても嬉《うれ》しくなったりした。

毎日、毎日、早朝にジョギングをしてからＵＣＬＡの図書館に行き、勉強をしている学生たちに混じって翻訳をし、夕方になると近くの映画館に寄って一本映画を見る、というのが日課だった。そして、夜は安東さんに日系三世としてのさまざまな経験を語ってもらうことになる。

そんな規則正しい生活を三週間も続けたおかげで、「キャパ」の前半部分を訳し終えることができた。

十月末、娘と電話で話をすると、私のことを「おとーしゃん」ではなく、「おとーさん」と言う。それを聞いて、日本に帰ろうと思った。彼女は急速に成長しているらしい。それを見逃すのはもったいない、と。

「三枚目のメモ」

十一月二日　日曜日

廊下を走る娘の足音が聞こえてくる
十一月三日　月曜日
ゆっくり本を読む、ラッセル・ベイカー『グローイング・アップ』
十一月五日　水曜日
原稿書き、告別式
十一月九日　日曜日
ラジオ出演、文化放送で落合恵子さんと
十一月十二日　水曜日
中央公論社で嶋中鵬二《しまなかほうじ》氏に会い、近藤紘一のための依頼をする
十一月十四日　金曜日
娘の七五三
十一月十五日　土曜日
共同通信の取材を受けてから帯広へ、夜は石踊《いしおどり》さんとその仲間による大宴会
十一月十六日　日曜日
更別を石踊さんのトラックで出発、蜂《はち》と共に日本縦断の旅へ
十一月十七日　月曜日

2　4　6

青森から日本海沿いを走って東日本を抜ける
十一月十八日　火曜日
中国道を走って西日本を抜ける
十一月十九日　水曜日
九州を通って鹿屋《かのや》到着、利朗と高橋氏と合流
十一月二十日　木曜日
終日、蜂の話を聞く
十一月二十二日　土曜日
東京へ
十一月二十三日　日曜日
娘と遊ぶ
十一月二十九日　土曜日
杉山夫妻と根本夫妻とで「ラ・ブランシュ」
十二月一日　月曜日
ミツバチの本を何冊も読む
十二月二日　火曜日

大宅賞《おおやしょう》の授賞式
十二月三日　水曜日
新潮社の鈴木氏と「血の味」について
十二月四日　木曜日
娘と『ジャングル大帝』を見る
十二月五日　金曜日
銀座で「アン・アン」の取材を受け、「K」と「M」へ寄り、朝まで呑《の》むことに
十二月八日　月曜日
映画『ダウン・バイ・ロー』を見る
十二月十日　水曜日
赤坂の「辻留《つじとめ》」でいつもの人たちと
十二月十二日　金曜日
札幌の映画会「秘密キネマ」について
十二月十六日　火曜日
ミツバチのハナシ「ハチヤさんの旅」を脱稿
十二月十九日　金曜日

近藤紘一論「彼の視線」の脱稿

十二月二十日　土曜日

ドウス昌代《まさよ》さんのお宅にうかがう、夫君のピーターさんに「キャパ」の教えを乞《こ》うために

十二月二十四日　水曜日

クリスマス・イヴと今年一年の狂騒

十二月二十六日　金曜日

成城で「帝《みかど》」の主人公である山田泰吉氏と会う

私は近藤紘一氏の最後の本となる作品集を『目撃者』と名づけたが、その中に中央公論新人賞を受賞した「仏陀《ぶつだ》を買う」という小説を収録したいと思った。しかし、すでにそれは中央公論から出ている作品集の中に収録されている。転載の許可を貰《もら》おうと中央公論社に連絡すると、社長の嶋中鵬二氏から会いたいというメッセージが届いた。京橋にある中央公論社を訪ねた私は、嶋中氏にお会いして、いかにこの『目撃者』にとって「仏陀を買う」を収録することが大事かという熱弁を振るった。すると、嶋中氏は気持よくオーケーを出してくださったが、さすがに往年の名編集者は「転ん

でもただでは起き」なかった。転載を許可する代わりに、『目撃者』の巻末につける予定の私の「解説」を、最初に「中央公論」に掲載させて欲しいという。もちろん、ノーとは言えなかった。しかし、それによって、近藤氏の『目撃者』は、首尾一貫した——と私が思う——構造を持つことができるようになったのだ。

この年の十一月の大イヴェントは、養蜂家《ようほうか》の石踊さんと二人で日本縦断の旅に出たことだった。

花を追って、鹿児島の祁答院《けどういん》から長野の松本へ、さらに秋田の小坂から北海道の更別へと旅をしてきた石踊さんは、冬を前にしてふたたび暖かい鹿児島にミツバチを運ばなくてはならない。しかも、できるだけミツバチを弱らせないため、鹿児島まで一気に南下する。私はその旅に同行したのだ。

三泊四日といっても、手足を伸ばして眠れるのは青函《せいかん》フェリーに乗り込んだ数時間だけであり、あとは高速道路のサービスエリアに停めて、車内で短時間の仮眠をとるだけという強行軍である。それでも、私は助手席に座っているだけだから、うとうとしてしまうことは許されるが、石踊さんはそうはいかない。そこで、私も眠らないように気をつけるようにしたので、その三晩で眠れたのは合計して十時間もなかったのではないかと思う。

しかし、その苛《か》酷《こく》さにも増して、その日本縦断の旅はスリリングだった。北海道から九州の果てまで、さまざまに変化していく風景を見ながら、天候や家屋や植物などについて、市《し》井《せい》の博物学者でもある石踊さんがさまざまに解説してくれるのだ。

ミツバチの箱を満載しての日本縦断のそのトラックの旅は、いろいろなことのあったその一年のハイライトともなる出来事だった。

懸案の「キャパ」はロサンゼルスから帰ってからいくらか停滞していたが、ノンフィクション作家のドウス昌代さんと、御主人でスタンフォード大学の教授であるピーター・ドウス氏がたまたま日本に長期滞在されていることを聞き、そのお宅のある駒場に訪ねたところからまたエンジンが掛かりはじめた。以後、ピーターさんの好きなキリンビールを買ってはお宅に押しかけ、わからないところを教えていただくという日々が続いた。

クリスマスの翌日、山田泰吉氏に呼ばれて成城の洋菓子屋でお会いした。戦後成金の代表的なひとりで、夜の帝王と言われた山田氏は酒が呑めないのだ。私がそこに呼ばれた理由は、『馬車は走る』の本をお送りしたことに対する礼を言いたいからということだった。山田氏は、あの赤坂の「ミカド」を作った「夢の人」にふさわしく、その日もこれからやりたいと思っているという夢のような事業について、飽かず語りつづけた。そして、別れ際《ぎわ》に、その洋菓子屋であらかじめ用意してもらっていたらしいケーキの箱をくださった。さほど経済的に豊かだとは思えない山田氏がせっかく用意してくれたケーキだ。遠慮せず受け取ることにした。家に帰って、箱を開けてみると、なんとそこにはケーキが二十個も入っていた。三人家族では途方に暮れる数だったが、ありがたくいただくことにした。毎日食べても一週間は掛かる、とほんのちょっぴり絶望的になりながらも。

この三枚のメモは、ワードプロセッサーのフロッピーに書き込まれたものの要約らしい。つまり、ここに記されている日については、連載原稿となる一歩手前のものは書かれていたということになる。

しかし、現在、残念ながらそのフロッピーは存在しない。

私はこの頃から執筆用にワードプロセッサーを使うようになっていたが、その機種があまりにも古くなってしまったため、数年後に新しいものに変えることにした。そのとき、うかつにも、その三カ月分の日記風エッセイが収められていたはずのフロッピーも廃棄してしまっていたのだ。

実際、そこにはどんなことが書かれていたのだろう。いま「ＳＷＩＴＣＨ」に掲載された七回分の『２４６』を読み返してさまざまなことを思うように、書かれなかった三回分にも、笑ってしまったり、ドキッとするようなことが書かれていたかもしれない。だが、書かれなかったものには書かれなかっただけの理由があるものなのだ。読めないことを残念には思うが、素直に受け入れるべきことのようにも思える。

連載中には思ってもいなかったことだが、この『２４６』にはそれ以後の私が歩むことになる道筋がくっきりと描かれることになった。『深夜特急』の第三便を書くこと、『キャパ　その青春』『キャパ　その死』『ロバート・キャパ写真集』として結実する本を訳すこと、『血の味』を完成させること。私のそれ以後は、これらを中心に回っていくことになる。そして、また、この『２４６』に書き残された文章は、さまざまに形を変え、それ以後の作品に生かされることになった。

だが、驚くのは、仕事において、最後の地点までたどり着いたものに比べ、いかに途中で消えてしまったものが多いかということである。あれもこれも完成に至らず、あるいは断念することを余儀なくされた。しかし、それもまた、書かれなかった『２４６』の残りの部分と同じく、消えるべくして消えたものなのだろう。

この本は、すべての発端となった新井敏記氏の、新しい本の形を、という強い思いから刊行が検討されることになり、笹浪真理子さんの献身的な努力によって完成まで漕《こ》ぎつけることになった。また、このように美しい本に仕上がったのは、装幀《そうてい》の緒方修一氏と挿画の赤井稚佳《ちか》さんの力添えがあったからである。

新井氏の、新しい本の形を、という思いに、半歩近づけたのではないかと私も思う。

二〇〇七年二月

沢木耕太郎

解説　いびつな時間の底にあるもの

堀江敏幸

東京都千代田区から静岡県沼津市までつづく国道の道路番号を借りた本書『246』は、一九八六年一月から九月までの日付を持つ日記に残り三カ月分の出来事のメモをふくむあとがきを添えて、二〇〇七年、大判の美しい装丁で世に送り出された。隔月刊の雑誌『SWITCH』での連載終了から、二十年後のことである。

そこに記されている日々は、いわゆる日録の範囲を大きく踏み外してはいない。原稿執筆、校正刷の手入れ、単行本の準備と打ち合わせ、取材で関わった人たちとの付き合い、映画や読書の覚え書き、仕事仲間や知人たちとの楽しいお酒、散歩中に見た情景、そして幼い娘とのやりとり。つぎつぎに登場する固有名や時事的な話題には、一九八〇年代なかばという時代の印が、はっきり刻まれている。あの頃はまだ、どんな分野においても、ひとつの仕事をこなすのに時間と手間がかかった。手紙や電話で連絡を取り、直接会って話をする。計画が具体化してもしなくても、地道にそれを繰り返す。細い流れができ、それが複数に分岐したり他と交わったりして、あたらしい展開が生まれるのを辛抱づよく待ちつづけた。

もちろん、二十一世紀の現在でも基本は変わっていない。しかし物書きの仕事に絞れば、ようやくワードプロセッサーが普及しはじめていた頃で、文章の多くはまだ原稿用紙で書かれていた。公開を前提とした日記という、雑誌などで親しまれている分野の言葉が読者に伝わるのにも、早くて一週間、たいていは一カ月以上かかった。頁《ページ》のうえには、複数の時間の層が堆積《たいせき》していたのである。

たとえば、一九八六年一月の出来事を綴《つづ》った日記があって、それがもし月刊誌の一九八六年一月号に掲載されていたとしたら、中身は完全な虚構になってしまう。通常、一月号は一九八五年十二月に刊行されるからだ。しかもその締め切りは前月にやってくるので、内容と日時にどうしてもずれが生じる。雑誌連載である以上、七つの章で構成された『２４６』も、その原則的な時間のゆがみから免れることはできない。

じっさい、「雪の手ざわり、死者の声」と題された第一回は一月十日から二月十一日という中途半端《はんぱ》な日付を持ち、一九八六年四月号の掲載になっている。隔月で一年となる六回分が七回にまで膨脹《ぼうちょう》し、しかも記述の内容は十二カ月ではなく九カ月で断ち切られている。最終回は八月十六日から九月十日までを収め、掲載は一九八七年四月号にずれ込んでいた。『246』の特徴は、明澄《めいちょう》で一点の曇りもない文章と、月をまたいでいびつに伸張していく時間の奇妙な隔りにあると言っていいだろう。それはまた、すでに過去となっている書き手の現在を、読み手がまぎれもない現在の体験として受けとめることからも生じているのだが、書き手自身が読者でもあるという、きびしい事実も忘れてはならない。

前半の柱は、まちがいなく『深夜特急』である。四百字詰め原稿用紙千八百枚、単行本で全三冊となる長大なこの作品が、いまや文庫版で次々に版を重ねている沢木耕太郎の代表作のひとつになっていることは、言うまでもないだろう。ただし、そこで語られている旅の記録が十年前のもので、帰国後すぐにはまとめられず、ようやく新聞連載として形をなしはじめたものの、第二部でいったん終了を余儀なくされていたという事実は忘れられがちである。一年の旅を一年の連載で描く試みは徐々に破綻《はたん》をきたし、ついに目的地までたどり着けないまま、第三部のみ書き下ろしを余儀なくされたこの均衡を欠く展開は、まさしく『246』初出時の状況と相似の関係にある。

十年寝かせた過去の旅を、新聞に書くことで日々生き直し、ふくれあがらせ、単行本の校正刷を通してさらにその時間を「読んでいる現在」のレベルに引き上げる。言葉はそこで、たんなる記録や情報とはまったくべつのなにかに変わっていく。書くという行為そのものにまとわりつく避けようのない時間差と、それにともなう構造のゆがみを受け入れるなら、『深夜特急』は紀行文学でも旅日記でもなく、純粋な「虚構」でしかありえないことになるだろう。当時まだ三十八歳だった沢木耕太郎は、この『深夜特急』を通して、現実の素材から、より深い現実としての虚構に近づく方法を模索していた。身体的なゆがみをもたらすものの秘密を、そうとは意識しないままに汲《く》み取ろうとしていたのである。

たとえば二月十三日の頁に、『深夜特急　第一便』最終章から「ヒーロイック」にすぎるとの理由で削除された部分が採録されている。一九六〇年代の学生運動のさなか、運動そのものとは微妙な距離を取りつつも、後輩の頼みで進行役を引き受けたとあるシンポジウムの席上で、若き日の沢木耕太郎は、招かれた教授にやじを飛ばす学生に「先生に向かって、てめえとかこの野郎とか言うのはやめろよ」と叫んだ。そして「自己批判の言質《げんち》をひとこと取ることと、約束を守ることとどちらが大切なのか」と自問し、闘争とは「まず言葉の問題なのだ。つまり、人と人との関係なのだ」と胸のうちで確認したという。この挿話は、内容のまっとうさよりも、それが「ヒーロイック」な行いだったと判断する「いま」の自分の「ヒーロイック」さに及びかねない批判の危険性を、じゅうぶん承知のうえでここに開示されているという、まさにその事実によって心に残る。

負の匂《にお》いをまとった裏話は、ほかにもいくつかある。ゴーストライターとして主体を放棄したはずの「死者への追走」に対する愛着と、それが単行本（『馬車は走る』）収録不可となった顚末《てんまつ》。テスト走行中に事故死したカーレーサー福沢幸雄《さちお》についての取材を重ねながら執筆開始が遅れ、最終的に遺族から継続の許しがえられなくなった経緯。ロサンゼルス疑惑——これもう、遠い昔のことのような気がする——の三浦和義《かずよし》を扱った「奇妙な航海」における娘の実名公開願いと、それが三浦自身に却下されるまでのあらまし。伏せたままでもよかった部分を、なぜここで開示するのか。信頼関係を損ないかねないと、素直な読者から誤解を招きそうなことを、なぜあえて書いたのか。

ここには、何かしら明示しづらい不安の影がある。端的に言って、それは書き手として「自分が何者であるのかわからない」という立ち位置の、再確認にかかわることだ。自分はいったい何者なのか。「私は単にノンフィクションを書いているライターというだけで、ジャーナリストではない。ジャーナリズムに関わりながらも、ジャーナリズムに身を置きながら、ジャーナリストではないのではあるまいか」。さらには、「ジャーナリズムに身を置きながら、常にジャーナリズムからの逃走を試みている者」だと自己分析を重ねていく。

興味深いのは、あるルポルタージュ作家の手法をめぐって、「挿話というのは、生き生きとしたシーンの、干からびた残骸《ざんがい》に過ぎないことがある。省略され、整理されていくうちに、どこかに虚偽が入り込んでしまう」と述べた箇所だ。それを打開するとしたら、「単なる挿話の積み重ねによるルポルタージュではない、有機的なつながりを持ったシーンによって構成されるルポルタージュ、いや現場報告というよりはむしろ物語としてのノンフィクション」に向かうほかない。じつのところ、「物語としてのノンフィクション」に最も近いものとは、フィクションによって構築された現実としての「創作」なのだから。

一見平穏そうな『246』の底に流れる緊迫感は、この「創作」の周辺から発している。『深夜特急』は、書くことの本質的な時間差を幾重にも生かした虚構だった。しかし一九八六年に沢木耕太郎がやろうとしていたのは、そのいびつな成り立ちをいびつな日記で公開しながら、より内的ないびつさを原動力にして、「フィクション」に歩を進めることだった。それが、十五歳の少年の殺人をテーマとする、『血の味』である。

長年あたためられてきたというこの「小説」は、当初、思うように動き出してくれなかった。突破口は、二月二日、蒲田《かまた》駅周辺で「私の過去を取材」していて、二十年前とおなじサンドイッチマンの姿を発見したときに見出《みいだ》される。「私は彼の横を通り過ぎる時、胸が少し高鳴った。そして、もしかしたら、これを使えば書けるかもしれないな、と思った」。しかし、これはあくまでひとつの「挿話」にすぎない。そこにべつの「挿話」を接続し、「有機的なつながり」をつくりだせば、本当に「物語としてのノンフィクション」になるのかどうか。その先にある虚構に進みうるのかどうかがわからないのである。

　不安を前に、彼は「どこにもないものを書くということが、常にあるもの、あったものしか書いてはならないという戒律に縛られてきた」、存在しないものを書くことは、「恐ろしい行為のように思えてしまう」と告白している。ではなぜ、あえてその「恐ろしい行為」に向かうのか。必然だからである。つまり、『血の味』とは、彼が書きたい作品ではなく、彼にとって書かれなければならない作品だったのだ。そのほんとうの理由を、沢木耕太郎は初出時にはまだ理解していない。理解してはいないものの、はっきりと感じ取っている。書かれなければならない作品にとって、それが「小説」であるかどうかは、ほとんど意味をなさない。自分自身の硬直しかかった箇所にナイフを差し入れることでしか突破できないものを探す、そのような試練に立ち向かうことじたいが重要なのだから。それを胸のどこかで察しているからこそ、穏やかでない風が、ときどき頁を吹き抜けていくのである。

こう考えると、『246』全体が、『血の味』に向かって修復のはじまった道路のように見えてくる。これも後に形をなす、写真家ロバート・キャパの伝記の翻訳は、他者の言葉の内側に深く入って行くための鍛練であったろうし、夭折《ようせつ》した俳優金子正次の映画に開眼してそのシナリオを手に取り、アルベール・カミュや古井由吉《よしきち》の小説を読み返すのも、壁を突き破るために身体《からだ》が自然と要求していた行為だったと言えなくもない。幼い娘にせがまれての、あの微笑《ほほえ》ましくあたたかい「オハナシ」づくりの場面さえ、フィクションを産出する修行の場に変貌《へんぼう》するのだ。

その後『血の味』は、一人称を「ぼく」に設定して動きはじめ（三月六日）、四月二日には早くも第四章と第五章が編集者の手に渡っている。ところが、九月で中断された日記のなかでは、作品が完成したのかどうか判然としない。単行本化に際し、補遺としてあとがきに記された十二月までのメモを見てもおなじことなのだから、初出時の読者はおそらく、毎月のように新刊案内をチェックし、沢木耕太郎『血の味』の予告を探しただろう。

結局、『血の味』の刊行は、十四年後、二〇〇〇年を待たなければならなかった。完成稿では一人称が「ぼく」から「私」に変更されてはいるものの、全体は六章で構成されており、わずか一章しかつけ加えられていない。かつてフィクションとノンフィクションのあいだで標識を見失いかけていた沢木耕太郎は、『血の味』の言葉を借りれば、まさに自分のなかの「あそこ」を見出すまでにそれだけの時間をかけたのである。もうどこかで感じ取っていたなにかがはっきり姿をあらわすまで、納得のいく時間をかけたのだ。そのことに、読者は胸を打たれる。

最後の一押しが、二〇〇三年に刊行されることになる、実父の死を扱った長篇『無名』の執筆のさなかにあったという事実もつけ加えておくべきだろうが、その前段に、「死者への追走」の体験を別様に生き直した一九九五年の『檀《だん》』の試みがあったことも挙げておかなければならない。

誤解のないように繰り返しておくと、『２４６』には、明るく楽しい「挿話」がいくつもある。子ども向けの本になった養蜂家《ようほうか》との旅もそのひとつだ。しかし、自分にとって「書く」ことの意味を問い直そうとする意識の底の大きな試みのなかに、それら明るい光はいったん吸収されていく。過去の仕事の読み直しが、書き手の「いま」を食い破って表に出てくるときの圧力に負けてしまうのだ。一九八六年の段階では、意識していなかった心の穴やほころびが不意に顔を出して「いま」の書き手をゆさぶっていた。背筋を伸ばして姿勢よく歩いているはずなのに一歩も進んでいないというもどかしさが、頁のうえに暗い影を落としていた。しかし沢木耕太郎は、そのもどかしさも影も、慎重に、勇気をもって放置し、焦《あせ》りを熟成に向かわせる方を選んだのである。『２４６』に、張りつめた「いま」が残されているのはそのためだ。
　舞台となる三軒茶屋付近の国道２４６号線は、首都高を頭上に抱えた一種の闇《やみ》である。二〇〇七年からさらに七年を経た文庫版の読者は、幸か不幸か、ミッドナイト・エクスプレスがその闇を抜けていったことを、言及された進行中の仕事がのちにすべて実を結び、書き手がどのような方法で「脱獄」していったのかを知っている。だが、知ってしまったところからさかのぼる読み方は、あとから来る読者だけに許された特権でもあるのだ。『２４６』は、沢木耕太郎の現在から過去に向かう読者にとって、これからも重要な幹線でありつづけることだろう。

（二〇一四年九月、作家）

この作品は二〇〇七年四月スイッチ・パブリッシングより刊行された。

沢木耕太郎著
バーボン・ストリート
講談社エッセイ賞受賞

ニュージャーナリズムの旗手が、バーボングラスを傾けながら贈るスポーツ、贅沢、賭け事、映画などについての珠玉のエッセイ15編。

沢木耕太郎著
チェーン・スモーキング

古書店で、公衆電話で、深夜のタクシーで――同時代人の息遣いを伝えるエピソードの連鎖が、極上の短篇小説を思わせるエッセイ15篇。

沢木耕太郎著
深夜特急1
――香港・マカオ――

デリーからロンドンまで、乗合いバスで行こう――。26歳の〈私〉の、ユーラシア放浪が今始まった。いざ、遠路二万キロの彼方へ！

沢木耕太郎著
血の味

なぜ、あの人を殺したのか――二十年前の事件を「私」は振り返る。「殺意」に潜む少年期特有の苛立ちと哀しみを描いた初の長編小説。

沢木耕太郎著
檀

愛人との暮しを綴って逝った「火宅の人」檀一雄。その夫人への一年余に及ぶ取材が紡ぎ出す「作家の妻」30年の愛の痛みと真実。

沢木耕太郎著
一瞬の夏（上・下）

非運の天才ボクサーの再起に自らの人生を賭けた男たちのドラマを〝私ノンフィクション〟の手法で描く第一回新田次郎文学賞受賞作。

G・グリーン
上岡伸雄訳

情事の終り

「私」は妬心を秘め、別れた人妻サラを探偵に監視させる。自らを翻弄した女の謎に近づくため――。究極の愛と神の存在を問う傑作。

S・モーム
金原瑞人訳

月と六ペンス

ロンドンでの安定した仕事、温かな家庭。すべてを捨て、パリへ旅立った男が挑んだものとは――。歴史的大ベストセラーの新訳！

S・シン
青木薫訳

フェルマーの最終定理

数学界最大の超難問はどうやって解かれたのか？ 3世紀にわたって苦闘を続けた数学者たちの挫折と栄光、証明に至る感動のドラマ。

S・シン
青木薫訳

暗号解読（上・下）

歴史の背後に秘められた暗号作成者と解読者の攻防とは。『フェルマーの最終定理』の著者が描く暗号の進化史、天才たちのドラマ。

S・シン
青木薫訳

宇宙創成（上・下）

宇宙はどのように始まったのか？ 古代から続く最大の謎への挑戦と世紀の発見までを生き生きと描き出す傑作科学ノンフィクション。

S・シン
E・エルンスト
青木薫訳

代替医療解剖

鍼、カイロ、ホメオパシー等に医学的効果はあるのか？ 二〇〇〇年代以降、科学的検証が進む代替医療の真実をドラマチックに描く。

R・ブローティガン
藤本和子訳
アメリカの鱒釣り
軽やかな幻想的語り口で夢と失意のアメリカを描いた200万部のベストセラー、ついに文庫化！　柴田元幸氏による敬愛にみちた解説付。

P・オースター
柴田元幸訳
トゥルー・ストーリーズ
ちょっとした偶然、忘れがちな瞬間を掬いとり、やがて驚きが感動へと変わる名作「赤いノートブック」ほか収録の傑作エッセイ集。

R・ブラウン
柴田元幸訳
体の贈り物
食べること、歩くこと、泣けることはかくも切なく愛しい。重い病に侵され、失われゆくものと残されるもの。共感と感動の連作小説。

B・ユアグロー
柴田元幸訳
一人の男が飛行機から飛び降りる
あなたが昨夜見た夢が、どこかに書かれている！　牛の体内にもぐり込んだ男から、魚を先祖にもつ女の物語まで、一四九本の超短編。

W・B・キャメロン
青木多香子訳
野良犬トビーの愛すべき転生
あるときは野良犬に、またあるときは警察犬に生まれ変わった「僕」が見つけた、かけがえのないもの。笑いと涙の感動の物語。

ディケンズ
村岡花子訳
クリスマス・キャロル
貧しいけれど心の暖かい人々、孤独で寂しい自分の未来……亡霊たちに見せられた光景が、ケチで冷酷なスクルージの心を変えさせた。

J・アーチャー
戸田裕之訳
15のわけあり小説

面白いのには"わけ"がある——。時にはくすっと笑い、騙され、涙する。巨匠が腕によりをかけた、ウィットに富んだ極上短編集。

J・ロンドン
白石佑光訳
白い牙

四分の一だけ犬の血をひいて、北国の荒野に生れた一匹のオオカミと人間の交流を描写し、人間社会への痛烈な諷刺をこめた動物文学。

ジョイス
柳瀬尚紀訳
ダブリナーズ

20世紀を代表する作家がダブリンに住む人々を描いた15編。『フィネガンズ・ウェイク』の訳者による画期的新訳。『ダブリン市民』改題。

ヒルトン
菊池重三郎訳
チップス先生さようなら

霧深い夕暮れ、暖炉の前に坐ったチップス先生の胸に去来するのはブルックフィールド中学での六十余年にわたる楽しい思い出……。

サガン
河野万里子訳
悲しみよ　こんにちは

父とその愛人とのヴァカンス。新たな恋の予感。だが、17歳のセシルは悲劇への扉を開いてしまう——。少女小説の聖典、新訳成る。

カポーティ
村上春樹訳
ティファニーで朝食を

気まぐれで可憐なヒロイン、ホリーが再び世界を魅了する。カポーティ永遠の名作がみずみずしい新訳を得て新世紀に踏み出す。

2　4　6

新潮文庫　さ－7－21

平成二十六年十一月一日発行

著者　沢《さわ》木《き》耕《こう》太《た》郎《ろう》

発行者　佐藤隆信

発行所　株式会社新潮社

郵便番号　一六二―八七一一
東京都新宿区矢来町七一
電話　編集部(〇三)三二六六―五四四〇
読者係(〇三)三二六六―五一一一
http://www.shinchosha.co.jp

価格はカバーに表示してあります。

乱丁・落丁本は、ご面倒ですが小社読者係宛ご送付ください。送料小社負担にてお取替えいたします。

印刷・大日本印刷株式会社　製本・憲専堂製本株式会社

ISBN978-4-10-123521-9 C0195